집 잘못
찾아 오셨어요,
악역님

집 잘못
찾아 오셨어요,
악역님 2

마르고트 장편소설

초판 1쇄 찍은 날 | 2020년 5월 22일
초판 1쇄 펴낸 날 | 2020년 5월 29일

지은이 | 마르고트
펴낸이 | 권태완 우천제

편집책임 | 박은정
편집 | 박가연 유안진 손혜진 장현아

펴낸곳 | (주)케이더블유북스
등록번호 | 제25100-2015-43호
등록일자 | 2015. 5. 4
WFN | 제3-061호

주소 | 서울특별시 구로구 디지털로31길 38-9 에이스테크노타워 1차 401호
전화 | 02-867-4626 팩스 | 02-866-4627
E-mail | cl_production@kwbooks.co.kr

ⓒ마르고트, 2020

ISBN 979-11-293-5466-2 04810
      979-11-293-5464-8 (set)

집 잘못
찾아오셨어요,
악역님

2

마르고트 장편소설

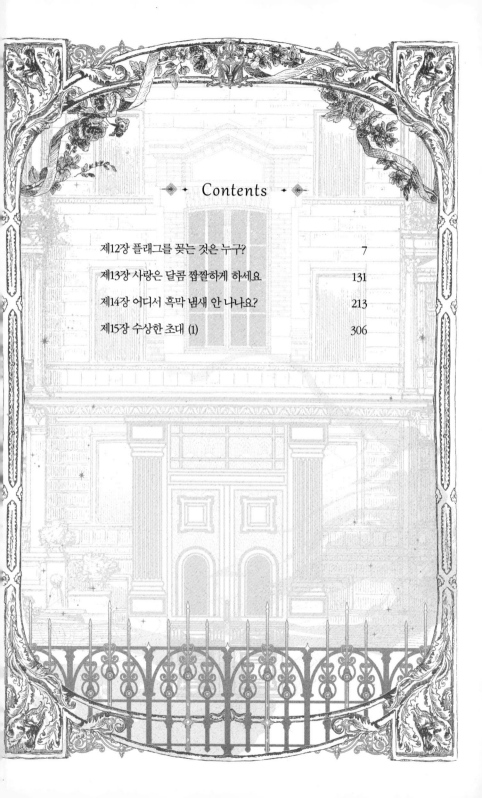

Contents

제12장

플래그를 꽂는 것은 누구?

"아까는 죄송했습니다, 저희 셀레나 아가씨의 옛 모습과 너무 닮으셔서……."

나를 보고 함께 놀랐던 집사처럼 보이는 아저씨가 사과했다. 그와 동행했던 노인은 나를 붙잡고 '셀레나'를 부르짖다가 의식을 잃고 쓰러졌다. 그 옆에 있던 안네마리는 깜짝 놀라 노인을 치료소 안으로 옮겼다. 나도 얼떨결에 그들을 도와 치료소에 들어서게 되었다. 그래도 치료소 건물 앞이었기 때문에 바로 적절한 조치를 할 수 있어 다행이었다.

역시 노인은 귀족이었던 듯, 얼마 후 바로 주치의라는 사람과 다른 수행인이 줄줄이 치료소 안으로 들어섰다. 주치의가 병동에 누운 노인의 상태를 직접 살핀 뒤 괜찮다고 말하자 수행인들은 아직 의식을 차리지 못한 그를 조심스럽게 옮기기 시작했다. 치료소에 더 있지 않고 이대로 돌아갈 생각인 모양이다.

"저희 주인어른께서 요즘 건강이 좋지 못하십니다. 원래 지병이 있으셨는데 막내 따님을 잃은 뒤로 얻은 마음의 병이 커진 탓에……."

노인을 마차로 옮기는 동안 중년 남자가 내게 다가와 아까의 일을 사과하며 간략하게 사정을 설명했다.

"그러다 죽은 아가씨와 많이 닮은 분을 보게 되어 놀라신 모양입니다."

"그러셨군요. 어서 쾌차하셨으면 좋겠네요."

"저도 아까는 경황이 없어 실례했습니다."

"아니에요, 그럴 수도 있죠."

그는 내게 다시 정중히 사과한 뒤에 노인의 뒤를 이어 마차에 올랐다. 주위에 있던 페럿가의 사람들은 치료소 앞에 줄줄이 서 있던 휘황찬란한 마차가 꼬리에 꼬리를 물고 멀어지는 모습을 멍하니 바라보았다.

"유리 씨!"

그때, 안네마리가 막 치료소를 나서는 나를 부르며 달려왔다. 가쁜 숨을 고르는 모습을 보니 급히 뛰어온 모양이다.

"집사님은 가셨나요?"

그녀의 말을 듣고 나는 조금 놀랐다.

'어, 뭐야 진짜 집사였어?'

그 아저씨, 생긴 것만 집사 같은 줄 알았는데 진짜 집사였다니. 그런데 안네마리는 조금 전에 치료소를 떠난 그 할아버지와 아저씨를 전부터 알던 모양이다.

"네, 지금 막 떠났어요."

"유리 씨, 그런데 저기, 혹시 조금 전에 그분이…… 그러니까 유리 씨의……."

안네마리는 약간 말을 더듬으며 내게 물었다. 아까의 장면을 보고 그녀가 무슨 상상을 했을지 익히 짐작할 수 있었다. 나는 안네마리가 더 이상 오해하지 않도록 단호하게 말했다.

"제가 죽은 딸이랑 닮아서 순간 착각하셨대요."

"아, 그럼 진짜 잃어버린 가족 같은 건 아니고요?"

"네."

"그렇구나……."

안네마리는 왠지 조금 실망한 눈치였다. 극적인 가족 상봉이라도 기대했던 걸까? 하지만 그렇다 해서 나한테 없던 출생의 비밀이 생기진 않았다.

"안네마리 씨는 어떻게 아는 분들이에요?"

나도 안네마리에게 궁금했던 걸 물었다.

"아, 그게……. 저, 조금 전 그 할아버지의 간병인으로 일하게 될 것 같아요."

"그래요?"

"네, 그래서 두어 번 찾아뵌 적이 있었어요. 아직 확정은 아니지만요."

그렇구나. 따로 개인 간병인 일도 하다니, 출장 비슷한 건가? 이 바닥 생리를 잘 몰라서 그냥 그러냐고 고개를 끄덕였다. 그러자 안네마리가 설핏 웃으며 덧붙였다.

"사실 치료소를 그만둘까 생각 중이어서요."

"네?"

나는 조금 놀라 버렸다. 안네마리가 치료소를 그만두다니? 소설에는 그런 이야기가 없었는데. 지금까지 은연중에 느끼긴 했지만, 이렇게 원작 스토리가 안네마리의 선에서 본격적으로 궤도 이탈을 하는 건 처음이었다. 물론 내가 라키어스를 구하면서 이미 이야기가 틀어지긴 했지만, 그래도 나머지는 비슷하게 흘러갈 줄 알았는데……. 너무 쉽게 생각했나.

"실은 얼마 전에 과로로 쓰러진 적이 있었거든요."

이어진 안네마리의 말에 나는 놀랐다.

"그런 일이 있었어요?"

"앗, 그렇다고 걱정하실 정도로 심각한 건 아니고요. 그냥 집 앞에서 한 번……."

안네마리는 나한테 설명하며 조금 겸연쩍은 표정을 지었다. 별것 아닌데 자신이 괜히 수선을 피웠다는 듯이. 하지만 과로로 쓰러지기까지 한 일이 별것 아닐 리 없다.

"치료소에서 할 일이 많아 계속 무리해서 그런가 봐요. 제대로 진찰은 받아봤고요?"

"네, 별다른 이상은 없다고 했어요."

안네마리가 걱정해 줘서 고맙다는 듯이 방긋 웃었다. 그러다가 무슨 생각을 했는지, 그녀의 미소가 흐려졌다.

"그래도 역시 헤스티아를 생각하면 이제부터라도 몸을 좀 챙겨야겠다 싶어서……. 그래서 되도록 치료소를 그만두는 쪽으로 생각 중이에요."

안네마리가 무슨 생각을 하는지 알 것 같았다. 그녀가 잘못되면 헤스티아는 혈혈단신이 되니까 이번 일로 가슴이 선득해진 거겠지. 전부터 헤스티아와 보내는 시간이 점점 줄어드는 것 같아서 고민이라고 나한테 얼핏 지나가듯이 토로한 적도 있었고 말이다.

"그래요……. 뭐든지 간에 안네마리 씨가 편해지는 쪽으로 잘되면 좋겠네요."

안네마리가 또 갓 피어난 복사꽃처럼 예쁘게 미소 지었다.

"고마워요, 유리 씨. 혹시 괜찮으면 오늘 같이 퇴근할래요?"

"그래요."

그렇게 우리는 나중을 기약하고 일단 헤어졌다.

까악!

창가에서 까마귀가 울었다. 라키어스는 소리가 난 쪽으로 가서 창문을 열었다. 그러자 창틀에 있는 검은 깃털이 눈에 들어왔다. 조금 전에 오딘이 까마귀를 보내 라키어스에게 남긴 전언이 거기에 적혀 있었다. 유리에게 보낼 때와 마찬가지로 인간의 눈으로 알아보기 어려울 정도로 작고 희미하게 새겨진 글씨였다. 하지만 라키어스 역시 인간의 범주를 벗어났기에 그것을 알아보는 데 무리는 없었다.

'일을 잘하고 있는 모양이군.'

내용을 확인한 라키어스가 입꼬리를 삐딱하게 올렸다. 물론 그는 까마귀 오딘이 아직도 마음에 들지 않았지만 그것과 별개로 제법 쓸만하다는 건 인정해 줘야 할 듯했다.

달칵.

그때, 뒤쪽에서 문이 열리는 소리가 들렸다. 라키어스가 깃털을 세게 쥐자 그것은 검은 연기가 되어 흔적도 없이 사라졌다. 그 후 그는 유리를 맞으러 갔다.

"라키어스 씨, 저랑 얘기 좀 해요."

라키어스의 얼굴을 보자마자 유리가 입을 열어 말했다. 유리는 집에 들어오기 전부터 어제 일을 한번 짚고 넘어가야겠다고 생각했다.

물론 그녀가 라키어스의 미인계에 넘어간 것도 맞았지만, 그런 식으로 얼렁뚱땅 기회를 틈타 궁금증을 해소한 라키어스도 치사했다.

유리의 부름에 라키어스가 그녀의 얼굴을 기민하게 살피는 것이 느껴졌다. 그런 뒤 그는 잠깐 멈추었던 걸음을 다시 옮겨 유리에게 다가왔다.

그런데 왠지 필요 이상으로 성큼 거리가 좁혀져서, 유리는 그쯤에서 멈추라고 말하기 위해 입을 열었다. 하지만 그녀가 말하는 것보다 라키어스가 행동하는 게 더 빨랐다. 어느새 바로 지척까지 가까워진 금빛 머리칼이 유리의 눈앞에서 흔들렸다. 동시에 주저 없이 다가온 손이 유리의 손가락 사이사이를 파고들었다.

"아직……."

깊은 울림을 지닌 나직한 목소리가 귓가를 스쳤다.

"화났어요?"

유리는 자신을 지그시 내려다보는 연청색 눈동자를 보며 무의식중에 입술을 달싹였다.

"화가…… 났다기보다는."

이렇게 라키어스의 눈을 가까이에서 마주하니 머릿속에 있던 말이 사그라지는 것 같았다. 문득 거리가 너무 가깝게 느껴져서, 조금 떨어지기 위해 한 발짝 뒤로 물러났다. 하지만 그만큼 라키어스가 밀착해 소용없어졌다.

"라키어스 씨, 어제 그건……."

"미안."

유리가 무어라 말을 잇기 전에 라키어스가 먼저 사과해 왔다. 그는 유리를 내려다보며 진심이 밴 목소리로 속삭였다.

"내가 잘못했어. 그러니까 화내지 마요."

달래듯이 말하며 마주해 오는 시선에 어째서인지 또 말문이 막혔다.

'어, 이상하네…….'

유리는 그런 라키어스를 보며 의문을 느꼈다. 이렇게 그의 얼굴을 보니 도저히 뭐라고 할 마음이 생기지 않았다. 애초에 화가 난 것도 아니긴 했지만 그래도 한마디는 하고 넘어가야겠다고 생각했는데. 꼭 비 맞은 강아지처럼 보이는 눈빛이라 그런가?

결국 유리가 꺼낸 말은 애초에 생각하던 것과 많이 달랐다.

"다시는 그러지 마요."

어쨌든 라키어스도 진심으로 반성하는 것처럼 보이고……. 그러니 이 정도로 하고 넘어가도 될 것 같았다. 유리의 말에 라키어스가 알겠다는 듯이 부드럽게 눈을 접어 웃었다. 그리고 맞잡은 손을 들어 유리의 손등에 입술을 묻었다.

그 일련의 행동이 아주 자연스러워서, 유리는 라키어스를 뿌리칠 생각조차 하지 못했다. 곧이어 귓가에 달짝지근한 속삭임이 휘감겼다.

"보고 싶었어요, 유리 씨."

유리는 무의식중에 숨을 죽였다.

'아니, 어떻게 사람이 이런 목소리로 말할 수가 있지?'

꼭 목소리를 설탕이나 꿀로 만든 것처럼 달달해도 너무 달달했다. 왠지 오늘따라 라키어스의 앞에서 여러 번 말문이 막히는 것 같았다. 뭔가 심장에 해로운 느낌이라, 유리는 저도 모르게 그의 손을 뿌리쳤다. 맞닿은 몸이 떨어지고 나자 다시 침착하게 마음이 가라앉았다.

하지만 잠시뿐, 바로 잇따라 라키어스가 그녀의 얼굴에 손을 대자 또다시 마음이 말랑말랑해지고 말았다.

"라키어스 씨……. 너무 가까워요."

유리의 말에 라키어스가 고개를 비스듬히 기울였다. 그러고 나서 그가 입술 끝을 끌어 올리며 귀가 간지러울 정도로 느릿하게 속삭였다.

"난 지금보다 더 가까워지고 싶은데."

이쯤 되니 유리는 인정할 수밖에 없었다. 라키어스는 사람을 홀리는 데 아주 큰 재주가 있다는 것을. 그리고 그의 미인계는 유리에게 생각보다 효과가 있다는 것을. 만약 라키어스가 알았다면 아주 만족스러워했을 생각이었다.

"원래 아무한테나 이래요?"

유리는 저도 모르게 묻고 말았다. 그러자 라키어스가 뜻밖의 말을 들은 듯이 그녀를 물끄러미 내려다보다가, 얼마 전 그녀가 했던 것과 동일한 말을 입 밖으로 꺼냈다.

"아니요. 당신한테만 그래요."

유리는 다시 말을 잃었다. 달짝지근한 목소리가 파고든 귀가 왠지 좀 간지러워졌다.

"배가 고프네요."

그래서 말을 돌리며 휙 걸음을 옮겨 그 자리를 벗어났다. 라키어스는 옅게 웃으며 그런 유리의 뒤를 따라갔다.

커피하우스를 쉬는 날, 유리는 라키어스에게 약속이 있어 늦을 것이라고 말하고 점심나절부터 외출했다. 그 후 그녀는 복장을 바꾸기 위해 레오의 은신처에 잠깐 들렀다.

"미, 미안! 나도 열심히 하고 있는데! 절대 내가 무능력해서 그런 게 아니라, 오딘이 너무 꼭꼭 숨어서 그래!"

유리를 보자마자 세이렌이 다급히 변명했다. 그녀는 지난번 유리의 부탁으로 새를 조종해 오딘을 찾았다. 하지만 아직까지 별다른 성과는 없었다.

"좀 더 수고해 줘. 나도 나대로 찾아볼 테니까."

유리는 그냥 알겠다고 고개를 끄덕이며 말했다. 그러나 세이렌은 유리를 실망시켰다는 생각에 풀이 죽었다.

"유리! 나도, 나도!"

그때, 레오가 끼어들어서 자신도 오딘을 찾는 일에 끼워달라고 호기롭게 외쳤다.

"나, 잘한다, 길 찾기! 세이렌, 못 한다!"

"뭐야? 번견 주제에 이게 지금 날 무시해?"

당연히 세이렌은 발끈했다.

"레오도 길 찾기 잘하는 거 알아. 하지만 이번 일은 안 도와줘도 돼. 위험할지도 모르니까."

유리는 레오의 머리를 쓰다듬으며 말했다. 지난번에 변종을 찾던 노예상에 잡혔던 일도 있고, 무엇보다도 레오가 직접 움직이는 건 눈에 띄어서 위험했다. 유리의 거절에 이번에는 레오가 시무룩해져서 꼬리를 축 늘어뜨렸다.

"흥, 아라크네를 돕는 건 나로도 충분하거든?"

세이렌이 의기양양해져서 웃었다.

"크르르."

"뭐, 네가 노려보면 어쩔 건데?"

유리는 함께 으르렁거리는 두 사람을 뒤로한 채 옷을 갈아입었다.

"헉!"

세이렌이 화들짝 놀라 날개로 레오의 눈을 가렸다.

"아라크네, 너는! 여기 나랑 둘만 있는 것도 아니고 번견도 있는데 왜 그렇게 옷을 홀렁홀렁 벗어?"

"연구소에서도 옷 정도는 남들 보는 앞에서 아무렇지 않게 갈아입 었는데 무슨 상관이야."

"여기가 연구소야? 너……! 너 설마 집에서도 그러는 건 아니겠지? 그, 그렇지……?!"

유리의 태연한 말에 세이렌이 기가 찬 듯이 말했다. 그러다가 무슨 생각을 했는지, 돌연 아연실색해 말을 더듬었다. 유리는 그런 세이렌 을 보며 쯧 혀를 찼다. 모른 척해주려고 해도 세이렌은 참 거짓말을 못했다.

지금 그녀가 무슨 생각을 하는지 짐작이 갔다. 보나 마나, 유리의 집에 있는 라키어스 때문에 이런 반응을 보이는 것이다. 유리는 움직 이기 편한 옷으로 갈아입은 뒤 옆에 내려놓았던 가면을 집어 들었다.

"내 집에서 내가 옷을 입고 있든 벗고 있든 무슨 상관이야."

"안 돼!"

대수롭지 않게 말하자 세이렌이 파드득 경기했다. 그녀는 엄청난 충 격을 받은 듯이 자리에서 벌떡 일어나기까지 했다.

"나는 반대야! 나는 네가…… 그러니까 네가……."

하지만 세이렌은 퍼뜩 자신이 유리의 집을 몰래 엿봐 라키어스 아 발론의 존재에 대해 안다는 사실을 무의식중에 밝힐 뻔했다는 것을 깨닫고 무어라 말을 이어야 할지 고민했다. 자신을 응시하고 있는 유 리의 붉은 눈동자를 보는 순간 머릿속이 더 어지럽게 뒤엉켰다.

사실 지금 하고 싶은 말은 유리와 라키어스 아발론이 그렇고 그런 관계가 되는 것을 반대한다는 것이었다. 하지만 곧이곧대로 말할 수는 없었다. 세이렌은 이내 두 눈을 질끈 감고 되는대로 외쳤다.

"난 네가 집이라고 해서 옷을 막 벗고 다니는 건 반대야……!"

"……."

"알겠어? 여긴 더 이상 연구소가 아니니까 항상 옷을 잘 챙겨 입고 다니란 말이야! 목욕 후에도 절대 옷을 벗고 돌아다니면 안 되고, 잘 때도 꼭 잠옷을 입고 자야 돼! 넌 우리처럼 몸을 보호할 날개나 털이 있는 것도 아니잖아! 옷은 그런 약점을 보완하려고 인간이 발명한 훌륭한 보온 용품이자 방어 수단이니까, 가진 거라곤 머리털밖에 없는 주제에 그렇게 아무 데서나 방심하지 말고 천 쪼가리 하나라도 꼭 걸치란 말이야! 내 말 무슨 뜻인지 알겠어?"

뭔가 말할수록 내용이 요상해지는 것 같았지만 세이렌은 필사적이었다. 혹시 유리가 연구소 때의 습관을 못 버리고 아직도 집에서 라키어스 아발론이 보든 말든 옷을 홀러덩 벗고 다닐까 봐 걱정이었다. 그러다가 그 무시무시한 인간한테 홀라당 잡아먹히기도 하면……!

'죽여 버릴 거야, 라키어스 아발론!'

그런 일을 상상하는 것만으로도 세이렌의 두 눈에서 불똥이 튀었다. 유리는 세이렌이 필요 이상으로 흥분한 것을 느끼고 그녀를 진정시키기 위해 말했다.

"그래. 옷 잘 입고 다닐게."

"그래! 꼭 잘 입고 다녀! 지금처럼 남이 보는 데서 막 갈아입지도 말고!"

"너희 앞에서만 그러는 거니까 신경 안 써도 돼."

순간, 세이렌이 멈칫했다.

"우, 우리 앞에서만 그러는 거라고?"

왠지 특별 취급받는 것 같은 느낌이 들어 갑자기 가슴이 뭉클해졌다. 물론 유리는 아무 생각 없이 꺼낸 말이었다.

"다녀올게. 둘이 사이좋게 있어."

그렇게 그녀는 레오와 세이렌을 두고 수도원을 벗어났다. 목적지는 지난번에 갔던 암시장 쪽이었다.

낮의 암시장은 쥐 죽은 듯이 조용했다. 얼마 전 칼리안 크록포드가 다녀간 일 때문인가 싶었지만 그렇다 해도 지나치게 조용했다. 유리는 처음 세이렌과 레오를 잡아 갔던 노예상의 흔적부터 파헤쳤다.

사실 오딘과 연락이 끊기지만 않았다면 이렇게 다시 올 이유가 없었을 장소였다. 유리는 노예상이 실험체들을 잡으려 했던 이유가 특이한 외양을 가진 생물체를 변태 귀족들에게 비싼 값에 팔아넘기기 위해서라고 생각했다. 카르노말에 있을 때부터 지금까지도 종종 그런 일이 있었기 때문에 사실 별로 특이한 일은 아니었다.

쑥대밭이 된 텅 빈 노예상을 좀 뒤지자 거래처 명단이 나왔다. 당연히 발견하기 쉬운 장소에 있던 건 아니었고, 실을 이용해 온갖 비밀 장소를 전부 뒤지다 보니 찾은 것이다. 유리는 그것을 한번 훑어본 뒤 버렸다. 그리고 망설임 없이 암시장을 떠났다. 명단을 한 번 본 것으로 내용을 전부 외웠기 때문에 다음 장소로 이동하는 그녀의 발걸음에는 주저함이 없었다.

유리는 암시장을 나와 북쪽으로 이동했다. 그곳에도 경계 부근에 뭉쳐 있는 범죄 조직들이 있었다. 이곳 역시 주된 활동 시간은 밤이라 낮인 지금은 조용한 편이었다. 사실 이런 대낮부터 침입하기에는 시간대가 적당하지 않았지만 어쩔 수 없는 일이었다.

휘익.

유리는 줄을 타고 지붕에서 내려와 사람의 인기척을 살피다가 한 창문을 골라 안으로 들어갔다. 창고 같은 방이었다. 문밖에도 인기척이 없다는 것을 알고 유리는 복도로 나섰다. 혹시 이곳에서도 변종을 찾고 있는지, 이 안에 오딘은 없는지 확인해 볼 요량이었다. 그렇게 최대한 사람들을 피해 움직이다가…….

타악!

뜻밖의 사람과 마주쳤다. 복도의 모퉁이를 돌자마자 눈앞에 나타난 하얀 가면을 쓴 남자. 라키어스였다. 마주친 순간 둘 다 동시에 주춤했다. 그리고 또 동시에 생각했다.

'왜 라키어스가 여기에?'

'왜 유리가 여기에?'

둘 다 기척을 죽이고 있어 서로가 바로 코앞까지 다가오는 것을 몰랐기 때문에 놀라움은 더 컸다. 라키어스도 지난번 축제 때 보았던 가면 쓴 유리를 보고 그녀의 정체를 대번에 알아차렸다.

뒤이어 라키어스가 손을 들어 올렸다. 순간적으로 그가 공격하려는 줄 알았지만, 아니었다. 라키어스는 유리에게 입을 열어 말하지 않고 손짓으로 무언가를 전달했다. 꽤 알아듣기 쉬운 수신호라 그가 하려는 말이 무엇인지 바로 알 수 있었다.

'저쪽에 뭔가가 있으니까, 웬만하면 다른 쪽으로 가라고?'

그 뭔가가 사람인지, 함정인지는 모르겠지만 어쨌든 그가 가리킨 곳으로 가지 말라는 의미인 것은 확실했다. 유리는 저도 모르게 눈썹을 슬그머니 치켜세웠다.

'왜 나한테 이런 걸 가르쳐 주지?'

축제 때만 해도 그녀와 치고받고 했던 라키어스라고는 생각되지 않는 친절함이었다. 물론 이후에 만났던 노예상에서도 그녀를 도와주기는 했지만⋯⋯.

저벅.

바로 그때, 유리와 라키어스가 있는 곳으로 이동하는 다수의 인기척이 느껴졌다.

"⋯⋯!"

다음 순간, 라키어스의 손이 유리의 팔을 붙잡았다. 유리는 멈칫하다가 그냥 라키어스가 이끄는 대로 그를 따라갔다.

잠시 후 그들은 어둑한 복도의 귀퉁이에 몸을 숨겼다. 자리가 꽤 좁아서 몸을 밀착하고 있어야 했다. 그 상태로 그들은 방해물들이 지나가기를 기다렸다. 라키어스의 시선이 눈앞에 있는 가면 쓴 유리의 얼굴로 떨어져 내렸다. 평소라면 마주치는 인간들을 그냥 쓸어버렸을 테지만, 유리가 왜 이곳에 왔는지 목적을 알 수 없었기 때문에 일단 참았다.

라키어스는 이곳에 유적의 파편이 있을지도 모른다는 소식을 듣고 확인차 들른 참이었다. 하지만 설마 이곳에서 유리를 만날 줄은 몰랐다. 라키어스는 그녀가 여기에 온 목적이 무엇인지 궁금했다.

유리가 라키어스의 시선을 느끼고 고개를 들었다. 지척에서 눈이 마주쳤다. 상황에 맞지 않게도 라키어스는 유리에게 손을 대고 싶은 충동을 느꼈다.

사실 둘 다 가면을 쓴 채 정체를 숨기고 있지만 이미 서로의 정체를 안다. 하지만 라키어스는 유리가 자신의 정체를 알고 있다는 사실을 몰랐고, 유리는 혹시 라키어스가 자신을 알아본 게 아닌지 의심을 하고 있는 단계였다. 그래서 누구 하나 섣불리 움직이지 못했다. 가까이에서 웅성거리는 소음이 지나갔다.

유리는 라키어스를 보고 있다가, 문득 그에게 한번 물어볼까 싶어 팔을 들어 올렸다. 다음 순간 라키어스는 유리의 손목에 팔찌처럼 걸린 것을 보고 움찔했다. 그녀가 보여준 것은 검은 깃털이었다.

라키어스는 그것이 오딘의 것이란 사실을 알아차렸다. 뒤이어 유리가 조금 전의 라키어스가 그랬던 것처럼 손짓했다. 깃털을 툭툭 쳤다가 날갯짓을 하는 것처럼 작게 시늉한 손이 눈을 가리켰다.

그 후 그녀의 손가락이 이번에는 발소리가 들리는 건물 쪽으로 향했다. 라키어스는 그 뜻을 대강 알아들었다. 직역하면 이런 검은 깃털을 가진 새를 본 적이 있느냐는 것이었고, 좀 더 심도 있게 해석하면…….

'여기서 오딘을 본 적이 있느냐는 건가?'

라키어스는 고심했다.

'설마 유리가 이곳에 온 목적이 오딘을 찾는 건가?'

라키어스에게서 곧바로 반응이 나오지 않자, 유리가 가면을 쓴 얼굴을 갸웃 옆으로 기울였다. 그러다가 라키어스가 못 알아들었다고 생각했는지, 다시 한번 손짓하기 시작했다. 라키어스는 그런 유리를 뚫어져라 쳐다보았다. 이것 역시 상황에 어울리지 않는 생각이었지만…….

'젠장. 귀엽잖아…….'

열심히 그에게 무언가를 설명하려 하는 유리의 모습이 귀여워서 순간 저도 모르게 그녀에게 손을 댈 뻔했다.

−너 진짜 중증이다…….

머릿속에서 벌레가 질린다는 듯이 중얼거렸다. 옆을 지나가던 사람들의 발걸음 소리가 멀어졌다. 라키어스가 아는 것이 없다고 생각했는지, 유리가 먼저 자리에서 움직였다. 라키어스는 무심코 그런 그녀를 붙잡았다. 그러자 유리가 걸음을 멈추고 그를 돌아보았다.

라키어스는 조금 전 유리가 물은 것에 대한 답으로 고개를 저으며 손으로 X자를 그렸다. 그러자 유리가 확인하듯이 그를 따라 했다. 라키어스는 고개를 끄덕였다. 유리도 그를 따라 알겠다는 듯이 고개를 끄덕였다.

'아, 역시 귀여워······.'

라키어스는 또 손이 충동으로 꿈틀거리는 것을 느꼈다. 하지만 상황이 상황이었기 때문에 꾹 참아냈다. 두 사람은 함께 복도의 구석에서 빠져나왔다. 그런데 다음 순간 유리가 향하는 곳은 조금 전 라키어스가 다녀온 방향이었다.

타악!

라키어스는 또 반사적으로 유리를 붙잡았다. 그러자 유리가 왜 또 이러냐는 듯이 라키어스에게 잡힌 팔을 당기며 그를 쳐다보았다. 라키어스는 답답함에 저도 모르게 입을 열고 말았다.

"······여기 없다고."

"아, 모른다는 의미로 고개를 저은 게 아니라······."

둘 다 또 동시에 멈칫했다.

"······."

"······."

짧은 침묵이 내려앉았다. 하지만 잠시 후, 결국은 둘 다 이 상황을 모른 척하기로 결정했다. 그리고 두 사람은 헤어졌다.

유리는 노예상에서 본 명단에 있던 다른 장소로 이동하기 위해 그곳을 떠났고, 라키어스는 건물에 남아 처음 목적이었던 유적의 파편을 좀 더 찾기로 했다. 그날의 이상한 만남은 일단 그것으로 맺어졌다.

유리가 자리를 비운 사이, 커피하우스 앞에 화려한 마차가 한 대 멈춰 섰다. 거기에서 내린 것은 데이몬 살바토르였다.

"흠."

그는 오늘따라 유독 멋들어지게 차려입고 손에는 커다란 꽃다발까지 들었다.

'분명 여자들은 이런 걸 좋아한다고 했지.'

데이몬은 지난번 이곳에서 보았던 여인을 떠올리며 꽃다발을 들고 당당하게 커피하우스의 문을 밟았다.

"어서…… 오십시오, 손님."

길버트가 식은땀을 줄줄 흘리며 데이몬을 맞았다. 데이몬은 오만한 눈빛으로 주위를 두리번거렸다. 그런데 아무리 봐도 지난번에 만났던 여자의 모습이 보이지 않았다.

"그때 봤던 점원은?"

데이몬이 묻자 길버트가 잠깐 머뭇거리다가 대답했다.

"오늘은 쉬는 날인데요……."

"뭐라고?"

데이몬의 얼굴이 와락 구겨졌다. 바쁜 와중에 기껏 시간을 내 만나러 왔는데, 하필 쉬는 날이라고?

"쉬긴 왜 쉬어? 어디 아파?"

"아니요. 원래 일주일에 한 번은 휴일이라서……."

"휴일? 연금술사의 탑에도 휴일이 없는데 이런 코딱지만 한 가게에 휴일?"

데이몬이 기가 찬다는 듯이 길버트의 말을 곱씹었다. 길버트는 자신의 커피하우스를 무시하는 듯한 그의 말에 울컥했다. 하지만 귀족을 상대로 따질 순 없는 노릇이었다.

"그럼 내일은 다시 나온다는 거야?"

"예에, 그렇습니다."

"그럼 내일 또 오지."

'오지 마!'

길버트는 속으로 아우성쳤지만 당연히 데이몬은 그것을 듣지 못하고 목적을 이루지 못해 짜증이 난 얼굴로 커피하우스를 나섰다.

'저놈이 돌았나?'

한편, 그 광경을 목격한 스노우는 질색하는 눈으로 멀어지는 데이몬의 뒷모습을 보았다. 저 연금술사 놈이 도대체 왜 저런 꼴로 유리를 찾는 것인지 도무지 알 수가 없었다. 아니……. 사실 지금 본 광경으로 미루어 짐작했을 때, 떠오르는 가정은 하나뿐인데…….

상상만 해도 헛웃음이 터져 나왔다. 천하의 데이몬 살바토르가 여자한테 저런 식으로 노골적인 구애를 한다고?

그런데 하필 그 상대가 커피하우스의 유리라는 점이 스노우의 기분을 불쾌하게 만들었다. 하필이면 그가 아는 사람에게 재수 없는 연금술사 놈이 수작질을 거는 꼴을 목격해 이렇게 짜증이 나는 모양이다. 더군다나 유리는 스노우가 인간적으로 호감을 갖고 있는 사람이기도 했고…….

어쨌든 데이몬 살바토르와 유리라니. 이 조합은 결사반대였다. 물론 유리의 마음도 데이몬에게 있다면 그에게 말릴 자격은 없겠지만⋯⋯. 만약 그렇지 않다면 저 재수 없는 연금술사 놈은 자신이 막아내고야 말리라. 스노우는 그렇게 결의를 다지며 다시 마차에 오르는 데이몬의 뒤통수를 찌푸린 눈으로 쳐다보았다.

볼일을 끝마친 뒤 라키어스는 창고로 향했다. 가지고 있던 검은 깃털을 꺼내 움켜쥐자 손안에서 연기가 피어올랐다. 잠시 후, 창고 안으로 검은 새가 푸드덕 소리를 내며 요란하게 들이닥쳤다.

파앗!

새는 순식간에 사람으로 변해 라키어스의 앞에 부복했다.

"라키어스 님, 부르셨습니까."

라키어스는 그의 눈앞에 조아린 보라색 머리 남자를 서늘히 내려다보며 미간을 좁혔다.

"일 똑바로 안 하지? 오늘 너 때문에 헛걸음했잖아."

"죄송합니다!"

"쓸모없는 놈. 다시 찾아."

"예, 라키어스 님! 자비에 감사드립니다!"

라키어스의 앞에 넙죽 엎드려 외치고 있는 것은 오딘이었다. 오딘은 언제 라키어스에게 뻗댔었냐는 듯이 놀랍도록 고분고분했다. 하지만 라키어스는 그런 오딘도 마음에 안 드는 듯, 찌푸린 눈으로 그를 보았다.

"오늘 보니까 아라크네가 널 찾는 것 같던데."

"아, 그래요?"

이어진 라키어스의 말에 오딘이 고개를 갸웃하다가, 곧 잊고 있던 것을 떠올린 듯이 반응했다.

"그러고 보니까 며칠 전이 만나기로 약속한 날이었는데 깜빡했네요."

"뭐?"

오딘은 대수롭지 않다는 듯 가볍게 말했다. 하지만 라키어스는 그 말을 듣자마자 눈썹을 꿈틀거리며 한기를 퍼뜨리기 시작했다. 그에 오딘이 화들짝 놀라 라키어스의 다리에 매달렸다.

"헉, 라키어스 님! 오해하지 마세요! 전 라키어스 님밖에 없어요! 아라크네는 그냥 의뢰 때문에 만나려고 했던 거예요! 제 마음 아시죠? 이 오딘의 충성을……!"

라키어스에게 자신의 충성심을 믿어달라고 애원하는 오딘의 눈은 약간 맛이 가 있었다.

"까마귀들의 왕! 라키어스 님의 명실상부한 오른팔! 그러니 라키어스 님, 제발 구두를 핥게 해주세요!"

오딘을 종속시켜 그에게 복종하게 한 부작용이었다. 라키어스가 평소에 이 능력을 사용하기 싫어했던 이유이기도 했다.

'필요한 만큼 써먹고 나면 빨리 종속을 풀든가 해야지.'

라키어스는 깊은 짜증을 느끼며 다리에 질척하게 매달린 오딘을 걷어찼다.

"이 머저리 같은 새끼가, 그런 일이 있으면 재깍 얘기를 해야 할 것 아냐? 감히 네까짓 게 아라크네를 기다리게 해?"

"죄, 죄송합니다! 머저리라 죄송합니다!"

"당장 가서 만나고 와."

"네, 알겠습니다! 그 전에 라키어스 님, 구두를……."

"아, 꺼져. 날개 찢기 전에."

"넵!"

라키어스의 명령에 따라 오딘은 당장 아라크네를 만나기 위해 다시 까마귀로 변해 창고를 빠져나갔다. 라키어스는 그의 뒤로 흩날리는 검은 깃털을 몹시 못마땅한 눈으로 쳐다보았다.

유리도 라키어스와 마찬가지로 목적한 바를 이루지 못하고 레오의 은신처로 향했다. 시간이 없어 명단에 있던 곳을 전부 둘러보지는 못했고, 일단 절반 정도만 살펴보았다. 하지만 어디에도 오딘을 포함한 다른 변종의 흔적은 없었다.

'내일 다시 찾아봐야겠네.'

유리는 오늘 들르지 못한 장소는 내일 다시 가보기로 하고 은신처로 향하는 발길을 서둘렀다.

"아라크네!"

바로 그때, 머리 위에서 날갯짓하는 소리와 함께 익숙한 음성이 울려 퍼졌다. 유리는 수도원 인근의 들판에서 걸음을 멈추었다. 해 지는 하늘을 풍경으로 그녀에게 다가오고 있는 건 분명 까마귀 떼였다.

"오딘."

잠시 후, 머리 위를 뒤덮은 검은 그림자가 사람의 형상을 빚었다. 오랜만에 보는 오딘이 유리의 앞에 사뿐히 내려섰다. 다행히 오딘은 멀쩡해 보였다.

"연락이 안 돼서 찾았어."

유리의 말에 오딘이 말했다.

"미안해! 바쁜 일이 있었거든."

도대체 얼마나 바쁜 일이었기에 의뢰 날짜까지 어겼을까 싶었지만, 일단 오딘이 멀쩡한 걸 봤으니 다른 건 아무래도 상관없게 느껴지기도 했다. 하지만 뒤이어 귓가에 흘러든 오딘의 말은 유리를 조금 당황하게 했다.

"아라크네, 난 이제 새로운 인생을 살기로 했어."

오딘의 얼굴은 더없이 진지했다. 유리는 붉은 노을을 배경으로 한 채 서 있는 오딘을 약간 크게 뜬 눈으로 바라보았다.

"내 인생의 태양 같은 존재를 드디어 만났거든."

"뭐?"

"난 지금까지 내 삶이 무채색이었다는 걸 이제야 알았어. 지금까지의 난 이 메마른 황무지에서 시들어가는 풀 한 포기에 불과했어. 하지만 그분이 내 이름을 불러주셨을 때, 나는 그분에게 가서 한 떨기 꽃이 되었지."

오딘이 한 마디, 한 마디 이을수록 유리의 표정은 점점 오묘해져 갔다.

"하, 아마 이런 기분 넌 상상도 하지 못할 거야. 마치 더러운 허물을 벗고 다시 태어난 것만 같은 이런 기분."

이내 유리는 생각했다. 이건 둘 중 하나 같은데……. 사랑에 빠졌거나, 종교에 심취했거나. 하지만 오딘의 성격에 후자일 리는 없을 것 같으니…… 그럼 설마 전자라고? 마침내 오딘의 눈에서 굳은 결의가 불타올랐다.

"난 그분을 위해 헌신할 거야! 설령 내 몸이 부서져 이 황무지의 모래알이 된다 해도!"

"어…… 그래."

"그분을 향한 내 날갯짓을 막지 마!"

푸드덕!

오딘은 그렇게 유리에게 하고 싶은 말을 다 털어놓은 뒤 더 이상 그녀에게 볼일이 없다는 듯 까마귀로 변해 날아올랐다. 유리는 떨떠름함이 뒤섞인 복잡한 눈으로 멀어지는 그를 바라보았다. 그러다 문득 깨달았다.

'잠깐, 그래서 내가 의뢰한 내용은?'

오딘은 유리가 의뢰했던 것조차 완수하지 않고 갔다. 도대체 뭐에 저렇게 심취한 건지는 몰라도, 아주 단단히 빠진 모양이다.

'뭐, 굳이 필요 없나.'

유리는 미간을 찌푸리며 일단 지금은 오딘을 부르지 않기로 했다. 지난번에 유리를 뒤쫓다가 레오에게 죽은 남자는 변종을 찾던 노예상이 고용한 남자인 듯했고, 카르노말의 상황도 굳이 유리가 알아낼 필요는 없을 것 같았다. 오늘도 열심히 무언가를 하기 위해 돌아다니는 라키어스를 보니, 알아서 복수든 뭐든 잘할 것 같았으니까.

'그럼 오늘은 괜히 헛짓한 건가.'

유리는 오딘이 사라진 쪽을 보다가 이내 수도원으로 발길을 돌렸다. 너무 늦기 전에 집에 돌아가야 할 듯했다.

다음 날, 커피하우스에 예상치 못한 손님이 찾아왔다.

"아가, 날 기억하겠니?"

얼마 전 나를 보고 '셀레나'를 외치다가 쓰러졌던 노인이었다.

"그럼요, 안녕하세요."

나는 일단 노인에게 인사한 뒤 물었다.

"몸은 좀 괜찮으세요?"

"그럼! 쌩쌩하단다. 그때 나 때문에 놀랐지? 미안하다, 아가."

처음 봤을 때는 인상이 좀 무섭다고 생각했는데 막상 이렇게 얼굴을 마주하고 이야기를 나눠보니 굉장히 인자하고 다정한 할아버지였다. 역시 사람은 첫인상으로는 모르는 건가 보다.

"차 한 잔 주련? 아무거나 괜찮으니 아가가 주고 싶은 걸로."

그런데 호칭이 좀······. 하긴, 할아버지의 눈으로 보면 난 어린애나 마찬가지일 테니.

"네, 잠깐만 기다려 주세요. 금방 가져올게요."

나는 가장 푹신한 의자가 있는 자리로 그를 안내한 뒤 가게 안쪽으로 들어갔다.

"아는 사이야, 유리 씨?"

길버트 씨가 흔들리는 눈으로 내게 다가와 물었다. 저 할아버지 역시 귀족으로 보이다 보니 절로 긴장이 되는 모양이다.

"얼마 전에 이 앞에서 한 번 뵌 적이 있는 분이에요."

나를 죽은 딸로 봤다느니 하는, 남의 민감한 가정사를 내가 말하기는 좀 그래서 그냥 그 정도에서 설명을 그쳤다. 어쨌거나 길버트 씨는 노인과 내가 아는 사이로 보이자 퍽 안심한 눈치였다.

나는 내가 차를 내가겠다고 말한 뒤 고민했다. 어떤 차를 내가는 게 좋으려나? 아, 생강차가 있는데 그걸로 할까.

잠시 후 쟁반을 들고 부엌을 나섰다.

"생강차예요. 좀 더 단맛이 나는 게 좋으시면 여기 있는 꿀을 넣어드세요."

"호오, 그렇구나."

노인은 내 말을 한마디도 놓치지 않겠다는 듯이 경청했다. 내 말이 끝나자 마침내 그가 찻잔을 들어 안에 있는 내용물을 한 모금 맛보았다.

"아가가 직접 타준 거니?"

"네, 혹시 입맛에 안 맞으세요?"

"그럴 리가! 아가가 타준 거라 그런지 아주 맛있구나!"

이어진 칭찬이 다소 과해서 왠지 좀 낯 간지러운 기분이 들었다. 그렇게 호들갑스럽게 생강차를 마시던 노인은 이내 찻잔을 내려놓고 공연히 큼큼 헛기침을 했다. 그러더니 내게 물었다.

"그런데 우리 아가는 이름이 뭘까?"

왠지는 모르지만, 꼭 비밀을 묻듯이 은근한 어투였다. 딱히 대답을 피할 이유는 없어서 말했다.

"유리예요."

"유리! 예쁜 이름이구나."

노인이 흐뭇한 미소를 지으며 고개를 끄덕였다.

"나이는?"

순간 커피하우스 안에 있던 사람들이 이쪽을 향해 귀를 쫑긋거리는 느낌이 들었다.

"스물둘이요."

"스물둘, 좋은 나이지."

노인은 그렇게 생강차를 다 마실 때까지 나한테 간단한 질문을 몇 가지 더 했다. 마침 손님이 얼마 없는 시간대이기도 해서 나도 짧게나마 그의 말동무가 되어주었다.

"오늘 차 잘 마셨다, 아가야. 다음에 또 오마."

노인은 꼭 칼리안 크록포드가 처음 이곳에 왔을 때처럼 찻값으로 금화를 두고 갔다. 더군다나 거스름돈을 주겠다고 하는데도 받지 않고, 앞으로 자주 올 테니 미리 찻값으로 달아놓으라는 말까지 칼리안 크록포드와 똑같이 남기고.

귀족들은 원래 다 이런가? 나는 고개를 갸웃하며 생각했다. 지난번에 노인이 길에서 쓰러졌던 게 생각나 슬쩍 밖으로 나가보았다. 노인은 지난번에 동행했던 그 집사라는 아저씨에게 부축받으며 휘황찬란한 마차에 올랐다. 그것을 확인한 뒤 나는 다시 커피하우스 안으로 들어왔다.

다그닥, 다그닥.

그렇게 노인이 떠나고 얼마 지나지 않았을 때였다. 커피하우스 앞에 또 다른 화려한 마차가 멈춰 섰다. 그리고 그 안에서 잘생긴 남자가 모두의 시선을 받으며 내려섰다.

"어우, 오늘 무슨 날인가."

길버트 씨가 손수건으로 식은땀이 배어난 이마를 닦으며 한탄했다.

"오늘은 있었군."

커피하우스에 들어선 남자가 나를 보고 눈을 반짝였다. 지난번에 봤을 때보다 한결 더 근사하게 꾸며 외모에서 빛이 나는 것 같았다. 그는 바로 데이몬 살바토르였다. 나는 그때와 마찬가지로 내 앞에 다가와 선 남자를 보고 슬쩍 미간을 찌푸렸다. 길버트 씨한테 어제 데이몬 살바토르가 왔다고 듣긴 했지만 정말 오늘 또 올 줄이야.

"선물이야."

그는 손에 들고 꽃다발을 대뜸 내 앞에 내밀었다. 지난번에 뜬금없이 나한테 말했던 '내 여자가 돼라!'의 연장선인 모양이다. 상당히 공들여 만든 듯, 꽃다발은 아주 크고 화려했다. 하지만 나는 데이몬 살바토르의 선물을 거절했다.

"사적인 선물 안 받습니다, 손님."

그러자 데이몬의 눈매가 약간 찡그러졌다.

"왜? 여자들은 이런 걸 좋아한다고 들었는데."

그는 영문을 모르겠다는 표정을 지었다. 그러다가 이내 깨달은 듯이 말했다.

"아, 혹시 보석 같은 걸 더 선호하나? 뭐든 말만 해."

지금 이게 도대체 뭐 하자는 건지……. 정말 이런 걸 여자들이 좋아할 것 같아서 이러는 건가?

사랑을 모르는 짐승이 여기 또 있었다. 물론 이게 정말 구애하는 게 맞다면 말이다. 데이몬 살바토르의 행동이 진심이라는 생각은 들지 않았다. 하지만 이유는 몰라도, 최소한 나를 꼬드기려고 이러는 건 맞는 것 같은데……. 여자의 환심을 사는 방법을 한참 잘못 알고 있었다.

"원하는 건 다 줄 수 있어. 난 살바토르 가문의 후계자고, 돈이든 권력이든 명예든, 다 가지고 있으니까."

데이몬이 당당하게 말했다. 당연히 커피하우스 안에 있던 사람들의 이목은 나와 데이몬에게 쏠렸고, 지금 그가 하는 말에 모두 귀를 기울였다. 데이몬의 입에서 동부의 대귀족인 살바토르 가문의 이름이 나오자 곳곳에서 '헉!' 하고 급히 숨을 들이켜는 소리가 들렸다. 길버트 씨도 놀라서 입을 쩍 벌리는 것이 보였다.

"죄송하지만 전 그런 데 관심이 없어서요."

하지만 이번에도 내가 단칼에 거절하자 주위 사람들은 더더욱 경악하는 눈치였다. 그들은 혹시 내가 대귀족의 심기를 건드려 큰일을 당하는 것이 아닌가 싶어 우려하는 것 같았다. 내 말을 들은 데이몬의 얼굴이 굳어졌기 때문에 더욱.

"관…… 심이 없어?"

도저히 지금 이 상황을 받아들일 수가 없는지, 그의 눈이 약간 흔들렸다. 하지만 데이몬은 이내 떨림을 가라앉힌 뒤 다시 입을 열었다.

"말도 안 돼. 남들이 아무리 죽을 때까지 아등바등 발버둥 쳐도 가지지 못하는 것들인데! 그걸 난 다 가지고 있고."

그는 어떻게든 나를 설득시키려는 듯, 쓸데없는 의지를 불태우며 말을 이었다.

"내 사람이 되면 당신을 동부 최고로 만들어줄 수 있어. 살바토르는 동부를 떠받드는 기둥이고, 가문을 떼놓고 봐도 난 데이몬 살바토르니까!"

말하면서 자신감을 되찾기 시작했는지, 데이몬의 얼굴에 여유가 돌아왔다.

"지금 상용화돼서 이 커피하우스에서도 쓰이고 있는 편의 시설 대부분이 연금술사의 탑에서 발명한 물품인 걸 알겠지? 거기에 적힌 약자가 내 이름이거든."

냉동고나 가열기 등에 적힌 이니셜 'DS'의 정체를 알게 된 커피하우스 안의 사람들이 2차로 놀라 숨을 들이켰다.

"내가 해줄 수 있는 것들이 꼭 물질적인 것에만 국한되는 건 아니야. 살바토르 가문 남자는 배우자에게 헌신적이기로 유명하지. 결혼

한 후에도 밖에서 사생아나 만드는 어느 귀족 가문과는 차원이 다르다는 거야."

그런데 듣자 하니 뭔가 이상했다.

"그러니까 이제 알겠지? 누구를 선택하는 게 더 현명한지."

기분 탓인지 모르겠지만, 사생아를 만드는 '어느 귀족 가문'에 대해 말할 때 보편적인 귀족의 습성을 말하는 게 아니라 꼭 어느 특정 가문을 저격하는 느낌이었다.

게다가 묘하게 내가 지금 만나는 사람이 있다고 생각하는 듯한 뉘앙스인데. 어쩐지 조금 전에 한 말도, 그런 맥락에서 다른 사람과 자신을 비교 대상에 두고 얘기하는 것 같았다.

데이몬 살바토르는 이래도 인정하지 않겠냐는 듯이 강렬한 눈으로 나를 쳐다보았다.

"그렇군요. 미래의 배우자분께서는 참 좋으시겠네요."

일단 데이몬 살바토르의 말대로라면 그가 보편적인 시각에서 좋은 신랑감이라는 사실은 얼추 맞는 것 같았다. 그래서 고개를 대충 끄덕여 긍정해 주었다. 그러자 데이몬의 얼굴이 약간 풀렸다.

"그래, 알겠으면 이제 나를……."

"데이몬 살바토르."

바로 그때, 데이몬 살바토르의 뒤에서 누군가 그의 이름을 부르는 소리가 들렸다.

"고매한 연금술사께서 지금 이게 무슨 꼴같잖은 짓일까?"

노래하는 듯이 들리기도 하는 독특한 억양의 음성이 귓가를 간질였다. 데이몬에게 집중되어 있던 사람들의 시선이 이번에는 그 소리를 따라 움직였다.

문가에 서 있는 남자가 그제야 시야에 들어왔다. 데이몬 살바토르 못지않게 아주 잘생긴 남자였다. 와인색에 가까운 짙붉은 머리카락이 가장 먼저 강렬하게 시선을 사로잡았다. 햇빛을 받아 반짝이는 자수정 같은 눈동자는 온도가 낮아서, 꼭 진짜 보석처럼 느껴졌다. 그를 보는 순간, 눈이 번쩍 뜨이는 것 같았다.

"제노스 셸던."

내 앞에 있던 데이몬 살바토르의 입에서 서늘한 음성이 흘러나왔다. 그의 목소리에 실려 나온 이름을 듣고 나는 지금 문가에 서 있는 남자가 소설 속의 내 최애캐라는 사실을 확신했다.

저벅.

데이몬 살바토르에게 이름을 불린 남자가 걸음을 뗐다. 그러자 조금 전까지만 해도 거기에 서 있는지조차 몰랐던 남자의 존재감이 갑자기 팽창했다.

"데이몬 살바토르, 네가 철없는 어린애도 아니고."

입꼬리가 올라가 미소를 띤 것처럼 보이는 입매나 선이 고운 얼굴이 전체적인 인상을 부드럽게 만들어주었지만, 자세히 보면 그의 눈매는 다소 날카로웠다.

"그렇게 모든 일을 떼쓰는 걸로 해결할 나이는 이미 한참 전에 지나지 않았나?"

말투의 경박함이 훨씬 덜어져서 느낌이 180도 달라지긴 했지만 이 목소리는 분명 스노우의 것이었다. 오늘은 왜 평소처럼 변장하지 않았는지 모르겠지만. 그리고 이렇게 보니 역시…… 그는 지난번 축제 때 나한테 꽃을 줬던 남자가 맞았다.

제노스의 말에 데이몬이 '하!' 하고 기가 찬 듯이 웃음을 터뜨렸다.

그리고 이내 싸늘하게 말했다.

"제노스 셸던. 이렇게 때맞춰 나타난 걸 보니 또 쥐새끼처럼 몰래 엿들었나 봐? 아니지, 엿들은 게 아니라 엿봤다고 해야 맞나?"

데이몬의 얼굴에 날카로운 비소가 떠올랐다.

"어쩐지 시골구석에 처박혀 있지 않고 다시 기어 나와서 칼리안 크록포드와 붙어 다니더니, 아직 수도에 얻어먹을 게 더 남아 있던 모양이지?"

순간, 두 남자 사이에 파지직 전류가 튀는 것 같았다. 이건 또 무슨 상황일까. 나는 갑자기 나타나 자기들끼리 대치하기 시작한 두 남자를 한 번씩 번갈아 쳐다보았다. 원래 소설에서도 두 사람의 사이가 썩 좋지 않은 건 알고 있었지만 이렇게 직접 보니 정말 앙숙 같은 관계구나.

"그 편협한 머리로 뭘 상상하는지 알 만하지만 난 그냥 우연히 이 앞을 지나다가 네 웃긴 꼴을 보고 들어온 것뿐이야."

제노스가 별 웃기지도 않은 소리를 다 듣는다는 듯 한쪽 입꼬리를 끌어 올렸다.

"구애는 좀 더 정중하게 해야지, 그런 식으로 네 감정만 억지로 밀어붙일 게 아니라. 그리고 상대가 싫다고 하면 질척거리지 말고 깨끗이 물러나는 게 신사의 미덕이고."

"뭐? 질척거리긴 누가⋯⋯."

"그런데 네 꼴은 영⋯⋯. 넌 아직도 네가 일곱 살 떼쟁이 꼬마인 줄 아는 건가? 귀족의 품격이라고는 눈을 씻고 찾아봐도 보이지가 않는데."

역시 내 최애캐는 웃는 얼굴로 상대방에게 엿을 잘 먹였다.

"이 경박하게 입만 산 놈이."

데이몬의 눈초리가 한결 사나워졌다. 처음으로 직접 본 남주인공들의 대화가 제법 흥미진진하긴 했지만…….

"죄송하지만 손님들."

나는 입씨름하는 두 사람 사이에 끼어들었다.

"더 나눠야 할 대화가 있으면 밖에서 해주셨으면 좋겠는데요. 영업에 방해가 되어서요."

그러자 아까 내가 데이몬의 꽃다발을 거절했을 때처럼 주위에 있던 사람들이 소스라쳤다. 하지만 옆에서 비 오듯이 식은땀을 흘리는 길버트 씨를 보면 내가 나설 수밖에 없었다. 귀족인 두 사람이 커피하우스 안에서 당장에라도 드잡이할 것처럼 사나운 파장을 퍼뜨려서 그런지, 길버트 씨는 거의 기절할 것처럼 벽 쪽에 쭈그러져 있었다.

"그래, 마침 잘됐군. 이봐."

그때, 데이몬이 잠깐 잊고 있던 내 존재를 그제야 깨달은 듯 눈을 빛냈다.

"제노스 셸던이 평소에 어떤 사탕발림으로 당신을 유혹했는지는 모르겠지만 이놈은 거짓말쟁이이니 속지 않는 게 좋아."

"잠깐, 유혹이라니…….."

난데없는 소리에 제노스가 얼굴을 찌푸렸다.

"그래 봤자 이놈은 전에 자기가 죽인 사람하고 당신이 닮아서…… 읍!"

하지만 데이몬은 거기에서 말을 더 잇지 못했다. 그 순간 빛의 속도로 뻗어져 나온 제노스의 손이 데이몬의 입을 틀어막았기 때문이다.

"읍읍!"

"데이몬 살바토르. 넌 항상 쓸데없는 말이 너무 많아."

제노스의 얼굴에 스산한 웃음이 피어올랐다. 데이몬은 그의 손아귀에서 벗어나려 몸부림쳤지만 무리인 듯했다. 곧 제노스가 나와 길버트 씨를 보며 조금 전과 달리 온화하게 미소를 지어 보였다.

"이놈은 제가 데려가죠. 제 악우 때문에 실례가 많았습니다."

"악우는 무슨……! 이거 안 놔? 너, 이 새끼……."

제노스는 그렇게 데이몬을 데리고 문가로 이동했다. 이번에도 데이
몬은 이를 악물며 제노스를 뿌리치려 했지만 애석하게도 그는 육체파
가 아니었다. 데이몬은 처음 이곳에 나타났을 때와 달리 폼 안 나는
모습으로 제노스에게 질질 끌려갔다.

잠시 후 밖에서 마차가 움직이는 소리가 들렸다.

"길버트 씨, 세수라도 한 번 하고 오세요."

"그, 그래. 그래야겠어."

잠시 후 내 말처럼 세수를 하고 나온 길버트 씨가 부엌에서 소금을
꺼내와 문 앞에 뿌리기 시작했다. 저러다가 그의 귀족 공포증이 더 심
해지는 건 아닌지 모르겠다.

나는 조금 전 보았던 두 남자를 머릿속에 다시 떠올렸다. 그런데 데
이몬 살바토르…… 혹시 제노스 셸던과 내가 모종의 관계라고 생각
하는 건가? 뭔가 단단히 오해하는 눈치였는데. 하지만 둘이 같이 나
갔으니 해명은 저쪽에서 하겠지.

잠시 후, 길버트 씨가 뿌린 왕소금이 햇빛에 반짝이는 것을 본 까
마귀들이 자꾸만 날아들어서 결국 문 앞을 청소할 수밖에 없었다.

그날 밤, 나는 라키어스에게 그날 있었던 일을 이야기했다.

"그래서 정말 정신없는 하루였어요."

"커피하우스에…… 이상한 사람들이 많이 오네요."

그런데 뒤에서 들려오는 목소리가 어딘가 으슥했다. 나는 무심코 라키어스를 돌아보았다. 하지만 라키어스의 손이 내 머리를 슬쩍 잡아서 그의 얼굴을 보지는 못했다. 이어서 잠깐 멈췄던 손길이 다시 부드럽게 머리카락을 쓸기 시작했다. 나는 눈꺼풀을 반쯤 내리감으며 입을 열었다.

"원래 세상에는 다양한 사람들이 있으니까요."

"네, 그렇죠. 세상이 넓은 만큼 정상적이지 않은 인간도 많은 법이니까."

내 말에 수긍하는 짤막한 음성이 나직하게 귀에 울렸다. 머리를 만지는 손길과 귓가에 스미는 목소리가 둘 다 부드러워서 왠지 몸이 노곤해지는 느낌이 들었다.

현재 라키어스는 직접 수건을 들고 내 머리를 말려주는 중이었다. 어쩌다 이렇게 되었냐고 하면, 나도 잘 모르겠다고 말할 수밖에 없다. 분명 나는 괜찮다고 말했는데, 어느새 정신을 차리고 나니 라키어스의 앞에 앉아 있었다.

처음에는 어색했지만 막상 받고 보니 그리 나쁜 기분은 아니어서, 나는 그냥 가만히 그의 손길을 받았다.

스윽. 잠시 후 라키어스의 손과 함께 머리를 문지르던 수건이 떨어졌다. 그리고 문득 뒤쪽의 머리카락이 들리는 느낌이 들었다.

"혹시 계속 귀찮게 구는 사람이 있으면……."

이어서 귀를 스치는 음성에 다시 뒤돌아보았다. 이번에는 나를 막는 손길이 없어서 그의 얼굴을 시야에 담을 수 있었다.

"나한테 말해요."

라키어스가 내 머리카락을 한 줌 손에 쥐고 만지작거리다가 나와 눈을 마주한 채 거기에 입술을 묻었다.

"걱정되니까."

그러면서 낮게 속삭이는 목소리가 달았다. 아무것도 모르고 들었다면 라키어스의 말에 감동할 수도 있었을 테지만……. 소설에서 그가 해 왔던 일들을 알아서 그런지, 저 말이 그다지 온건한 뜻이 아니란 사실을 알 수 있었다. 안네마리의 주변에서 얼쩡거리는 사람들을 벌레 박멸하듯이 전부 없애 버리려 했던 라키어스 아발론이었으니…….

그래서인지 '귀찮게 구는 사람이 있으면 말해'라는 말이 '언제든 말만 하면 내가 그놈을 조져 버리겠다'로 필터링되어 들렸다. 물론 현실의 라키어스가 소설의 그와 똑같은 짓을 하리라는 법은 없고, 나도 소설 속 라키어스 아발론이 집착했던 대상인 안네마리가 아니었다. 나는 라키어스의 눈을 물끄러미 응시하다가 몸을 움직였다.

풀썩.

"……!"

나한테 떠밀린 그의 몸이 뒤로 넘어갔다. 마주한 눈동자가 놀란 듯이 약간 크게 떠졌다. 라키어스는 소파에 반쯤 기대 누운 채 나를 올려다보았다. 나는 팔을 뻗어 라키어스의 어깨 위쪽을 짚고 그의 위로 올라탔다. 그러자 라키어스가 단숨에 얼어붙었다.

"라키어스 씨."

나는 그를 내려다보며 입을 열었다.

"라키어스 씨는……."

그래도 맨살이 닿지 않게 주의했기 때문에 지금 나는 지극히 이성적이고 냉정한 상태였다.

"내가 좋아요?"

설마 내가 이렇게 직설적으로 물어볼 줄은 몰랐는지, 라키어스의 눈매가 움찔 떨렸다. 그는 눈 한번 깜빡이지 않고 나를 가만히 쳐다보다가 입을 열었다. 하지만 라키어스가 대답하는 것보다 내가 말을 잇는 게 더 빨랐다.

"하지만 만약 당신을 도와준 사람이 내가 아니었으면 그 사람한테 관심을 가졌겠죠?"

라키어스의 답변이 뭐든 지금 굳이 답을 듣고 싶지는 않았다. 만약 밖에 쓰러져 있던 그를 구해준 것이 내가 아니라 안네마리였다면, 라키어스는 소설에서처럼 그녀를 좋아하게 되지 않았을까? 나로서는 어쩔 수 없이 그런 생각을 할 수밖에 없었다.

"사실 당신은 그때 당신을 도와준 사람이 내가 아니어도 상관없었을지도 모르고."

물론 그렇다 해서 그게 마음에 걸려 라키어스를 받아들일 수 없다는 건 아니었다. 사실 나한테 그렇게 중요한 문제가 아니니까. 무엇보다도 소설에서 있었던 일이 현실에서도 그대로 일어나리란 법은 없고, 그러니 만일을 가정하는 건 의미 없는 일이란 것도 안다.

하지만 지금 굳이 라키어스에게 이런 말을 꺼낸 것은, 다시 한번 생각해 볼 필요가 있는 문제라고 여겨졌기 때문이다.

"나는 그때 집 앞에 쓰러져 있던 사람이 당신이 아니어도 상관없었을지도 몰라요."

나도 조금은 의심이 들기도 했다. 라키어스가 내게 느끼는 것만큼은 아니어도 나 역시 그에게 호감을 느끼고 있는 건 확실했다. 그러나 그게 이 사람 자체에 대한 호감인지 아닌지 구분이 불명확했다. 어쩌면 나는 단순히 사람의 온기가 그리웠기 때문에 이 남자를 옆에 두고 싶은 건지도 몰랐다.

또 만약 접촉했을 때 나한테 이런 반응을 이끌어내는 것이 라키어스가 아니라 다른 사람이었다면, 그 사람에게도 똑같은 감정을 느꼈을지도 몰랐다. 그래서 말하자, 라키어스의 눈빛이 변했다.

"그런 게……."

이내 느리게 벌려진 그의 입술에서 방금 전보다 한층 낮게 가라앉은 목소리가 흘러나왔다.

"뭐가 중요해."

그것은 그대로 내 고막을 긁고 지나갔다.

"어쨌든 내가 만난 건 당신이고, 당신이 만난 건 나인데."

마주한 라키어스의 눈은 약간 서늘했다. 나는 손을 움직여 소파 위에 얹힌 라키어스의 손등에 살며시 손가락을 가져다 댔다. 이번에도 살갖이 직접 맞닿자마자 다채로운 감정이 내 안으로 흘러들어 왔다. 아직 규칙성을 찾을 수는 없지만, 그래도 이번에는 지난번처럼 주체하지 못할 정도로 거대한 자극은 아니었다. 그래서 여전히 이성적인 상태로 말을 이을 수 있었다.

"나는 라키어스 씨 손을 잡는 게 좋아요."

그러면서 라키어스의 손가락 사이를 파고들자, 맞닿은 그의 몸이 움찔 흔들렸다. 그런 라키어스를 보며 이번에는 천천히 고개를 숙였다. 어깨 밑으로 치렁치렁하게 흘러내린 내 머리카락이 그의 가슴팍 위로 떨어졌다.

"당신하고 키스하는 것도……."

나는 굳어 있는 라키어스의 입술에 얕게 입술을 겹쳤다.

"좋은 것 같아요."

그런 뒤 덧붙였다.

"하지만 당신을 좋아하냐고 하면…… 그건 글쎄."

가까이에서 마주한 라키어스의 푸른 눈동자는 미동 하나 없이 나를 응시했다.

"그래도 당신은 내가 좋아요?"

그에게 어떤 대답을 듣고 싶은 건지 알 수 없었다. 하지만 지금 라키어스가 하는 말에 따라 앞으로의 내 태도도 결정되리라는 생각이 들었다. 이런 식으로 타인에게 책임을 떠넘기는 것은 비겁한 일이란 걸 알았지만. 이내 나와 맞잡고 있던 라키어스의 손에 아플 정도로 세게 힘이 들어갔다.

"뭘 그렇게 복잡하게 생각하는지 모르겠는데."

꽉 다물려 있던 그의 입매에 어스름한 미소가 피어났다. 시리도록 투명한 라키어스의 연청색 눈동자에 한순간, 선득한 광채가 스쳐 지나가는 것을 보았다.

"나랑 손잡는 것도 좋고, 키스하는 것도 좋으면."

뒤이어 나와 붙잡고 있지 않은 그의 다른 손이 내 목덜미에 닿았다.

"앞으로도 나랑 계속하면 되잖아."

라키어스가 내 목을 끌어당기는 것과 동시에 입술이 집어 삼켜졌다. 아랫입술을 아프게 깨물려서 나도 모르게 작게 신음하고 말았다. 라키어스는 지금까지 중 가장 거칠게 키스했다. 그에게 핥아지고 빨리고 깨물린 입술과 혀가 얼얼할 정도였다. 하지만 단순히 아프기만 한 게 아니었다. 라키어스와 접촉한 곳들에서부터 열기가 퍼져 나가 이내 온몸이 오싹거리는 느낌이 들었다.

"아…… 잠깐, 훗."

나도 모르게 고개를 뒤로 물리려고 했지만 라키어스가 뒷덜미를 단단히 붙잡고 있어서 시도는 불발로 그쳤다. 그는 오히려 손에 힘을 줘 나를 더 바짝 끌어당겼다. 점점 숨이 가빠지고 뺨이 달아오르는 게 느껴졌다. 몸에서도 서서히 힘이 풀려 라키어스에게 완전히 기대게 되었다.

목을 끌어당기던 손이 미끄러지듯이 움직여 내 얼굴을 감쌌다. 그러다 그의 손가락이 귀를 스친 순간 나도 모르게 어깨가 움츠러들었다. 그러자 잠깐 멈칫한 라키어스가 이내 손으로 아예 내 귀를 노골적으로 문지르며 혀를 핥아왔다. 라키어스의 어깨를 짚은 손에 저절로 힘이 들어갔다. 미처 입 밖으로 토해져 나오지 못한 소리가 목 언저리에서 울렸다.

풀썩!

내 의지와 상관없이 몸이 뒤집혔다. 어느새 위치는 반전되어, 소파에 누운 내 위에 라키어스가 올라탄 자세가 되었다. 귀를 자극하던 그의 손이 목을 타고 미끄러졌다. 내 입술을 한번 잘근거리며 깨문 라키어스의 입술이 턱에 한 번 눌러 찍혔다가 그 밑으로 내려갔다.

"라키어스 씨⋯⋯."

가슴이 가쁘게 오르락내리락했다. 나는 숨을 헐떡이면서 입술을 달싹였다. 라키어스가 얼굴을 묻고 있는 목덜미가 간지러웠다.

"그만, 그만해요, 이제."

가까스로 소리 내 말했다. 하지만 라키어스의 귀에는 닿지 않은 것 같았다. 그러나 이어서 덧붙인 내 목소리에 거짓말처럼 그의 움직임이 늦춰졌다.

"조금⋯⋯ 무서워요."

마침내 맨살에 닿아 있던 입술이 떼어졌다. 열기가 걷힌 목이 약간 서늘하게 느껴졌다. 나만큼은 아니지만, 마찬가지로 약간 거칠어진 라키어스의 숨결이 그 위로 흩어졌다. 라키어스는 그 상태로 잠깐 멈춰 있다가 이내 고개를 들었다. 나는 그동안 호흡이 조금은 진정돼서, 방금 전보다 수월하게 말할 수 있었다.

"라키어스 씨는 이런 경험이 많을지도 모르지만……."

시선이 얽힌 라키어스의 눈동자에는 식지 않은 열이 들끓었다. 그것을 보자 나도 몸이 더 뜨거워지는 것 같았다.

"난 처음이라, 지금…… 갑자기 이런 건 너무."

정리되지 않은 말을 생각나는 대로 입 밖으로 내뱉었다. 나도 내가 무슨 말을 하고 싶은 건지 정확히 알 수가 없었다. 라키어스가 이러는 게 싫은 건 아니었다. 오히려 그와 손을 잡거나 키스하는 것과 마찬가지로, 지금 한 일 역시 '좋다'고 생각했다.

하지만 그렇기에 이 이상으로 더한 일을 하는 것에는 적잖은 망설임이 생겨났다. 왠지 라키어스라면 내가 원하는 대로 멈춰줄 거라는 생각이 들었고, 그 생각은 맞았다. 맞대고 있던 파란 눈동자에서 일순간 감정의 격돌이 일어나는 것이 보였다. 이윽고 라키어스가 내 어깨에 툭 하고 이마를 기댔다. 억눌린 음성이 귓가에 번졌다.

"내가…… 무섭다는 건 줄 알았잖아요."

나는 순간 멈칫했다. 다른 사람도 아닌 라키어스 아발론이 그런 생각을 했다는 것이 의외였고, 무엇보다도 그런 생각이 오해라는 사실을 깨닫고 이렇게 안도한 듯이 억눌린 숨을 내뱉고 있는 것도 놀라웠다.

어째서일까. 그 순간, 내 마음속에서 무엇인지 정확히 설명하기 어려운 낯선 감정이 돋아났다. 나는 무심결에 손을 들어 라키어스의 등을 토닥였다. 그러자 라키어스가 조금 황당한 눈빛으로 고개를 들었다.

"……지금 뭐 해."

"음, 글쎄요……. 그냥 이러고 싶어서요."

라키어스는 무어라 형언하기 어려운 눈으로 나를 내려다보았다. 그러다가 이내 한숨을 내쉬며 다시 고개를 숙였다. 그의 얼굴이 내 목덜미로 떨어졌다. 순간 움찔했으나 조금 전처럼 라키어스의 입술이 목에 닿지는 않아서 서서히 몸에서 힘을 풀었다.

라키어스는 그냥 그렇게 나한테 몸을 맞대고 아무것도 하지 않은 채 가만히 있었다. 나도 하고 싶은 대로 그를 다시 느릿한 손길로 토닥였다. 왠지 이렇게 가만히 체온을 맞대고 있으니 점점 편안한 느낌이 들기 시작했다.

한차례 달아올랐던 몸이 식으면서 피로감이 밀려들었다. 위에 있는 라키어스의 몸이 적당히 묵직하고 따뜻했다. 그래서인지 서서히 눈이 감겼다. 라키어스의 등을 도닥이고 있는 손길도 점차 잦아들었다.

잠시 후 라키어스가 어딘가 허탈한 목소리로 설마 자는 거냐고 물었지만 점점 의식이 멀어져서 대답할 수가 없었다. 그렇게 나는 낯선 아늑함 속에서 잠들었다.

다음 날 아침, 출근 준비를 하다가 자신에게 따라붙는 라키어스의 시선을 느꼈다. 뒤돌아 라키어스를 잠깐 물끄러미 응시하던 유리가 이내 그에게 다가갔다.

"라키어스 씨, 미간에 주름 생겨요."

앞으로 뻗어진 가느다란 손가락이 라키어스의 미간에 툭 하고 닿았다. 하지만 라키어스는 찌푸린 얼굴을 펴기는커녕, 오히려 눈썹 사이에 더 힘을 주었다. 유리를 마주하는 그의 눈빛에는 확연한 불만이 어려 있었다. 그 이유를 모르지 않았지만 유리는 모른 척했다.

"아침부터 찌푸린 얼굴 하지 말고 기분 풀어요."

여느 때처럼 약간 건조한 음성이 이어졌다. 그래서 딱히 그를 달래려는 시도로 느껴지지는 않았지만 그것만으로도 라키어스의 마음은 조금 누그러졌다.

"그래도 내 기분을 신경 써주네요."

이윽고 라키어스가 미간에 닿은 유리의 손을 잡아 내리며 입을 열었다.

"내 몸에만 관심이 있다더니."

그러면서 덧붙인 말은 상당히 노골적이었다.

'그게 그렇게 되는 건가?'

유리는 어제 자신이 했던 말을 곱씹으며 고개를 갸웃했다. 역시 라키어스는 어제 유리가 했던 말 때문에 삐진 것 같았다. 지금도 지나가듯이 툭 내뱉은 목소리에서는 토라진 느낌이 풍겼다.

토라졌다니. 성인 남자를 대상으로 한 표현이라기에는 지나치게 귀여운 것 같았지만 사실이었다. 유리는 라키어스의 손아귀에서 손을 완전히 빼내며 말했다.

"라키어스 씨 얼굴에도 관심 있어요."

라키어스는 그 말에 기뻐해야 할지 실망해야 할지 알 수 없는 기분에 젖어 다시금 설핏 눈살을 찌푸렸다. 그런 그의 속을 아는지 모르는지, 유리가 먼저 뒤돌아서며 출근 전 마지막 인사를 남겼다.

"그럼 다녀올게요."

라키어스도 결국 하는 수 없이 답하며 유리를 배웅했다.

"다녀와요. 기다릴게요."

유리가 한번 그를 뒤돌아본 뒤 문을 나섰다.

시야에 비친 여인의 모습이 완전히 사라지고, 마침내 문이 닫혔다.

그때부터 라키어스의 하루도 본격적으로 시작되었다.

그날, 노인이 또 커피하우스에 찾아왔다.

"잘 지냈니, 아가? 오늘도 차 한 잔 부탁하마."

그는 지난번과 같은 자리에 앉아 유리에게 차를 달라고 했다.

"네, 잠시만 기다리세요."

유리는 태연히 대답하고 돌아섰다. 하지만 내심 좀 부담스러운 마음이 들었다. 노인의 죽은 막내딸에 대한 이야기를 들어버린 뒤라 그런지, 그가 자꾸만 커피하우스에 찾아오는 이유를 알기 때문이다.

"오늘은 지난번에 줬던 차가 아니구나."

"네, 지난번에는 생강차였고 오늘은 모과차예요."

"오오, 그래. 오늘 준 차도 맛이 아주 좋은데."

노인은 오늘도 유리가 타준 차를 호들갑스럽게 칭찬했다. 그래도 오늘은 손님이 제법 붐비는 시간대에 찾아와서 그런지, 그녀를 붙잡고 대화를 나누려 하지는 않았다. 노인은 자리에 앉아 조용히 차를 마시며 가게 안을 왔다 갔다 하는 유리를 지켜보았다. 그러다 시간이 어느 정도 흘러 유리가 부엌에서 컵을 다 닦고 나왔을 때, 노인의 자리는 비어 있었다. 어느새 차를 다 마시고 밖으로 나간 모양이다. 그런데 노인이 있던 자리에 남겨진 물건이 눈에 띄었다.

"길버트 씨, 여기 앉아 있던 손님 언제 나갔어요?"

"어, 방금 전에."

"손님이 물건을 두고 가셔서 잠깐 나갔다 올게요."

"헉, 그래? 어서 다녀와."

유리는 의자에 기대 세워진 지팡이를 들고 가게를 나섰다. 다행히 노인은 아직 마차에 오르기 전이었다.

"저기요, 손님!"

유리가 목소리를 높여 부른 순간, 노인의 어깨가 움칫했다. 그녀의 부름을 들은 것이 분명해 보였다. 그런데 다음 순간, 어째서인지 노인은 움직임을 서둘러 급히 마차에 올라탔다.

탁! 히히힝!

노인이 마차에 올라 문을 닫자마자 기다렸다는 듯이 마차가 출발했다.

'뭐지? 혹시 내가 부르는 걸 못 들었나?'

유리는 빠른 속도로 멀어지는 마차를 찌푸린 눈으로 바라보았다. 결국 그녀는 노인이 두고 간 물건을 돌려주지 못하고 커피하우스 안으로 돌아왔다.

"못 만났어?"

"네."

"그 손님 자리 밑에 이런 것도 떨어져 있던데……."

유리는 길버트가 건네주는 것을 받았다. 서민들이 사용하는 거친 종이가 아니라 표면이 매끄럽고 빳빳한 고급 종이였다. 길버트의 손이 파들파들 떨리고 있었다. 유리는 금박으로 장식되어 초대장처럼 보이기도 하는 그 종이를 훑어보았다. 그 종이에는 꽤 상세한 약도 같은 것이 그려져 있었다. 그리고…… 약도의 어느 한 지점에는 이렇게 적혀 있었다.

우리 집.

유리는 고민했다. 이런 게 왜 여기 있는 거지? 약도에 적힌 '우리 집'이란 게 혹시 조금 전에 떠난 그 할아버지의 집을 의미하는 걸까? 만약 그런 거라면 꼭 일부러 약도를 남기고 간 것 같지 않은가?

무엇보다도 노인이 두고 간 물건이 지팡이인 것도 마음에 걸렸다. 이게 없으면 제대로 걷기도 힘들 텐데, 깜빡 잊고 그냥 가는 것이 말이 되나? 게다가 조금 전에 유리가 쫓아 나갔을 때 꼭 그녀의 부름을 일부러 못 들은 척하는 것처럼 묘하게 서두르던 움직임 하며……

"가, 가져다줘야 하나?"

길버트도 같은 생각인지, 달달 떨면서 말했다.

"다음에 왔을 때 가져가시겠죠."

하지만 유리는 담담하게 이 문제를 옆으로 치워 버렸다. 친절하게 약도까지 두고 갔다고 해서 굳이 거기에 따라줄 이유가 어디에 있단 말인가.

"그, 그런가? 그렇겠지?"

"네. 전 청소할게요."

그렇게 유리는 이 일을 마음속에서 금세 지워 버렸다.

하지만 며칠 동안 노인은 커피하우스에 오지 않았다. 길버트는 가게 안쪽에 거의 신줏단지 모시듯이 고이 보관한 지팡이를 간혹 들여다보며 안절부절못했다. 노인이 걸치고 있던 옷이나 구두처럼 그 지팡이 역시 굉장한 고가로 보였는데, 그런 것을 가게 안에 두려니 영 마음이 불편한 모양이다.

"그 얘기 들었어?"

"무슨 얘기?"

"공용 마차를 운행하는 토마스 말이야. 얼마 전 비 오던 날에 상점가에서 귀족 손님을 받은 모양인데, 그 사람이 보석 장신구를 마차에 떨어뜨리고 갔나 봐."

그러던 중 커피하우스에 찾아온 손님들이 나누는 어떤 대화가 길버트의 관심을 끌었다.

"나중에 귀족이 찾으러 왔는데, 토마스는 그런 게 마차에 떨어져 있는지도 몰랐다더라고? 그런데 그 귀족이 글쎄 토마스가 일부러 보석을 숨겼다고 도난 신고를 넣었다지 뭐야."

"뭐? 미친 거 아니야?"

그 순간, 옆 테이블을 정리하는 척하며 그들의 대화에 귀를 기울이던 길버트가 소스라쳤다.

"자기가 떨어뜨리고 갔으면서 왜 애꿎은 사람을 잡아?"

"귀족 나리들이 다 그렇지. 쯧, 토마스만 딱하게 됐어."

마른행주를 들고 뒤돌아선 길버트의 얼굴이 노랬다. 그는 마른침을 삼키며 지팡이를 보관한 곳을 흔들리는 눈동자로 바라보았다. 유리는 그 모습을 보며 쯧쯧 혀를 찼다. 귀족 울렁증이 있는 길버트의 가슴이 참새만큼 쪼그라든 것이 눈에 훤히 보였다.

"유리 씨, 그럼…… 다녀올게!"

결국 유리의 예상대로 잠시 후 길버트는 노인이 두고 간 지팡이와 약도를 들고 가게를 나섰다. 어느 날 치안대가 커피하우스에 들이닥쳐 그를 도난범으로 연행해 가기 전에 노인이 두고 간 물건을 먼저 돌려주러 갔다 오기로 결심이 선 모양이다.

"다녀오세요."

길버트는 몸을 달달 떨면서도 결의에 찬 얼굴을 하고 가게를 나섰다. 유리는 그런 길버트를 배웅했다.

하지만 한 시간가량이 지난 후, 길버트는 처음 커피하우스를 떠날 때의 모습 그대로 돌아왔다.

"약도가 잘못됐어요?"

유리는 얼굴이 더욱 누렇게 뜬 길버트를 향해 물었다.

"아니, 그게⋯⋯."

그러자 그가 더듬거리며 유리에게 설명했다.

"지팡이를 두고 간 손님 집에 제대로 찾아간 건 맞는 것 같은데, 집사라는 사람이 나와서 신원이 불확실한 사람은 안에 들여보낼 수 없다고 하더라고."

"그래요?"

"그래서, 그럼 두고 간 물건만 주고 갈 테니까 받으라고 했더니 이번에도 신원이 불확실한 사람이 가져온 물건은 반입할 수 없다고⋯⋯."

그래서 지팡이를 다시 들고 왔구나. 하지만 길버트의 말은 거기서 끝이 아니었다.

"그러면서 커피하우스의 여직원 얼굴은 기억하고 있으니까 그 사람이 오면 문을 열어주겠다고 하던데."

길버트가 곤혹감을 숨기지 못하며 하는 말을 듣고 유리는 눈을 가늘게 떴다.

"흐음."

모든 정황이 너무 노골적이지 않나? 역시 이 약도는 그녀에게 남긴 초대장이었나.

"그럼 제가 다녀올게요."

유리는 길버트의 손에서 약도와 지팡이를 가져오며 말했다. 그러자 길버트가 반색했다.

"그, 그래 주겠어?"

아무래도 노인은 그녀가 직접 지팡이를 들고 찾아오기를 바라는 모양이고, 길버트는 담이 작아서 지팡이를 가게에 오래 두기는 어려울 것 같으니. 그녀가 지금 당장 가는 것 말고는 이 문제를 해결할 수 있는 다른 방도가 없었다.

"그런데 시간이 좀 어중간한데 여기 들렀다가 그냥 퇴근해도 되죠?"

"그럼, 그럼!"

지금은 퇴근 시간보다 무려 두 시간 반이나 이른 시간이었지만 길버트는 흔쾌히 허락했다. 심지어 그는 잘 다녀오라며, 유리의 겉옷을 직접 꺼내 오기까지 했다. 그렇게 유리는 길버트의 배웅을 받으며 커피하우스를 나섰다.

마차를 타고 이동해 마침내 약도에 적힌 곳에 도착했다.

히히힝!

등 뒤에서 막 떠난 마차가 바람을 일으켜 머리카락과 치맛자락을

휘날리게 만들었다. 나는 눈앞에 선 으리으리한 대저택을 보고 조금
놀랐다.

'집이 궁궐 같네. 그 할아버지, 진짜 대귀족이었나?'

정문 밖에서만 봐도 저택의 규모가 엄청난 것을 알 수 있었다.

'뭐, 어쨌거나 나야 물건만 전해주면 되는 일이니.'

또각. 나는 높게 드리운 문으로 가까이 다가갔다.

끼이익.

그러자 마치 기다렸다는 듯이 앞에 솟은 육중한 문이 열렸다. 그 너
머에서 지난번에 내가 보았던 집사 아저씨가 나타났다. 그는 나를 보
고 미소 지으며 정중하게 인사했다.

"어서 오십시오. 기다리고 있었습니다."

그런 그에게 한 발짝 더 가까이 다가가며 나도 인사에 답했다.

"안녕하세요. 일전에 손님께서 커피하우스에 두고 가신 물건이 있
어 돌려드리려고 왔어요."

"예, 안으로 들어오십시오."

집사의 말에 나는 고개를 비스듬히 기울였다.

"집사님이 대신 전해주셨으면 하는데요."

"저는 일개 집사일 뿐, 그럴 권한이 없습니다."

내 말에 집사 아저씨가 고개를 저었다. 그런 뒤 다시금 저택 안쪽
을 손으로 가리키며 말했다.

"안으로 들어오시지요. 주인님께서 기다리고 계십니다."

다소 뻔한 전개였지만 그냥 넘어가 주기로 했다.

"그럼 그러죠."

마음을 결정한 뒤 멈춰 있던 걸음을 뗐다. 그렇게 하여 나는 눈앞

의 대저택에 발을 들이게 되었다.

외관만큼이나 저택의 내부도 화려하고 고풍스럽기 그지없었다. 그동안 의뢰를 받아 아라크네로서 몇몇 귀족 가문에 들어가 본 적 있었지만 이만큼 웅장한 저택은 없었던 것 같다. 크기만 큰 것이 아니라, 건물 전체에서 어떤 품격 같은 것이 느껴졌다.

상당히 유서 깊은 가문이 아니면 이런 분위기는 안 나올 것 같은데. 심지어 집사를 따라 걸으며 마주친 고용인들에게서도 우아함이 배어 나왔다. 나는 이 집의 주인이라는 노인의 정체가 슬슬 궁금해지기 시작했다. 똑똑.

"어르신. 커피하우스의 유리 님이 방문하셨습니다."

"어서 들어와라!"

그러다 마침내 어느 방 앞에 다다라 집사가 문을 두드렸다. 그러자 기다렸다는 듯이 문 너머에서 빠른 대답이 튀어나왔다. 달칵.

"들어가시죠."

집사 아저씨가 다시 사람 좋아 보이는 미소를 지으며 말했다. 나는 그가 열어준 문 안으로 들어갔다.

"어서 오렴, 유리야!"

노인은 창가에 있는 안락의자에 앉아 있었다. 나를 보자마자 자리에서 일어나 환영해 주는 그의 얼굴은 밝았다. 내 방문을 꽤 기다렸던 모양이다.

"안녕하세요. 커피하우스에 두고 가신 물건이 있는데 기억하실까요?"

"내 지팡이 말이구나. 이렇게 직접 가져다주고, 고맙다, 고마워."

나는 그에게 다가가 손에 들고 있던 지팡이를 건네주었다.

"여기까지 오기 힘들지는 않았고?"

"네. 친절하게 약도까지 남겨주셔서 길을 찾기 쉬웠어요."

"크, 크흠. 약도라니, 그게 왜 거기 떨어져 있었을꼬."

내가 직설적으로 던진 말에 찔리는지, 노인이 괜히 헛기침을 하며 시치미를 뗐다.

"그럼 전 이만 가볼게요."

"뭐? 벌써 가겠다고?"

"물건만 전해 드리러 온 거니까요."

"그럴 수는 없지! 먼 길 오느라 고될 텐데 차라도 한 잔 들고 가려무나."

그는 내 말에 화들짝 놀라 지팡이를 짚고 나한테 다가왔다.

"오늘은 내가 맛 좋은 차를 대접하고 싶은데, 안 되겠니?"

나는 처량한 빛을 띤 노인의 눈을 보고 잠깐 침묵했다.

그는 어떻게든 나를 붙잡고 싶은 듯했다. 내가 죽은 막내딸을 그렇게 많이 닮았나? 이 사람이 나한테 딱히 해를 끼치려고 이런 짓을 꾸민 것 같지도 않고, 이렇게 애처로운 얼굴을 보니 조금 마음이 약해졌다. 그래서 결국 나는 고개를 끄덕였다.

"네, 그럼 차 한 잔만 마시고 갈게요."

"그래! 고맙다, 얘야."

내 허락에 노인의 얼굴이 환해졌다. 노인은 곧바로 큰 소리로 문밖에 있는 집사 아저씨를 불렀다. 그런 뒤 최대한 빨리 다과상을 준비하라고 일렀다. 내 마음이 바뀌기 전에 서둘러야 한다고 생각한 듯했다. 노인의 권유에 따라 나는 그와 함께 테이블을 사이에 두고 앉았다. 그러는 동안 고용인들이 다과상을 준비했다.

"차는 입에 맞니?"

"네, 향이 좋네요."

잠시 후 내가 앞에 놓인 찻잔을 들어 그 안에 든 내용물을 한 모금 입에 머금었을 때, 노인이 물었다. 차를 마신 후 고개를 끄덕이며 대답하자 그가 아련한 향수에 빠진 눈으로 나를 보며 말했다.

"내 딸도 그 차를 아주 좋아했단다."

흐음. 그 말을 듣고 물을까 말까 하다가 그냥 입을 열었다.

"따님과 제가 그렇게 많이 닮았나요?"

"내 딸이 살아 돌아온 줄 알고 깜짝 놀랐을 정도란다! 화랑에 초상화가 있는데 궁금하면 보여줄까?"

"그 정도로 궁금하지는 않고요."

"그, 그래."

노인의 마음은 이해하지만 굳이 초상화를 보러 화랑까지 가고 싶은 생각은 없어서 거절했다. 그러자 노인이 시무룩하게 시선을 내렸다.

"커피하우스에서 일한 지는 얼마나 되었니?"

하지만 그는 금방 기운을 차리고 지난번에 커피하우스에서 그랬던 것처럼 또다시 내게 은근한 어투로 질문하기 시작했다.

"이 년 정도요."

"일이 힘들지는 않고?"

"사장님이 많이 배려해 주셔서 힘들지는 않아요."

"다행이구나."

하지만 말과 달리 노인은 은근히 실망한 표정이었다. 내가 힘들다고 대답하기를 바란 걸까? 그래도 그는 금방 표정을 정리하고 말을 이었다.

"크흠. 내가 이 나이가 되니 건강이 최고라는 걸 알겠더구나. 혹시 일이 고되면 무리하지 말고 네 몸부터 챙기렴."

"네."

"그래, 부모님은 두 분 다 동부에 터를 잡으셨고?"

"아니요. 전 부모님이 안 계세요."

"저, 저런. 내가 미안한 질문을 했구나."

"아니에요. 오래전 일인데요."

노인은 말실수를 했다는 듯이 미안한 낯을 했지만 나는 아무렇지도 않았다. 고아가 된 게 너무 오래전이라 아예 부모에 대해서는 기억조차 나지 않았으니까.

"그래……. 어릴 때 일이라면 꽤 오래 혼자 힘들었겠구나."

그러고 나서 그는 잠깐 무언가를 생각하는 눈치였다. 나는 남아 있는 차를 마저 마셨다. 잠시 후, 노인은 무언가를 결정한 듯이 다시 입을 열었다.

"저…… 애야. 혹시."

똑똑.

바로 그때, 노크 소리가 그의 말을 가로막았다.

"어르신. 잠시만 실례해도 되겠습니까?"

"무슨 일이야?"

집사 아저씨의 목소리였다. 노인이 불만스러운 듯 얼굴을 구기며 그의 출입을 허용했다. 그러자 문을 열고 안으로 들어온 집사 아저씨가 노인의 귀에 무슨 말인가를 속닥거렸다.

"뭐야? 그 끈질긴 것이 또 왔단 말이냐?"

"오늘은 어르신의 얼굴을 뵐 때까지 돌아가지 않겠다고 버티고 있어서……."

집사 아저씨는 난처한 얼굴이었고, 노인은 기가 막히다는 얼굴이었다. 손님이 온 모양인데, 아무래도 지금 노인이 만나러 가야 할 것 같은 분위기였다. 역시나 예상대로 그가 나를 보며 미안한 듯이 말했다.

"잠깐 다녀와야 할 것 같구나. 여기서 조금만 기다려다오."

나는 그에 고개를 저었다.

"아니에요. 전 이만 돌아갈 테니 편안히 볼일 보세요."

"버, 벌써?"

"네. 차도 다 마셨으니까요."

내 말에 노인이 급히 시선을 내려 테이블을 보았다. 그가 말하는 동안 차 마시기를 게을리하지 않았던 탓에, 내 찻잔은 어느새 깨끗이 비어 있었다.

"차, 감사히 잘 마셨습니다. 그럼 다음에 뵐게요."

그렇게 나는 입술을 벙긋거리는 노인을 뒤로한 채 먼저 자리에서 일어나 방을 빠져나왔다.

'아, 겉옷 두고 나왔다.'

밖으로 나와 복도의 모퉁이를 돌자마자 방에 놓고 온 것이 떠올랐다. 차를 마시기 전에 노인의 권유에 따라 벗어서 옆에 있는 의자에 걸쳐놨던 겉옷이었다.

"왜 그러시나요?"

내가 걸음을 멈추자 나를 안내해 주려고 따라붙었던 고용인이 뒤돌아보며 물었다.

"방에 두고 온 게 있어서 다시 가봐야 할 것 같아요."

"아, 무슨 물건인지 알려주시면 제가 가지고 오겠습니다."

"겉옷이에요. 의자에 있을 거예요."

"네, 잠시만 기다려 주세요."

고용인이 대신 방에 다녀오겠다며 자리를 떠났다. 나는 복도에 서서 고용인이 돌아오기를 기다렸다.

"오지 말라니까 또 왔어!"

그때, 조용한 복도에 노인이 누군가에게 역정을 내는 소리가 울렸다. 지금 내가 서 있는 복도가 조금 전까지 있던 방과 얼마 떨어지지 않아서 그런가. 노인의 목소리는 꽤 크게 들려왔다. 아까 분위기만으로도 알아봤지만, 지금 찾아온 손님은 노인에게 불청객인 모양이다. 아니나 다를까, 고용인이 난처한 얼굴로 돌아왔다.

"지금은 손님이 와 있어서 조금 기다리셔야 할 것 같아요. 그리 오래 걸리지는 않을 테니 응접실에 가 있으시겠어요?"

고용인의 권유에 나는 고개를 끄덕이려 했다. 뒤이어 익숙한 목소리가 귀에 들려오지만 않았다면 그랬을 것이다.

"어르신, 진정하세요. 그렇게 흥분하시면 몸에 안 좋아요."

"에잇, 지금 내가 누구 때문에 흥분하고 있는데!"

안네마리……? 고용인에게 향해 있던 내 눈길이 소리가 들린 방향으로 날아가 박혔다. 나도 모르게 걸음을 옮겨 옆으로 꺾어진 복도의 모퉁이 쪽으로 다가갔다. 조금 전 내가 나온 문 앞에 집사 아저씨가 서 있는 것이 보였다.

"네, 제가 죄송해요. 어르신이 저 마음에 안 들어 하시는 거 알아요."

이 나긋한 목소리는 분명 안네마리의 것이었다. 그때 치료소에서 이 할아버지의 간병을 맡을 것 같다고 하더니. 오늘도 그래서 온 건가? 그런데 분위기가 왜 이렇지?

"그래도 오늘은 만나주셔서 감사합니다. 치료소를 그렇게 떠나시고, 어제도 찾아뵙지 못해서 걱정 많이 했어요. 그래도 건강해 보이셔서 다행이에요."

어딘가 처연한 느낌을 풍기는 안네마리의 목소리가 내 발길을 붙들었다. 그 음성에 담긴 감정이 노인의 분노마저 주춤하게 했는지, 이번에는 약간의 침묵 후에 아까보다 한결 누그러진 목소리가 울려 퍼졌다.

"크흠. 이제 얼굴을 봤으니 약속이나 지켜라! 다시는 찾아오지 마!"

"네, 그동안 귀찮게 해드려서 죄송했어요. 꼭 쾌차하세요, 어르신."

달칵.

그러고 나서 문이 열렸다. 방에서 나온 건 역시 안네마리였다. 그녀는 집사에게 꾸벅 인사하고 내가 있는 쪽으로 몸을 돌렸다. 다음 순간, 곧장 눈이 마주쳤다.

"어? 유리 씨?"

복도 한쪽에 서 있던 나를 발견한 안네마리가 눈을 동그랗게 떴다.

"안네마리 씨, 여기서 만나네요."

나도 그녀를 알은척했다. 다행히 안네마리는 멀쩡한 얼굴이었다. 목소리만 듣고 혹시 울상을 짓고 있는 건 아닌가 했는데.

"유리 씨는 여기 어쩐 일로……."

"잠깐……!"

그렇게 안네마리가 막 내 쪽으로 발길을 돌렸을 때, 방에서 다급히 나온 노인이 안네마리를 불렀다.

"기다려라, 그래도 며칠간 한 일이 있으니 일당은 받고……."

그러다 그는 아직 돌아가지 않고 복도에 남아 있는 나를 보고 소스라쳤다.

"유, 유리야?"

안네마리와 내 시선이 동시에 노인에게 향했다.

"아직 안 갔었니?"

그는 어딘가 당황한 듯이 내게 물었다.

"네, 방에 겉옷을 두고 나와서요."

"그, 그렇구나. 세바스티앙, 뭐 하고 있나? 빨리 내 방에 가서 유리의 겉옷을 가지고 오지 못하고!"

노인이 떨리는 눈으로 나를 보다가 고개를 돌려 집사 아저씨를 닦달했다.

"그럼…… 저는 먼저 가볼게요."

뭔가 상황이 어정쩡해지자 안네마리가 난처한 빛을 얼굴에 드리우며 입을 열었다. 나는 그런 그녀에게 말했다.

"어차피 가는 길도 같은데, 같이 가요."

"자, 잠깐."

그 순간 노인이 조금 전보다 배는 당황스러운 얼굴을 하고 끼어들었다.

"두, 둘이 아는 사이냐?"

지난번에 치료소 앞에서 그와 집사가 '셀레나'의 이름을 부르짖을 때, 안네마리가 내 이름을 부른 것은 듣지 못한 모양이다. 뭐, 그때는 워낙 경황이 없어 보였고 그 직후에 돌연 의식을 잃고 쓰러지기까지 했으니 이해하지 못할 건 아니었다. 나는 노인의 물음에 대답하기 위해 입술을 벌렸다.

그러다 문득 내 앞에 있던 안네마리가 어딘가 묘하게 반짝이는 눈으로 나를 보고 있는 것을 눈치챘다. 그녀의 에메랄드 같은 눈동자 안에는 희미한 기대감이 어려 있었다. 그 무언의 압박에 못 이겨 나는 답했다.

"……친구예요."

그 순간 안네마리의 얼굴은 발그레하게 상기되었고, 노인의 얼굴은 거무죽죽해졌다.

"그, 그, 그랬구나."

왠지 조금 전에 그가 안네마리를 구박하며 호통을 치는 걸 내가 들었을까 봐 전전긍긍하는 듯한 느낌이었다.

"여기 있습니다."

그사이에 집사 아저씨가 방 안에 있던 내 겉옷을 들고 나왔다.

"그럼 이만 가볼게요."

"안녕히 계세요, 어르신."

나와 안네마리는 차례로 노인에게 인사를 건네고 돌아섰다.

"기, 기다려라!"

바로 그때, 노인이 등 뒤에서 큰 목소리로 외쳤다. 그의 부름은 어딘가 필사적이어서 돌아보지 않을 수 없었다.

"아, 안네마리."

"네?"

"조금 전에는 내가 솔직하지 못했다. 내 간병인을 그만두지 마라."

노인의 말을 듣고 그의 옆에 서 있던 집사가 두 눈을 크게 떴다. 안네마리도 별반 다르지 않았다.

"나이가 들고 외로워서 늘어나는 건 고집뿐이라, 내 마음이 그게 아닌데도 괜히 너한테 모질게 말했던 것 같구나."

"어르신……."

"네가 문을 열고 밖으로 나가자마자 내가 이렇게 급히 뒤쫓아 온 이유가 뭐겠니. 널 이대로 보내려니 내 마음도 편치 않아서 그런 게 아니겠느냐."

노인은 안네마리의 약한 마음을 공략하려는 듯이 표정을 흐리며 말했다. 하지만 조금 전에 그의 입에서 나왔던 말은 분명 간병인 해고를 취소하는 게 아니라, 일당을 받아가라는 내용이었던 것 같은데.

물론 굳이 일당이라도 챙겨주려고 따라 나온 걸 보면 노인이 겉보기만큼 매정하지 않은 것 같지만. 그리고 지난번에 치료소 앞에서 노인이 집사 아저씨한테 했던 말도 떠올랐다.

"꼭 그렇게 하셔야겠습니까? 좋은 아가씨 같은데 이번에는 그냥 받아들이시면……."

"이런 양심 없는 놈! 좋은 애니까 더 붙잡아두면 안 되는 거지! 아, 얼른 들어가!"

그때 두 사람이 말한 게 안네마리였구나 싶었다. 괜히 안네마리를 옆에 붙잡아두고 고생시킬까 봐 쫓아내려고 했던 건가? 그런데 지금 마음이 바뀌어서 다시 고용하려는 거고?

"어르신, 정말 저로 괜찮으시겠어요?"

역시 마음씨 착한 안네마리는 노인의 말에 그새 감화된 듯이 조금 울먹이는 얼굴로 되물었다. 그러자 노인이 단호박을 백 개쯤 썰어 먹은 것 같은 얼굴을 하고 결의에 찬 목소리로 외쳤다.

"무슨 소리냐. 난 네가 아니면 싫다!"

눈앞에 펼쳐진 광경은 꽤 감동적이라 할 만했다. 옆에 있던 집사 아저씨는 손수건을 꺼내 눈가를 찍었다. 노인은 안네마리의 손까지 부여잡으며 마지막 쐐기를 박았다.

"그러니 앞으로 잘 부탁한다, 애야."

나는 어쩐지 그런 노인의 눈빛이 한순간 '훗, 계획대로!'라고 말하듯이 반짝인 것 같다고 생각했다. 하지만 뒤이어 본 그의 눈은 여전히 아련하게 촉촉하기만 해서 내가 잘못 본 것 같았다. 어쨌든, 그렇게 해서 안네마리는 이 대저택에 사는 노인의 간병인으로 취직하게 되었다.

잠시 후 안네마리와 나는 저택을 빠져나왔다.

"유리 씨!"

정문을 넘자마자 나는 그 앞에서 길 잃은 강아지처럼 방황하고 있던 길버트를 마주했다.

"길버트 씨, 여긴 어쩐 일이세요?"

그는 정문 앞에서 불안하게 왔다 갔다 하다가, 나를 발견하고 쏜살같이 달려왔다.

"당연히 걱정돼서 와봤지! 안에서 별일 없었고?"

"네, 아무 일 없었어요."

길버트 씨의 말에 조금 놀랐다. 귀족 공포증까지 있는 사람이 내가 걱정돼서 여기까지 와서 기다렸다니.

"가게는요?"

"닫고 왔어. 가게가 무슨 대수야, 유리 씨가 더 중요하지."

더군다나 가게 문까지 닫고. 역시 길버트 씨는 좋은 사람이었다. 내 대답을 듣고 나서야 그는 안심한 기색이었다. 그 후 길버트 씨가 이번에는 내 옆에 있는 안네마리를 보며 입을 열었다.

"그런데 안네마리 씨도 있었네? 같이 왔던 거야?"

"아니요, 저는 여기 사는 어르신 간병인으로 왔어요."

"아, 정말? 휴우, 그럼 이상한 귀족은 아니었나 보구나."

안네마리가 간병인으로 일하는 곳이라고 하자 길버트도 완전히 마음을 놓은 듯했다. 물론 안네마리가 간병인으로 고용되었다는 게 이 집 사람들의 인성을 증명하는 것은 아니지만, 그래도 한 다리 걸쳐 아는 사람이 있다고 하니 묘하게 안심이 되는 모양이다. 그렇게 우리 세 사람은 오순도순하게 함께 마차를 타고 페럿가로 돌아왔다.

"그럼 들어가세요, 유리 씨."

"안네마리 씨도 편히 쉬어요."

집 앞에 다다라 유리와 안네마리는 인사를 나누고 헤어졌다. 유리는 문을 열고 집으로 들어갔다. 노인의 집에 들렀다가 곧장 돌아온 덕분에 오히려 오늘은 빨리 퇴근했다. 그래서일까. 집에는 라키어스가 없었다.

"……."

유리는 안으로 들어가서 주위를 살펴보았다. 하지만 그렇다 해서 집에 없는 사람이 갑자기 나타날 리 없었다. 라키어스는 오늘도 외출한 모양이다. 그런데 유리가 일찍 퇴근한 탓에 공교롭게도 텅 비어 있는 집을 발견하고야 말았다. 유리는 잠깐 고민했다.

'라키어스가 올 때까지 다시 밖에 나갔다 와야 하나?'

그렇게 막 한 발짝 문으로 걸음을 옮겼을 때, 문득 다른 생각이 뇌리를 스쳐 지나갔다.

'……혹시 외출한 게 아닌 걸까?'

그녀는 새삼스러운 눈으로 집 안을 다시 한번 둘러보았다. 불현듯 라키어스가 잠깐 밖에 나간 것이 아니라, 아예 떠난 것은 아닌가…… 하는 생각이 머릿속에 떠오른 탓이다.

그렇다 해도 말이 되었다. 왜냐하면, 다시 살펴본 집에는 라키어스의 흔적이라 할 만한 것이 하나도 남아 있지 않았기 때문에. 라키어스의 습성인 건지, 아니면 오늘만 모든 흔적을 지워놓고 자리를 비운 건지는 모르겠지만. 지금까지는 라키어스가 없는 동안 자세히 살펴본 적이 없어서 미처 몰랐다.

"다녀오세요, 유리 씨. 오늘도 기다리고 있을게요."

오늘 아침에 마지막으로 들었던 라키어스의 목소리가 귓가에 어른거리는 동시에, 갑자기 이상한 기분이 가슴 한복판을 가로질렀다. 그런데 그 이상한 기분이 도대체 무엇인지 알 수가 없었다. 유리는 텅 빈 집을 보며 이게 뭘까, 잠깐 고민했다.

덜컹!

바로 그때, 부엌 옆쪽에 있는 창문이 열리는 소리가 났다.

탁!

거기에서 가볍게 몸을 날려 집 안으로 들어온 것은 라키어스였다. 유리와 라키어스의 눈이 허공에서 마주쳤다.

"······."

"······."

라키어스는 그 자리에서 그대로 굳었다.

─헉, 야야, 라키어스! X됐다, 너.

머릿속에서 벌레가 호들갑스럽게 무어라 외쳤지만 라키어스는 머리가 새하얘져 듣지 못했다. 유리는 라키어스와 얼마 떨어지지 않은 곳에 서서 지금 막 창문으로 들이선 그를 무표정한 얼굴로 쳐다보았다. 라키어스가 먼저 흔들리는 눈을 갈무리하며 입을 열었다.

"유리 씨······."

"그냥 문으로 다니지 그래요?"

하지만 유리의 목소리가 그의 말을 가로막았다. 라키어스는 그녀의 기분을 살피려고 했지만 여느 때처럼 차분하고 담담한 목소리에서는 아무런 감정도 느껴지지 않았다. 뒤이어 유리가 자리에서 걸음을 뗐다. 라키어스도 그녀의 뒤를 따라 멈춰 있던 발을 움직이며 조용히 물었다.

"언제 왔어요?"

"방금 전에요."

잠깐 대화가 끊어지자 적막한 집 안에 두 사람의 작은 발소리만 울려 퍼졌다. 유리는 라키어스를 두고 방으로 향했다. 라키어스는 그녀를 곧바로 뒤쫓았다. 라키어스의 시선이 유리의 얼굴을 주의 깊게 살폈다. 유리는 그런 그를 모르는 것처럼 겉옷을 벗어 대충 옆에 있는 침대에 떨어뜨렸다.

"유리 씨."

분명 유리의 얼굴은 평소와 다를 것 하나 없이 무표정하기만 했다. 그런데 라키어스는 그런 유리에게서 무언가를 느꼈는지, 문가에 서서 가만히 그녀를 쳐다보다가 이내 다가와서 팔을 붙잡았다. 아플 정도는 아니었지만, 그렇다 해서 쉽게 뿌리칠 수도 없을 정도의 힘이 실려 있었다.

유리는 가까워진 라키어스를 올려다보며 다시 입을 열었다.

"이제 부상 입은 데는 다 나았나 봐요."

"아직 안 나았어요."

1초의 틈도 없이 대답이 이어졌다.

"그래요?"

유리는 마주한 라키어스의 얼굴을 들여다보았다. 그리고 바로 다음 순간, 그녀의 손이 라키어스를 밀쳤다. 충분히 버틸 수 있었을 텐데도 라키어스는 순순히 유리가 원하는 대로 뒤로 밀려나 주었다.

풀썩!

그리하여 라키어스는 뒤에 있던 침대에 걸터앉게 되었다. 유리는 거기에서 만족하지 않고 라키어스의 상체를 좀 더 뒤로 밀었다. 라키어스의 눈에 당혹감이 떠올랐다. 유리는 결국 몸을 뒤로 기울여 침대에 거의 눕다시피 한 라키어스의 옆으로 팔을 뻗었다. 그렇게 침대에 손을 짚고 라키어스가 움직이지 못하게 가두었다.

"그럼 벗어봐요."

그러고 나서 요구했다. 그 순간 유리를 응시하고 있던 라키어스의 눈동자가 경직되었다. 유리는 그런 라키어스를 내려다보며, 여전히 이게 무슨 기분인지 모르겠다고 생각했다.

왜인지 이유는 모르겠는데, 눈앞에 불쑥 나타난 라키어스를 보니 갑자기 마음이 조금 술렁거렸다. 그러더니 지금은 원인을 알 수 없는 모난 마음이 생겨났다. 그래서 그를 난처하게 만들어주고 싶었다.

라키어스의 상처가 이미 거의 아물었다는 사실은 알았다. 처음부터 놀라운 회복력을 자랑하던 남자니까. 예상대로 라키어스는 얼어붙은 채 그녀를 바라보았다.

하지만 잠시 후, 소리 없이 두어 번 천천히 감겼다 뜨인 라키어스의 눈동자는 어느새 본래의 침착함을 되찾았다. 그리고…….

스륵.

라키어스의 팔이 움직였다. 뒤이어 그가 하는 행동을 보고 유리는 움찔 눈매를 떨고 말았다. 라키어스는 정말 손을 들어 단추를 하나씩 풀기 시작했다. 모양 예쁜 손가락이 목부터 서서히 밑으로 기어 내려갔다. 유리는 왜인지 숨을 죽인 채 그런 라키어스를 지켜보았다.

느리게 움직이는 손길을 따라 살짝 음영 진 목울대와 반듯한 쇄골, 그리고 일부가 붕대로 가려진 단단한 가슴과 근육으로 꽉 짜인 복부가 차례로 모습을 드러냈다. 그의 시선은 유리의 얼굴에서 한 번도 떨어지지 않았다. 오늘따라 심해처럼 깊어 보이는 푸른 눈동자가 미동 없이 유리를 응시했다.

분명 옷을 벗고 있는 건 라키어스인데, 어째서인지 꼭 그녀가 그의 앞에서 발가벗겨지고 있는 것 같은 느낌이 들었다. 그런데도 라키어스의 눈에서 시선을 뗄 수가 없었다. 툭. 뼈마디가 불거진 손이 복부의 단추를 또 하나 풀어냈다. 이해할 수 없게도 등줄기를 타고 서서히 열이 오르기 시작했다.

타악!

결국 그 분위기를 견디지 못한 유리가 라키어스의 손이 더 내려가지 못하게 붙잡았다. 그러자 라키어스가 고개를 슬쩍 기울이며 조금 전까지 그녀의 눈앞에서 이어지던 손길만큼이나 느릿하게 입술을 벌려 속삭였다.

"왜요? 벗으라며."

그 목소리에서조차 색기가 뚝뚝 떨어져서 왠지 귀가 몹시 간지러운 느낌이 들었다.

"……다시 입어요."

유리의 말을 들은 라키어스는 눈을 길게 감았다 떴다. 그는 유리를 올려다보며 참으로 천연덕스럽게도 말했다.

"다친 곳이 아파서 못 입겠어요."

"방금 전에 아무렇지 않게 단추 푼 건 뭔데요?"

"그건 마지막 힘을 쥐어짰던 건데……."

말이나 못하면 얄밉지나 않지. 유리는 입술을 꽉 다물고 그다지 온화하지 못한 손길로 라키어스의 단추를 직접 잠그기 시작했다. 그리고 바로 다음 순간, 그녀의 손을 라키어스의 손이 덮듯이 감싸 쥐었다.

"화내지 마요."

이어서 나지막하게 귓가에 흘러든 속삭임에 유리는 저도 모르게 손을 멈추었다. 깊고 푸른 눈동자가 그녀를 정면에서 응시했다.

"당신이 화내면 어떻게 해야 할지 모르겠어."

들어 올려진 손이 달래듯이 유리의 뺨을 얕게 훑었다. 간지러울 정도로 조심스럽고 섬세한 그 손길에 유리는 또 움찔 눈매를 떨었다.

"화 안 났어요."

마침내 그녀가 굳게 다물려 있던 입술을 열었다.

"정말?"

그러자 라키어스가 확인하듯이 되물었다. 유리는 라키어스의 얼굴을 얼마간 가만히 내려다보았다.

"라키어스 씨."

그러다 이내 다시 작게 입술을 떼 그의 이름을 불렀다. 라키어스는 무엇이든 말해보라는 듯이 그녀를 쳐다보았다. 하지만 유리는 더 이상 말을 잇지 않았다.

"아무것도 아니에요."

라키어스에게서 손을 떼고 자리에서 일어났다. 라키어스가 왜 말을 멈추냐고 물었지만 유리의 입은 다시 열리지 않았다. 그래서…… 만약 언젠가 떠날 거면, 그때는 최소한 말은 하고 가라는 말은 목 안으로 삼켜져 한참이나 유리의 안에서만 맴돌았다.

다음 날 커피하우스에 달갑지 않은 손님이 찾아왔다.

"당신…… 제노스 셀던하고 교제하는 사이 아니야?"

심해 같은 짙푸른 머리카락과 검은 눈동자를 가진 새침한 인상의 남자. 데이몬 살바토르였다. 다행이라고 해야 할지, 오늘의 그는 꽃다발이 없는 빈손이었다. 유리는 쟁반을 들고 데이몬을 지나치며 짤막하게 답했다.

"아닌데요."

데이몬은 눈앞을 스쳐 지나가는 유리를 따라가지 않았다. 그녀가 다른 테이블에 음료를 두고 다시 돌아섰을 때도 그는 여전히 같은 자리에 우두커니 서 있었다. 힐끔거리는 사람들의 시선을 한눈에 받고 있는 데이몬의 얼굴은 좀 빨갛게 달아올라 있었다. 바닥을 뚫어져라 응시하는 눈동자가 잘게 흔들리는 중이었다. 보아하니, 일전에 같이 커피하우스를 나섰던 제노스에게 무슨 말을 들은 듯한데…….

자신이 무언가를 거하게 착각했었다는 것을 유리에게서도 직접 확인하자 굉장히 수치스러운 모양이다.

"주문하실 거면 앉고, 아니면 나가주세요, 손님."

물론 유리는 그런 그의 상태 따위는 안중에도 없이 자기 할 일을 할 뿐이었다. 유리의 말에 데이몬이 어딘가 약간 주춤거리는 모양새로 빈 자리에 가서 앉았다. 그의 걸음걸이는 삐걱거리는 소리가 날 것처럼 뻣뻣했다. 데이몬은 약간 웅얼거리는 목소리로 커피를 한 잔 주문한 뒤 가게 안을 돌아다니는 유리의 모습을 힐끔거리며 쳐다보았다.

그러다가 얼마간의 시간이 지났을 때는, 아예 그녀의 얼굴을 뚫어질 정도로 빤히 응시하기 시작했다. 이윽고 유리가 그에게 커피를 가져갔을 때, 데이몬의 얼굴은 본래의 색을 되찾은 뒤였다.

"크록포드와도 상관없다고 들었는데, 그것도 사실인가?"

데이몬은 또 이상한 걸 물었다. 조금 전에 제노스 셸던과 교제하는 사이가 아니냐고 물은 것도 이상했지만, 이번 건 더 그랬다.

"왜 그런 착각을 하셨는지는 모르겠지만, 네."

"진짜? 방계도 아니고?"

그는 믿기지 않는다는 듯이 또 한 번 확인했다. 유리는 말없이 그를 쳐다보았다. 별 명청한 질문을 다 들어본다는 듯한 그녀의 시선에 데이몬이 울컥했다.

"그럼 왜 이렇게 닮았는데? 제길, 난 그것도 모르고 착각했잖아……!"

그의 뺨이 또 약간 달아오르기 시작했다. 그러니까…… 정리해 보면 그녀가 제노스 셸던의 애인인 줄 알아서, 또 크록포드의 핏줄이라고 오해해서 지금까지 그렇게 되지도 않는 작업을 걸었다는 건가?

어느 쪽이든 너무 터무니없는 오해라 도대체 왜 그런 생각을 했는지 알 수가 없었다. 고작해야 상상이 가는 이유라고는, 칼리안 크록 포드와 제노스 셀던이 이 커피하우스에 몇 번 드나들었다는 것밖에 없는데……. 정말 그런 이유로 이런 엄청난 착각을 한다고?

유리로서는 황당했지만 안타깝게도 그 이유가 맞았다. 데이몬 살바 토르는 여전히 수치스러운 듯 낯빛을 붉혔다. 그런데 그 모습이 지금 까지의 뻔뻔했던 모습과 대비되어 유리에게 작은 감흥을 일게 했다. 이제야 좀 귀염성 있는 외모에 어울리는 표정이었다.

"커피, 맛있게 드세요."

유리는 창피해하는 데이몬 살바토르를 등지고 자리를 떠났다. 이후 로는 데이몬에게 관심을 두지 않았다. 물론 길버트는 여전히 불안한 듯, 틈틈이 눈을 굴려 그를 확인했지만 말이다. 이윽고 데이몬은 커 피값을 지불하고 일어났다. 그런 뒤 곧장 걸음을 옮겨, 다른 손님이 음료를 쏟은 자리를 대걸레로 닦고 있는 유리에게 다가갔다.

"그동안 실례했던 걸 사과하지."

데이몬이 진지한 얼굴로 유리에게 사과했다. 설마 사과까지 받을 줄은 몰랐기 때문에 그녀는 다소 의외라고 생각했다.

"네, 그럼 앞으로는 영업 방해하지 마시고, 안녕히 가세요."

유리는 알겠다는 듯이 고개를 끄덕이며 말했다. 그러고 나서 잠깐 멈추었던 대걸레질을 다시 하기 시작했다. 하지만 데이몬은 곧바로 자 리를 떠나지 않고 걸레질하는 유리의 모습을 얼마간 물끄러미 지켜보 다가 또 입을 열었다.

"이름이 유리라고 했지. 나와 거래하지 않겠어?"

이번에도 역시 갑작스러운 제안이었다. 유리의 시선이 앞에 있는 데 이몬에게 향했다. 꼭 새로운 퀘스트가 온 것 같았다.

'너 내 여자가 돼라!' 다음에는 '너 내 동료가 돼라!'인가.

"약 안 사요. 도 안 믿어요."

왠지 데이몬의 말투가 '도를 믿습니까?' 같아서 말하자 그의 얼굴이 구겨졌다. 하지만 곧 데이몬은 다시 표정을 펴 온화한 낯빛을 만들어낸 뒤 유리에게 말했다.

"당신에게 손해인 제안은 아닐 거야. 일단 이야기라도 들어보면……."

푸드덕!

바로 그때, 데이몬의 머리 위로 새가 날아들었다.

"윽?! 갑자기 이게 뭐야?"

이번에는 까마귀가 아니라 하얀 새였다. 세이렌이 부리는 비둘기였다.

"이, 이 미친 새가!"

비둘기는 데이몬의 머리 위에 올라타 마구 푸드덕거리며 날갯짓하기 시작했다. 발로는 데이몬의 머리카락을 모조리 뽑아낼 것처럼 옴팡지게 움켜쥐었다.

'……얼마 전에 오딘의 까마귀한테 영감을 받은 것 같더니 이런 걸 따라 하는 건가?'

유리는 눈살을 찌푸린 채 그 광경을 지켜보았다.

"으악!"

데이몬은 역시 육체파 남주인공이 아닌지라, 머리에 새를 매달고 허우적거렸다. 이러다가는 남주인공의 머리에 사상 최초로 땜빵이 생길지도 모를 위기였다.

"잠깐만 가만히 계세요."

무엇보다도 기껏 그녀가 열심히 쓸고 닦아놓은 바닥에 새의 깃털이 떨어져 날렸다. 그것이 거슬러서 유리는 손을 뻗어 데이몬의 어깨를 잡아 움직이지 못하게 붙잡았다. 그 순간 그의 몸이 옆으로 기울었다. 하지만 유리는 오히려 그를 더욱 꽉 짓누른 뒤 다른 쪽 손으로 새의 목을 아프지 않게 움켜쥐었다.

짹짹!

그러고 나서 새의 눈을 똑바로 보고 명령했다.

"쉬잇. 조용히 하고 얌전히 돌아가."

사실 오딘의 분신이나 마찬가지인 까마귀와 달리 세이렌이 부리는 새는 사람의 말을 알아듣지 못했다. 하지만 그런 만큼 약육강식의 법칙에서 자유롭지 못해서, 유리의 눈을 마주한 순간 새는 파들파들 떨며 데이몬의 머리를 쥐어뜯고 있던 발에서 힘을 풀었다. 새를 괴롭힐 마음은 없었던 터라 유리도 곧장 손에서 힘을 뺐다.

푸드덕!

그러자 비둘기가 달아나듯이 서둘러 날개를 펼쳐 하늘로 날아올랐다. 문득 찌를 듯한 시선이 느껴져서 유리는 고개를 내렸다. 그리고 크게 뜨인 데이몬의 눈과 시선을 마주했다. 그제야 그녀는 지금 데이몬과 자신이 취하고 있는 자세가 어떤지 깨달았다.

데이몬은 어느새 근처에 있던 빈 의자에 거의 쓰러지다시피 걸터앉아 테이블에 등을 기대었다. 그리고 유리는 그런 그의 어깨를 붙잡고 상체를 기울여 몸을 다소 가깝게 붙이고 있는 상태였다. 데이몬은 얼이 빠진 얼굴을 하고 유리를 보았다. 조금 전의 일로 많이 놀란 모양이다.

"괜찮으세요?"

유리는 데이몬에게서 손을 떼고 뒤로 물러나며 의례적으로 물었다. 그런데 어째서인지 데이몬은 유리가 비킨 뒤에도 자리에서 일어나지 않았다. 잘게 흔들리고 있는 그의 새까만 눈은 여전히 유리에게 못

박혀 있었다.

"저기요?"

유리가 고개를 기울이며 다시 한번 부르자 그제야 데이몬이 꼭 꿈에서 깨어나기라도 한 것처럼 급히 숨을 들이마셨다. 덜컹!

그는 의자를 뒤로 넘어뜨리며 자리에서 벌떡 일어났다.

"나, 나, 나는 이만 가보겠어!"

데이몬은 그렇게 큰 소리로 외친 뒤 묘하게 서두르는 모양새로 돌아서서 커피하우스를 빠져나갔다. 돌아서기 직전에 본 그의 얼굴은 아까보다도 더 새빨갛게 달아올라 있었다.

"안녕히 가세요, 손님."

유리는 그런 데이몬의 뒤에서 무덤덤한 목소리로 인사해 주었다.

'머리는 정리하고 가지.'

처음에 커피하우스에 올 때만 해도 단정하던 그의 파란 머리카락이 지금은 새의 폭격으로 완전히 까치집이 되어 있었다. 하지만 데이몬은 그런 사실을 모르는 눈치였다. 물론 유리가 신경 써줄 일은 아니었기 때문에, 잠시 후 그녀는 빗자루를 가져와 바닥에 떨어진 깃털을 쓸기 시작했다. 역시 오딘을 따라 하지 말라고 세이렌에게 말해둬야 할 듯했다.

"헉, 깜짝이야!"

그 시각, 세이렌은 조종하고 있던 비둘기와의 연결이 끊긴 것을 느끼며 소스라쳤다.

'나, 나한테 화났나?'

조금 전 새를 통해 마주한 아라크네의 눈빛이 무척이나 싸늘했던 것이 떠올라 가슴이 사정없이 쿵쾅거렸다. 요즘 도대체 뭘 하고 돌아다니는지 모를 오딘이 이런 방식으로 아라크네에게 껄떡거리는 놈들을 응징했던 것이 떠올라 자신도 한번 해본 것인데. 왠지 아라크네를 지키는 기사라도 된 것 같아 괜히 기분이 들뜨기도 했고……. 하지만 아무래도 이라크네는 그것이 마음에 안 드는 눈치였다.

'그치만 오딘한테는 아무 말도 안 해놓고서!'

세이렌은 혼자 쭈그러져 있다가 갑자기 울컥 억울한 마음이 들어 입을 삐죽였다. 역시 아라크네는 그녀만 싫어하는 것이 분명했다.

'……아니야! 아라크네는 날 싫어하지 않아!'

하지만 그렇게 생각하자마자 세이렌은 파드득 날개를 떨며 부정했다. 아라크네가 자신을 싫어한다니, 그런 건 상상하고 싶지도 않았다. 그렇게 혼자서 북 치고 장구 치다가, 세이렌은 문득 주변이 조용해진 것을 깨닫고 미간을 찌푸렸다.

"이봐, 번견!"

소리 높여 레오를 불렀으나 돌아오는 답변은 없었다. 그녀의 부름을 반기지는 않아도, 귀찮은 듯이 들려오던 목울음 소리조차 없었다.

'이 번견은 또 어딜 간 거지?'

세이렌은 주위를 두리번거리며 의문을 품었다. 요즘 들어 이상하게 레오는 은신처를 비울 때가 많았다. 도대체 어디에서 뭘 하고 돌아다니는 건지 모를 노릇이었다.

'나도 슬슬 나가보고 싶은데.'

세이렌도 한동안 계속 틈날 때마다 잠만 자서 그런지 몸이 영 찌뿌

둥했다. 대신 날개에 슬슬 윤기가 돌아오기 시작해 뿌듯한 마음도 들었지만 말이다.

'흥, 밖에서 사고나 치라지. 그럼 아라크네도 그 번견 놈을 버리기 쉬워질 거야.'

세이렌은 아라크네가 주고 간 발모제를 가져와 깃털에 꼼꼼히 바르며 콧방귀를 뀌었다. 여전히 그녀는 아라크네의 옆에 붙어 있는 레오가 마음에 들지 않았으니까.

그가 이렇게 밖을 싸돌아다니다가 사고라도 쳐서 아라크네의 정을 떨어지게 만든다면 더 바랄 게 없다. 상상만으로도 흡족해서 세이렌은 콧노래를 작게 흥얼거렸다.

'아, 이럴 게 아니라 새를 보내서 확인해 봐야겠어!'

그러다 퍼뜩 생각난 게 있어 조금 전에 커피하우스를 엿볼 때처럼 다시 근처를 날아가는 새와 연결을 시도했다. 아라크네가 오딘의 행적을 찾는 일을 그만둬도 된다고 해서 얼마 전부터는 새를 조종해 주변을 살피는 일을 그만뒀었다.

그러니 이번에는 대상을 바꿔 레오가 어디에서 뭘 하는지 알아낼 생각이었다. 그래서 만약 레오가 나쁜 일이라도 하고 있다면 아라크네에게 그 실상을 낱낱이 고자질해 주리라!

세이렌은 사악한 미소를 지으며 정신을 집중했다. 레오를 아라크네에게서 떨어뜨려 놓을 수 있을 만한 좋은 건수가 잡히기를 두근두근 기대하면서.

드륵.

라키어스는 여느 때처럼 습관적으로 창문을 열었다. 그리고 창틀에 발을 디뎌 밖으로 몸을 반쯤 내밀다 말고 머릿속에서 들려오는 목소리에 멈칫했다.

―그런데 라키어스. 너 이제 궁상맞게 창문으로 안 다녀도 되지 않냐?

"……."

창틀을 움켜쥔 리기이스의 손이 우뚝 멈췄다. 벌레의 말이 맞았다. 이미 그는 유리에게 창문을 이용해 밖으로 출입하던 것을 들켜 버린 뒤였다.

"그냥 문으로 다니지 그래요?"

무표정한 얼굴로 그를 보며 말하던 유리의 모습이 순간 눈앞에 어른거렸다. 라키어스는 저도 모르게 설핏 미간을 찡그렸다. 유리는 화가 난 게 아니라고 했지만……. 그럼 어제 그녀에게서 느껴지던 건 뭐였을까?

맨 처음 집에 돌아왔을 때, 혼자 우두커니 서 있던 유리에게서는 분명 형언하기 어려운 묘한 분위기가 풍겨 나왔다. 이후에도 그녀는 아무런 표현을 하지 않았지만…….

왠지 라키어스는 그녀를 달래줘야 할 것 같다고 생각했다. 게다가 마지막에 유리가 무언가를 말하려다가 말았던 것도 묘하게 신경 쓰였고. 라키어스는 어제 했던 고민을 이어서 하며 창틀에 올랐던 몸을 다시 뒤로 물렸다.

휘이이.

바로 그때였다. 옆쪽에서 불어든 바람이 라키어스의 얼굴을 스쳐 지나갔다. 흩날리는 금색 머리카락 사이로 시린 벽안이 날카롭게 빛났다.

'이 냄새는······.'

-어, 그 개새끼 냄새 난다!

라키어스와 같은 것을 느꼈는지, 머릿속에서도 외치는 소리가 들렸다. 이 짐승 누린내는 분명 노예상에서 마주쳤던 그 변종의 것이었다. 혹시 지금 이 근처에 와 있는 건가?

라키어스의 눈살이 찌푸려졌다. 유리의 곁에 몇몇 변종이 붙어 있다는 사실은 이미 알았다. 얼마 전에 이 집에 들어왔던 그 하얀 새도 지난번 노예상에서 유리와 함께 있던 그 날개 달린 변종 여자가 조종하던 것이라고 들었다.

물론 그 출처는 요즘 라키어스의 구두라도 핥을 것처럼 굴고 있는 오딘이었다. 결국 라키어스는 뒤돌아 문으로 향하지 않고, 창문 밖으로 뛰어내렸다. 그러자 짐승 냄새가 한결 짙게 코끝을 찔렀다. 그 냄새가 난 방향은······.

'옆집?'

라키어스는 옆집의 창문에 남은 흔적을 살피며 눈을 가늘게 떴다. 분명 지난번에 라키어스가 기억을 지우고 문 앞에 데려다 놓았던 그 여자네 집이었다. 차가운 벽안이 꼭 닫힌 창문에 닿았다. 그는 잠깐 안네마리의 집 쪽을 응시하다가 자리에서 발길을 뗐다.

그날 밤, 라키어스는 어둠 속에서 가늘게 뜬 눈으로 닫힌 문을 응시했다.

─야, 라키어스. 저 여자 화 안 났다고 하더니, 이건 아무리 봐도 화난 반응인데?

집 안이 워낙 조용했기에 머릿속에서 울리는 목소리가 유독 크게 들렸다. 라키어스의 미간에 그려진 주름이 더욱 깊어졌다.

─내 생각에는 네가 X된 게 맞는 거 같아! 네가 그동안 환자인 척 거짓말해 놓고 사실은 밖으로 싸돌아다녔던 걸 알게 돼서 기분 상한 게 아닐까?

벌레가 주저리 떠드는 소리는 듣기 싫었지만 사실은 라키어스도 그 말에 어느 정도 동의했다. 어제 외출한 뒤 집에 들어오다가 유리와 마주쳤던 이후로 그녀의 태도가 묘하게 쌀쌀맞았다. 물론 아주 미세한 차이였지만…… 매일 유리의 일거수일투족에 주의를 기울이고 있는 라키어스에게는 확연히 전해진 변화였다.

─하, 그러게 내가 연약한 척 좀 적당히 하라고 했지? 그렇지 않아도 네가 저 여자 앞에서 온갖 내숭을 다 떨 때마다 내가 닭살이 돋아서……!

'X발, 불난 집에 기름 붓지 말고 1절만 해. 빡치게 하지 말고.'

그럼 정말 벌레의 말대로인 걸까?

무엇보다도, 어제 침실에서의 일 이후로 유리는 라키어스를 방에 들이지 않았다. 그래도 요즘 한동안은 밤마다 그의 손을 잡고 잠들고는 했었는데.

"……."

라키어스는 어둑하게 그림자 진 눈으로 유리의 방문을 바라보았다. 어쩐지…… 조금 초조한 마음이 들었다. 지금 당장 유리의 방문을 두드려 그녀의 눈을 마주하고 싶은 충동이 들었다.

톡톡.

바로 그때, 창가에서 희미한 소음이 들려왔다. 꼭 새가 부리로 창문을 쪼는 듯한 작은 소리였다. 그 소리의 출처를 알아챈 라키어스의 눈동자에 서늘한 이채가 스쳐 지나갔다. 닫힌 문 쪽으로 주의를 집중했지만 다행이라고 해야 할지, 유리의 방 안에서는 아무런 움직임도 느껴지지 않았다. 어둠 속에 잠겨 있던 라키어스의 몸이 느릿하게 움직였다.

그는 소리 없이 소파에서 몸을 일으켜 방금 전 소리가 들려온 창가로 움직였다. 그리고 조용히 커튼을 걷었다. 그러자 유리창 밖에 앉아 있는 까마귀가 눈에 들어왔다. 오딘이 보낸 새였다. 원래는 오늘 밤에 몰래 집을 빠져나가 오딘과 함께 어딘가에 갈 예정이었다.

하지만 약속 장소에 라키어스가 나타나지 않자 무슨 일인지 확인하러 까마귀를 보낸 것이 분명했다. 라키어스는 손가락을 창틀에 가져다 댔다. 그러자 손가락 끝에서 스멀거리며 배어 나온 피가 창틀 밑의 틈으로 빠져나가 까마귀의 발 앞에 글씨를 만들었다.

계획 변경. 나중에.

글귀를 알아본 까마귀는 고개를 끄덕인 뒤 푸드덕 날개를 펼쳐 날아갔다. 라키어스도 글씨를 만들었던 피를 다시 거두어들였다. 슬쩍 뒤돌아본 유리의 방은 여전히 굳게 닫혀 있었고, 집 안은 여전히 조용했다.

라키어스는 눈빛을 낮게 가라앉히며 조용히 커튼을 쳤다. 달빛이 차단된 시야가 다시금 어두워졌다.

다음 날은 커피하우스에 출근하지 않아도 되는 휴일이었다. 하지만 유리는 집에 있지 않고 외출했다. 왠지 라키어스의 얼굴을 볼 때마다 알 수 없는 기분이 들어서 껄끄러웠기 때문이다.

유리는 정말 라키어스에게 화가 난 것이 아니었다. 그 정도로 라키어스가 그녀에게 잘못한 것도 없었고 말이다. 그런데도 왜 이런 묘한 기분이 드는 건지 알 수가 없어 오히려 더 찝찝했다.

'어차피 안네마리의 취직 축하 선물을 사려고 했으니까.'

유리는 겸사겸사 라키어스를 피해 상점가로 향했다. 상점가의 거리에는 오늘도 사람이 많았다. 유리는 안네마리에게 무슨 선물을 줘야 좋아할지 고민하며 상점 거리를 거닐었다.

그러다 문득 그녀의 걸음이 어느 가게 앞에서 멈췄다. 여러 동물이 유리창 너머에 진열된 펫숍이었다. 상점가를 올 때마다 늘 지나다녔던 곳이지만 유리의 발이 멈춘 것은 처음이었다.

이 세계에는 직접 아는 사람을 통하는 게 아니면 가정 분양 같은 개념이 따로 없는 것 같았다. 그래서 반려동물은 대개 이런 가게에서 구입해 키우는 쪽으로 고착화된 듯했다. 유리의 시선이 창 너머에서 그녀를 보고 꼬리를 흔드는 하얀 강아지에게 머물렀다.

'……강아지나 고양이를 길러볼까.'

왜 갑자기 그런 생각이 들었는지 모르겠다. 가끔씩 안네마리를 볼 때마다 전생에 키웠던 강아지 코코를 떠올리긴 했지만 그렇다 해서 이번 생에도 반려동물을 집에 들여야겠다는 생각은 한 번도 해본 적이 없었는데.

갑자기 충동적인 마음이 들었다. 그저께 빈집에 들어왔을 때 느꼈던 허전함이 문득 떠오르기도 했다. 지금까지는 혼자 있어도 집이 빈 것 같다고 느낀 적이 한 번도 없었는데, 생각보다 라키어스의 존재감이 컸던 모양이다. 이래서 사람이 든 자리는 몰라도 난 자리는 안다고 하는 건가.

"들어와서 구경하세요."

유리가 가게 앞에서 동물들을 들여다보고 있자, 문을 열고 주인이 나와 권했다.

"아니에요. 지나가는 길이었어요."

하지만 유리는 단호하게 거절했다. 그리고 잠깐 멈추었던 걸음을 다시 옮기기 시작했다. 편견일 수도 있지만, 아무래도 전생의 기억 때문인지 꺼림칙함이 남아 있어 이런 펫숍 같은 곳에서 동물을 구입해 데려가고 싶지는 않았다. 또 단순히 집이 허전하게 느껴진다고 해서 아무 준비 없이 무턱대고 집에 반려동물을 들이는 것도 안 될 일이었다.

결정적으로 지금 유리가 살고 있는 집은 규정상 동물을 키울 수 없다. 그러니 지금 말고, 좀 더 나중에. 돈을 더 모아서 지금보다 큰 집으로 이사 가고 나면, 그때는 커피하우스 일을 그만두고 강아지나 고양이를 데려와 함께 사는 것도 괜찮을 것 같다는 생각이 들었다. 유리는 그렇게 언제인지 모를 훗날을 기약하며 다시 안네마리의 선물을 고르기 위해 상점가를 둘러보기 시작했다.

오늘도 라키어스의 기분은 저조했다. 의자에 기대앉아 손에 턱을 괴고 있는 그의 주위에서 난폭한 기운이 들썩였다. 지금 라키어스가 있는 곳은 오딘이 그를 누추한 곳에서 모실 수 없다며 마련한 장소로, 얼마 전까지만 해도 어느 대부호의 별장이었던 곳이다.

라키어스의 한기를 정면에서 받은 오딘이 어깨를 움츠리며 조심스

럽게 물었다.

"저, 보고할까요?"

"해."

"옙!"

마찬가지로 찬 기운이 폴폴 날리는 대답을 듣고 오딘이 빠릿빠릿하

게 입을 열었다.

"오늘 까마귀에게 소식이 왔는데, 가짜 놈이 현재 생포한 변종은 둘

인 것 같습니다."

그는 어제오늘 열심히 조사한 내용을 라키어스에게 보고하기 시작

했다. 요즘 오딘이 라키어스의 명으로 알아보고 있는 것은 현재 카르

노말에 있는 가짜 라키어스, 즉 밀리엄에 대한 것이었다. 역시 그는 유

적의 힘을 이용해 다른 변종들의 힘을 갈취할 수 있는 듯했다. 그래

서 남몰래 변종들을 찾아 모으는 중인 것으로 보였다.

"하지만 둘 다 별 볼 일 없는 능력인 것 같으니 염려 붙들어 매세요!"

하지만 아직까지 쓸 만한 능력을 가진 변종을 찾지 못해 카르노말

뿐만이 아니라 다른 지역까지 뒤지고 있는 모양이다.

"애초에 그런 같잖은 수작질에 홀랑 넘어가 잡히는 건 번견 같은 팔

푼이 개새끼나 껌딱지 새 새끼 정도가 아니겠어요?"

그러면서 오딘은 은근슬쩍, 얼마 전에 노예상에 붙잡혔던 레오와

세이렌을 폄하하는 말을 꺼냈다. 왠지 사감이 느껴지는 욕이라 라키

어스는 한쪽 눈썹을 슬쩍 들어 올렸다. 오딘은 그것도 모르고 이번에

는 것을 한껏 부풀린 새처럼 가슴을 활짝 편 채 오만하게 덧붙였다.

"라키어스 님의 명실상부한 오른팔인 이 까마귀 오딘이나 우리 아

라크네 정도 되는 능력 있는 변종들은 쉽게 잡히지 않으니 애초에 그 멍청한 가짜 놈이 방법을 잘못 생각했다고밖에……."

오딘의 말 중 한 부분이 라키어스의 심기를 건드렸다.

"뭐, '우리' 아라크네?"

줄곧 다물려 있던 라키어스의 입에서 음산한 목소리가 흘러나왔다.

"헉, 요놈의 주둥아리!"

서늘한 시선을 정면에서 받은 오딘이 화들짝 놀라 자신의 입을 찰싹 내려쳤다.

"용서해 주세요, 라키어스 님! 가끔 제 주둥이가 뭘 잘못 먹었는지 멋대로 헛소리를 지껄일 때가 있어서! 전 정말 라키어스 님밖에 없는데……! 제 마음 아시죠? 이 오딘의 충성심을……!"

오딘은 라키어스의 심기가 사나워진 이유가 자신의 충심을 의심해서라고 생각한 모양이다. 라키어스는 그런 오딘에게 짜증스레 일갈했다.

"네깟 놈의 충성심 따위 내가 알 게 뭐야."

"네?! 어떻게 모르실 수가 있어요, 병신이세요?"

"……너 지금 뭐라고 했냐?"

"허억! 또 제 주둥이가……!"

철썩, 철썩!

조금 전보다 더 세게 입을 때리는 소리가 라키어스의 고막을 울렸다. 라키어스는 구겨진 얼굴로 그런 오딘을 내려다보았다. 분명 라키어스에게 복종하고 있는 것이 분명한데 조금 전처럼 무의식중에 그에게 욕을 하지 않나, 또 은근히 아라크네를 특별히 여기는 소리를 지껄이지 않나.

아무래도 오딘이 변종이기 때문에 라키어스의 힘이 불완전하게 먹힌 듯했다. 라키어스는 아직도 스스로의 입을 태형에 처하고 있는 오딘에게 한기 어린 목소리로 읊조렸다.

"그만 짖고 보고나 마저 해."

"용서해 주셔서 감사합니다, 라키어스 님!"

오딘은 라키어스의 자비에 감동한 듯이 울먹였다. 물론 자비도 뭣도 아니고, 그냥 라키어스가 오딘을 상대하기 성가셔진 탓이었다.

"그래서 그 건방진 가짜 놈이 다른 변종을 찾으려고 한참 열을 올리고 있는 모양이에요."

어쨌든, 오딘은 라키어스의 명대로 보고를 마저 이어갔다.

"동부에도 관련자가 있는 듯한데 끄나풀 말고 그 윗선이 누구인지는 좀 더 조사해 봐야 할 것 같습니다."

"그럼 당장 가서 조사해."

라키어스는 오딘에게 그렇게 명령한 뒤 자리에서 일어났다. 그런 라키어스를 보며 오딘이 물었다.

"어젯밤에 실행하시려던 일은 오늘로 미뤄진 건가요?"

"시일은 내가 다시 정할 거니까 주제넘게 깝치지 마라."

"옙! 안 깝치겠습니다."

라키어스의 스산한 말에 오딘이 금방 쭈그러졌다. 그렇게 라키어스는 먼저 별장을 떠났다.

'아무래도 지금 보러 가봐야겠어.'

그의 머릿속은 유리에 대한 생각으로 가득 차 있었다. 오딘을 마주하는 동안에도 그의 기분이 저조했던 이유였다. 아무래도 그녀가 그를 피하는 것이 확실해 보였기 때문에 더욱 신경이 쓰였다.

'분명 상점가에 간다고 했지.'

하여 라키어스는 아까부터 줄곧 머릿속에 맴돌던 사람을 만나기 위해 걸음을 서둘렀다.

푸드덕!

라키어스가 떠난 뒤 오딘도 까마귀로 변해 자리를 벗어났다. 그의 주인인 라키어스의 명을 충실히 이행하기 위해서였다.

"······!"

그렇게 하늘을 가로질러 날아가다가, 문득 오딘은 자신을 엿보는 시선을 느꼈다. 그는 시선이 날아든 방향으로 급강하했다.

짹짹!

잠시 후 오딘의 커다란 날개가 후려친 것은 길을 지나가던 참새였다. 갑자기 봉변을 당한 새는 비틀거리며 울부짖었다. 하지만 그것은 분명 보통 참새가 아니라 방금 전까지 누군가에게 조종당하고 있던 참새였다.

'이 껌딱지 년이 감히 날 엿봐?'

오딘은 새를 조종하고 있던 게 누구인지 곧바로 깨닫고 이를 갈았다. 그의 분홍색 눈에도 사나운 불똥이 튀었다. 이내 오딘은 방향을 바꾸어 비행하기 시작했다.

잠시 후 그가 도착한 곳은 레오의 은신처인 수도원이었다.

"야, 세이렌!"

갑작스럽게 들이닥친 오딘을 보고 세이렌이 고운 얼굴을 엉망으로 구겼다.

"갑자기 뭐야, 이 새 새끼야! 놀랐잖아!"

"이 뻔뻔한 게! 네가 참새 새끼 시켜서 몰래 나 훔쳐본 거 모를 줄 알아?"

"아, 사람이 큰일을 하다 보면 좀 엿볼 수도 있는 거지!"

"이 미친년이?"

콰콰콰쾅!

바로 다음 순간 수도원 안에 굉음이 울려 퍼졌다.

"야! 너 죽을래?"

오딘에게 공격당한 세이렌이 짜증스럽게 소리치며 먼지 구덩이 속에서 날아올랐다.

"너나 죽어! 아라크네 옆에서도 떨어지고, 이 거머리 같은 계집애야!"

오딘은 다시금 그런 세이렌을 공격했다. 세이렌도 지지 않고 반격을 가했다.

"어이가 없으려니까! 다른 일로 바쁘다고 아라크네 옆을 떠난 건 너잖아, 이 새대가리야!"

"그래! 난 지금 위대한 분을 위한 위대한 일을 하는 중이다!"

"진짜 뭐라는 거야, 이 미친놈이?"

비록 조금 전에 우연히 오딘을 발견해 그를 좀 훔쳐보긴 했지만 라키어스와 함께 있던 것까지는 목격하지 못했던 탓에, 세이렌은 오딘의 말을 듣고 황당함을 느꼈다.

콰콰쾅!

아직 세이렌은 노예상에 붙잡혔을 때의 상처가 완전히 회복되지 않은 상태였다. 하지만 상대가 천적 같은 오딘인 만큼 악으로 버텨 거의 팽팽하게 맞붙었다. 그들은 공중을 날아 수도원 안을 옮겨 다니며 접전했다.

콰아앙!

그러다 기도실의 조각상이 파손되며 그 밑에 있던 물건이 밖으로 드러났다.

"헉!"

유리가 보관해 두었던 유적의 파편이었다.

"유, 유적의 파편? 이게 왜 여기에 있지?"

"뭐? 유적의 파편이라고?"

순간 오딘의 눈이 번뜩였다. 다행히 유리가 미리 실을 이용해 조치해 놓은 덕에 유리 상자가 깨지지는 않았다. 오딘이 급히 날아가 상자에 손을 댔다.

"야, 잠깐만!"

세이렌이 황급히 오딘을 말리려 했지만 이미 늦었다. 그 순간 함정이 발동되었다. 사사사삭!

"으악······!"

오딘과 세이렌은 유적의 파편을 감싸고 있던 실이 갑자기 거미줄처럼 펼쳐져 몸을 덮치는 것을 피하지 못하고 실에 묶여 순식간에 천장으로 끌어 올려졌다.

평소라면 최소한의 방비는 할 수 있었을 것이다. 그러나 두 사람 다 오랜만에 마주한 앙숙과의 싸움에 흥분한 상태이기도 했고, 갑작스러운 공격에 당황해 피하지 못했다. 그들이 버둥거릴수록 몸을 옥죄는 힘은 더욱 강해졌다. 아라크네의 힘에 대해서는 연구소 시절부터 잘 알고 있었기 때문에 결국 오딘과 세이렌은 움직임을 멈출 수밖에 없었다.

"제, 제길. 이게 뭐야!"

"아라크네······!"

그들은 천장에 옴짝달싹 못 하게 붙들려 아라크네를 목 놓아 불렀다. 물론 당연하게도 멀리 있는 유리에게 그 목소리는 닿지 않았다.

유리가 들어선 곳은 상점이 즐비한 거리에서도 한 손에 꼽을 정도로 큰 건물이었다. 반년 전에 새로 완공한 고층 건물로, 백화점처럼 여러 가지 물건을 진열, 판매하고 있어 한 번에 물건을 살펴보기 좋았다.

유리는 그 안에 들어가 주위를 둘러보았다. 너무 비싼 건 받는 사람 입장에서도 부담스러울 테고. 적당한 가격에서 좋은 물건을 찾는 게 그녀의 목표였다.

"그럼 입점 문제는 어떻게 할까요?"

"그 정도는 너희가 알아서 해. 그렇지 않아도 연금술사의 탑 관리하느라 바쁜 내가 이런 데까지 신경 써야겠어?"

그러다 문득 옆에서 익숙한 목소리가 들려 유리는 무심코 고개를 돌렸다. 그러자 낯익은 얼굴이 시야에 비쳐들었다. 데이몬 살바토르였다. 유리가 있는 쪽으로 걸어오던 그 역시 그녀를 발견했다. 그런데 눈이 마주친 순간, 데이몬이 어깨를 흠칫 떨며 걸음을 멈추었다.

"커, 커피하우스의 유리?"

조금 전까지만 해도 짜증만 한가득 담겨 있던 얼굴에 당혹감이 피어올랐다. 데이몬은 필요 이상으로 동요하며 눈동자를 흔들었다.

"다, 다, 당신이 왜 여기에……?"

어울리지 않게 말을 심하게 더듬기까지 하는 모습에 유리가 고개를 비스듬히 기울였다.

"안녕하세요. 여기서 또 뵙네요."

유리의 인사를 받은 데이몬이 또 거세게 동요했다. 데이몬의 뒤에 있던 사람들이 평소답지 않은 그의 모습에 놀라 눈을 휘둥그렇게 떴다. 뭔가 감을 잡은 듯한 눈빛으로 유리와 데이몬을 번갈아 쳐다보는 사람도 있었다.

그제야 자신을 향한 사람들의 시선을 알아차린 데이몬이 표정을 수습하며 다시금 눈에 힘을 주었다. 그러고 나서 뒤따르던 사람들에게 휙 고개를 돌리면서 까칠하게 뇌까렸다.

"뭘 봐? 할 일 다 끝났으니까 이제 흩어져!"

그 말이 끝나기가 무섭게 데이몬의 뒤에 있던 네다섯 명 정도 되는 사람들이 후다닥 물러나기 시작했다.

"크흠, 오랜만에 보네."

그런 뒤 데이몬이 유리에게 다가왔다. 하지만 그는 어째서인지 유리의 얼굴을 똑바로 보지 못하고 그녀에게서 시선을 비끼며 말했다.

"얼마 전에는…… 내가 본의 아니게 신세를 졌어."

얼마 전? 아, 새한테 공격받은 날을 말하는 건가. 유리는 그때의 일이 민망해서 데이몬이 눈을 피하는가 보다고 생각했다.

"아니요. 신세라고 할 것까진."

데이몬은 모르겠지만 그날 세이렌의 새가 그를 공격한 원인은 유리에게 있었으니, 애초에 그녀 때문에 봉변을 당한 셈이다. 물론 그런 말을 굳이 해서 긁어 부스럼을 만들 생각은 없었지만 말이다.

"오늘은 쇼핑하러 온 건가?"

"그냥 살 게 좀 있어서요."

그러자 데이몬이 또 괜히 헛기침하며 유리에게 슬쩍 시선을 돌렸다.

"실은 이 건물이 우리 살바토르 가문 소유거든."

그건 몰랐던 사실이라 유리는 내심 조금 놀랐다. 그런데 이런 말을 왜 하지? 자랑하려는 건가?

지난번에 오해를 푼 뒤로 더 이상 그녀를 꼬드길 생각은 없는 것 같았는데. 여전히 그녀의 얼굴을 보기 민망한지 뺨을 슬쩍 붉히고 있는 데이몬을 보니 불순한 의도로 꺼낸 말은 아닌 듯했다.

이상하게노 오늘따라 유리를 마주한 그는 좀 수줍어 보였다. 그 모습이 지금까지 경매장이나 커피하우스에서 본 것과는 사뭇 대비되어 유리는 의구심을 품었다.

"그러니까 혹시 오늘 둘러보다가 뭐든 갖고 싶은 게 있으면 내 이름을 대고 그냥 가져가도 괜찮아."

이어서 데이몬의 입에서 흘러나온 말을 듣고 나자 의문이 더 깊어졌다.

"제가 왜요?"

"그, 그냥 지난번에 당신이 그 미친 새한테서 날 구해준 것도 있고……. 그것 말고도 실례한 일도 있으니까. 그러니까……."

하지만 데이몬의 말이 끝나기도 전에 거대한 소음이 귀를 강타했다.

콰아앙!

"꺄아악……!"

갑작스러운 소란에 놀란 사람들이 건물 안팎에서 비명을 질러댔다.

"갑자기 뭐지?"

데이몬도 갑작스러운 상황에 놀라 눈을 크게 떴다. 유리와 데이몬은 가까이에 있는 테라스에 나가 밖을 확인했다. 그러자 옆의 건물에서 뿌연 먼지가 일고 있는 것이 보였다. 밑을 내려다보니 부서져 떨어진 벽과 깨진 유리 조각, 그리고 거기에 맞아 쓰러진 사람들로 거리가 아수라장이었다.

"이, 이게 무슨 일이야!"

데이몬이 경악해 외쳤다.

콰앙! 쾅!

그 순간, 또 한 번 거대한 소음이 고막을 찢을 것처럼 울려 퍼졌다. 이번에는 더 가까운 곳에서 충격이 전해져 왔다. 폭발 지점은 유리와 데이몬이 있는 건물이었다. 옆으로 미끄러진 유리의 눈동자에 날카로운 빛이 스쳐 지나갔다. 그녀는 눈을 부릅뜨고 있는 데이몬을 테라스 가장자리로 급히 끌어당겼다.

와르르!

곧 등 뒤에서 폭풍 같은 바람이 휘몰아치며 천장이 무너져 내렸다.

"이것도 예쁜 것 같지 않으냐?"

칼리안은 눈앞에 내밀어진 보석 장신구를 보며 무심하게 눈을 깜빡였다.

"우리 셀레나에게도 이런 붉은 보석이 아주 잘 어울렸지!"

지금 그가 있는 곳은 번화가에 위치한 고급 상점이었다. 갑자기 무슨 바람이 불었는지, 그의 조부인 바스티안이 돌연 외출을 하겠다고 선언했다. 그래서 마침 저택에 있던 칼리안이 호위 겸 따라 나오게 된 것이다.

"너희 눈에는 이 둘 중에 뭐가 더 나아 보이냐?"

바스티안이 칼리안의 눈에는 다 똑같아 보이는 보석 두 개를 내밀며 의견을 물었다. 칼리안은 그것을 힐끗 내려다본 뒤 말했다.

"둘 다 괜찮아 보입니다."

"역시 그렇지? 그럼 그냥 둘 다 살까?"

옆에 있던 가게 주인이 얼른 맞장구를 쳤다.

"역시 안목이 있으십니다. 그것과 한 세트인 귀걸이와 팔찌도 있는데 같이 보여 드릴까요?"

"오오, 그래, 한번 가져와 보게나."

하지만 그들과 동행한 다른 사람이 바스티안과 가게 주인의 들뜬 마음에 초를 쳤다.

"제 생각에는…… 둘 다 예쁘긴 하지만 유리 씨 취향은 아닐 것 같아요."

"그, 그래? 둘 다?"

"네."

난처한 표정을 지으면서도 바스티안의 물음에 단호하게 대답한 사람은 바로 안네마리였다. 그녀는 얼마 전부터 칼리안의 청으로 그의 조부인 바스티안의 간병인 노릇을 했다. 처음에는 안네마리를 마뜩잖아했던 바스티안이 갑자기 마음을 바꾸어 그녀에게 제법 살갑게 대해주기 시작한 것을 보고 칼리안은 역시 제노스의 예지는 신통하다고 생각했다.

오늘 안네마리가 외출에 동행한 것도, 바스티안이 꼭 그녀를 데리고 가야 한다며 고집을 부렸기 때문이다. 그러다 안네마리의 입에서 나온 이름을 듣고 칼리안이 멈칫했다.

"설마 커피하우스의 유리 씨 말입니까?"

"잉? 너도 그 애를 아냐?"

"예, 일 때문에 시찰을 나갔다가 우연히 알게 됐습니다. 그런데 그분 선물을 왜 조부님께서?"

"지난번에 안네마리를 만나러 치료소에 갔다가 나도 우연히 봤다!"

바스티안은 짐짓 못마땅한 눈으로 칼리안을 보았다. 셀레나와 닮은 유리의 존재를 왜 진작 그에게 알려주지 않았는지 불만인 기색이었다. 칼리안도 그런 바스티안의 눈빛을 읽고 곤혹감을 느꼈다. 그래도 옆에 안네마리가 있어 바스티안은 당장 칼리안을 직접적으로 타박하지는 않았다.

"크흠. 지난번에 커피하우스에 갔다가 내가 두고 온 물건이 있었는데, 고맙게도 그 애가 저택까지 가져다줬지 뭐냐. 그래서 나도 답례를 하려는 거야."

그런 이유로 유리의 친구인 안네마리까지 이곳에 데리고 온 것이다. 지금처럼 선물을 고르는 데 의견을 구하기 위해서였다.

"그럼 이건 어때!"

바스티안은 안네마리가 고개를 저은 물건을 두고 다른 것을 살피기 시작했다. 칼리안은 간만에 활기를 띤 바스티안을 가만히 쳐다보았다. 역시 그에게는 죽은 셀레나와 닮은 유리의 존재가 적잖은 위안이 되는 모양이다.

처음에는 칼리안도 바스티안의 마음의 병을 치료하는 데 혹시 유리의 도움을 받을 수 없을까 생각했었다. 하지만 마음 한편으로는 바스티안이 유리를 보게 되면 괜히 죽은 딸에 대한 그리움이 도져 마음의 병이 깊어지는 것이 아닌가 하는 걱정이 들기도 했다. 그래서 망설이고 있었던 것인데, 이렇게 오랜만에 신이 난 바스티안을 보니 괜한 기우였나 보다.

"그냥 다른 상점으로 가는 게 어떨까요?"

안네마리가 옆에 있는 가게의 주인에게 들리지 않도록 소리를 낮추어 조심스럽게 바스티안에게 권했다.

"왜, 여기 있는 건 다 별로냐?"

"아니요. 다 훌륭해 보여요. 그런데, 음……."

바스티안의 물음에 안네마리가 말끝을 어물거리며 흐렸다. 그녀의 얼굴에는 곤란함과 어색함이 뒤섞인 미소가 걸려 있었다.

"여긴 좀 너무 고풍스러운 느낌이리……."

"뭐야? 한마디로 말해 노인네 취향이라 이거냐?"

바스티안은 구시렁거리면서도 결국 안네마리의 의견에 따라 자리에서 일어났다.

"버, 벌써 가십니까?"

"다음에 또 오겠네."

가게 주인이 애타게 바스티안을 붙잡았지만 이미 그의 마음은 떠난 뒤였다. 오늘은 평소보다 많이 걸은 탓인지, 지팡이를 짚고 앞으로 내딛는 바스티안의 걸음이 약간 불안하게 흔들렸다. 칼리안과 안네마리가 옆에서 그를 부축했다.

"에잇, 나 혼자 걸을 수 있다!"

하지만 바스티안은 그들을 뿌리쳤다. 기어이 그는 지팡이를 지지대 삼아 혼자 가게를 나섰다. 바스티안을 위해 맞춤 제작된 휠체어가 있는데도 그는 끝까지 지팡이를 고집했다. 아직 두 다리가 멀쩡한데 왜 휠체어 신세를 지냐는 것이 바스티안의 주장이었다.

가게 밖으로 나가자, 문 앞에 대기하고 있던 수행인들이 조용히 뒤에 따라붙었다. 안네마리는 이런 것이 영 적응이 되지 않는 듯, 조금 불편한 낯빛이었다.

"오늘은 날씨가 좋네요."

"그렇군요."

괜한 어색함을 상쇄하려는 듯이 안네마리가 꺼낸 날씨 얘기에 칼리안이 답해주었다. 바로 그때였다.

콰아앙!

상점가 전체를 뒤흔드는 굉음이 고막을 찌르며, 앞에서 거대한 폭발이 일어났다.

"꺄아악!"

"으악!"

부서진 벽과 깨진 유리 조각들이 거리에 있던 사람들을 덮쳤다.

"이, 이게 무슨 일이야?!"

안네마리와 바스티안이 아연실색했다. 다행히 그들은 연금술로 제련해 위기 시 보호 결계가 발동하는 물건을 소지 중이라 다치지 않았다. 주위에 작게 형성된 반투명한 보호막이 날아드는 잔해들을 튕겨냈다. 그러나 거리에 있던 다른 행인들은 피를 흘리며 곳곳에 쓰러져 신음했다.

쾅! 콰쾅!

그 순간, 또다시 폭발이 일어났다. 이번에는 연쇄적인 폭발이었다. 칼리안은 날카로운 눈으로 폭발이 일어난 곳을 올려다보았다. 하지만 뿌옇게 일어나는 먼지 때문에 아무것도 보이지 않았다.

"조부님, 서둘러 이곳을 빠져나가야 할 것 같습니다."

"그, 그래."

상황이 상황인지라 바스티안도 수행인이 자신을 업는 것을 허락했다.

"잠시만 실례하겠습니다."

"앗!"

칼리안은 안네마리에게 양해를 구하는 것과 동시에 그녀를 안아 들었다. 지금 이곳에서 바스티안과 안네마리의 발이 제일 느리기 때문에 결정한 사안이었다. 일단 그들을 서둘러 안전한 곳에 데려다 놓은 다음, 폭발이 일어난 곳으로 가볼 생각이었다.

"으아악!"

그런데 바로 그때, 머리 위에서 누군가의 비명이 울렸다. 그 소리가 점점 가까워져서 칼리안은 고개를 들었다. 그러자 바로 앞 건물에서 떨어져 내리는 사람이 눈에 들어왔다. 칼리안의 주위에 펼쳐져 있던 보호 결계가 완충제가 되어 추락한 사람을 안정적으로 받아냈다. 남자는 결계에 쿵! 하고 튕겨 바닥에 널브러졌다.

"으윽……."

칼리안은 그가 누구인지 알아보고 눈살을 찌푸렸다.

"데이몬 살바토르?"

바닥에 엎어져 신음하던 데이몬이 고개를 들었다. 그는 지금의 상황을 이해하지 못한 것처럼 멍한 얼굴로 칼리안을 보다가, 이내 자리에서 벌떡 일어나 위쪽을 쳐다보았다.

"나, 나만 떨어졌어?"

"동행인이 있었나?"

데이몬은 칼리안의 물음을 듣지 못한 것처럼 경악한 얼굴로 자신이 떨어진 곳을 올려다보며 소리쳤다.

"유리……! 젠장, 아직 거기 있는 거야? 대답해!"

데이몬이 외치는 소리를 들은 세 사람은 모두 함께 눈을 홉떴다.

"뭐, 뭐라고? 유리라고?"

"서, 설마 제가 알고 있는 유리 씨요?"

"동행인이 커피하우스의 유리였나?"

칼리안은 안네마리를 내려놓았다. 보호 결계를 형성 중인 물건은 바스티안이 소지 중이었기 때문에 칼리안이 없어도 그들의 안위에는 문제가 없을 터였다.

"제가 들어가 볼 테니 두 분은 먼저 여길 벗어나십시오."

"뭐? 어떻게 너 혼자 두고 가란 말이냐?"

바스티안이 칼리안을 붙잡았지만 그는 수행인들에게 단호하게 명령했다.

"모시고 가."

"칼리안!"

바스티안이 부르는 소리를 뒤로하고 칼리안은 몸을 돌렸다.

"나도 같이 가!"

"방해만 된다."

데이몬이 서둘러 따라붙었으나 칼리안은 그를 바스티안 쪽으로 밀쳤다.

"으앗!"

데이몬은 그 가차 없는 손길에 떠밀려 비틀거렸다. 다행히 뒤에 있던 바스티안의 수행인이 그를 붙잡아줘서 넘어지지 않았다.

"야, 너……!"

졸지에 꼴사나운 모습을 보이게 된 데이몬이 뒤에서 이를 갈며 노려봤으나, 그러거나 말거나 칼리안은 혼자서 훌쩍 결계 밖으로 뛰쳐나갔다. 그의 모습이 순식간에 다른 사람들의 시야에서 사라졌다.

시간을 조금 전으로 되돌려서.

"거, 건물이……!"

유리와 데이몬은 함께 테라스의 가장자리에 붙어 있었다. 조금 전까지 데이몬이 서 있던 자리는 천장과 함께 무너진 상태였다. 그것을 확인한 데이몬의 가슴이 선득해졌다. 그는 또 한 번 유리에게 도움을 받았다는 사실을 깨닫고 흔들리는 눈으로 그녀를 쳐다보았다.

"괜찮으세요?"

유리는 이런 상황에서도 침착한 얼굴을 했다.

"괘, 괜찮……."

쾅!

데이몬이 얼떨결에 대답하자마자 또다시 날카로운 소리가 귓전을 때렸다. 폭발은 계속 일어났다. 여기저기서 유리 조각이 날아들고 무너지는 벽이 거리를 난장판으로 만들었다.

"혹시 해서 묻는 건데, 지금 연금술은 사용 못 해요?"

그것을 힐끗 본 유리가 데이몬에게 물었다. 그에 데이몬이 눈살을 찌푸렸다.

"재료가 있어야 하지. 지금처럼 빈손인 상태에서는……."

혹시 했지만 역시 전생에 만화책에서 봤던 연금술과는 원리가 좀 다른 모양이다.

'그래도 조금은 기대했는데 역시 쓸모가 없네.'

유리는 속으로 혀를 찼다. 한편, 데이몬도 위기감을 느끼며 이를 악물었다.

'젠장, 나올 때 보호 물품이라도 하나 가지고 올걸!'

어차피 대부분의 시간을 연금술사의 탑에서 보내는 데다, 지금은 잠깐 짬을 내 살바토르 소유의 상점을 둘러보러 나온 터라 따로 몸을 지킬 만한 물건을 가지고 있지 않았다. 데이몬은 스스로의 안일함에 욕설을 퍼부었다.

그러는 동안 유리는 날카로운 눈으로 주변을 살피는 중이었다. 테라스 안쪽의 건물 천장도 이미 곳곳이 무너져 내려 안전한 도주로를 확보하기는 무리일 듯했다. 데이몬이 있었기 때문에 유적의 힘을 사용할 수도 없었다.

'역시 제일 좋은 방법은 밑으로 떨어지는 건가.'

테라스의 바로 밑에는 칼리안의 무리가 있었다. 조금 전 유리는 아래쪽을 살피다가 낯익은 얼굴들을 발견했다. 안네마리와 칼리안, 그리고 안네마리가 간병을 맡고 있는 노인이었다.

'혹시 안네마리에게 노인의 간병인 자리를 추천한 게 칼리안이었나.'

유리는 안네마리를 고용한 노인이 칼리안의 조부인 바스티안이라는 사실까지는 몰랐으나, 얼마 전 칼리안과 안네마리가 함께 있었던 모습을 떠올린 뒤 짐작했다. 어쨌든, 그들 주변에 펼쳐져 있는 것은 분명 연금술에 의한 보호 결계였다.

데이몬의 얼굴을 보니 그는 연금술사라는 이름이 무색하게도 그런 보호 물품을 가지고 있지 않은 듯했다. 칼리안의 결계는 앞으로 몇 번 정도의 폭발을 더 버틸 수 있을 것 같았고, 데이몬이 사지 멀쩡하게 이곳을 빠져나갈 수 있는 방법은 이것이 최선으로 보였다. 유리는 결정하고 데이몬에게 말했다.

"혹시 모르니까 팔로 머리를 감싸세요."

"뭐? 으아악……!"

쾅!

한차례 건물이 흔들린 순간 데이몬의 몸이 옆으로 기울었다. 그는 테라스 밖으로 떨어져 하얀 먼지 속으로 사라졌다. 유리는 잠깐 조용히 귀를 기울였다. 데이몬은 무사히 칼리안의 보호 결계 위로 떨어진 듯했다. 유리도 곧장 몸을 움직여 테라스를 벗어났다.

콰쾅!

건물 안쪽도 바깥 못지않게 아비규환이었다. 폭발로 부서진 잔해물 밑에 깔려 피를 흘리며 신음하는 사람들이 눈에 들어왔다. 유리는 그들을 그냥 지나치려다 멈칫했다.

"……."

곧 그녀의 미간에 깊은 주름이 졌다.

파바밧!

다음 순간, 유리의 손가락 끝에서 퍼져 나간 실들이 날카로운 쇠 그물처럼 사방으로 뻗어 나갔다. 실은 사람들을 깔아뭉개고 있던 파편들을 가루로 만들고, 막 무너지려던 천장을 지탱했다. 유리는 여전히 인상을 쓴 채 사람들의 울음소리가 들리는 쪽으로 이동하려 몸을 돌렸다.

타악!

바로 그 순간, 단단한 손아귀가 그녀의 팔을 움켜쥐었다.

"……당신 지금 뭐 하는 거예요."

동시에 익숙한 저음의 목소리가 귀를 파고들었다. 유리는 흠칫해 고개를 돌렸다. 그러자 지척에서 그녀를 내려다보고 있는 차가운 푸른 눈동자와 곧바로 시선이 마주쳤다.

"라키어스 씨."

언제 왔는지 모를 라키어스가 바로 옆에 서서 유리의 팔을 붙잡았다. 급히 달려오기라도 했는지, 그의 머리카락과 옷차림은 흐트러져 있었다. 자세히 들으니 숨소리도 평소보다 약간 거칠었다.

"이렇게 계속 폭발이 일어나고 있는데……."

아직도 이어지고 있는 폭발음 속에 라키어스의 낮은 목소리가 새어 들었다.

"바로 자리를 피하는 게 맞지 않나?"

유리에게 박혀 든 그의 눈동자는 이제껏 그녀가 본 적이 없을 정도로 싸늘한 빛을 발했다.

"그런데 왜 쓸데없이 남을 돕고 있지?"

폭발음이 들릴 때마다 거칠게 요동치며 들썩이는 천장을 떠받치고 있는 하얀 실들. 그게 유리에게서 뽑혀 나온 것을 라키어스가 알고 있는 게 분명했다.

"그러다 본인이 위험해질 수도 있다는 생각은 안 하나 봐."

라키어스는 왠지 화가 난 것 같았다. 꼭 감정을 억누르는 것처럼 라키어스의 턱이 단단하게 조여들었다. 유리는 눈 한 번 깜빡이지 않고 그런 라키어스의 모습을 응시했다. 이내 그는 짓눌린 숨을 내쉬며 유리의 팔을 한결 더 세게 옥죄어 그녀를 가까이 끌어당겼다.

그 직후 유리는 몸이 공중으로 떠오르는 것을 느끼며 라키어스의 어깨에 손을 짚었다. 그러자 그의 팔이 더 단단하게 그녀의 허리를 감쌌다.

"라키어스 씨, 잠깐……."

"조용히 해요."

유리가 입을 열었으나 라키어스의 싸늘한 음성이 그녀의 말을 잘라 냈다. 라키어스는 유리를 어깨에 둘러메듯이 안고 자리를 박찼다.

쾅!

잠시 후, 그들은 막 계단을 올라온 칼리안 크록포드와 마주쳤다.

"유리 씨? 괜찮으십니까?"

칼리안이 라키어스에게 안겨 있는 유리를 알아보고 다급히 달려오며 물었다. 유리는 라키어스가 때맞춰 오지 않았으면 능력을 사용하는 모습을 칼리안에게 들켰을지도 모른다는 생각에 움찔 눈매를 찡그렸다.

"움직이지 마요. 대답도 하지 말고."

유리가 다가오는 칼리안을 돌아보며 입을 벌리자, 라키어스가 아까보다 한결 가라앉은 차가운 목소리로 읊조렸다. 그에 유리는 다소 불만스럽게 얼굴을 찌푸렸다. 하지만 결국 라키어스의 말대로 입을 다물어주었다.

"길 막지 말고 비켜."

칼리안은 귓전에 울린 라키어스의 서늘한 목소리에 유리에게 향하던 걸음을 저도 모르게 멈추고 말았다.

겨울 호수 같은 시린 빛깔을 머금고 있는 연청색 눈동자와 시선이 마주쳤다.

"이 사람은 내가 책임지고 안전한 곳으로 데려갈 거니까."

라키어스는 자리에 멈춰 선 칼리안을 지나치며 그에게 첨예한 시선을 미끄러뜨렸다.

"넌 동부의 영웅답게 안에 있는 다른 부상자들이나 챙기라고."

그 순간 칼리안은 묘한 기시감이 척추를 타고 기어오르는 것을 느꼈다. 하지만 그게 무엇 때문인지 미처 알아채기도 전에 눈앞에 있는 남자는 유리를 안고 그대로 자리를 떠났다.

순간 붙잡아야 한다는 생각이 들었지만, 왜인지 저 두 사람 사이엔 어딘가 끼어들기 어려운 묘한 분위기가 흘러 잠깐 주저하고 말았다. 그 사이에 두 사람은 순식간에 칼리안의 눈앞에서 사라졌다. 칼리안은 이내 멀지 않은 곳에서 흘러드는 사람들의 신음과 울음을 듣고 불현듯 정신을 차렸다.

'그리고 보니 저 안에 다른 부상자들이 있다고 했지.'

이윽고 칼리안의 걸음이 소리가 들려온 쪽으로 급히 움직였다.

"제길, 왜 안 나오는 거야?"

안네마리와 바스티안, 그리고 데이몬은 상점이 밀집한 거리의 입구 쪽에서 칼리안을 기다렸다. 인내심이 다한 데이몬이 욕을 짓씹었다.

귀가 따갑게 이어지던 폭발은 멎었다. 방금 전에는 구조대와 치안대까지 도착해 상점가 안에 있는 사람들을 대피시키고, 폭발의 원인을 알아내려 폭발이 일어난 방향으로 바쁘게 이동한 참이었다.

"아, 아무 일도 없겠지?"

"괜찮을 거예요."

바스티안과 안네마리도 노심초사하며 상점가 쪽을 바라보았다. 그러다 안네마리가 가장 먼저 멀리서 보이는 낯익은 얼굴을 발견해 냈다.

"앗, 유리 씨!"

"뭐? 어디, 어디 말이냐?"

바스티안이 목을 쭉 빼고 주위를 두리번거렸다. 하지만 그는 노안이라 눈이 침침해 금방 유리를 발견하지 못했다.

'안네마리?'

유리도 자신을 부르는 안네마리의 목소리를 들었다. 고개를 돌리자 무사히 대피한 듯 보이는 안네마리와 바스티안, 그리고 데이몬의 모습이 보였다. 안네마리가 당장에라도 달려올 것처럼 보여서 유리는 라키어스에게 말했다.

"라키어스 씨, 저쪽으로 가요."

하지만 라키어스는 싸늘한 눈으로 안네마리가 있는 쪽을 힐끗 보더니, 유리의 말을 무시하고 오히려 다른 쪽으로 방향을 틀었다. 건물을 빠져나온 뒤 라키어스는 무서울 정도로 침묵한 채 유리를 안고 걸음을 옮겼다.

때마침 폭발도 멈추고, 구조대가 달려와서 곳곳에 널린 부상자들을 옮기기 시작했다. 주위에 사람이 많아서인지, 아니면 유리에게 끝까지 자신의 정체를 감출 생각이어선지, 라키어스는 전처럼 지붕을 타고 움직이지 않고 평범하게 지면을 밟고 이동했다.

그러다 문득 유리는 라키어스의 어깨 너머로 비치는 풍경을 보고 심심한 깨달음을 얻었다.

'아, 그냥 타고 이동할 지붕이 폭발로 다 날아가서 없어졌기 때문인가?'

어쨌든, 그래서 평범한 방식으로 상점가를 빠져나오다가 이렇게 안네마리와 마주치게 된 것이다.

유리는 노골적으로 자신의 의사를 무시하는 라키어스를 찌푸린 눈으로 보았다. 그리고 그에게 말했다.

"라키어스 씨. 아까부터 왜 자꾸 무시해요? 저 화낼 거예요."

그러자 순간적으로 라키어스가 움찔했다. 뒤이어 그의 차가운 눈빛이 유리에게 꽂혀 들었다. 라키어스는 할 말이 무척 많은 것 같은 눈으로 유리를 보았다.

"잠깐이면 되니까 저쪽으로 가요. 누가 보면 라키어스 씨가 절 납치라도 하는 줄 알겠어요."

"싫어요. 다른 사람이 오해하든 말든 내 알 바 아니야."

유리가 다시 말했지만 라키어스는 결국 끝까지 그녀의 말을 들어주지 않았다. 그의 단호한 목소리를 듣고 유리는 조금 당황했다. 라키어스의 옆얼굴에서는 여전히 한기가 폴폴 풍겨 나왔다.

그는 끝내 안네마리 쪽으로 방향을 돌리지 않고, 다른 쪽으로 가기 시작했다. 그래서 결국 유리는 목소리를 높여 멀리 있는 안네마리에게 외칠 수밖에 없었다.

"안네마리 씨, 전 괜찮아요! 나중에 봐요!"

멀리서 먼지투성이가 된 데이몬 살바토르가 달려오는 게 보였지만 당연히 라키어스의 속도를 따라잡을 수는 없었다.

"뭐야! 어디 가는 거야!"

결국 데이몬은 얼마 못 가 숨을 헉헉거리며 멈추어 섰다.

'저놈은 또 누구지?'

그는 의문을 느꼈다. 칼리안 크록포드와 함께 올 줄 알았더니, 유리는 웬 처음 보는 남자와 함께 나타났다. 조금 전에 그녀가 자신의 의지로 남자를 따라가는 걸 보면, 서로 아는 사람인 건 확실한 듯한데.

"유리 씨가 무사히 나와서 다행이에요!"

"그런데 같이 나온 사람한테 안겨서 가던데, 어디 다친 곳이라도 있는 건 아니겠지?"

"얼굴을 봤을 때는 괜찮아 보였는데…… 이따 유리 씨 집에 가봐야겠어요."

"그래, 그래라! 상태가 어떤지 나한테도 연락 주고. 그런데 칼리안 이놈은 도대체 어디서 뭘 하는 게야?"

안네마리와 바스티안은 일단 크게 다친 곳은 없어 보였던 유리의 모습에 가슴을 쓸어내렸다. 그리고 그들도 데이몬과 같은 의문을 느꼈다. 혹시 칼리안이 유리와 길이 엇갈린 건 아닌지.

그 시각, 칼리안은 아직 상점가에 있었다.

"헉, 안녕하십니까, 크록포드 경!"

구조대와 치안대의 사람들이 칼리안을 알아보고 인사했다.

"우측 통로에도 부상자가 있다."

칼리안은 건물 안쪽에 있는 부상자들을 옮기는 것을 도운 뒤 밖으로 빠져나왔다.

그 후 칼리안의 첨예한 시선이 방금 전 나온 건물에 다시 못 박혔다. 다른 곳과 달리 지금 그가 빠져나온 건물 안의 사상자 수는 적은 편이었다. 정체를 알 수 없는 하얗고 단단한 물질이 천장의 붕괴를 막고 있었기 때문이다.

칼리안은 그것을 전에 어딘가에서 본 적이 있는 것 같다고 생각했다. 그러나 언제 어디에서 봤는지 떠오르지 않아서, 결국 그는 눈매를 좁히며 그곳에서 돌아서고 말았다.

잠시 후 유리와 라키어스는 집에 도착했다.

풀썩!

유리는 라키어스에 의해 강제로 소파에 눕혀졌다. 표정이나 눈빛이 퍽 매정한 것치고는 여전히 부드럽다고 할 만한 손길이었다. 유리는 라키어스를 물끄러미 올려다보았다.

"라키어스 씨."

아직도 차가운 얼굴을 하고 있는 그에게 물었다.

"왜 이렇게 화가 난 거예요?"

"왜냐고?"

유리의 질문에 그녀의 얼굴에 내리꽂힌 라키어스의 눈빛이 더 싸늘해졌다.

"지금 왜냐고 물었어요?"

그의 입에서 실낱같은 웃음이 새어 나왔다. 유쾌함이라고는 조금도 느껴지지 않는, 냉랭한 웃음이었다.

"당연히 걱정했으니까 그렇지."

라키어스가 정말 몰라서 묻느냐는 듯 내뱉은 말에, 유리는 침묵했다. 그녀는 다시금 아무 말 없이 라키어스의 얼굴을 마주하다가 작게 입술을 달싹여 확인하듯이 되물었다.

"내가 걱정돼요?"

그러자 라키어스가 또 감정을 혼자 삭여내듯이 눈매를 설핏 좁히고 깊은숨을 들이마셨다. 몇 번 심호흡을 한 끝에 그는 침착함을 되찾았다. 잠시 후 라키어스는 손을 들어 유리의 뺨을 훑듯이 느리게 어루만졌다.

"지금까지는 몰랐다고 해도 이제부터는 알아둬요."

나긋한 목소리만큼이나 다정한 손길이었다.

"만약 당신이 아까 같은 상황에서 다른 인간들 때문에 어디가 잘못되기라도 하면."

하지만 뒤이어 라키어스의 입술에서 흘러나온 말은 전혀 다정한 내용이 아니었다.

"그 인간들은 전부 내 손에 죽어."

시선을 맞대고 있는 푸른 눈동자가 선득하게 빛났다. 유리는 지금 그가 진심을 말하고 있다는 걸 깨달았다.

"당신이 그 사람들을 구하고 싶었든, 지키고 싶었든, 그런 거 난 고려하지 않을 테니까."

어찌 보면 섬뜩한 협박이었다. 하지만 결국은 아까처럼 위험할지도 모르는 상황에서 섣불리 나서지 말고, 자신의 안위부터 생각하라는 의미라는 걸 알아서 그런가. 이런 협박을 듣고도 딱히 무섭다거나 거북하다는 생각이 들지 않았다.

'이상하네……. 진짜 이상해.'

다만 유리는 또 조금 기분이 이상해졌다.

"그리고…… 나 피하지 마요."

이어서 라키어스가 덧붙인 말을 듣자 더욱 그랬다.

"내가 미치는 거 보고 싶지 않으면."

조금 전처럼 살벌하게 협박하는 어투가 아니었다. 여전히 온도 낮고 딱딱한 목소리였지만 어쩐지 매달리고 갈구하는 듯한 느낌이 배어나왔다. 그녀를 내려다보는 그의 눈빛도 마찬가지였다.

"나한테 화가 나는 일이 있으면 속에 담아두지 말고 다 말해요."

이내 라키어스가 유리의 어깨에 이마를 대며 속삭였다.

"오늘처럼 무시하지 말고."

덩치도 산만 한 남자가 그녀에게 매달리듯이 얼굴을 묻고 있는 모습이 묘한 감흥을 불러일으켰다. 누구라도 이런 라키어스를 보면 마음이 약해질 수밖에 없을 것 같았다. 그리고 유리도 예외가 아니었던 모양이다.

"……라키어스 씨."

그녀는 라키어스의 머리에 뺨을 툭 기대며 충동적으로 입을 열었다.

"나중에…… 갈 때는 꼭 말하고 가요."

무의식중에 자신의 입술에서 내뱉어진 말에 스스로도 약간 놀라 흠칫했다. 라키어스가 입을 열었다.

"알았어요. 앞으로 외출할 때는 꼭 말할게요."

유리가 말한 것은 단순한 외출을 의미하는 게 아니었다. 하지만 라키어스는 그렇게 받아들인 듯 고개를 들며 주저 없이 대답했다. 하지만 유리는 라키어스가 그녀를 보지 못하게, 손으로 그의 머리를 짓눌렀다. 왠지 지금 아주 이상한 표정을 짓고 있을 것 같았기 때문이다.

그런데 하필 유리가 라키어스의 얼굴을 눌러 고정한 곳이 그녀의 가슴팍이라, 라키어스는 숨조차 제대로 쉬지 못하고 돌처럼 굳어져 버렸다. 달콤한 체향이 그의 머리를 어지럽게 만들었다. 라키어스는 가까스로 이성을 붙잡으며 작게 입술을 뗐다.

"……유리 씨."

"가만히 있어요. 움직이지 말고."

"아니, 지금 위치가 좀."

"말도 하지 마요."

유리는 라키어스의 말을 모조리 묵살했다. 결국 라키어스는 어쩔 수 없이 유리가 평정을 되찾을 때까지 그 상태로 멈춰 있을 수밖에 없었다.

사실 라키어스는 그녀의 팔에서 벗어나려면 얼마든지 벗어날 수 있었으므로, 결국 '어쩔 수 없이'라는 것은 핑계일 뿐이었다. 물론 그것은 라키어스와 그의 안에 기생하고 있는 미생물만이 알고 있는 비밀이었다.

"유리 씨, 몸은 괜찮으세요? 다친 곳은 정말 없고요?"

한 시간쯤 뒤, 안네마리가 유리의 집에 찾아와 그녀의 상태를 살폈다. 아까는 간병을 맡은 노인과 함께 있어 유리를 뒤쫓을 수 없었기 때문에, 칼리안이 돌아와 그들과 헤어지자마사 곧바로 그녀의 집을 찾은 것이었다.

"네. 전 멀쩡해요. 안네마리 씨는요?"

안네마리는 정말 다친 곳이 하나도 없어 보이는 유리를 확인하고서야 안심한 눈치였다. 유리도 안네마리의 안부를 물었다.

"저도 괜찮아요."

그녀 역시 보호 결계 덕분에 생채기 하나 난 곳이 없다고 했다.

"그나저나 갑자기 이게 무슨 일인지 모르겠어요. 이제 한동안 상점가에는 못 가겠네요."

안네마리가 가슴을 쓸어내리며 하는 말에 문득 유리는 결국 오늘 상점가에 갔던 목적을 이루지 못하고 빈손으로 돌아왔다는 사실을 깨달았다. 안네마리의 취직 축하 선물을 사려고 했었는데…… 그럼 이제 옆 동네까지 가야 하나.

"그러게요. 그렇게 대대적인 폭발 사고라니."

그리고 보니 아까 그 건물은 살바토르의 소유라고 했지. 그런데 그렇게 다 부서졌으니. 갑자기 데이몬이 조금 불쌍하게 생각돼서 유리는 속으로 혀를 찼다.

"아까는 정말 무서웠어요. 저도 급하게 나오느라 잘은 못 봤지만 다친 사람이 많은 것 같던데."

그렇게 말하며 안네마리가 표정을 흐렸다. 부상자들이 떠올라 마음이 안 좋아진 모양이다. 유리도 눈살을 찌푸렸다. 오늘 있었던 폭발은 거의 테러에 가까웠다. 소설에서는 없었던 것 같은데, 갑자기 왜 이런 대사건이 터진 건지 알 수가 없었다.

그때, 안네마리가 퍼뜩 잊고 있던 것을 떠올린 듯이 '아' 하고 소리 냈다.

"그런데 아까 같이 있던 그 금발 남자분하고는 아는 사이세요?"

"아, 네. 상점 안에서 우연히 만나서 같이 나왔어요."

"그렇구나, 왠지 어디서 봤던 분 같아 여쭈어봤어요."

그러면서 안네마리는 고개를 갸웃했다. 유리도 그녀와 함께 고개를 갸우뚱 기울였다. 라키어스를 어디서 본 것 같다니, 혹시 그가 밖을 돌아다닐 때 우연히 마주친 적이 있었나 싶었다.

'앗. 아니면 설마 축제 때 언뜻 봤던 걸 기억하나?'

유리는 혹시 몰라 말을 돌렸다.

"오늘 많이 놀랐을 텐데 들어가서 푹 쉬세요."

"유리 씨도요. 혹시 모르니까 나중에라도 아픈 곳이 있으면 꼭 치료소에 가시고요! 아니면 언제든 괜찮으니까 저라도 불러주세요."

"고마워요, 안네마리 씨."

그렇게 그들은 인사를 나누고 집 앞에서 헤어졌다.

그 시각, 오딘과 세이렌은 아직도 거미줄에 걸려 천장에 붙들려 있었다.

"이 멍청한 새 새끼가! 왜 자꾸 방해하는 거야!"

세이렌이 오딘에게 빼액 소리를 질렀다.

"아라크네를 데려오면 간단한데, 도대체 언제까지 여기 이렇게 매달려 있으려고!"

아라크네의 함정에서 벗어날 수 있는 가장 확실하고 빠른 방법은 아라크네에게 해제해 달라고 말하는 것이다. 그래서 세이렌은 이 답답한 상황을 참다못해 아라그네에게 새를 보내 상황을 알리려고 시도했다.

그런데 오딘이 그런 그녀를 계속 방해해 성질이 뻗치게 만들었다. 뻔뻔한 까마귀는 오히려 세이렌에게 버럭 소리를 지르기까지 했다.

"지금 나더러 이런 꼴사나운 모습을 아라크네한테 보이라고?!"

앗!

그 순간 세이렌은 멈칫했다. 오딘의 말에 동의하는 것은 굴욕적이었으나 어쩔 수 없이 설득되고 말았다. 그래, 아라크네에게 이런 한심한 모습을 보일 수는 없었다!

저 재수 없는 까마귀 새끼 오딘과 어른스럽지 못하게 치고받고 싸운 끝에 아라크네의 함정에 걸려 이 모양 이 꼴이 되고 말았다고 어떻게 말해!

"아씨, 너 때문에 이게 뭐야!"

세이렌은 오딘에게 짜증스러운 마음을 표출하며 이를 바득바득 갈았다. 그들은 다시 자력으로 거미줄에서 벗어나기 위해 안간힘을 썼다. 얼마간의 시간이 더 지나 먼저 거미줄을 끊고 탈출하는 데 성공한 것은 오딘이었다.

"야, 치사하게 너 혼자만 빠져나가냐!"

세이렌이 분개하든 말든, 오딘은 그 길로 바닥에 나뒹굴고 있는 유적의 파편을 노렸다.

파앗!

오딘이 손을 대는 순간 다시금 함정이 발동되었다. 하지만 같은 수법에 두 번 당할 오딘이 아니었다.

푸드덕! 까악, 까악!

새까만 까마귀 떼가 유적의 파편을 덮쳤다. 까마귀들은 유리 상자를 깨부수고 칭칭 감겨 있던 아라크네의 실도 모조리 찢어발겼다.

힘 조절에 각별히 주의를 기울여서 유리 상자 안에 들어 있던 유적의 파편이 부서지지 않도록 했다. 그 후 검은 깃털들이 유적의 파편을 보호막처럼 둘러쌌다.

까악!

오딘은 까마귀로 변해 날아올랐다. 그의 뒤로 몰려든 까마귀 떼가 깃털에 감싸인 유적의 파편을 옮기기 시작했다.

"뭐야! 그거 아라크네 거 아니야? 야, 이 도둑놈아!"

뻔뻔스러운 오딘의 행태에 세이렌이 질겁했다.

"크릉?"

바로 그때, 두 사람이 잠깐 잊었던 레오가 수도원에 들어섰다. 그는 쑥대밭이 된 수도원 안쪽의 풍경을 보고 어리둥절한 얼굴을 했다.

"마침 잘 왔어, 번견!"

세이렌은 옳다구나 하고 그에게 외쳤다.

"저 까마귀 새끼 물어……!"

"크왕!"

레오에게 세이렌의 명령을 들을 이유 따위는 없었다. 하지만 평소에도 오딘에게 유감이 많았던 터라, 레오는 머리 위를 가로지르는 까마귀를 향해 곧장 몸을 날렸다.

"방해하지 말고 꺼져!"

오딘이 달려드는 레오를 향해 날개를 휘둘렀다.

파바바밧! 날카로운 비수처럼 변한 깃털이 레오에게 쏘아져 나갔다.

"키잉!"

레오는 그것을 꼬리로 후려쳐 막았다. 하지만 전부 피해내지는 못해서, 깃털 몇 개가 레오의 얼굴과 몸을 긁고 지나갔다. 레오는 깨갱 바닥에 널브러졌다.

푸드덕!

"저, 저, 저 새 새끼가! 야, 오딘! 너 거기 서……!"

세이렌이 뒤에서 쩌렁쩌렁하게 외쳤으나 당연히 그 소리에 오딘이 날갯짓을 멈추는 일은 없었다. 까마귀 떼는 그대로 수도원을 빠져나가 어느새 어둑해진 하늘로 날아갔다.

"오딘이 유적의 파편을 가져갔다고?"

유리는 미간을 찌푸렸다.

"그래! 걔 진짜 나쁜 새끼야……! 내가 함정에 걸린 것도 그 까마귀 자식이 파편을 건드리는 걸 말리다가 같이 휘말려서 그런 거야!"

유리의 도움으로 함정에서 벗어난 세이렌이 흥분해서 소리쳤다. 조금 전, 세이렌이 보낸 새가 유리의 집 창문을 두드렸다. 유리는 라키어스와 같이 있었기 때문에 처음에는 무시하려고 했다.

하지만 부리로 창문을 쪼는 움직임이 점점 더 격렬해져서 결국은 어쩔 수 없이 창문을 열어주고 말았다.

따라오라는 듯이 유리의 손을 부리로 쪼며 쉼 없이 날갯짓하는 새의 모양새를 보아하니 무언가 급한 일이 생긴 것 같았다. 그래서 라키어스에게 대충 둘러대고 수도원에 와봤더니…….

수도원 안의 꼴이 가관이었다. 건물 안쪽은 곳곳이 박살 나 있고, 세이렌은 거미줄에 걸려 천장에 붙어 있었다. 게다가 레오는 상처 난 곳을 핥으며 훌쩍였다.

"나랑 번견이 막으려고 했는데, 그 거지 같은 놈이 번견까지 공격했어!"

"크르륵……!"

세이렌과 레오가 웬일로 한마음이 되어 오딘을 비난했다. 유리는 그 모습을 보고 고민했다.

'오딘이 왜 유적의 파편을 가져간 거지?'

그동안 오딘을 알면서 본 모습이 있어서 그런지 세이렌과 레오처럼 그가 나쁜 마음을 먹고 일부러 그녀의 물건을 훔쳤다는 생각은 들지 않았다. 오딘이라면 그럴 만한 이유가 있어서 유적의 파편을 가져갔겠거니, 하는 생각이 들었다.

물론 유리가 그의 행동을 두둔할 수 있는 건 그녀의 물건인 유적의 파편을 가져간 것에 한해서였다. 당연히 세이렌과 레오에게 한 일에 대해서는 당사자가 아니니 가타부타 말할 자격이 없었다. 세이렌과 레오의 말이 사실이라면 오딘이 잘못한 것이 맞았다.

"일단 나도 미안해, 세이렌. 너한테도 유적의 파편에 대해 말했어야 했는데."

유리는 먼저 세이렌에게 자신의 실수에 대해 사과했다.

"네가 여기서 지내면서 실수로 유적의 파편을 건드려 함정에 걸릴 수도 있었는데, 말하는 걸 깜빡했어."

오늘 세이렌이 함정에 걸린 건 오딘 때문이었지만, 설령 그렇지 않더라도 그녀가 실수로 기도실의 조각상 밑을 건드렸다면 봉변을 당했을지도 모를 일이었다. 세이렌이 수도원에서 레오와 함께 지내기로 했을 때 함정의 위치 정도는 미리 알려줬어야 했는데 자신이 세심하지 못했다는 생각이 뒤늦게 들었다.

"아, 아니야! 왜 네기 사과해! 내가 오늘 함정에 걸린 건 다 까마귀 새끼 때문인데!"

세이렌이 당황해 고개를 마구 저었다.

"그리고 어쨌거나 내 물건을 지키려고 해줘서 고마워."

유리가 덧붙인 말에 세이렌의 얼굴이 발그레해졌다. 단순한 성격답게 그녀는 금세 으쓱해져서 헤헷, 웃었다. 유리의 시선이 이번에는 레오에게 향했다.

"레오도 고마워. 그런데 앞으로는 이렇게 다치면서까지 그러지는 마."

"크큥!"

언제 훌쩍거렸냐는 듯 레오가 꼬리를 바쁘게 흔들면서 눈을 반짝였다.

"까마귀 찾을 거면 내가 도와줄게!"

"아니야. 이 문제는 내가 알아서 할게."

오딘을 막으려고 애써줬던 세이렌과 레오의 앞에서는 말하지 않았지만 사실 유리는 유적의 파편이 없어져도 딱히 상관없었다. 어차피 데이몬 살바토르한테서도 연락이 없었고……. 물론 다른 곳에 팔아도 되니, 돈줄이 사라졌다는 건 좀 아쉽긴 했다.

하지만 그보다는 오딘이 유적의 파편을 도대체 어디에 쓰려고 가져갔는지, 그 이유가 궁금했다.

'다음에 보면 물어봐야지.'

유리는 그렇게 생각하며 집에 돌아가기 위해 수도원을 떠났다.

"라키어스 님!"

등잔 밑이 어둡다고, 유리가 행방을 궁금해했던 오딘은 바로 그녀의 집에 있었다. 세이렌의 부름을 받은 유리가 집을 나서자마자 기다렸다는 듯이 바로 한 마리의 까마귀가 집 뒤쪽의 창문으로 날아들었다. 라키어스는 창문을 부리로 두드리는 시끄러운 소리에 아까의 유리가 그랬던 것처럼 결국 자리에서 일어나 창가로 향하고 말았다.

드륵!

"까마귀, 내가 깝치지 말라고 했을 텐데?"

라키어스는 창문을 열자마자 안으로 종종 뛰어들어 오는 오딘을 향해 짜증스럽게 뇌까렸다.

"이 늦은 시간에 이렇게 불쑥 집까지 찾아오다니, 우리 까마귀 씨는 오래 살기 싫은가 봐?"

그렇지 않아도 그는 유리가 혼자 집을 나간 일로 심사가 다소 뒤틀려 있었다. 그녀를 이 늦은 시간에 밖으로 불러낸 것은 분명 오딘과 같은 변종 동료가 분명했다. 낮에 폭발 사고도 있었고, 라키어스는 이 야심한 시간에 유리를 혼자 내보내고 싶지 않았다.

물론 뒷세계에선 막 해가 떨어진 지금이 이른 아침이나 마찬가지라는 걸 알지만 그래도 기분은 나아지지 않았다. 사실은 유리에게 자신도 그녀를 따라가겠다고 말도 해보았다. 하지만 유리는……

"너무 질척거리는 사람은 매력 없어요."

무표정한 얼굴로 가차 없는 소리를 했다. 그리고 라키어스가 충격을 받아 돌처럼 굳은 사이 유유히 혼자 집을 빠져나갔다. 그러니 그를 찾아온 오딘에게 고운 마음이 들 리가 없었다.

"라키어스 님! 제가! 제가 유적의 파편을 찾아왔습니다……!"

하지만 오딘의 부리에서 우렁차게 내뱉어진 말은 라키어스의 눈빛을 변화시키고 말았다.

"네가 유적의 파편을 찾았다고?"

푸드덕!

조금 전에 한 말을 입증이라도 하듯이, 뒤이어 요란하게 날아든 까마귀들이 창틀 위에 앉았다.

잠시 후 까마귀 떼가 사라진 자리에는 깃털에 감싸인 무언가가 덩그러니 놓여 있었다.

"이제 제 충정을 믿으시겠습니까! 이 까마귀 오딘은 라키어스 님을 위해서라면 밤하늘의 별이라도 따 올 준비가 되어 있습니다!"

오딘이 가슴을 활짝 편 채 계속 까악까악 울었다.

─이거 진짜다! 까마귀 새끼가 진짜 찾아왔네.

머릿속의 벌레가 말하는 대로, 이게 진짜 유적의 파편이라는 것을 라키어스도 한눈에 알아봤다. 그는 새삼스러운 눈으로 오딘을 보았다.

"너 이 새끼, 제법 쓸 만했잖아."

라키어스의 손이 창틀 위 돌 조각을 집어 들었다. 그의 칭찬 아닌 칭찬에 오딘은 더욱 의기양양해졌다.

"요즘 열심히 돌아다닌다 싶더니 그래도 밥값은 하는군."

"이제는 아시겠죠? 라키어스 님의 구두를 핥을 자격이 있는 건 이 까마귀 오딘밖에……."

"그럼 이제 꺼져, 유리 씨 오기 전에."

"꽥!"

드륵, 탁!

라키어스는 오딘을 집어 밖으로 내던진 뒤에 냉정하게 창문을 닫고 돌아섰다. 이후에 구슬프게 라키어스를 부르며 창문을 부리로 두드리는 소리가 들렸지만 라키어스는 오히려 커튼까지 쳐버렸다.

―근데 이거 집 안에 두면 그 여자가 알아챌 수도 있는 거 아니야?

벌레가 라키어스에게 말했다. 라키어스가 유적의 파편에서 흘러나오는 미세한 기운을 느끼는 것처럼, 다른 변종들 역시 그럴 가능성이 있었다. 그게 아니더라도 유적의 파편은 사람에게 어떤 부작용을 가져올지 모를 위험한 물건이었으니, 유리의 가까이에 둘 생각은 없었다.

'그러고 보니 지난번 축제날에 유리가 가져갔던 유적의 파편은 아직 그녀의 수중에 있는 건가?'

라키어스는 슬쩍 미간을 좁히며 생각했다. 하지만 유리에게 물어도 될지 알 수가 없었다. 아까 상점가에서의 일이 있긴 했지만 그렇다 해서 두 사람이 서로의 정체에 대해 낱낱이 까놓고 이야기한 적은 없었으니 말이다.

어쨌든, 당장 우선해야 할 일은 유적의 파편을 처리하는 것이었다. 라키어스는 손가락을 물어 피를 냈다.

휘릭!

그러자 손가락 끝에서 빠져나온 붉은 핏줄기가 유적의 파편을 깨끗이 조각냈다.

　－야, 야, 라키어스……. 설마 지금 바로 하려는 건 아니지?

　망설임 없는 라키어스의 행동에 벌레가 떨리는 음성을 머릿속에서 흘려보냈다. 라키어스는 그것을 무시하고 상의 단추를 몇 개 풀었다.

　푹!

　그러고 나서 부스러기 하나 없이 날카롭게 절단된 파편을 들어 그대로 심장부에 박아 넣었다. 순간, 머릿속에서 비명이 울리며 눈앞이 아득해졌다. 라키어스는 이를 악물고 남은 파편들을 전부 심장에 꽂았다.

　잠시 후, 큰 폭풍이 몰아치고 난 뒤에 머릿속에서 헐떡이는 음성이 울렸다.

　－미리…… 마음의 준비 좀 하게 해준 다음에 일을 저지르면 어디가 덧나냐?! 이 무식한 새끼야……!

　이번에는 정말 단단히 화가 난 듯, 벌레의 목소리에는 잔뜩 독이 올라 있었다.

　'한두 번도 아닌데 아직도 적응 못 한 네가 멍청한 거지.'

　라키어스는 단추를 잠그며 속으로 뇌까렸다. 하지만 오랜만에 파편을 흡수해서 그런지, 확실히 속이 쑤시긴 했다. 뻣뻣해진 손가락을 움켜쥐었다 펴는 것을 몇 번 반복하자 뼈마디에서 섬뜩한 소리가 울렸다. 그러다 문득 그는 온몸이 식은땀으로 젖어 있다는 사실을 깨달았다. 아무래도 유리가 오기 전에 씻는 게 나을 것 같아서, 라키어스는 인상을 찌푸리며 다시 단추를 풀었다.

　바로 그때, 라키어스의 속에서 뜨거운 무언가가 역류했다.

　"욱."

검게 죽은 피가 입 밖으로 왈칵 쏟아져 나왔다. 라키어스는 속으로 욕설을 읊조렸다.

'아직도 소화 못 시켰어? 이 무능한 새끼.'

─그러게 마음의 준비 좀 하게 해달랬잖아!

유리가 오기 전에 빨리 흔적을 치워야 했다. 라키어스는 대충 입가를 훑어낸 뒤 피투성이가 된 옷과 바닥을 찡그린 눈으로 내려다보았다. 그런 뒤 또 한 번 욕설을 짓씹으며 바쁘게 움직이기 시작했다.

"라키어스 씨, 다녀왔어요."

유리는 집에 들어오자마자 이제는 어느 정도 익숙해진 인사말을 라키어스에게 먼저 건넸다.

"늦었네요."

"일찍 온다고 온 건데……."

하지만 그녀는 집 안에 들어서다 말고 멈칫했다. 붉은 눈동자가 마주한 라키어스의 얼굴에 꽂혀들었다. 유리의 시선을 느낀 라키어스가 고개를 비스듬히 기울이며 물었다.

"왜 그렇게 봐요?"

"아니……. 그냥요."

나지막한 목소리가 고막을 파고드는 순간, 어쩐지 뒷덜미가 약간 오싹거리는 느낌이 들었다. 유리는 그에 의문을 느끼며 대답했다. 스스로도 이유를 몰랐지만 유리는 어쩐지 아까 집을 나서기 전의 라키어스와 지금의 라키어스가 좀 다르다고 생각했다.

하지만 도대체 뭐가 다른 건지는 알 수 없었다. 이렇게 그와 눈을 맞대고 있으니 까닭 모를 은근한 긴장감이 발끝에서부터 기어드는 것 같았다. 평소에도 라키어스의 주위에 희미하게 감돌던 위압감이 한결 짙어진 느낌이었다.

저벅.

유리는 다가오는 라키어스를 가만히 주시했다. 모양 좋은 그의 입술이 작게 벌어졌다.

"기다리는 동안 전 먼저 씻었어요."

나직한 목소리가 유리의 귓가에 흘러들었다.

"유리 씨도 가서……."

그러나 라키어스는 결국 말을 끝맺지 못했다. 다음 순간, 그가 돌연 낮게 신음하며 입을 닫았다. 눈매를 움칫 찡그린 라키어스가 급히 손으로 입을 막았다.

유리는 순간 저도 모르게 숨을 죽였다.

후두둑. 그의 손가락 사이를 비집고 넘쳐흐른 검붉은 피가 바닥에 떨어졌다.

"라키어스 씨……."

드물게도 그녀의 눈에 작은 동요가 배어났다.

"왜 그래요?"

날카롭게 좁혀진 라키어스의 눈매가 고통을 참듯이 일그러진 것이 시야에 들어왔다. 그것을 본 순간, 심장이 아주 약간 빠르게 뛰기 시작했다.

"혹시 아까 다쳤어요?"

어쩌면 낮에 폭발하는 상점가에서 그녀를 찾다가 부상을 입었을지도 모른다는 생각이 들어 물었다. 그러자 라키어스가 유리에게 시선을 맞추며 담담한 음성으로 말했다.

"아니. 이건…… 아무것도 아니에요."

그녀를 안심시키려는 것처럼 태연한 목소리와 표정이었다. 마치 지금 일을 아무것도 아닌 것으로 생각하는 듯했다.

"나 때문에 바닥이 더러워졌네요. 미안해요."

누가 보면 그가 피를 토한 일이 환영이었다고 생각할지도 몰랐다. 문득 유리는 라키어스가 씻은 것도 지금과 같은 이유 때문이 아닐지 의심스러워졌다.

"정말 아무것도 아니에요?"

다시 한번 물었지만 이번에도 라키어스는 아무 일이 아니라는 듯 태연히 고개를 끄덕였다.

"네, 아무것도 아니에요."

"피를 토했는데 왜 이게 아무것도 아니에요?"

순간, 라키어스의 눈빛이 약간 변했다. 그는 유리의 얼굴을 가만히 바라보았다. 유리는 여전히 표정 없는 얼굴을 하고 있었고, 귓가에 흘러드는 목소리 역시 평소처럼 단조롭고 잔잔했다.

하지만 라키어스는 왠지 지금 유리가 조금 화가 난 것 같다고 생각했다. 그런데 정말 이상하게도…… 라키어스는 그런 유리를 보니 오히려 기분이 좀 나아지는 것을 느꼈다. 순간 라키어스의 눈동자에 으슥한 빛이 스쳐 지나갔다. 그녀를 걱정시키고 싶지는 않았기 때문에 그는 천천히 입술을 떼 설명을 덧붙였다.

"일시적인 일이라……. 이제 안 이럴 거예요."

유리는 그게 정말인지 확인하려는 듯이 라키어스의 얼굴을 물끄러미 들여다보았다. 침묵이 잠시 흘렀다. 이내 유리가 굳게 닫혀 있던 입술을 열어 말했다.

"다시 들어가서 씻어요. 바닥은 내가 닦을 테니까."

어쩌면 착각일지도 모르지만, 유리의 기분이 약간은 풀린 것 같았다. 라키어스는 마주한 얼굴을 또 가만히 응시하다가 그녀가 시키는 대로 움직였다.

그날 밤, 라키어스는 옆에서 잠든 유리를 가라앉은 눈으로 내려다보았다.

'······좀 위험한데.'

느릿한 손길이 침대 위에 늘어뜨려진 머리카락을 휘감아 만지작거렸다. 이내 라키어스는 그것을 가까이 끌어와 거기에 입술을 묻었다. 그녀를 볼 때마다 제어하기 어려운 욕망이 점점 더 크게 들끓기 시작했다.

더없이 소중히 품에 보듬어 안아 아끼고 싶다가도, 머리끝부터 발끝까지 그의 흔적을 박아 넣고 엉망진창으로 울리고 싶은 마음도 들었다. 요즘은 거의 후자 쪽에 아슬아슬하게 발을 들이고 있는 느낌이었다.

'하지만 그렇게 했다가는 정말 무서워하겠지.'

달빛에 요요하게 빛나는 푸른 눈동자가 평온하게 잠든 유리의 얼굴에 한참 머물렀다.

잠시 후 라키어스의 손이 침대 위에 놓인 작은 손을 파고들었다. 그를 앞에 두고 무방비하게 잠든 얼굴이 사랑스러우면서도 마뜩잖았다.

라키어스는 이번에는 유리의 손을 가까이 끌어와 입을 맞췄다.

"너무 오래 기다리게 하지는 말았으면 좋겠는데……."

라키어스는 어떻게 하면 그 기다림의 시일을 줄일 수 있을지 고민하기 시작했다.

오늘도 변함없이 그 혼자만 잠 못 드는 밤이었다.

제13장

사랑은 달콤 짭짤하게 하세요

상점가를 뒤덮은 폭발 사건은 대대적인 조사에 들어갔다. 한창 사람이 붐빌 시간대였던 만큼 사상자가 한둘이 아니었고, 개중에는 귀족도 있었다. 아직 범인을 특정 짓지는 못했지만 상점가 곳곳에 폭발을 일으킨 물질이 연금술로 제련된 물건이라는 사실이 밝혀져 연금술사의 탑에는 비상이 걸렸다. 당연히 데이몬은 이중으로 바빠졌다.

"빌어먹을 늙은이들."

그는 방금 전 중앙의회에 소환되었다가 밖으로 나오는 길이었다. 데이몬의 얼굴은 험악하게 구겨져 있었다. 입만 산 인간들이 당장 폭발물을 제조한 연금술사를 색출해 내라고 그를 달달 볶으며 쪼아댔기 때문이다. 데이몬은 연금술사의 탑에 속한 연금술사 중 중앙의회와 가장 연이 깊었다. 대귀족 살바토르 가문의 후계자인 데다, 연금술사의 탑에 실질적인 영향력을 행사하는 것도 그였으니 당연하다면 당연했다.

그래서 중앙의회에서는 연금술과 조금이라도 관련이 있어 보이는 일이 생기면 곧바로 데이몬을 불러 귀찮게 굴어댔다. 당연히 데이몬은 그것이 아주 짜증 났다. 중앙의회는 이번 일을 귀족들에 대한 도전으로 받아들였다. 예전에야 상업을 멸시했다지만, 이제는 귀족이 상권을 잡은 지 오래였다. 이번 사건이 일어난 상점가의 실질적인 소유주도 모두 귀족이었다.

그러니 꽉 막힌 꼬장꼬장한 늙은이들이 분개하지 않는 것이 더 이상했다. 무엇보다도 이 일은 대규모로 사상자가 나온 사건이었다. 데이몬도 그 자리에 있었기 때문에, 만약 그 폭발에 직접 휘말렸다면 어떻게 되었을지 아찔했다. 물론 살바토르 가문에서도 이 일을 그냥 넘어가지 않을 생각이었다.

'젠장. 그래도 범인을 색출하는 일을 왜 나한테 맡기고 지랄이야.'

데이몬은 마차를 불러 연금술사의 탑으로 향하며 욕설을 짓씹었다. 중앙의회에서는 중요한 사실을 간과했다.

'연금술사의 탑에 있는 사람들만 연금술을 쓸 수 있는 것도 아니잖아.'

동부에서 고대의 연금술이 부활했다느니 뭐니 하면서 한껏 과장해 떠벌렸지만 데이몬은 알았다. 현세대의 연금술은 고대의 연금술과 원리가 전혀 달랐다. 동부의 연금술사들이 마법 같은 신묘한 물건들을 만들어낼 수 있는 것은 '축복받은 돌' 때문이었다.

신비로운 힘을 가진 정체 모를 원석. 연금술사의 탑 안에서도 그것의 존재를 아는 사람은 데이몬을 비롯해 중앙의회와 연이 깊은 극소수뿐이었다. 그 원석은 보통 가루로 빻아져, 연금술의 재료로 흔히 쓰이는 보석과 함께 가공되어 탑 안에 들어왔다.

보석은 다른 물건보다 강도가 세 연금술의 제련 물품으로 많이 애용

됐다. 그래서 다른 연금술사들은 사실 그 보석에 섞인 돌의 가루가 신비한 힘을 발동하게 만드는 연금술의 근원이란 사실을 몰랐다.

하지만 연금술사들은 반드시 그것이 있어야만 신비한 현상을 일으킬 수 있었고, 반대로 말하면…… 그 돌만 있으면 평범한 다른 사람도 얼마든지 현대의 연금술이라 할 만한 것을 펼칠 수 있었다. 물론 개인의 능력에 따라 힘의 강도가 달라져서, 데이몬 같은 일부 연금술사들이 특히 명성을 떨치는 이유는 재능 때문인 게 맞긴 했다.

'그런데 중앙의회에서는 도대체 그런 돌을 어디에서 찾은 건지 모르겠단 말이지.'

데이몬은 마차의 창밖에 시선을 두며 눈살을 찌푸렸다. 솔직히 처음에는 큰 상관이 없었다. 데이몬도 축복받은 돌이라고 하는 물건이 신기했고, 그것으로 자신의 천재적인 재능을 발휘할 수 있다는 사실에 어깨가 으쓱했으니까. 그런데 갈수록 중앙의회의 참견이 심해져서, 이제는 정말 X같아서 못 해먹겠다는 생각이 들었다.

이번에 '현자의 돌'이라는 물건이 비밀 경매에 올라온다는 소식을 듣고 직접 움직인 것도 그런 이유에서였다. 혹시 그것이 중앙의회에서 가져온 '축복받은 돌'과 같은 것인가 싶어서. 그러다 문득 데이몬은 경매장에 다녀온 이후 그의 앞으로 도착했던 서신을 떠올렸다. 자신이 현자의 돌을 가지고 있다던 그 정체 모를 인간.

'수상하긴 한데……. 그래도 연락해 볼까.'

다시금 데이몬의 이마에 깊은 주름이 그려졌다.

"아, 진짜. 다 짜증 나네."

데이몬은 신경질적으로 뇌까리며 턱을 괴고 있던 손으로 얼굴을 쓸어내렸다. 중앙의회의 대표는 역시 동부의 지배자인 크록포드 가문이었다. 사실은 그래서 커피하우스의 유리를 이용할 생각이었다.

죽은 셀레나 크록포드와 닮은 그녀를 어떻게든 크록포드 가문에 접근시켜 뭐라도 하나 알아낼 요량으로. 셀레나 크록포드라면 사족을 못 썼던 전 크록포드 가주 바스티안과 현 가주인 도미닉이 그녀와 닮은 사람에게 관심을 갖지 않기란 어려울 터였으니까.

그런데 왠지 지금은…… 그러기가 좀 싫어졌다. 왜 싫으냐고 하면 그건 모르겠지만. 그날, 거래를 제안하러 갔던 날 커피하우스에서 봤던 여자의 얼굴이 계속 눈앞에 어른거렸다.

머리 위에서 내리비치던 찬란한 햇빛. 그 사이로 흩날리던 하얀 깃털. 그 눈부신 풍경 속에서 그의 시야를 가득 채웠던 여인의 섬연한 얼굴. 그리고 그 눈동자만큼이나 붉은 입술이 데이몬의 눈앞에서 느리게 달싹여졌다.

"괜찮으세요?"

바로 귓가에 대고 속삭이는 것처럼 여전히 지나치게 생생한 그 음성이 머릿속에 울리는 순간, 데이몬은 얼굴을 감싸며 몸부림쳤다.

"아, 미친. 진짜 미친!"

퍽퍽!

마차의 벽과 맞은편의 좌석이 그의 발에 거세게 걷어차였다. 손에 덮인 데이몬의 얼굴은 새빨갛게 달아올라 있었다.

'미친 새 하나 쫓아내 준 게 뭐 그리 대수라고 내가 이러는 거야!'

그는 어떻게든 눈앞의 얼굴을 지워내려고 안간힘을 썼다. 노력한 보람이 있는지, 곧 시야가 이지러졌다. 하지만 이번에는 다른 장면이 어른거리기 시작했다.

"혹시 모르니까 팔로 머리를 감싸세요."

쿵!
데이몬은 마차 창문에 이마를 박았다.
"젠장, 내 머릿속에서 니가라고."
얼굴이 너무 화끈거려서 마차 안이 덥기까지 했다. 상점가에서 그
녀의 손에 떠밀릴 때만 해도 설마 그를 죽일 생각인가 싶어 경악했지
만…… 크록포드의 보호 결계 위로 무사히 안착한 뒤에는 그를 도울
의도였다는 사실을 금방 알 수 있었다. 연약한 여자에게 두 번이나 도
움을 받다니, 살바토르의 후계자로서 굴욕이 아닐 수 없었다.
'그래! 자꾸만 빚진 기분이 들어서 생각나는 것뿐이야!'
데이몬은 결국 그렇게 결론을 내렸다. 그러고 보니 지금까지 유리
를 세 번 만났는데, 그때마다 그녀에게 '괜찮냐'는 소리를 들었다. 상
점가에서의 일로 정말 그녀가 다친 곳이 없는지 두 눈으로 직접 확인
하고 싶었지만 지금은 연금술사의 탑으로 바로 돌아가야만 했다. 데
이몬은 급한 일을 얼추 처리하고 커피하우스에 가봐야겠다고 생각하
며 마부를 닦달했다.

"사건이 일어난 상점가에 살바토르도 있었다고 들었다."
집무실 안. 칼리안은 책상 맞은편에 서서 그 앞에 앉은 사람을 내

려다보았다.

"예."

"왜 진작 말하지 않았지?"

지금 칼리안을 불러 묻고 있는 사람은 그의 아버지이자, 바스티안의 아들, 그리고 현 크록포드의 가주인 도미닉이었다.

"말할 겨를이 없었습니다."

칼리안은 여느 때처럼 담담한 음성으로 답했다. 거짓말은 아니었다. 사건이 일어난 직후에는 그 역시 직접 현장에 나가 수색대를 통솔하느라 바빴으니까. 도미닉이 쯧 혀를 찼다.

"요즘 연금술사의 탑이 너무 커서 한 번 눌러주려 했더니."

그 말을 듣고 칼리안은 오늘 귀족들의 회의에서 있었던 일을 유추했다. 도미닉을 비롯한 중앙의회에서는 이번 사건의 원인이 연금술에 의한 폭발물이란 사실을 알고 데이몬 살바토르가 있는 연금술사의 탑에 압력을 가할 생각이었으리라.

지금 도미닉이 말한 것을 조합해 봤을 때, 연금술사의 탑에 실질적인 영향력을 지닌 데이몬에게도 책임을 과중해 물을 계획이었을 것이다. 그런데 데이몬 역시 이번 일에 말려들어 하마터면 사상자 명단에 낄 뻔했으니, 만약 그런 흐름으로 이야기가 전개되었다면 살바토르에서 가만히 있었을 리가 없다.

"실종 사건의 조사는 아직 진행 중이라고 했던가."

"예."

"그래. 제노스 셸던의 복직이 곧 결정될 것 같으니 필요하면 그의 눈을 빌리도록 해라."

도미닉이 지나가듯이 덧붙인 말에 칼리안이 멈칫했다. 칼리안은 다시 서류에 시선을 고정한 도미닉을 잠깐 말없이 응시하다가 입을 열었다.

"그의 의견은 묻지 않으십니까?"

"굳이 물어야 할 이유가 있나?"

이어서 싸늘한 음성이 칼리안의 고막을 찔러들었다.

"그는 남을 돕는 걸 좋아하고, 동부에는 그의 도움을 필요로 하는 사람이 많으니 오히려 기뻐해야 할 일이 아니냐."

지극히 당연한 일을 설명하듯이 무미건조한 어투의 목소리였다. 그래서인지 다른 말보다 유독 더 차갑게 들렸다. 칼리안은 찌푸린 듯이 가늘게 좁혀진 눈으로 도미닉을 바라보았다. 그러나 칼리안의 시선을 느꼈을 것이 분명한데도 도미닉은 고개조차 들지 않고 그에게 축객령을 내렸다.

"할 말은 끝났으니 그만 나가봐."

칼리안은 고개를 한 번 작게 숙여 그에게 인사한 뒤 집무실을 나섰다.

평화로운 오후였다. 폭발 사건이 일어난 상점가와는 거리가 멀어서 그런지, 커피하우스에서는 오늘도 평범한 일상이 이어졌다. 유리도 상점가의 일로 피해를 입은 건 없어서, 아무 문제 없이 출근해 일했다. 그녀가 상점가에 다녀온 사실을 아는 사람도 없었기에 안위를 물어오는 사람도 없었다. 그러던 때, 낯익은 손님이 한 명 찾아왔다.

"레몬에이드 한 잔 주세요."

유리는 그녀의 앞에 앉은 남자를 내려다보았다. 깔끔하게 빗어 왼쪽 귀 윗부분만 뒤로 넘긴 붉은 머리카락과 자수정처럼 빛나는 눈동자가 눈에 띄었다. 우아하게 블랙커피만 마실 것처럼 생긴 남자가 커피하우스에 와서 주문한 것은 상큼한 레몬에이드였다.

"네. 잠깐만 기다리세요."

유리는 뒤돌아 부엌으로 향했다. 그런 그녀의 머릿속에 의문이 떠올랐다.

'왜 오늘은 스노우가 아니라 제노스 셸던의 행색으로 온 거지?'

제노스 셸던이 변장 없이 커피하우스를 찾은 것은 이번이 두 번째였다. 다소 의아하긴 했지만 제노스 셸던이 커피하우스에 온 게 있을 수 없는 일은 아니어서 유리는 깊이 생각하지 않았다.

"레몬에이드 나왔습니다."

잠시 후 그녀는 제노스에게 주문한 음료를 가져다주었다. 유리가 테이블에 컵을 내려놓는 동안 그가 입을 열었다.

"지난번에는 제 악우 때문에 실례가 많았어요."

제노스는 일전에 데이몬과 함께 가게 안에서 소란을 일으킨 일을 사과했다. 그런 뒤 덧붙여 물었다.

"혹시…… 그가 또 와서 이상한 헛소리를 하지는 않던가요?"

어쩐지 조금 전보다 약간 낮게 느껴지는 목소리였다. 왠지 이쪽이 오늘 찾아온 본론인 것 같은 느낌이었다. 유리는 지난번 커피하우스에 방문했을 때 데이몬 살바토르가 남기고 간 말을 떠올렸다.

"이름이 유리라고 했지. 나와 거래하지 않겠어?"

다시 생각해도 이상한 말이 맞았다. 그 후에 상점가에서 만났을 때도 태도가 이상했던 건 마찬가지였고.

"뭐, 흘려 들었으니까 신경 쓰지 마세요."

그녀의 반응을 살피듯이 얼굴을 물끄러미 들여다보고 있는 제노스에게 유리가 말했다. 그런 유리의 말을 어떻게 받아들였는지, 제노스의 긴 손가락이 테이블을 소리 없이 툭툭 두드렸다.

"원래 그 친구가 혼자 공상하는 게 취미라, 가끔 현실과 망상을 구분하지 못하고 헛소리를 하기도 해요. 그러니 혹시라도 귀담아들으신 말이 있다면 전부 잊으셔도 괜찮아요."

그가 입술을 부드럽게 끌어 올려 미소 지었다. 퍽 다정한 어투였지만 내용은 꽤 신랄했다. 만약 데이몬 살바토르가 지금 이 자리에 있었다면 또다시 발끈해서 바드득 이를 갈았을 소리였다. 유리는 그런 제노스를 새삼스러운 눈으로 쳐다보았다.

그러고 보니 이렇게 최애캐를 눈앞에서 자세히 보는 건 처음이던가. 물론 스노우로서의 그를 상대한 적은 자주 있었지만……. 그때는 가발을 쓰고 있어서 얼굴이 제대로 보이지 않았으니까. 유리는 처음으로 제대로 본 최애캐의 얼굴이 조금 신기해서 물끄러미 쳐다보았다. 그러자 제노스의 입매에 걸린 미소가 약간 굳어졌다.

"왜 그렇게 보세요?"

혹시 정체를 들켰다고 생각한 걸까?

유리는 최애캐를 안심시켜 주기 위해 말했다.

"그냥 눈 색깔이 예뻐서 봤어요."

그녀의 목소리는 오늘도 여전히 무덤덤하기 짝이 없었다. 하지만 장난으로 던진 돌에 머리를 맞기라도 한 것처럼, 그 순간 제노스는 당황한 듯이 눈을 깜빡였다. 그러나 그는 금세 동요를 갈무리하고 본래의 여유로운 모습으로 되돌아와 유리를 향해 미소 지어 보였다. 그러고 나서 장난스럽게 말했다.

"유리 씨 눈이 훨씬 예쁜데요. 꼭 루비 보석이나 붉은 장미 같아요."

"알아요."

"……."

하지만 곧바로 이어진 유리의 반응에 제노스는 말문이 막힌 눈치였다. 유리는 어디까지나 객관적인 사실을 인정한 것뿐이었는데, 제노스는 그런 그녀의 반응이 당황스러운 듯했다.

"제노스 씨는 장미를 좋아하나 봐요?"

문득 지난번 축제 때의 일이 떠올라 말하자 제노스의 시선이 유리의 얼굴에 못 박혔다. 그는 유리가 이런 질문을 한 이유가 뭔지 가늠하려는 듯이 그녀의 눈을 들여다보았다. 그러다가 이내 입을 열었다.

"유리 씨!"

그때, 커피하우스의 입구 쪽에서 유리를 부르는 소리가 들렸다. 고개를 돌리자 식재료가 한가득 든 종이봉투를 품에 안고 있는 안네마리가 시야에 들어왔다. 제노스는 입을 다물고 힐끗 안네마리 쪽을 쳐다보았다. 아무래도 더 이상 그녀에게 할 말은 없는 것 같아서, 유리는 제노스를 뒤로하고 안네마리를 향해 다가갔다.

"안네마리 씨, 어쩐 일이에요?"

안네마리는 얼마 전에 치료소 일을 그만둔 참이었다. 그래서 이제는 블루페럿가에 올 일이 없었다. 오늘은 어쩐 일인가 싶어 묻자 안네마리가 화사하게 웃으며 대답했다.

"식료품점에서 장을 보고 오던 길에 잠깐 들렀어요."

"무거워 보이네요. 잠깐 내려놓으실래요?"

"괜찮아요, 보기보다 가벼워요. 헤스티아가 요즘 성장기인지 많이 먹어서요."

그러면서 안네마리가 커피하우스를 둘러보았다.

"이 시간에 와본 건 처음인데, 생각보다 사람이 많이 없네요."

"네, 지금은 한가한 시간대예요."

그러다 문득 궁금해져서 유리는 물었다.

"안네마리 씨는 오늘이 쉬는 날이에요?"

산병인이라고 해도 노인의 집에는 일주일에 네 번 성도만 들러 일을 하면 되는 모양으로, 확실히 치료소 일보다는 여유 시간이 많은 듯했다. 그래서 묻자 안네마리가 고개를 저었다.

"그건 아닌데, 어제 상점가에서 큰일도 겪었으니까 오늘은 그냥 쉬라고 하시더라고요."

그런 뒤 그녀는 눈썹 끝을 축 늘어뜨리며 유리의 얼굴을 살폈다.

"유리 씨는 괜찮으세요? 어제 많이 놀라셨을 텐데 오늘은 그냥 쉬지."

"전 괜찮아요. 다친 데도 없고요."

덜컹!

바로 그때, 별안간 뒤쪽에서 큰 소리가 들렸다. 소리의 출처는 제노스였다. 그는 왜인지 눈을 부릅뜨고 유리와 안네마리 쪽을 보았다. 조금 전 소리가 난 것은 제노스가 자리에서 일어나려다가 말았기 때문인 듯했다. 하지만 그는 유리와 안네마리의 시선을 받고 흠칫해서 고개를 돌렸다. 순간, 안네마리가 고개를 갸웃했다.

"저분……. 왠지 전에 어디서 뵌 적이 있는 것 같은데."

뒤이어 안네마리의 입에서 깨달았다는 듯이 튀어나온 소리를 듣고 유리는 그녀의 눈썰미가 굉장히 좋다고 생각했다.

"아, 혹시 축제 때 유리 씨한테 꽃 줬던 사람 아니에요?"

"쿨럭!"

그 순간 제노스가 사레가 들린 듯이 기침하기 시작했다. 역시 남주 후보라 그런지 귀가 상당히 좋은 모양이다. 조금 전에도 그들이 하는 말을 뒤에서 들은 것 같더니, 지금도 제노스는 이렇게 안네마리가 유리에게만 들릴 정도로 작게 속닥거린 말에 반응을 숨기지 못했다.

드륵!

이윽고 기침이 어느 정도 잦자 제노스가 자리에서 일어났다.

"여기 계산이요!"

그는 다른 귀족들과 달리 레몬에이드의 값을 정확히 테이블 위에 올려놓은 뒤, 묘하게 서두르는 모양새로 긴 다리를 움직여 커피하우스를 벗어났다.

"아닌가? 제가 잘못 봤을까요?"

제노스의 뒷모습을 보며 안네마리가 또 고개를 갸우뚱 기울였다. 그러다 이내 모르겠다는 듯이 웃었다.

"그럼 전 이만 가볼게요. 다음에는 손님으로 놀러 올게요, 유리 씨."

"네, 조심히 가세요, 안네마리 씨."

안네마리는 처음에 왔을 때처럼 화사하게 웃는 낯으로 커피하우스를 떠났다.

"유리 씨, 저 왔어요."

바로 다음 날, 안네마리는 약속을 지켰다.

"유리야!"

물론 혼자 온 것이 아니라, 뜻밖의 동행인이 있기는 했지만 말이다. 이틀 새 홀쭉해진 것 같은 노인이 지팡이를 바닥에 짚어 따각따각 소리를 내며 유리에게 급히 다가갔다.

"안녕하세요. 안네마리 씨와 함께 오셨네요."

노인은 세상 심각한 얼굴로 유리를 위아래로 한번 훑어본 뒤, 그제야 표정을 펴고 어깨에서 힘을 뺐다.

"그래, 건강해 보이는구나! 안네마리에게 듣긴 했다만, 그래도 혹시 폭발에 휘말려 조금이라도 탈이 났을까 봐 걱정했단다!"

그는 정말 많이 유리를 염려했던 듯했다.

"전 괜찮아요. 어르신도 무사하셔서 다행이에요."

유리도 그것을 깨닫고 묘한 감상을 느끼며 노인에게 말했다.

"어르신이라니, 안네마리처럼 그냥 편하게 할아버지라고 부르렴."

노인은 오늘도 차를 주문했다. 부엌으로 향하는 유리를 안네마리가 뒤따라왔다.

"할아버지가 너무 많이 걱정하셔서 모시고 오지 않을 수가 없었어요. 갑자기 와서 일하는 데 방해가 된 건 아니죠?"

"그렇지 않아요. 걱정해 주셨다니 오히려 고마운 일이죠."

유리의 말에 안네마리의 얼굴이 밝아졌다. 잠시 후 유리와 안네마리는 먹을 홍차와 스콘을 가지고 부엌을 나왔다.

"큼, 크흠. 유리야. 오늘은 긴히 하고 싶은 이야기가 있단다."

노인은 어쩐지 오늘따라 다소 산만한 분위기를 흘뿌리며 테이블에 찻잔과 접시를 내려놓는 유리를 지켜보았다. 그러다가 마침내 결단을 내린 듯이 입을 열었다.

"혹시 시간이 괜찮으면 잠깐만 내 말 좀 들어주지 않으련?"

힐끗 안네마리를 쳐다봤지만 그녀 역시 아는 것이 없는 눈치였다. 유리는 일단 아까부터 이쪽을 힐끔거리고 있던 길버트에게 눈길을 던졌다. 눈이 마주친 순간, 길버트가 대번에 괜찮다는 듯이 고개를 마구 끄덕였다. 가게 안에 손님이 몇 없어서 노인의 말을 들은 모양이다.

아무래도 노인은 지난번에 칼리안이 가지고 있었던 방음용 물품을 갖고 있지 않은 듯했다. 유리는 노인의 청을 거절하지 않고 맞은편 자리에 앉았다.

"사실 이런 부탁을 하긴 조심스럽다만."

노인은 테이블에 올려놓은 손을 모아 잡으며 조심스럽게 서두를 뗐다.

"일주일에 한 번…… 아니, 이주일……. 으음, 그래, 한 달에 한 번이라도 좋다. 그러니 너만 내킨다면 내 말벗을 해주지 않겠니?"

의외의 권유에 유리는 눈을 깜빡였다.

"이미 알고 있겠지만 널 보면 내 딸 셀레나가 생각난다."

노인은 회한에 젖은 눈으로 유리를 보며 말을 이었다.

"원래 죽은 자식은 부모 가슴에 묻힌다는 말도 있지 않더냐. 내가 죽을 날이 다가와서 그런지 요즘 들어 그 아이 생각이 부쩍 많이 나는데, 네 얼굴을 보면 그래도 허전한 가슴이 달래지는 것 같구나."

그 말을 들은 안네마리가 '할아버지……' 하고 작게 그를 불렀다. 동정심 많은 그녀로서는 노인의 상황이 상당히 안쓰럽게 느껴지는 모양이다. 물론 그건 보편적인 감수성을 가진 사람이라면 당연하다고 할수 있는 일이었다.

"물론 네 입장에서는 꺼려지는 일일 수도 있겠지. 다 안다."

노인은 아무 말 없이 가만히 그의 이야기를 듣고만 있는 유리의 눈을 깊이 들여다보았다.

"나도 염치가 있지, 이 노인네를 위해 봉사해 달라고 말하는 건 아니야. 늙은이 말 상대를 해주는 일도 중노동이지, 아무렴."

뒤이어 노인이 고이 접은 종이를 품에서 꺼내 테이블 위에 내려놓았다. 그리고 그것을 유리의 앞으로 밀어주며 덧붙였다.

"이건 내가 혹시 몰라 준비한 고용 계약서란다. 가져가서 천천히 읽어보고 충분히 생각한 뒤에 내키면 연락 다오."

유리는 시선을 내려 내밀이진 노인의 손을 시야에 담았다. 목소리는 침착하고 차분했지만 종이 위에 얹힌 그의 손은 한눈에 알아볼 정도로 떨렸다. 솔직히 노인의 심정이 이해되지 않는 바는 아니었지만, 유리로서는 수락할 이유가 없는 일이었다.

하지만 노인이 내민 고용 계약서를 한번 읽어보기로 결정한 것은 그의 떨리는 손 때문이었다.

바스락. 노인은 유리가 종이를 펼쳐 보는 것을 긴장감 어린 눈으로 바라보았다. 그의 옆에 있는 안네마리도 분위기에 동화된 듯 괜히 마른침을 삼켰다.

"조건이 저한테 너무 후한데요."

종이를 대충 훑어보던 유리가 마침내 입을 열었다. 그러자 노인이 얼른 고개를 저어 보였다.

"아니다. 부탁은 내가 하는 건데 그 정도는 당연히 해야지."

노인의 말대로 일주일에 한 번이든, 한 달에 한 번이든 그 기한이나 횟수도 유리가 정할 수 있었다. 무엇보다도 보수가…….

'……마음에 드는데?'

유리는 머릿속으로 셈을 하기 시작했다. 노후 자금 확보. 새집 마련. 평수 확대. 반려견과 함께하는 안락한 백수 생활. 노인의 제안을 받아들였을 때의 이점들이 빠르게 머릿속을 스쳐 지나갔다. 유리는 그렇게 고용 계약서의 내용을 꼼꼼히 읽어 내리며 여러 가지를 계산했다. 그러던 중에 눈에 들어온 맨 마지막 부분의 이름이 그녀의 신경을 건드렸다.

"……바스티안 크록포드?"

유리가 확인하듯이 입을 열어 읊조리자 그녀의 맞은편에 앉아 있던 노인이 말했다.

"내 이름이란다. 그러고 보니 지금까지 말한 적이 없었던가?"

그랬다. 유리가 노인의 이름을 알게 된 건 지금이 처음이었다. 유리는 입술 사이로 새어 나오려는 헛웃음을 삼켰다. 바스티안 크록포드라니. 그럼 남주인공인 칼리안 크록포드의 조부란 말인가?

알고 나서 보니까 확실히 외양이 좀 닮은 것 같기도 했다. 그리고 이제야 데이몬 살바토르가 했던 말의 의미가 와 닿았다. 왜 연관을 시키지 못했을까.

셀레나 크록포드. 그녀는 칼리안과 나이 차이가 크게 나지 않는 고모임과 동시에, 제노스 셀던이 몇 년 전 직책에서 파문당한 원인이 된 사람이기도 했다.

간단히 말하자면, 제노스는 원래 크록포드의 금지옥엽인 셀레나의 기사였다. 그러나 예지의 능력을 갖고도 그녀의 죽음을 막지 못했고, 그 일로 크록포드의 분노를 사 파문당했다.

그런데 자신이 그녀와 닮았다니. 상상하지 못했던 연관성에 기분이 좀 찜찜해졌다. 결국 유리는 좀 더 생각해 보겠다며 결정을 뒤로 미뤘다. 노인은 간절한 눈빛으로 그녀를 보면서 꼭 깊이 고민해 봐달라고 거듭 부탁했다. 그런 뒤 안네마리와 함께 커피하우스를 나섰다. 테이블에 놓인 홍차와 스콘엔 입도 대지 않았다. 유리는 고용 계약서를 주머니에 대충 구겨 넣고 테이블을 치웠다.

삭월이 뜬 밤이었다. 늦은 시각, 라키어스는 외출을 했다. 지난번에 까마귀와 합류해 실행하려다가 불발되었던 계획을 이행하기 위해서였다. 유리가 그에게 말했던 대로 그녀에게는 미리 말하고 집을 나섰다. 유리는 라키어스의 말을 듣고 미세하게 눈매를 찌푸렸지만 그래도 그를 막지는 않았다.

그러나 역시 마뜩잖지는 않은 듯이 라키어스를 보다가, 대신에 '올 때 메로나'를 사 오라는 조건을 붙였다. 그래서 라키어스는 어둑한 밤하늘 밑을 가로지르면서도 메로나라는 것이 뭔지 심각하게 고민하는 중이었다.

"라키어스 님! 이쪽이에요!"

앞서 날아가던 까마귀가 라키어스를 돌아보며 말했다. 라키어스는 오딘의 안내를 따라 방향을 틀었다. 마침내 목적한 장소에 도달해, 그는 지붕 밑으로 뛰어내렸다.

"뭐야! 웬 놈…… 커헉!"

문 앞을 지키고 있던 남자는 입을 열자마자 라키어스의 손에 목이 잘렸다.

좌아악! 옆으로 튀어 온 남자의 핏줄기가 곧바로 의지를 가진 생물체처럼 움직여 주위에 있던 다른 사람들의 목까지 동강 냈다. 라키어스는 침입자의 존재를 알고 고성을 지르며 뛰어온 다른 사람들도 모조리 도륙 내 죽였다.

 까마귀 오딘이 물어 온 정보에 의하면, 이곳에 유적의 파편이 있었
다. 예상했던 대로 카르노말에 있는 가짜, 밀리엄은 변종 찾기에 진척
이 없자 변종을 '만드는' 쪽으로 방향을 튼 듯했다. 그래서 곳곳에서
아이들을 모았다. 잠시 후, 라키어스는 조각난 사체를 밟고 더 깊숙
한 안쪽으로 들어섰다.

 "끄으, 흐……."

 간헐적인 울음과 신음이 고막을 파고들었다.

 "진짜……."

 싸늘한 눈으로 주위를 훑어본 라키어스가 입매에 차가운 미소를
매달았다.

 "기분 더럽네. 어디서 본 풍경하고 쓸데없이 비슷하잖아."

 곳곳에 이미 죽었거나, 죽어가는 아이들의 모습이 보였다. 예전에
보았던 카르노말의 연구소 풍경과 비슷했지만 임시로 세워진 장소이
니만큼 당연히 이곳의 환경이 더 열악했다.

 달그락.

 라키어스는 방 안을 가로질러 목적했던 것을 손에 넣었다. 이미 대
부분이 실험에 사용된 후라 그런지, 남아 있는 유적의 파편 수는 극
히 적었다. 그럼에도 이 안에 파편의 힘을 흡수하는 데 성공한 개체
는 없는 것처럼 보였다. 애초에 성공률이 지극히 낮은 실험이었으니
당연했다. 라키어스는 아직도 숨이 끊어지지 않아 고통스럽게 울부짖
는 실패작 '폐기물'들을 서늘한 시선으로 내려다보았다. 실험에 실패
한 이상 어차피 그들이 살아날 가능성은 없었다.

 촤아악!

바닥에 질척하게 고인 피가 꿈틀거리며 움직여 살아 있는 생명체들의 머리를 꿰뚫어 절명시켰다.

푸드덕!

"이…… 피도 눈물도 없는 무자비한 인간!"

그때 방 안에 날아든 오딘이 부리를 열어 쩌렁쩌렁하게 소리쳤다.

"냉혹한 살인마! 카르노말의 왕이라는 이름이 아깝지 않은 독종! 이 까마귀 오딘은 라키어스 님의 잔인한 모습에 감탄했습니다!"

―앤 지금 네 욕을 하는 거냐, 칭찬을 하는 거냐?

오딘의 발언에 머릿속의 벌레가 떨떠름하게 구시렁거렸다. 라키어스는 유적의 파편을 들고 밖으로 빠져나갔다. 옆에서 계속 시끄럽게 욕인지 칭찬인지 모를 소리를 지껄이며 꽥꽥거리는 오딘은 그냥 돌려보내 버렸다.

―저기, 라키어스. 우리 그냥 나중에 하면 안 될까?

'잔말 말고 이번엔 제대로 소화시켜.'

―아, 야! 잠깐만……!

라키어스는 유리의 집에서 그랬던 것처럼 유적의 파편을 흡수했다.

―이 독종 새끼! 피도 눈물도 없는 무자비한 놈……!

잠시 후, 겨우 진정한 벌레가 아까 오딘이 했던 말을 차용해 라키어스를 비난했다. 당연히 라키어스는 콧방귀도 뀌지 않았다. 그래도 파편을 흡수한 보람이 있어 신체의 힘이 조금 더 강화된 것이 느껴졌다. 라키어스는 너무 늦기 전에 집으로 돌아가기 위해 몸을 움직였다.

'아, 메로나.'

그러다가 잠깐 잊고 있던 유리의 말을 떠올렸다. 라키어스는 조금 전에 돌려보냈던 오딘을 다시 호출했다.

"부르셨습니까, 라키어스 님!"

"'메로나'가 뭐야?"

"네?"

"'메로나'가 뭐냐고. 몰라?"

"'메로나'요?"

"쯧. 역시 쓸모없는 새끼. 그냥 다시 꺼져."

라키어스에게 불려온 오딘은 5초 만에 다시 축객령을 받았다. 하지만 그 역시 라키어스가 말한 '메로나'라는 것이 뭔지 도저히 알 수 없었다. 결국 오딘은 자존심에 무척 크게 금이 간 눈빛을 한 채 비틀거리며 날아갔다.

라키어스는 도대체 유리에게 무엇을 가져다주어야 할지 또다시 심각하게 고민하며 지붕 위로 뛰어올랐다.

나는 바스티안에게 받은 구겨진 고용 계약서를 앞에 놓고 고민했다. 사실 처음에는 고민할 가치도 없는 일이었다. 물론 노인의 사정은 안타까웠지만, 어디까지나 '머리'로 알고 있는 것일 뿐, 마음으로 느끼는 건 아니었으니까. 게다가 남주인공과 쓸데없이 얽히고 싶은 생각도 없었고 말이다. 하지만 계약서에 적힌 조건이 좋아도 너무 좋아서 문제였다.

'그나저나, 그럼 안네마리는 결국 남주인공네 집에서 일하게 된 거로군.'

지난번에 칼리안이 헤스티아를 구해준 일이 있었는데도 둘 사이에 진한 감정적 교류가 생기지 않은 것 같아서 그대로 끝나는 줄 알았더니. 역시 그렇게 쉽게 끊어질 인연은 아니라는 건가.

살랑.

그렇게 팔짱을 끼고 앉아 이런저런 생각을 하며 테이블 위의 종이를 내려다보고 있을 때였다. 오감을 건드리는 느낌에 고개를 돌려보니, 하얀 나비 한 마리가 날아오는 것이 시야에 들어왔다. 진짜 나비가 아니라 가느다란 실이 얽혀 나비 형상을 했다. 의뢰인과 나 사이에 연락망으로 쓰이는 표식이었다. 내가 손을 내밀자 팔랑팔랑 날갯짓해 날아온 나비가 손가락 위에 앉았다.

팟!

그 순간 나비를 이루고 있던 실들이 허공에 풀어 헤쳐졌다. 그것은 곧바로 다시 얽히고설켜 이번에는 네모반듯한 작은 종이로 변했다. 거기에 적힌 글귀를 보고 나는 일순간 눈을 가늘게 좁히고 말았다.

처음에는 혹시 데이몬 살바토르에게서 답장이 온 건가 싶었지만 아니었다. 발신인은 비밀 경매가 열릴 때마다 내게 대리로 물건을 낙찰해 줄 것을 의뢰하던 사람이었다. 그런데 이번에 그가 의뢰한 내용은 지금까지와 달랐다.

'이번 경매장의 마지막 상품이었던 '현자의 돌'과 같은 것을 찾아 달라고?'

나는 고민에 빠졌다. 왜 현자의 돌을 따로 찾으려고 하는 걸까. 이번 경매장에서 낙찰에 실패한 일로 오기라도 생긴 건가? 아니면……
혹시 현자의 돌이 유적의 파편이라는 걸 아나?

달칵.

그때, 누군가 문에 손을 대는 느낌이 들어서 일단 종이를 다시 나비로 변하게 한 다음 인형들을 처박아 둔 방에 날려 보냈다. 그러고 나서 테이블 위의 고용 계약서를 치웠다.

"왔어요?"

막 문을 닫고 안으로 들어서던 라키어스가 내 목소리를 듣고 순간 멈칫했다. 어째서인지 가만히 서서 나를 물끄러미 쳐다보던 그가 돌연 손을 들어 얼굴을 가리듯이 쓸어내렸다.

"네……. 다녀왔어요."

입매를 덮은 손 사이로 낮게 속삭이는 목소리가 새어 나왔다. 이내 라키어스가 다시 손을 떼고 내게 다가왔다.

"유리 씨."

그런데 그의 얼굴은 아주 심각했다.

밖에서 무슨 일이 있었나? 표정이 왜 저렇지.

"아무리 생각해 봐도……."

그렇게 내가 고민하고 있을 때 라키어스가 가까이 다가오더니 손목을 잡아오며 말했다.

"메로나가 뭔지 모르겠어요."

"……."

나는 라키어스의 얼굴을 올려다보았다. 나를 응시하는 푸른 눈동자가 어둑한 빛을 발했다. 라키어스는 엄청나게 심란해 보였다. 실의에 빠진 듯한 그는 꼭 풀 죽은 대형견 같았다. 그럼 좋은 골든 레트리버 정도인가.

사실 '올 때 메로나'라는 소리를 한 건 별 의미를 가지고 한 말이 아니었다. 이렇게 심각하게 받아들일 줄도 몰랐고. 조금 골려주고 싶은 생각이 있었던 건 맞지만. 나는 시름에 잠긴 라키어스를 보다가 조금 충동적으로 입을 열었다.

"라키어스 씨…… 이제 보니 귀여운 데가 있네요."

그 순간 라키어스의 눈이 부릅떠졌다. 그는 충격을 받은 것 같았다. 이런 말을 처음 들어본 게 분명했다. 하긴, 지금까지 그 누가 감히 카르노말의 왕에게 귀엽다는 수식어를 붙일 수 있었겠는가.

"귀여운 남자 좋아해요?"

하지만 라키어스는 어이없어하거나 분개하지 않고, 표정을 가다듬은 뒤에 내 얼굴을 들여다보며 슬쩍 물었다. 나는 곧바로 고개를 끄덕였다.

"안 귀여운 것보다 당연히 낫죠."

라키어스의 얼굴이 약간 환해졌다. 그는 내 말에 기분이 좀 좋아진 눈치였다.

'흠. 역시 좀 귀엽네.'

코코를 생각나게 하는 안네마리에게 유해졌듯이, 왠지 라키어스에게도 조금 더 너그러워질 수 있을 것 같았다.

"다음에는 꼭 사 와요, 메로나."

하지만 여전히 놀려주고 싶은 마음이 들어서 말하자, 라키어스의 얼굴이 다시 심각해졌다. 고민하는 얼굴을 보니 왠지 입꼬리가 살짝 꿈틀거려서, 나는 입술에 꾹 힘을 주며 그를 스쳐 지나갔다.

결국 나는 노인의 청을 수락하기로 했다. 거절하기에는 그가 제시한 조건이 너무 매력적이었다. 가끔 노인의 말 상대를 해주며 얼굴을 비치는 조건으로 그 정도 액수를 받아 챙길 수 있다니. 몇 달만 일하면 동부에서 손꼽는 부자 동네의 집을 살 수 있을 정도였다.

"고맙다, 유리야! 정말 고마워!"

내가 저택에 찾아가 의사를 전하자 노인이 한껏 격렬한 감동을 표하며 눈가를 촉촉하게 적셨다. 하지만 곧 내 앞에서 흥분한 것이 멋쩍었는지, 그는 일단 오늘은 가볍게 저택을 둘러보라고 말하며 집사 아저씨를 불렀다. 그리고 나서 나를 방에서 내보냈다.

"저를 따라오시죠. 안내해 드리겠습니다."

지난번에 노인에게 세바스티앙이라고 불렸던 집사 아저씨는 나와 몇 번 본 적이 있는 바로 그 집사였다. 알고 보니 이 저택에는 총괄 집사가 총 다섯 명 있다고 한다. 역시 대저택이라 그런지 스케일이 남달랐다.

"유리 씨!"

그렇게 집사 아저씨를 따라 복도를 걷고 있을 때 뒤쪽에서 안네마리의 목소리가 들렸다.

"안네마리 씨."

그녀도 지금 막 일을 하러 저택에 온 모양이다.

"할아버지가 유리 씨 혼자는 불편할지도 모르니까 가보라고 하셔서 왔어요."

안네마리가 웃으면서 말했다. 생각보다 섬세하다고 해야 할지, 노인은 나를 상당히 많이 배려해 주었다. 애초에 내가 이 저택에 오는 시간을 정할 때도 혹시 불편할 것 같으면 안네마리가 있을 때 와도 된다며 노인 쪽에서 먼저 선뜻 제안했고 말이다.

순간, 혹시 처음부터 이럴 계획으로 안네마리를 고용한 건 아닌가 하는 의심이 고개를 들었지만 곧 조용히 접어 마음속에 집어넣었다.

"유리 씨랑 같은 곳에서 일하다니, 너무 좋아요. 그럼 이제부터 일 주일에 한 번 오시는 건가요?"

"네. 매주 이 시간에 오기로 했어요."

일단은 커피하우스를 쉬는 날에 오기로 결정했다. 사실 노인이 고용 계약서에 기입한 금액이면 당장 커피하우스를 그만둬도 되었다. 하지만 내가 생각보다 그 일을 좋아하고 있던 건지, 지금 바로 일을 그만둘 생각까지는 들지 않았다. 그래서 한동안은 지금의 상태를 유지할 계획이었다.

"그럼 이번에는 온실을 안내해 드리겠습니다. 바스티안 님께서 자주 찾으시는 곳이라, 유리 님이 저택에 방문하시면 가끔 그곳에서 시간을 보내게 되실 겁니다."

집사 아저씨에게 대충 건물 안의 몇몇 공간을 안내받은 뒤 이번에는 온실에 들르기 위해 밖으로 나갔다.

컹! 컹!

그때, 옆쪽에서 강아지 울음 같은 것이 들렸다. 나는 소리가 들려온 방향으로 고개를 돌렸다. 그러자 저택 앞쪽에 있는 푸른 잔디밭을 뛰어다니는 개들이 눈에 들어왔다.

"산책 시간인가 보네요."

가끔 보던 광경인지, 안네마리가 여상하게 말했다. 앞서 걷던 집사 아저씨가 나를 돌아보며 물었다.

"매일 이 시간쯤에 개들을 풀고 있는데, 괜찮으실지요?"

내가 안 괜찮다고 하면 개들의 산책 시간을 바꾸겠다는 듯한 뉘앙스였다.

"지금 이곳에 풀어놓은 개들은 순한 성격이라 처음 보는 사람에게도 짖거나 사납게 굴지는 않지만……."

일개 손님을 대하는 자세라고 하기에는 굉장히 조심스러웠다. 그만큼 노인이 나를 만나는 것을 중요하게 생각하고 있다는 의미로 받아들여졌다.

"상관없어요. 강아지 좋아하거든요."

"그러십니까? 다행이군요."

사실 지금 잔디밭 위를 뛰어놀고 있는 건 강아지라기보다 개라고 해야 맞았다. 그것도 대형견인 데다 그중에는 사냥개처럼 보이는 종도 있어서, 개를 무서워하는 사람이라면 충분히 기피하고도 남을 것 같았다. 다행히 안네마리는 개를 무서워하진 않는 눈치였고, 나도 전생이라면 몰라도 지금에 와서는 겁이 없어져서 그런지 저런 큰 개들도 귀여운 새끼 강아지처럼 보였다.

"혹시 원하신다면 가까이 가서 보셔도 됩니다."

집사 아저씨의 말을 듣고 나는 조금 고민하다가 잔디밭 쪽으로 걸음을 옮겼다.

"유리 씨, 강아지 좋아하셨어요?"

안네마리도 나를 따라왔다. 그녀는 처음 알게 된 사실에 흥미가 동하는지, 눈을 약간 동그랗게 떴다.

"네. 아주 예전에 반려견을 한 마리 키웠었거든요."

"그렇구나. 저도 꽤 오래전에 아버지가 계실 때 키우던 개가 있었어요."

안네마리는 과거를 떠올리는 듯, 약간 아련한 눈빛을 했다. 그러다가 다시 나를 쳐다보며 밝게 웃었다.

"우리 공통점이 있네요. 유리 씨가 키우던 강아지는 종이 뭐였어요? 저희 집에 있던 개는……."

그렇게 안네마리와 나는 예전에 키우던 강아지 이야기를 하며 잔디밭에 들어섰다.

컹컹!

순한 성격이라는 집사 아저씨의 말이 맞는지, 개들은 안네마리와 나를 보자마자 꼬리를 흔들며 다가왔다. 여기 있는 개들은 집을 지키는 용으로 키우는 게 아닌 듯했다. 하긴, 인력이 부족하지도 않을 텐데 이런 대저택에서 뭐 하러 집지킴이 역할을 개들에게 시키겠느냐만…….

나는 몸을 낮추고 앉아 개들이 냄새를 맡을 수 있게 손을 내밀었다. 안네마리와 나는 금방 코를 킁킁거리는 개들에게 둘러싸였다.

"개들이 정말 온순하네요. 할아버지가 키우시는 거예요?"

"여기 있는 개들은 도련님께서 직접 돌보시는 개들입니다. 현 사주이신 주인님께서 사냥개로 키우는 개들은 다른 곳에서 분리해 기르고 있고요."

도련님? 현재 크록포드에 도련님이라고 불릴 만한 사람은 두 명이었다. 한 명은 장남인 칼리안이었고, 다른 한 명은 소설에서도 그냥 언급만 되고 존재감 없이 넘어갔던 차남이었다. 크록포드의 차남은 몸이 약해 남부 쪽에 요양을 가 있는 상태로, 소설에서 직접 등장한 적은 한 번도 없었다. 그러니 이 개들을 직접 돌보고 있다는 건 칼리안인 것이 분명했다.

"세바스티앙."

내 생각에 확신을 주는 목소리가 옆쪽에서 울렸다. 고개를 돌리자 잔디 위에 서 있는 칼리안 크록포드가 시야에 들어왔다.

"앗!"

안네마리가 턱을 쓰다듬고 있던 개를 비롯해 우리 주변에 우글우글 몰려들어 있던 개들이 대번에 꼬리를 흔들며 칼리안에게 달려갔다.

컹컹! 멍멍!

칼리안 크록포드가 익숙하게 그런 개들을 쓰다듬었다. 오늘은 제복이 아니라 편안한 차림을 했다. 가벼운 셔츠와 바지 차림인 칼리안은 확실히 평소보다 덜 딱딱해 보였다.

컹컹!

심지어 그는 주변의 평화로운 풍경과 예상 밖의 조화를 이루고 있기까지 했다.

"손님이 와 계셨군요."

칼리안의 시선이 안네마리와 나한테 향했다.

"조금 전에 이야기는 전해 들었습니다."

그가 가볍게 묵례하며 내게 말했다.

"조부님의 청을 들어주셔서 감사합니다."

밖으로 나오기 전에 조부인 바스티안에게 직접 이야기를 전해 들은 모양이다. 나는 그의 감사 인사에 고개를 비스듬히 기울이며 대답했다.

"인사받을 일이 아니에요. 일방적으로 부탁을 들어드린 게 아니라 어디까지나 고용 관계니까요."

다소 삭막하게 들릴지도 몰랐지만 나는 정당한 대가를 지불받고 노인에게 고용된 것뿐이었다. 만약 그날 노인이 고용 계약서를 내밀지 않았다면 그의 사연이 얼마나 딱하든 거절했을 것이 분명했다. 그러니 칼리안에게 감사 인사를 들을 이유가 없었다. 내 말을 정 없다고 여길 수도 있을 거라 생각했는데, 칼리안은 오히려 작게 웃었다.

"네, 그럼 앞으로 잘 부탁드리겠습니다."

나는 칼리안에게서 시선을 떼고 그에게 매달려 있는 개들을 조금 아쉬운 기분으로 쳐다보았다. 칼리안이 안 왔으면 개들을 좀 더 만져 볼 수 있었을 텐데.

"오늘은 일찍 오셨네요."

"네, 오늘은 저녁 늦게 나가봐야 할 일이 있어서 먼저 들어왔습니다."

안네마리와 칼리안은 살가운 건 아니지만, 그래도 전보다는 확실히 자연스러운 모습으로 대화를 나누었다.

"혹시 일하시는 데 불편한 점은 없습니까?"

"많이 신경 써주시는 덕분에 아주 편안해요."

나는 그들의 여상한 대화를 들으며 약간 묘한 감흥을 느꼈다. 뭔가 썸인 듯, 썸이 아닌 듯, 그래도 처음 만났을 때보다는 꽤 말랑말랑하게 느껴지는 분위기였다.

그래도 안네마리가 여기서 간병인 일을 하면서 가끔 얼굴을 보는 사이라 그런가. 여전히 예의를 갖춘 딱딱한 어투였지만 안네마리를 보는 칼리안의 눈빛도 전보다 부드러워진 것 같았다. 안네마리도 칼리안을 대하는 게 전보다 친근…… 까지는 아니어도 나름대로 편해진 듯하고.

"세바스티앙에게 저택을 안내받는 중이라고 들었습니다만."

어느 정도 이야기를 끝마친 뒤, 칼리안이 옆에서 조용히 대기하고 있던 집사 아저씨를 힐끗 쳐다보았다. 그러자 집사 아저씨가 한 발짝 앞으로 다가오며 입을 열었다.

"예, 바스티안 님의 명으로 유리 님께 저택을 안내해 드리다가 마침 산책 중인 개들을 보고 잠깐 멈춘 참이었습니다."

칼리안이 자신의 주위에 몰려들어 꼬리를 흔드는 개들을 보다가, 나와 안네마리에게 시선을 돌렸다.

"큰 개들이라 고용인 중에도 꺼리는 이들이 꽤 있는데, 두 분은 괜찮으십니까?"

"네. 유리 씨와 저, 둘 다 예전에 개를 키웠던 적이 있어서요."

나는 안네마리의 말에 긍정한다는 뜻으로 고개를 끄덕였다. 그 말을 들은 칼리안이 잠깐 입을 다물고 무언가를 생각하는 듯하다가 잠시 후 다시 입술을 뗐다.

"개를 좋아하시면, 앞으로 산책 시간에 보러 오셔도 괜찮습니다. 조부님께는 제가 말씀드리지요."

"그래도 될까요?"

뜻밖의 제안에 안네마리가 반색했다. 나도 그 말에는 조금 혹했다.

"네, 괜찮습니다. 산책 시간에는 간식을 주셔도 괜찮으니 사육사에게도 미리 말해두겠습니다."

직접 돌볼 정도로 아끼는 개들이라면 남의 손을 타는 게 꺼려질 만도 한데, 칼리안은 굉장히 흔쾌히 고개를 끄덕였다. 동물을 좋아하는 사람 중에 나쁜 사람은 없다더니……. 암시장에서의 일 이후 나빠졌던 칼리안의 평가가 약간 상향 조정되었다.

"그럼 개들의 산책 시간이 끝날 때까지 좀 더 여기에서 시간을 보내시겠습니까?"

옆에서 그런 우리의 모습을 푸근히 미소 띤 얼굴로 보고 있던 집사 아저씨가 물었다. 하지만 나는 고개를 저으며 자리에서 일어났다.

"아니에요. 오늘은 저택을 안내받는 게 목적이니까 일단 지금은 온실로 갈게요."

그리고 나서 나는 안네마리에게 말했다.

"안네마리 씨는 여기 계셔도 돼요."

"그래도 될까요?"

"네. 그럼 이따 봐요."

개들을 보는 안네마리의 눈에 아쉬움이 보여서 먼저 말을 꺼냈다. 그러자 그녀가 속마음을 들킨 것이 약간 쑥스러운지 뺨을 붉히면서 물어왔다. 나는 당연히 괜찮다는 의미로 고개를 끄덕이며 먼저 자리에서 걸음을 뗐다.

　푸른 잔디밭 위에 자유로이 뛰노는 개들과 그 사이에 있는 두 남녀의 모습은 한 폭의 그림과도 같았다. 나는 분위기가 꽤 좋아 보였던 두 사람을 굳이 훼방 놓지 않고 집사 아저씨와 함께 온실로 향했다.

　데이몬은 근 일주일간 눈코 뜰 새 없이 바빴다. 중앙의회의 명으로 상점가에 폭발을 일으킨 물품을 제조한 연금술사도 찾아내야 했고, 이번 사건으로 완전히 망하게 된 살바토르 소유의 상점들도 처리해야 했다. 물론 문제의 연금술사를 정말 찾아낼 것이라고는 데이몬 본인도 생각하지 않았다. 그리고 그 명령을 내린 중앙의회도 기대하지 않을 터였다.

　데이몬도 이번 일이 단순히 연금술사의 탑에 압박을 가하기 위해 내려온 명령이라는 사실을 알았다. 하지만 어쨌거나 일을 맡은 이상 애쓰는 시늉이라도 해야 했기 때문에, 데이몬은 칼리안 크록포드가 있는 수색대를 오가며 바쁘게 움직였다.

　"아오, 진짜. 연금술사의 탑 그냥 때려치울까 보다."

　그렇게 개처럼 일한 끝에, 가까스로 한숨 돌릴 여유가 생겼다.

　끼익. 데이몬은 의자에 털썩 주저앉아 등받이에 몸을 거의 파묻고 잠깐 회한에 잠겼다. 귀찮은 일은 딱 질색인데. 도대체 자신이 무슨 부귀영화를 누리겠다고 이런 개고생을 하는지 알 수가 없었다.

　짜증스럽게 한숨을 내쉰 데이몬이 이번에는 서랍을 열어 성가심이 뚝뚝 묻어나는 손길로 안을 뒤적였다. 그가 꺼낸 것은 반으로 접힌

종이였다. 예전에 받은 경매장에 올랐던 현자의 돌을 가지고 있으니 관심이 있으면 연락하라는 내용이 적힌 서신이었다.

데이몬은 찡그린 눈으로 서신을 보다가 종이에 적힌 방법대로 답장을 보내기 위해 펜을 들었다. 사실 종이에 적힌 지시대로 따르면서도 조금 긴가민가한 마음이 있었다.

스윽.

"엇!"

그런데 종이에 잉크가 스미자마자 적혀 있던 글씨가 깨끗이 사라지며 하얀 공백이 되었다. 종이를 뒤집어봤지만 역시 글씨는 어디에도 없었다. 데이몬은 눈썹을 슬그머니 치켜세우면서 일단 답장을 썼다. 그러고 나서 머리카락을 한 올 뽑았다. 그리고 그것을 종이에 대고 손가락으로 지그시 눌렀다.

팟!

바로 다음 순간, 데이몬의 머리카락이 종이에 빨려들 듯이 스몄다.

"허, 이것 봐라?"

꼭 얽혀 있던 실타래가 풀리는 것처럼 종이의 올이 낱낱이 흩어진 끝에, 작은 나비의 형상으로 변했다.

팔랑. 데이몬은 방 안을 가로질러 날아가, 닫힌 창문 밑의 아주 미세한 틈으로 미끄러지듯이 빠져나가는 나비를 가늘게 뜬 눈으로 바라보았다.

'설마 연금술인가?'

하지만 그가 사용하는 연금술과 원리 자체가 다른 느낌이었다. 오히려 지금 그의 눈앞에 펼쳐진 일은 아이들의 동화책 속에나 나오는 마법에 더 가깝게 느껴졌다.

데이몬은 오래간만에 밀려드는 학구적인 호기심에 나비가 사라진 자리를 번뜩이는 눈빛으로 응시했다. 그러다가 시간이 얼마 없음을 깨닫고 줄곧 그의 마음속에 남아 있던 또 다른 일을 처리하기 위해 자리에서 몸을 일으켰다.

"데이몬 님, 어디 가세요?"

"볼일이 있어서 두 시간쯤 후에 올 거니까 그런 줄 알아."

"그럼 이 서류만 봐주시고……."

"어디서 온 건데?"

"중앙의회에서요."

"아, 치워. 그 노인네들은 좀 기다리게 해도 돼."

이제는 중앙의회의 '중' 자만 들어도 지긋지긋해서, 데이몬은 그를 붙잡는 사람을 뒤로하고 연금술사의 탑을 나섰다.

그가 향한 곳은 블루페럿가에 있는 커피하우스였다. 지난번 상점가에서 폭발 사건이 있었던 후 한 번도 유리를 직접 보지 못했다. 수하를 보내 그녀가 괜찮은지 확인했지만, 그래도 자신의 눈으로 직접 봐야 마음이 편해질 것 같았다.

'칼리안 크록포드, 그 자식. 지난번에 건물 안에 유리가 있다고 하니까 뒤도 안 돌아보고 달려갔었지.'

데이몬은 움직이는 마차 안에서 팔짱을 끼고 앉아 인상을 구겼다. 분명 유리는 칼리안 크록포드와 제노스 셸던하고 어떤 관계도 없다고 했다. 하지만 그 두 사람이 커피하우스에 출몰하는 이유는 분명 그 여자 때문인 게 맞을 것이라는 느낌이 들었다.

물론 칼리안 크록포드는 크게 신경 쓰이지 않았다. 고지식하고 바르게만 보이는 모습 뒤로 약간 상식에 어긋나는 구석도 있는 칼리안이긴 했지만, 아무리 그래도 고모와 닮은 여자에게 이성적인 호감을 품지는 않을 테니까.

생각만 해도 징그러워서 소름이 돋았다. 그러니 수상한 건 제노스 셀던이었다. 데이몬이 보기에, 그는 죽은 셀레나 크록포드에게 애틋한 마음을 품었다. 그래서 지금까지 제노스가 연상 취향이라고 생각했는데……. 애초에 셀레나 크록포드와 닮아서 유리에게 관심을 가진 거라면 그 마음이 얼마든지 연정으로 변할 수도 있는 일이다.

'거슬린단 말이지, 그 귀신 눈깔 새끼.'

커피하우스로 향하는 동안 데이몬의 얼굴은 좀처럼 펴질 줄을 몰랐다. 그러다 문득 데이몬은 며칠 전에 보고받은 내용을 떠올렸다. 그러고 보니 얼마 전부터 크록포드 가문을 드나드는 여자가 있다고 했다. 아무래도 바스티안의 새로운 간병인인 것 같다던데.

'지난번에 상점가에서 봤던 그 여자인가?'

데이몬은 얼마 전에 마주쳤던 사람을 떠올렸다. 바스티안과 칼리안의 옆에 있던 은발, 녹안을 가진 꽤 예쁘장한 외모의 여자. 데이몬의 눈이 가늘게 뜨였다. 어쩌면 유리 대신 이용해 먹을 수 있을지도 몰랐다. 어떤 여자인지 조사해 보고, 접근할 만하면 교섭을 시도해 봐야 할 듯했다.

그렇게 해서 연금술사의 탑의 근간을 이루고 있는 그 '축복받은 돌'의 정체를 알아낼 수 있다면……. 지금까지 크록포드 가문에 끄나풀을 심는 건 모두 실패했지만, 그렇게 마음 약해 보이는 젊은 여자라면 꼬드기기 쉬울 터였다. 데이몬은 그렇게 머리를 굴리며 마차의 창밖으로 지나가는 풍경에 의미 없는 시선을 두었다.

탁.

데이몬은 마침내 도착한 커피하우스 앞에 내려섰다. 하지만 그 직후 그는 자신이 빈손으로 온 것이 생각나 순간적으로 멈칫했다.

'꽃 한 송이라도 들고 올 걸 그랬나?'

어쨌거나 상점가에서 도움을 받은 것도 있고, 몸 상태가 괜찮은지 확인해 보러 온 건데 이렇게 빈손으로 찾아가는 것도 도리가 아니지 않나 하는 생각이 갑자기 들었다. 그러다가 그는 퍼뜩 정신이 돌아와 양손을 들어 짝! 소리가 나게 얼굴을 내려쳤다.

'꽃은 무슨! 내가 그 여자한테 관심이 있는 것도 아닌데!'

그래, 이런 고민을 하는 것 자체가 자신답지 않았다. 데이몬은 눈에 빡 힘을 주고 앞에 있는 커피하우스를 향해 걸어갔다.

"데이몬 살바토르?"

스노우는 맞은편에서 다가오는 낯익은 얼굴을 발견하고 눈살을 찌푸렸다. 지금 막 커피하우스 앞쪽에 마차를 세우고 내린 남자는 분명 데이몬 살바토르가 맞았다.

'하, 지난번에 그렇게 입 아프게 말했는데도 말귀를 못 알아들었나.'

덥수룩한 갈색 머리카락에 덮인 스노우의 눈이 싸늘하게 빛났다. 분명 커피하우스에서 일하는 유리와는 아무 관계도 아니라고 똑똑히 말했는데 또다시 이렇게 얼쩡거리다니. 아니면…… 얼마 전에 상점가에서 있었다던 일 때문인가.

어느 쪽이든 마음에 들지 않기는 마찬가지였다. 스노우는 커피하우스 옆쪽의 골목으로 들어가 머리를 덮고 있던 가발을 거칠게 끌어 내렸다. 그리고 약간 눌린 머리를 손으로 대충 정리한 뒤 다시 어둑한 골목을 빠져나와 빛 속으로 몸을 들였다.

스노우는 순식간에 제노스 셸턴으로 돌아왔다. 옷차림이 다소 후줄근하기는 했지만 워낙 생김새가 수려하고 세련되어서 그런지, 시선이 얼굴에 집중되어 차림새는 눈에 띄지 않았다. 이내 막 커피하우스 입구에 다다른 데이몬도 맞은편에서 걸어오던 제노스를 발견했다. 눈이 마주친 순간, 두 사람은 동시에 얼굴을 찌푸렸다.

"하, 이게 누구신가."

데이몬이 먼저 이죽거렸다.

"여기 직원이랑 아무 사이도 아니라면서 왜 자꾸 짜증 나게 내 눈앞에 얼쩡거리지?"

그러자 제노스도 웃는 낯으로 데이몬의 말을 받아쳤다.

"그러는 너야말로 평소에 구질구질하다면서 쳐다도 안 보던 이런 가게에는 왜 자꾸 기웃거리는지 모르겠는데."

확실히 악연은 악연인지, 두 사람은 공교롭게도 또 커피하우스 앞에서 마주쳤다. 제노스가 데이몬을 보며 말을 덧붙였다.

"우리 도련님은 한 입으로 두말하는 재주가 있나 봐? 이런 곳은 사생아 새끼인 나 같은 놈한테나 어울리는 냄새나는 장소라고 전에 말하지 않았던가? 혹시 기억력이 삼 초라 벌써 자기 입으로 한 말도 잊은 건가?"

데이몬이 뜨끔했다. 제노스 셸던의 말이 맞았기 때문이다. 불과 얼마 전까지만 해도 그는 이런 작고 허름한 가게는 쳐다보지도 않았다. 제노스 셸던이 파문당하기 전에도 이런 곳을 자주 들락거리는 그를 보며 빈정거리기 일쑤였다. 역시 귀족의 품격에 어울리지 않는 놈이라고 비웃어주는 것도 예사였다.

"내가 언제 이 커피하우스가 냄새난다고 했어?"

"그래, 이 커피하우스를 얘기한 건 아니지."

괜히 찔린 데이몬이 제노스를 노려봤다. 그러자 제노스가 생긋 웃으며 그의 반박에 쉽게 수긍했다. 데이몬 입장에서는 그게 더 열이 뻗쳤다.

"그리고 제노스 셸던. 난 네놈처럼 시꺼먼 흑심을 품고 여기 온 게 아니거든? 어디까지나 도의적인 의미로 이곳 여직원의 상태를 확인하러 온 거란 말이야."

그는 여기에 오는 길에서도 스스로에게 변명하듯이 끊임없이 되뇌던 말을 제노스에게 주장했다. 그러자 제노스의 입가에 걸린 미소가 한결 싸늘해졌다.

"그래. 나도 이야기는 전해 들었지. 유리 씨가 살바토르 소유의 상점에 갔다가 사고에 휘말렸다지."

제노스도 상점가에서 일어난 사건은 진작 들어 알았다. 하지만 유리가 사고가 난 당시에 그 자리에 있었다는 사실은 몰랐다. 그래서 지난번에 커피하우스에 왔을 때 유리와 안네마리의 대화를 듣고 가슴이 철렁 내려앉는 느낌을 받았다. 그 후 제노스는 칼리안에게 물어 그날의 일에 대해 소상히 알아보았다. 그래서 데이몬 살바토르가 유리와 함께 있었다는 사실을 알게 되었다.

"그런데 역시 우리 도련님은 정말 쓸모가 없더군."

제노스의 입에서 아까의 데이몬만큼이나 빈정거리는 어투의 목소리가 흘러나왔다.

"그 잘난 연금술사의 탑에 굴러다니는 돌 조각 하나 주워 들고 나오는 것도 어려워서 대책 없이 빈손으로 사고에 휘말린 데다, 결국 같이 있던 사람은 두고 혼자만 대피했다고 하던데. 그게 네가 말하는 귀족의 품격이란 건가?"

당연히 그 말을 듣고 데이몬은 울컥했다.

'이 시건방진 새끼가!'

제노스는 가뜩이나 데이몬이 줄곧 마음에 걸렸던 부분을 가차 없이 찔렀다.

"하, 쓸모없는 걸로 치면 너만 하려고. 그런 말은 주제넘다고 생각하지 않아?"

데이몬의 입에서 냉소가 흘렀다.

"그리고 제노스 셸던. 설마 네가 유리의 기사라도 되는 줄 아는 건가? 그녀가 셀레나 크룩포드와 조금 닮았다고 해서 네 위치까지 착각하면 곤란하지."

파지직!

두 사람 사이에 형성된 날카로운 기류가 사납게 맞부딪쳤다. 서로가 민감하게 생각하는 부분을 한 번씩 찌르고 지나간 탓에 그들은 상대방을 예리하게 노려보았다. 주변에 떠도는 분위기가 단숨에 차갑게 냉각되었다.

"뭐…… 소모적인 입씨름은 여기까지만 하는 게 좋겠지."

그러다 이내 제노스가 먼저 입가에 딱딱한 미소를 그리며 입을 열었다. 이쯤 해서 상황을 종결지을 생각인 듯했다. 데이몬은 꼬리를 말고 도망치는 거냐고 그를 비웃어주기 위해 입을 열었다. 하지만 뒤이어 덧붙여진 제노스의 말에 충격을 받아 그만 조롱할 기회를 놓치고 말았다.

"어차피 이제부터는 싫어도 예전처럼 자주 얼굴을 보게 될 테니까."

"뭐?"

제노스의 그 말은, 오늘 마주친 후 그가 지껄였던 말 중 가장 효과가 컸다. 데이몬은 동요했다.

"지금 그게 무슨 의미야?"

몸을 돌려 다시 걷기 시작한 제노스의 뒤로 데이몬이 바싹 따라붙었다. 데이몬은 제노스의 팔을 거칠게 붙잡았다.

"너 설마 진짜로 복귀할 생각이야?"

"그렇다면 어쩔 거야."

여상하게 돌아온 대답에 데이몬의 얼굴이 멍해졌다. 물론 중앙의회에서 이번 폭발 사건 이후 제노스를 다시 데려오고 싶어 몸이 달았다는 사실은 알았다. 하지만 설마 그런 식으로 불명예스럽게 퇴출당해 종적을 감추었던 제노스가 제 발로 돌아올 거라고는 생각하지 못했다.

"너, 요즘 사람 시켜서 날 찾고 다녔다며. 난 네가 그렇게까지 날 보고 싶어 하는 줄 몰랐지 뭐야. 이제 언제 어디서든 만날 수 있을 테니 기대해."

제노스는 끝까지 데이몬의 복장을 터뜨리는 소리를 웃으며 지껄였다. 데이몬은 자신의 어깨를 툭툭 두드린 뒤에 먼저 자리를 떠나는 그를 말문이 막힌 얼굴로 바라보았다.

◈ ◈ ◈

'저것 봐라?'

라키어스의 입가에 싸늘한 미소가 피어났다. 그는 치료소의 건물 지붕을 딛고 차가운 눈으로 아래쪽을 내려다보는 중이었다. 요즘은 또 유리에게 껄떡거리는 놈들이 없는지 알고 싶어 외출한 김에 잠깐 들른 것이었는데…….

뜻하지 않게 지난번부터 거슬렸던 갈색 더벅머리의 남자가 가발을 벗는 모습을 목격해 버렸다. 눈에 띄는 붉은 머리카락과 그동안 가려져 있던 남자의 얼굴이 라키어스의 시야에 훤히 드러났다.

─어라. 저 빨간 머리, 축제 때 봤던 놈하고 왠지 비슷한 느낌이네?

라키어스와 같은 것을 느낀 벌레가 머릿속에서 말했다. 라키어스는 싸늘한 눈으로 커피하우스 앞쪽의 풍경을 지켜보았다. 조금 전 마차에서 내린 파란 머리의 남자와 가발을 벗은 빨간 머리의 남자가 마주쳤다. 두 사람은 서로 아는 사이 같았다.

무어라 대화를 나누던 그들이 이내 험악한 기운을 흘뿌리기 시작했다. 그러다가 먼저 빨간 머리 남자가 자리를 떠나고, 이후에 한동안 가만히 서 있던 파란 머리 남자도 날카로운 분위기로 돌아서 다시 마차에 올랐다. 라키어스는 그 모습을 지켜보다가 어디에선가 본 적이 있는 것이 확실한 붉은 머리의 남자를 뒤쫓았다.

시간이 흘러 퇴근 시간이 얼마 남지 않은 저녁이 되었다. 원래는 유리의 퇴근 후에도 길버트가 밤까지 가게를 운영했지만 오늘은 일찌감치 문을 닫았다. 모처럼 길버트의 딸이 집에 온다고 했기 때문이다. 그래서 아직 이른 저녁 시간임에도 마감했다는 팻말을 문에 걸고 두 사람은 함께 가게를 정리하는 중이었다. 길버트가 가게 안을 청소하는 동안 유리는 부엌에서 접시와 컵을 정리했다.

달그락.

그러다 문득 그녀는 등 뒤로 다가오는 발소리를 들었다. 순간 유리의 손이 멈칫했다. 길버드와 확연히 다른 기척이었지만 유리에게는 오히려 더 익숙한 사람의 느낌이었다. 하지만 평소의 조용하던 움직임이 아니라, 꼭 그녀가 놀라지 않게 일부러 소리 낸 것 같은 움직임이었다.

"여긴 관계자 외 출입 금지예요."

유리는 뒤돌아보지 않고 평소 같은 잔잔한 어투로 말했다. 그러자 나직한 목소리가 귓가에서 울렸다.

"미안해요. 마침 이 앞을 지나가다가 보고 싶어져서 왔는데 내가 방해했나?"

적막한 실내에 어울리는 낮고 고요한 음성이었다. 뒤이어 유리의 뒤통수가 남자의 가슴팍에 가볍게 닿았다. 뒤에서부터 뻗어진 손이 식기를 정리하고 있던 유리의 손을 덮었다.

"어디로 들어왔어요?"

"뒷문이 열려 있던데요."

손가락 사이로 파고들어 야살스럽게 움직이는 손가락의 감촉이 간지러웠다. 라키어스가 정수리에 턱을 얹었는지, 머리 위가 조금 묵직해졌다. 뒤에서부터 안긴 탓에 기분이 미묘했다.

하지만 이런 시간은 오래 지속되지 않았다. 청소를 다 마쳤는지, 문 밖에서 길버트의 발소리가 들렸다. 라키어스도 그것을 들었는지 고개를 들고 힐끗 시선을 문 쪽에 두었다가 이내 유리의 귓가에 속삭였다.

"밖에서 기다리고 있을게요."

잠시 후, 라키어스가 소리 없이 사라진 자리에 유리 혼자 남았다. 그녀는 손을 들어 간지러운 귀를 매만졌다.

"유리 씨, 혹시 아직 못 끝냈으면 내일 아침에 내가 와서 할 테니까 그냥 대충 해도 돼!"

길버트가 부엌에 들어와 말했다.

"아니에요. 다 했어요."

"그래? 그럼 조심해서 돌아가고. 오늘도 고생 많았어."

유리는 길버트의 배웅을 받으며 커피하우스를 나섰다.

"라키어스 씨랑 같이 걸으니까 뭔가 이상해요."

"그래요?"

유리의 입에서 흘러나온 말을 듣고 라키어스가 낮게 웃으며 그녀를 돌아보았다. 해가 뉘엿뉘엿 저무는 길목에 두 사람의 그림자가 길게 늘어졌다. 유리와 라키어스 둘 다 워낙에 외모가 출중한 사람들이라 그런지, 지나가다가 마주친 사람마다 그들을 힐끔거리며 쳐다봤다.

"라키어스 씨, 그런데 이렇게 사람들 앞에서 돌아다녀도 돼요?"

그러다 문득 떠오른 생각에 유리가 물었다. 그러자 라키어스가 나직하게 대답했다.

"잠깐은 괜찮아요."

유리의 질문에 순간 멈칫하긴 했으나, 생각해 보면 애초에 집 앞에 쓰러진 그를 처음 발견했을 때부터 그녀는 뭔가 직감한 바가 있는 것 같았다. 치료소에도 데려가지 않고 집에서 그의 상처를 돌봐준 것만 봐도 그랬다. 사실 유리의 말처럼 이렇게 사람들의 눈에 띄는 건 다소 위험하긴 했다. 물론 라키어스야 카르노말에 있는 가짜 놈에게 거처를 들켜도 위험하지 않지만, 그와 함께 있는 유리는 좀 달랐다.

라키어스는 혹시라도 유리가 표적이 될지도 모르는 상황을 조심했다. 그래서 커피하우스에서 그녀에게 집적거리는 놈들이 거슬려도 직접 가게에 들러 얼굴을 비치지 않았다. 사실 지난번에 상점가에서도 그렇고, 지금도 그렇고 라키어스는 유적의 힘을 이용해 마주치는 사람들이 그의 얼굴을 정확히 기억하지 못하게 정신 간섭을 했다.

"유리 씨."

문득 유리는 나지막한 목소리를 듣고 라키어스를 쳐다봤다. 그러자 라키어스가 고개를 비스듬히 기울이며 그녀를 보고 가느스름하게 눈을 접어 웃어 보였다.

"지금, 손잡고 싶은데."

귓가에 고인 음성이 녹은 설탕처럼 달았다. 석양을 배경으로 해서 그런지, 그의 미소가 무척 유혹적으로 느껴졌다. 유리도 라키어스를 따라 고개를 슬쩍 기울였다. 그런데 어떻게 할지 잠깐 생각하는 사이 라키어스가 먼저 그녀의 손을 잡아왔다. 유리는 손바닥으로 파고드는 온기와 색색의 감정에 숨을 깊이 들이마셨다. 그런 뒤 평소보다 약간 새치름한 어조로 말했다.

"잡아도 된다고 허락 안 했는데요."

하지만 라키어스는 뻔뻔할 정도로 천연덕스럽게 대꾸할 뿐이었다.

"그럼 이제라도 해줘요, 허락."

유리는 그에게 뭐라고 한마디 해주고 싶어서 입술을 벌렸다가 곧 다시 다물었다. 라키어스의 얼굴을 보니 지난번처럼 그를 타박할 생각이 들지 않았다.

굉장히 편리한 얼굴이 아닌가? 보기만 해도 화가 풀리고 마음이 평온해지다니.

'쓸데없이 내 취향으로 생겨서.'

이쯤 되면 이제는 인정할 수밖에 없다. 라키어스가 딱히 미인계를 쓰지 않아도 유리에게는 그의 존재 자체가 무기로 작용하는 것 같았다. 유리의 얼굴이 약간 부루퉁해졌다. 하지만 그 조금의 못마땅한 마음도 라키어스가 그녀의 손을 좀 더 세게 꽉 움켜잡으며 생긋 미소 짓는 순간 사르륵 녹아 없어져 버렸다.

"그래서, 오늘 왜 같이 가려고 왔는데요?"

아무래도 이렇게 계속 얼굴을 마주하다가는 집 보증도 서줄 것 같아서, 유리는 다시 시선을 정면으로 향했다.

"보고 싶어서 그런 거라니까 안 믿네."

뒤이어 나지막한 음성이 실바람에 섞여 귓가에 번져 들었다. 길가의 나무에 피어 있는 꽃송이들이 바람에 점점이 흩날리는 광경이 시야에 들어왔다.

'이 길이 원래 이런 느낌이었던가?'

유리는 눈앞의 풍경을 묘한 기분으로 바라보았다. 분명 커피하우스에 출퇴근할 때마다 매일 지나다니던 길인데, 기이하게도 꼭 오늘 처음 오는 장소인 것처럼 낯설었다. 마치 무채색의 풍경에 갑자기 색이 입혀진 것 같았다. 날씨는 딱 기분 좋게 따뜻했고, 앞에서 불어오는 바람도 적당히 부드러웠다. 꽃나무에서 흘러나온 향긋한 냄새가 코를 간질였다.

"왠지 유리 씨는 이런 걸 좋아할 것 같은 느낌이 들었어요."

옆에서 들려오는 목소리가 시야에 번지는 노을을 닮아 있었다. 아주 적요하면서도 강렬하게 두 귀를 파고들었다.

"이런 게 뭔데요?"

유리가 반문하자 라키어스가 답했다.

"음, 평범한 연애?"

유리는 다시 고개를 돌려 그를 바라보고 말았다. 그리고 보지 말걸 그랬다고 조금 후회했다. 주황색으로 물든 황금빛 머리카락이 꽃잎에 뒤섞여 흩날렸다. 그 밑에 박힌 푸른 눈동자가 한 점의 흔들림도 없이 그녀를 응시했다. 시야에 담긴 얼굴에 엷게 그려진 미소가 믿을 수 없을 정도로 부드럽고 다정해 보였다.

사람의 마음을 다소 감성적으로 만드는 시간이기 때문일까. 황혼을 배경으로 서 있는 라키어스의 모습을 본 순간 어째서인지 가슴이 철렁 내려앉았다. 그리고 그때부터 서서히 심장이 엇박자로 뛰기 시작했다. 왠지 라키어스가 하는 말은 다른 사람의 말보다 깊이 그녀의 가슴을 파고들었다. 그의 행동이나 그녀를 응시하는 눈빛도 마찬가지였다.

유리는 마주하고 있던 라키어스의 눈이 뒤이어 느릿하게 내리깔리는 모습을 숨을 죽인 채 바라보았다.

"……곤란한데."

낮은 목소리가 귓가를 스쳐 지나갔다. 라키어스가 유리의 눈을 마주하며 맞잡고 있던 그녀의 손을 천천히 끌어당겼다. 그리고 거기에 입술을 묻으면서 속삭였다.

"그렇게 귀여운 표정을 지으면 사람들이 보든 말든 끌어안고 키스하고 싶어지잖아요."

라키어스의 입술이 닿은 곳이 불에 댄 듯이 뜨겁게 느껴졌다. 유리는 흠칫해 손을 뒤로 뺐다. 그러자 라키어스가 잠깐 손에 지그시 힘을 줬다가, 금방 그녀를 놓아주었다. 유리는 무의식중에 라키어스에게서 한 발짝 뒤로 물러났다. 아직도 그에게 닿았던 손에 열기가 어린 듯해서, 손가락을 괜히 쥐었다 폈다 하면서 옴짝거렸다.

아쉽지만 아무래도 유리가 밖에서 이 이상의 무언가를 하는 건 원하지 않을 듯해, 라키어스는 당장에라도 그녀에게 고개 숙여 입 맞추고 싶은 것을 참았다. 너무 밀어붙였다가 겁이라도 먹으면 곤란했으니까.

하지만 이어서 유리가 보인 행동에, 이번에는 라키어스가 숨을 죽이고 말았다. 그에게서 한 발짝 물러났던 그녀가 다시 걸음을 옮겨 원래 있던 자리로 돌아왔다. 아래로 반쯤 내리깔려 있던 눈꺼풀이 슬쩍 들어 올려지면서 긴 속눈썹이 팔랑이며 움직였다. 붉은 눈동자가 라키어스를 정면에서 올려다보았다. 다음 순간, 라키어스의 앞에 하얗고 고운 손이 천천히 들어 올려졌다.

"손."

"……."

"집에 갈 때까지 잡고 걸어요."

여전히 무표정한 얼굴, 그리고 건조한 목소리였다. 하지만 지금 그녀가 조용히 읊조린 말이나 그의 앞에서 보인 행동이…… 그러니까, 너무 귀여웠다. 라키어스는 혹시 유리가 일부러 이러는 건가 싶었다. 유리에게 농락당한 심장이 약간 불규칙하게 쿵쿵 뛰었다.

"……진짜 죽겠네."

얼굴이 좀 홧홧한 느낌이 들어서 괜히 손을 들어 마른세수를 했다. 결국 라키어스는 한숨 같은 미소를 흘리며 유리의 손을 잡고 말았다.

"그래요. 집까지 잡고 가요."

그렇게 두 사람은 꽃잎 나부끼는 황혼 녘의 봄 길을 함께 걸었다. 둘 다 평범하지 않은 사람이었지만, 라키어스가 말했듯이 그럼에도 그저 흔해 빠진 평범한 연애를 하는 것처럼. 하지만 오히려 그렇기에 두 사람에게는 특별한 시간이었다. 그날따라 집까지 가는 길이 유독 짧게 느껴졌다.

칼리안은 눈앞에 펼쳐진 광경을 보고 숨을 죽였다.

"도대체 이건……."

그동안 그와 함께 수많은 일을 하며 온갖 참혹한 현장을 봐왔던 부하 러셀도 경악해 말을 잇지 못했다. 지난번 암시장에서 실종된 아이들을 발견하긴 했지만 그건 지극히 일부였다. 이후로도 칼리안은 계속해서 아이들의 흔적을 좇았다. 그러다가 마침내 꼬리를 잡았나 했더니……. 이번에는 한발 늦어버렸다. 아이들은 이미 싸늘한 주검이 되어 죽어 있었다.

"우욱……."

칼리안과 함께 온 수색대의 일부가 잔인한 광경에 구역질했다. 칼리안도 얼어붙은 얼굴로 주위를 둘러보았다. 도대체 이 비인도적인 참상은 무엇이란 말인가. 인간이 저질렀다기에는 너무 지독한 짓이었다. 마치 아이들을 데리고 실험이라도 한 것 같은 광경이 아닌가. 이내 칼리안은 뒤돌아 날카롭게 명령했다.

"당장 상부에 연락해."

이 일은 더 이상 칼리안의 선에서 해결할 일이 아니었다.

라키어스는 그날도 밤 외출을 했다. 돌아오는 길에 속에서부터 울컥 죽은 피가 쏟아져 나왔다. 라키어스는 벽을 짚고 서서 바드득 이를 갈았다.

'아, 진짜 무능하다 무능하다 하니까 그게 자기 이름인 줄 아나. 왜 주는 대로 곱게 처먹지를 못하지?'

─내가 너 같은 독종인 줄 알아?! 소화할 시간도 안 주고 자꾸 처먹으니까 이러는 거잖아!

그 소리에 라키어스가 싸늘한 비웃음을 흘렸다.

'지랄 마. '무덤'에 있을 때도 이 정도는 거든히 흡수했었는데 네가 늙어서 소화 기능이 떨어진 걸 누구 탓으로 돌려.'

머릿속의 벌레가 아우성쳤다. 라키어스는 그것을 무시하며 입가의 피를 훔쳤다. 요즘 한동안 손댄 적 없던 유적의 파편을 몇 개 흡수한 데다, 오랫동안 쓴 적 없는 정신 간섭 능력을 반복적으로 사용하느라 생긴 일시적인 후유증이었다. 잠시 후, 라키어스는 가까이 다가온 인기척을 느끼고 서늘히 시선을 움직였다.

"저기……."

만약 지금 그에게 접근한 것이 다른 사람이었다면 이렇게 말을 걸어오기 전에 자리를 옮겼을 터였다. 하지만 라키어스는 일부러 옆집 여자가 그에게 다가올 때까지 가만히 기다렸다.

"그 집은 유리 씨네 집인데. 혹시 볼일이 있어서 찾아오신 건가요?"

어둠 속에 도사리는 푸른 눈동자는 사냥감을 노리는 사냥꾼의 것과 비슷했다. 라키어스는 고개를 돌렸다. 그리고 조용히 확인했다.

"지금 본 거, 전부 잊어."

지난번에 이 여자에게 했던 말을 이행할지, 말지.

"그러지 않으면 다음에 봤을 때 죽일 테니까."

하지만 여자는 납치당할 뻔했을 때 라키어스와 마주친 일을 기억하지 못하는 듯했다.

"어, 그때 상점가에서 봤던……."

그녀의 입에서 나온 것은 얼마 전 상점가에서 지나가듯이 그를 보았던 사실이었다.

"그런데 입에 피가 묻어 있네요. 어디 다치셨어요?"

여자는 유리와 함께 있던 라키어스를 떠올리고 마음을 놓았는지, 방금 전까지 흘려보내던 경계심과 긴장감을 지워냈다. 그리고 겁도 없이 라키어스에게 손을 뻗어왔다. 아무래도 그의 입가에 묻은 피를 보고 놀라서 무의식적으로 한 행동인 것 같았다.

라키어스는 약간 짜증스럽게 눈살을 찌푸리며 그 손을 붙잡았다.

바로 그 순간이었다.

―어?!

벌레가 놀라 소리쳤다. 동시에 라키어스도 이변을 느꼈다. 여자의 손이 닿은 순간, 몸속의 내상이 조금씩 치료되는 느낌이 들었다. 라키어스의 눈에 섬광 같은 빛이 스쳐 지나갔다.

─이 여자도 유적의 힘을 가지고 있나 봐! 아무래도 치유 능력 같은데?

지난번에 여자의 기억을 지우려 얼굴에 손을 댔을 때는 분명 아무 일도 없었는데. 혹시 여자의 손이 닿는 것이 조건일까?

달빛조차 비치지 않는 어둠 속에서 시린 푸른색 눈이 유독 선득한 광채를 내며 빛났다. 안네마리는 그것을 보고 저도 모르게 주춤했다. 치료소에서 환자를 돌보던 것이 습관이 되어 저도 모르게 피를 흘리는 남자에게 손을 뻗고 말았다.

무엇보다도, 얼마 전에 폭발이 일어났던 상점가에서 유리를 데리고 나왔던 사람이라는 점이 안네마리의 경계심을 늦추게 했다. 그런데 왠지 이상했다. 남자의 눈을 마주한 순간, 덫에 걸린 동물이 된 느낌이 들었다. 그리고 꼭…… 이런 상황을 전에도 어디에선가 겪어본 듯한 묘한 기시감이…….

"……걱정해 줘서 고맙지만."

바로 그 순간, 속삭임에 가까운 남자의 나직한 목소리가 귀에 울렸다. 안네마리의 손을 아플 정도로 세게 틀어쥐었던 손아귀의 힘도 언제 그랬냐는 듯이 스르륵 풀어졌다.

"지금은 괜찮아서."

조금 전에 안네마리가 느낀 오싹함이 기분 탓이었다고 말하기라도 하듯, 마주한 남자에게서는 평온한 기운만이 전해져 올 뿐이었다.

"옆집에 사신다고요."

"네……."

남자의 고요한 음성이 밤공기 속에 녹아들었다. 안네마리가 말끝을 흐리며 답하자, 남자가 고개를 비스듬히 기울이며 그녀를 내려다보았다. 순금을 녹여 만든 것 같은 머리카락이 부드럽게 흩어졌다.

"그럼 앞으로 종종 볼 수도 있겠네요."

그런 뒤 남자는 먼저 몸을 돌려 문으로 걸어갔다. 안네마리는 그를 동그랗게 뜬 눈으로 지켜보았다. 그리고 마침내 남자가 안네마리에게 짤막한 인사를 남기며 문고리에 손을 댔다.

"그럼 오늘은 이만."

덜컹. 탁!

안네마리는 약간 멍한 얼굴로 유리의 집 문을 당당하게 열고 들어간 남자의 자취를 쫓았다.

'왜 유리 씨 집으로 들어가지……? 그것도 저렇게 자연스럽게? 이 늦은 시간에?'

커튼이 쳐진 밝은 창문 너머로 두 사람의 그림자가 비쳤다. 그들은 무어라 도란도란한 이야기를 나누는 것 같았다.

"옆집에 사신다고요."

"그럼 앞으로 종종 볼 수도 있겠네요."

"그럼 오늘은 이만."

조금 전에 남자가 남기고 간 말을 되새긴 안네마리의 머릿속에 퍼뜩 깨달음이 스쳐 지나갔다. 안네마리는 헉 숨을 들이켜며 뺨을 붉게 물들였다.

'유리 씨…… 그런 내색은 하나도 안 했었는데!'

아무래도 저 두 사람은 연인 관계인 모양이다. 이사 와서 처음 생긴 친구의 연애 소식에 안네마리는 괜히 더 흥분했다. 그녀는 커튼 너머로 보이는 그림자에서 얼른 시선을 떼고 집으로 후다닥 뛰어들어 갔다.

"언니, 왜 그래?"

집에 있던 헤스티아가 상기된 얼굴을 한 안네마리를 보며 의아하게 물었다. 안네마리는 헤스티아를 붙잡고 엄중하게 말했다.

"헤스티아, 너 앞으로는 옆집에 말도 없이 막 찾아가고 그러면 안 돼."

"난 원래 늘 말하고 찾아갔었어. 언니가 심부름 보낼 때 빼고는."

"어쨌든!"

헤스티아는 공연히 야단을 부리는 안네마리를 이상한 눈으로 쳐다보았다. 그리고 이내 알겠다는 듯이 말을 툭 내뱉었다.

"왜, 옆집 언니한테 남자 친구라도 생겼대?"

"헉."

헤스티아는 눈치가 빨랐다. 안네마리가 놀라자, 헤스티아가 뭘 그런 걸 가지고 그러냐는 듯이 한숨을 폭 내쉬었다.

"만남의 계절이라고 불리는 봄이잖아. 지난번에 보니까 꽃집 언니도 옆 가게 빵집 오빠랑 사귄다더라. 언니는 남자 친구 없어?"

"그…… 그게 무슨 소리야. 당연히 없지!"

"뭘 그렇게 펄쩍 뛰어? 내 또래도 요즘은 다 있는 추세던데."

안네마리가 당황하든 말든, 헤스티아는 심드렁하게 반응하며 먼저 뒤돌아섰다.

"이제 치료소도 그만두고 여가 시간도 많아졌는데 언니도 하나 만들든가."

안네마리는 자신보다 어른스러운 여동생의 모습을 흔들리는 눈으로 바라보았다.

"헤스티아, 너…… 요즘 네 또래도 다 있는 추세라니. 설마 너도……?"

그러다 퍼뜩 정신을 차리고 헤스티아의 뒤를 따라갔다. 그러자 헤스티아가 뜨끔한 듯이 안네마리를 돌아보았다.

"아니야! 난 그냥 다른 애들이 그렇다고 말한 거야."

"헤스티아, 혹시 너도 그런 거면 솔직히 말해도 돼. 언니는 그렇게 꽉 막힌 사람 아니야."

어머니를 어릴 때 여의고, 터울이 커서 거의 자신이 키우다시피 했던 여동생이다. 그래서인지 안네마리의 눈에는 아직도 여동생이 아기로만 보였다. 그러니 안네마리로서는 설령 헤스티아에게 남자 친구가 생겼다고 해도 소꿉놀이를 하는 것처럼 느껴져 귀엽기 그지없었다.

"그러니까 언니한테만 살짝 말해봐, 응? 남자 친구가 있는 게 아니면, 좋아하는 남자애는? 없어? 진짜 언니만 알고 있을게."

헤스티아는 왠지 자신을 놀릴 마음이 만반인 것 같은 안네마리를 보며 콧잔등을 찌푸렸다.

"그런 거 없거든?"

"에이, 아닌 것 같은데?"

헤스티아의 뺨이 약간 달아올랐다. 이럴 때 괜히 발끈하는 것은 애들이나 하는 짓이다. 자신은 이제 어른이나 마찬가지인 열두 살이다. 그러니 언니와 이런 일로 유치하게 말씨름할 이유가 없다.

무엇보다도 남자 친구나 좋아하는 남자애가 있는 것도 아니었으니까!

물론 안네마리의 말을 듣자마자 떠오른 얼굴이 있기는 했다. 얼마 전부터 친해져서, 안네마리가 없는 동안 종종 같이 놀곤 하는 동물 귀와 꼬리를 가진 친구. 하지만 그 애는 어디까지나 남자 사람인 친구였다. 정말이었다!

"그냥…… 그냥 친구거든?"

"아아, 그냥 친구구나."

헤스티아가 말했으나 안네마리는 전혀 알아들은 것 같지 않은 얼굴로 생글거리며 웃었다.

"진짜 친구라고!"

"그래, 알았어. 친구지, 그럼."

이번에도 마찬가지였다. 결국 헤스티아는 안네마리에게 삐지고 말았다.

"헤스티아, 어디 가?"

"언니랑 안 놀아!"

헤스티아는 안네마리를 등지고 뛰어가 방문을 콩 닫았다. 안네마리는 오랜만에 보는 동생의 어린애다운 모습이 반가워서 그만 웃고 말았다.

라키어스가 집을 비운 사이, 유리는 데이몬 살바토르에게 받은 답신을 확인했다. 내용은 짧고 간단했다.

현자의 돌 구함. 연락 요망.

안타까운 것은, 이미 그녀가 가지고 있던 유적의 파편은 오딘에 의해 사라져 버렸다는 사실이다. 유리는 너무 늦게 답장을 보낸 데이몬을 속으로 조금 흉보았다. 좀 더 일찍 반응을 보였다면 데이몬은 유적의 파편을 얻고, 유리는 돈을 얻었을 터인데. 그래도 유리는 무시하지 않고 데이몬에게 답신을 써주었다.

늦었어, 멍청아.

팔랑. 마찬가지로 짤막한 내용을 담은 종이가 나비로 변해 날아갔다. 앞서 현자의 돌을 찾아달라는 쪽지를 보냈던 의뢰인에게는 아직 답장하지 않았다. 지금까지는 의뢰인이 어떤 사람인지 관심 없었지만 아무래도 이번 기회에 좀 알아봐야 할 듯했다.

오딘은 요새 다른 일을 하느라 바쁜 모양이다. 이번에는 유리가 직접 움직일 생각이었다. 어차피 라키어스도 외출이 잦으니, 라키어스가 외출했을 때 유리도 밖에 나가 조사하면 될 것이다.

그러다 문득 그녀는 아까 라키어스와 함께 집에 돌아올 적의 일을 상기했다. 저녁놀이 지는 꽃잎 나부끼는 거리에서 그와 눈이 마주쳤을 때 한순간 느꼈던 것도. 유리의 눈매가 슬쩍 찌푸려졌다. 그녀는 괜스레 손을 들어 가슴께를 꾹 눌렀다.

'……심부전증인가.'

그게 아닌 걸 알고 있으면서 괜히 모른 척했다. 그러다 유리는 인기척을 느꼈다. 때마침 거실에 나와 있던 참이라 문가로 다가오는 익숙한 발소리가 들렸다. 라키어스가 오늘은 일찍 돌아온 모양이다.

그런데 그는 어째서인지 바로 안으로 들어오지 않고 잠시 멈춰 있었다. 유리는 고개를 갸웃하다가 문으로 다가갔다. 문고리에 손을 댄 다음 순간, 다른 인기척이 다가오는 것이 느껴져 손을 멈추었다. 뒤이어 작은 말소리가 문밖에서 흘러들었다. 유리의 눈매가 일순간 가늘어졌다.

달칵.

잠시 후 라키어스가 안으로 들어왔을 때, 유리는 물뿌리개를 들고 화초에 물을 주었다.

"어서 와요, 라키어스 씨."

유리의 인사에 라키어스도 이제는 제법 익숙하게 답했다.

"다녀왔어요, 유리 씨."

다가오는 라키어스에게서는 바깥의 밤공기 냄새가 났다. 유리는 다가오는 라키어스의 얼굴을 보았지만, 평소와 다른 무언가는 발견할 수 없었다. 그래서 유리도 조금 전에 문밖에서 안네마리와 라키어스가 마주친 일을 모른 척했다.

그날 밤, 데이몬은 잠자리에 들기 전에 욕실로 들어갔다. 목욕 시중을 들러 온 고용인을 모두 물리고 그는 혼자 욕조에 몸을 담갔다. 살바토르 가문의 귀족적인 가풍에 걸맞게 욕실 또한 화려하고 컸다. 뜨끈한 물에 들어가자 몸이 노곤해지면서 하루의 피로가 좀 풀리는 것 같았다. 하지만 조용한 곳에 혼자 있어서 그런지, 낮에 보았던 제노스 셸던의 말이 머릿속에 떠올랐다.

"어차피 이제부터는 싫어도 예전처럼 자주 얼굴을 보게 될 테니까."

"너, 요즘 사람 시켜서 날 찾고 다녔다며. 난 네가 그렇게까지 날 보고 싶어 하는 줄 몰랐지 뭐야. 이제 언제 어디서든 만날 수 있을 테니 기대해."

철퍽!

데이몬의 손이 짜증스럽게 수면을 후려갈겼다.

"건방진 놈⋯⋯."

생각하자 또 열이 뻗쳐서 그는 물을 먹어 눈가를 찌르는 머리카락을 거친 손길로 쓸어 넘겼다. 살랑. 그러다가 뿌연 수증기 속에서 하얀 무언가가 다가오는 것이 데이몬의 눈에 띄었다. 익숙한 하얀 나비였다. 그는 일순간 흠칫했다. 현자의 돌을 가지고 있다고 주장하는 사람에게서 벌써 답장이 온 모양이다. 아무리 그래도 그렇지, 이 야심한 시간에 욕실에까지 들어오다니. 때와 장소는 가려야 하는 것 아닌가?

심지어 나비는 욕조에 있는 데이몬에게 무턱대고 날아와, 바로 눈앞에서 종이로 변했다.

"엇!"

데이몬은 물 위에 떨어져 내려앉는 하얀 종이에 급히 손을 뻗었다. 도대체 무슨 재질로 만들어진 것인지는 모르겠지만, 다행히 종이는 물에 젖지 않았다. 데이몬이 물기 어린 손으로 만졌는데도 글씨가 번지지 않았다. 그는 눈살을 찌푸린 채 엄지와 검지로 종이를 들어 올렸다.

'흥. 이렇게 급히 답장을 보낸 걸 보니, 그쪽에서도 현자의 돌을 나한테 팔고 싶어서 어지간히 몸이 달았나 보지?'

데이몬은 그렇게 생각하며 입매를 비틀어 썩은 미소를 지었다. 그리고 시선을 내려 답장을 확인했다. 하지만 바로 다음 순간, 그는 눈을 의심할 수밖에 없었다.

늦었어, 멍청아.

하얀 종이에 짤막하게 적힌 글귀가 심히 발칙했기 때문이다. 늦었어, 멍청아……. 늦었어, 멍청아?

"이게……! 감히 누구한테!"

데이몬의 이마에 빠직 핏대가 섰다. 그렇지 않아도 제노스 셸던 때문에 심기가 불편한데, 이제는 정체불명의 놈에게 농락당해 성질이 뻗쳤다. 찾는다. 어떤 새끼인지 찾아내고야 말 테다!

데이몬은 손에 쥔 종이를 구기며 분개했다. 그날의 평화로운 목욕 시간은 그렇게 금방 끝나 버렸다.

오늘은 커피하우스를 쉬는 날이었다. 그래서 나는 고용 계약서의 내용대로 노인…… 아니, 이제 계속 얼굴을 볼 건데 이런 호칭은 좀 그런가. 그러니까 바스티안 할아버지……. 이것도 뭔가 이상한데. 어쨌든, 그를 만나러 크록포드 가문으로 향했다.

"유리야, 세바스티앙에게 이야기는 들었다. 네가 강아지를 그렇게 좋아한다지?"

오늘은 내가 정식으로 일하러 온 첫날인데도, 그는 나를 데리고 밖으로 나왔다.

"자, 마음껏 데리고 놀렴!"

그러더니 내게 호기롭게 말했다.

"유리 씨!"

안네마리에게도 똑같은 말을 했던 건지, 먼저 잔디밭에 와 있던 그녀가 개들에게 둘러싸인 채 내게 손을 흔들었다. 슬쩍 뒤를 돌아보자 집사 아저씨를 옆에 두고 흐뭇하게 웃고 있는 바스티안의 모습이 보였다. 다시 고개를 돌려 앞쪽의 광경을 바라보았다.

호호호! 멍멍멍!

웃으며 잔디밭을 뛰노는 어여쁜 아가씨와 강아지들. 그리고 그런 그들을 푸근한 얼굴로 지켜보는 노인의 조합이라. 평온한 가정의 표본으로 보였다. 나는 일단 노인이 권유대로 나를 부르는 안네마리에게 다가갔다.

"유리 씨, 어서 와요. 할아버지가 강아지들하고 놀아도 된다고 하셔서 간식을 주고 있었어요. 유리 씨도 같이하실래요?"

안네마리는 나를 반갑게 맞아주었다. 개들에게 둘러싸여 해맑게 웃는 안네마리의 모습을 보고 나는 약간 생경한 기분을 느꼈다. 이렇게 보니 그녀 역시 이제 갓 스무 살밖에 안 된 어린 여자애라는 느낌이 들었다. 뭔가, 아버지를 여의기 전의 안네마리는 이랬겠구나 하는 생각도 들고.

"그럼 저한테도 하나만 주세요."

나는 안네마리에게서 개들에게 줄 간식을 나눠 받았다. 지난번에 한번 봤던 사이라 그런지 개들은 금방 꼬리를 흔들며 내게 다가왔다. 하긴, 지난번에도 처음 본 거였는데 경계심 없이 다가오긴 했었지. 하지만 지금은 손에 간식을 들고 있어서 그런지, 개들이 특히나 더 격렬한 반가움을 표했다. 노인은 먼발치에서 벤치에 앉아 안네마리와 나를 아련한 눈으로 바라보았다. 혹시 죽은 그의 딸도 개를 좋아했었나?

"유리 씨도 한번 던져보세요!"

개들에게 간식을 다 주고 난 뒤에 사육사가 공을 주고 갔다. 이걸 던져주면서 개들과 놀라는 의미 같았다. 안네마리가 먼저 능숙하게 개들의 뒤쪽으로 공을 던졌다. 개들이 한꺼번에 달려가 쟁탈전을 벌이다가, 그중 한 마리가 입에 공을 물고 위풍당당하게 돌아왔다. 안네마리는 웃으며 개들의 목을 쓰다듬었다. 그녀는 치맛자락과 머리카락을 나부끼면서 달려와 내 손에 공을 들려주었다.

나는 안네마리가 준 공을 손에 쥐고 만지작거렸다.

너무 오랜만에 해보는데. 이 정도로 던지면 되나?

홰액!

하지만 내 신체 능력을 너무 얕보았다는 사실을 금방 깨달을 수 있었다. 분명 가볍게 팔을 움직여 공을 던졌는데, 그것은 바람을 일으키며 저 먼 곳으로 날아갔다. 안네마리와 개들이 꼭 미어캣처럼 동시에 고개를 돌려 허공을 가로지르는 공을 눈으로 좇았다.

컹컹!

개들이 멀어지는 공을 정신없이 뒤쫓기 시작했다. 모래 먼지마저 이는 잔디밭 위에서, 안네마리가 나를 돌아보았다.

"유리 씨……."

아, 혹시 지금 너무 괴력 소녀 같았나?

안네마리의 눈에는 내가 비정상적으로 보일까?

"마침 바람이 불어서 그런지 공이 잘 날아가네요."

나는 태연스럽게 핑계를 댔다. 다행이라고 해야 할지, 나를 돌아본 안네마리의 얼굴에는 경악이나 불신 같은 감정은 없었다.

"지금 정말 멋졌어요! 꼭 전문 사육사 같아요! 한 번만 다시 보여주시면 안 돼요?"

안네마리가 두 눈을 반짝이며 흥분했다.

멍멍!

멀리서 개 두 마리가 뛰어왔다. 하지만 그들의 입에는 내가 던진 공이 없었다. 공을 좇아간 나머지 개들은 어디론가 사라져 있었다. 상황을 알고 뛰어온 사육사가 크게 휘파람을 불었다. 개들을 부르는 소리인 듯했다.

하지만 한 마리만 달려왔을 뿐, 나머지 개들은 여전히 돌아오지 않았다. 사육사는 눈치를 보며 바스티안이 있는 곳을 슬쩍 쳐다보다가 개들이 사라진 방향으로 발바닥에 불이 나게 달려갔다. 그 모습을 보며 나는 약간의 책임감을 느꼈다. 눈이 보통 사람들보다 좋다 보니, 개들이 어디로 갔는지도 봤다.

개들은 내가 던진 공을 찾아 멀리 달려갔다가 별관으로 보이는 건물 안쪽까지 들어갔다. 사육사는 모르고 있는 듯한데, 아무래도 내가 가서 알려줘야 할 듯했다.

"제가 가서 사육사 아저씨하고 같이 데려올게요."

"저도 같이 가요!"

"안네마리 씨는 할아버지한테 상황을 알려주세요."

그렇게 나는 안네마리를 뒤로하고 사육사를 좇아 뛰어갔다.

"한 마리는 왼쪽 덤불 뒤로 갔어요."

"헉!"

내가 다가가 말을 걸자 사육사가 소스라쳤다. 그는 약간 어안이 벙벙한 얼굴로 나와 내 뒤쪽을 번갈아 쳐다보았다. 내가 이렇게 빨리 뛰어온 것이 놀라운 듯했다.

"그리고 두 마리는 저 건물 안으로 들어간 것 같은데요."

"그게 정말입니까?"

내 말에 사육사는 경기하듯이 놀랐다. 역시 개들이 마음대로 건물 안에 들어가면 안 되는 모양이다.

삐익! 일단 사육사는 또다시 휘파람을 불어 개들을 불렀다. 그러자 바스락거리는 소리를 내며 개 한 마리가 덤불 뒤쪽에서 뛰쳐나왔다.

"아, 이런. 나머지는 불러도 오지 않는 걸 보니 정말 별관으로 들어갔나 보네요."

사육사가 달려온 개를 먼저 잔디밭 쪽으로 돌려보낸 뒤 낭패라는 듯이 말했다.

"한 마리씩 찾을까요?"

"그래 주시면 감사하겠습니다. 원래 제가 해야 할 일인데, 빨리 데리고 나가야 할 것 같아서."

나는 꼭 귀족들을 눈앞에 뒀을 때의 길버트 씨처럼 식은땀을 뻘뻘 흘리는 사육사를 보고 개의 기척이 느껴지는 방향을 알려주었다. 그리고 한 마리씩 개를 찾아서 나가기로 하고, 사육사와 헤어졌다.

공은 별관 앞의 나무 위에 걸려 있었다. 하필이면 별관의 앞문이 활짝 열려 있어서, 개들이 공을 찾다가 다른 흥밋거리를 발견해 그곳으로 들어간 듯했다. 나는 문 안으로 들어가 우측 복도로 향했다. 그곳에서 개의 발소리가 들렸다. 나는 그 소리를 따라 어느 방에 다다랐다. 역시 그 안에 하얀 개가 있었다.

"이리 와."

멍!

내가 부르자 개가 금방 달려왔다. 하지만 방 안은 이미 쑥대밭이 되어 있어 난감함을 느낄 수밖에 없었다. 탁자 위에 있던 물건들은 바닥에 떨어져 나뒹굴고 있었고, 창가의 커튼은 레이스가 다 찢겨졌다. 순간, 바깥에서 발소리가 들렸다. 사육사의 발소리도 아니었고, 개의 기척도 아니었다. 혹시 별관의 관리인이나, 집사 아저씨일까?

일단 나는 개를 데리고 방에서 나가기 위해 몸을 움직였다.

멍멍!

"쉿. 조용히 해. 너 지금 혼날지도 몰라."

하지만 눈치 없는 개는 내 미음도 모르고 방에서 나가지 않겠다고 짖어댔다. 그러나 아무리 개가 무겁다 한들 내 팔 힘을 이길 수는 없었다. 나는 거의 내 몸의 반 토막만 한 개를 번쩍 들고 문으로 향했다.

물론 지난번에 데이몬 살바토르를 공격하던 새에게 그랬던 것처럼 개에게 겁을 줘 말을 듣게 할 수도 있었다. 하지만 그때도 어쩔 수 없었을 뿐, 작은 동물 친구에게 그런 흉악한 방법을 사용하는 건 역시 내키지 않았다.

저벅저벅.

그러는 동안 밖에서 들리는 발소리는 훌쩍 가까워져 있었다. 아무래도 이대로 방에서 나가 다른 사람과 마주치는 건 필연적인 일 같았다. 어차피 개가 한 일을 계속 숨길 수도 없고, 들키는 것도 시간문제였다. 그럴 바에는 내가 직접 사정을 설명하는 편이 나을지도 몰랐다.

그래서 나는 그냥 밖에 있는 사람을 피하지 않고 개와 함께 방을 나섰다. 그리고 다음 순간, 복도를 걸어오는 사람과 바로 맞닥뜨렸다. 검은 정장을 입은 어떤 남자였다. 복도의 유리창에서 스며든 오후의 노란 햇빛이 남자의 몸에 환한 윤곽을 덧입혔다. 나와 시선이 부딪친 순간, 그가 걸음을 멈추었다.

끼잉. 동시에 나한테 들려 있던 개가 꿈틀거리면서 앓는 소리를 냈다.

"……못 보던 아가씨로군."

남자가 먼저 입을 열었다. 서늘한 느낌의 미중년이었다. 흑발에 청안……. 전체적인 생김새가 딱 봐도 칼리안이나 바스티안과 닮아 있었다. 요양 갔다던 칼리안의 남동생이라기에는 나이가 안 맞고……. 그럼 역시 칼리안의 아버지인 현 크록포드의 가주인가?

"왜 거기서 나오는 거지?"

그런 생각을 하고 있을 때, 남자의 시선이 내가 나온 방 쪽으로 힐끗 미끄러졌다. 나는 설명할 필요성을 느끼고 입을 열었다.

"안녕하세요. 전 바스티안 님의 고용인인데요."

내가 입을 열자 남자의 눈길이 다시 내게 고정되었다.

"오늘부터 저택에 방문하게 되었는데 강아지 산책을 시키다가 제가 공을 잘못 던져서 여기까지 오게 됐어요. 죄송합니다."

남자는 내가 말하는 동안 눈 한번 깜빡이지 않고 내 얼굴을 물끄러미 쳐다보았다.

"그래……. 아버님께서."

그러다 이내 알겠다는 듯이 말했다.

"그럼 새로 왔다는 간병인인가 보군."

하지만 그는 나를 노인의 간병인으로 착각했다. 지금까지 안네마리를 한 번도 본 적이 없는 건가?

나는 그의 오해를 정정해 주었다.

"아니요. 간병인은 다른 사람이고, 전 가끔 말 상대를 해드리는 조건으로 왔어요."

"그런가?"

남자가 알겠다는 듯이 고개를 작게 끄덕였다. 그런 뒤 그의 눈길이

내 얼굴을 떠나 내 손에 들린 개에게 옮겨붙었다.

멍!

남자의 시선을 받은 개가 짖었다. 그때, 멀리서 복도를 뛰다가 저택 밖으로 멀어지는 발소리가 들렸다. 사육사가 찾으러 갔던 또 다른 개가 무사히 저택을 빠져나간 모양이다. 이후 내가 있는 복도를 향해 다가오는 사람의 기척이 느껴졌다.

"개가 무거울 것 같은데 내려놓지 그러나."

"별로 안 무거워요. 이대로 입구까지 제가 안고 가려고요."

"그냥 두고 가면 사육사에게 데려가라고 이르지."

나를 배려하듯이 말한 뒤 남자가 덧붙여 물었다.

"이름이 어떻게 되지?"

이 사람도 내가 셀레나 크록포드하고 닮아서 관심을 보이는 건가? 이 남자에게는 나이 차이가 많이 나는 여동생이 되겠구나. 하지만 때마침 남자의 등 뒤로 사육사가 나타나서 나는 그의 물음에 대답하지 않아도 되었다.

"헉! 주, 주인님."

내 눈앞에 있는 남자를 본 사육사가 급히 숨을 들이켰다. 그가 얼른 남자에게 머리를 조아리며 말했다.

"죄송합니다! 제 관리 소홀로 개들이……."

"됐으니 여기 있는 개나 데리고 나가. 가는 길에 고용인을 불러서 방을 치우라고 말하고."

"예, 알겠습니다!"

사육사가 변명을 시작했으나 남자는 더 얘기할 필요 없다는 듯이 그의 말을 싸늘히 잘라냈다. 사육사를 본 개가 낑낑거리며 버둥거렸다. 나는 손에서 힘을 풀어 개를 놓아주었다. 그런 뒤에, 사육사에게 쪼르르 달려가는 개를 따라 자리에서 걸음을 뗐다.

"그럼."

남자를 스쳐 지나가면서 그에게 작게 고갯짓해 인사했다. 그는 나를 아까처럼 조용한 시선으로 가만히 주시했다. 어쩐지 등 뒤에 박히는 시선이 조금 따갑게 느껴졌다.

"혹시 주인님께서 별다른 말씀은 하지 않으셨습니까?"

"네, 특별한 말은 안 하시던데요."

별관을 빠져나오는 길에 사육사가 십년감수했다는 듯이 가슴을 쓸어내렸다. 아까 별관 안에서도 그렇고, 지금 남자를 만난 일로 어지간히 긴장한 모양이다.

"이 별관은 가끔 주인님께서 쉬러 오시는 곳이라 개들이 난장판을 만들었다는 사실을 알면 경을 치실까 싶었는데……. 생각보다 유하게 넘어가셔서 정말 다행입니다."

사육사의 태도를 보아하니, 크록포드의 가주는 꽤 엄한 주인인 모양이다.

"죄송해요. 제가 공을 너무 멀리 던지는 바람에."

"아, 아닙니다. 탓하려는 의도로 말을 한 게 아닌데. 그리고 공이 강풍에 날아간 걸 어쩌겠습니까."

음……. 아까 내가 안네마리에게 변명한 걸 들었나 보다.

"공은 나중에 제가 찾겠습니다."

"아, 조금 전에 별관에 들어설 때 제가 봤어요."

"앗, 그러십니까?"

사육사가 덧붙인 말에 나는 그제야 잠깐 잊고 있던 것을 떠올렸다. 공을 수거하는 걸 깜빡할 뻔했다. 별관을 나가, 나는 문 앞쪽에 있는 나무를 향해 다가갔다.

바스락! 기둥을 아주 살짝 발로 걷어찼다. 나뭇잎 무성한 가지에 걸려 있던 공이 나무 밑으로 떨어져 내렸다.

"공이 나무에 걸려 있었군요. 어쩐지, 오는 길에 아무리 주위를 둘러봐도 보이지 않더라니."

나는 그것을 주워 사육사에게 건네주었다.

멍멍!

공을 본 개가 또 꼬리를 흔들며 짖었다. 사육사가 잔디밭을 향해 공을 던져주었다. 앞장서 달려가는 개를 보며 사육사와 나도 다시 원래 있던 자리를 향해 걸어갔다.

집에 오는 길에 화분을 하나 얻었다. 방울토마토 모종이 심어진 화분이었다. 길을 지나가다가 가게 밖에 놓인 화분에 관심을 가진 건 안네마리였다. 꽃집에서 오늘만 특별히 한 개 값에 두 개를 준다고 해서, 안네마리가 구입해 나한테 하나를 선물해 주었다.

"요즘 실내 텃밭에 관심이 생겨서요. 얼마 전에 허브랑 상추도 심었는데, 능숙해지면 딸기나 블루베리 같은 것도 키워보고 싶어요."

안네마리는 화분을 손에 들고 수줍게 자신의 포부를 밝혔다.

"블루베리 같은 것도 집에서 키울 수 있어요?"

"네, 보니까 모종을 팔더라고요."

확실히 야채나 과일 모종을 구입해 집에서 재배하면 식재료비도 절감되고 괜찮을 것 같았다. 나는 안네마리를 보며 고개를 주억거렸다. 그나저나 안네마리가 실내 텃밭 같은 데 관심이 있었구나. 치료소 일도 그만두고 이제 좀 여유가 생기다 보니 새로운 취미 생활에도 눈을 뜨게 된 건가 싶었다. 역시 일은 안 할 수 있으면 최대한 안 하는 게 제일 좋은 것 같다. 잠시 후, 안네마리와 나는 집 앞에서 인사를 나누고 헤어졌다.

달칵. 문을 열고 집 안으로 들어가자, 맛있는 냄새가 코를 찔렀다.

"왔어요?"

익숙한 인사와 함께 라키어스가 부엌에서 고개를 내밀었다. 반짝이는 금발이 그의 움직임을 따라 부드럽게 찰랑이며 흐트러졌다. 오늘도 라키어스는 부엌을 성스러운 장소로 만드는 중이었다. 하얀 셔츠의 소매를 걷어붙이고 요리를 하는 남자는 확실히…… 평소보다 1.5배쯤 잘생겨 보이는 효과가 있었다. 그러다 나는 라키어스의 옷차림이 아까 집에서 보았을 때와 똑같은 것을 깨닫고 물었다.

"라키어스 씨, 오늘은 외출 안 했어요?"

"오늘은 밤에만 나갈 거예요."

그렇게 대답한 뒤 라키어스가 내 얼굴을 쳐다봤다. 그런데 왠지 내가 뭔가를 더 말하기를 기다리는 것 같은 느낌이라 나는 고개를 갸웃했다. 하지만 착각이었는지, 라키어스가 다음 순간 힐끗 시선을 움직여 화제를 돌렸다.

"화분이네요."

나도 그의 눈길을 따라 품에 안고 있는 화분을 내려다봤다.

"선물 받았어요."

"오늘 만난 친구한테?"

라키어스가 부엌을 나와 나한테 다가오며 물었다. 라키어스에게는 크록포드에서 일하게 된 사실을 알리지 않았다. 그래서 오늘은 그냥 커피하우스를 쉬는 날이라 친구와 만나기로 약속했다고 말했다. 각각 동부와 서부의 지배자라 그런지, 라키어스와 칼리안 크록포드는 희한하게 만날 때마다 분위기가 씩 좋지 못했다.

그나마 라키어스의 정체를 모르는 칼리안은 덜했지만, 라키어스는 칼리안이 어지간히 마음에 들지 않는 눈치였다. 심지어 내가 칼리안 크록포드와 마주치는 것도 달갑지 않아 하는 것 같았으니까.

"네, 방울토마토 모종이에요. 잘 키우면 열매가 맺힌대요."

"흐음, 그래요."

라키어스는 적당히 호응해 준 뒤 나에게서 화분을 가져갔다. 내가 팔로 안아야 할 정도로 큰 화분을 그는 한 손으로 가볍게 옮겨 들었다. 그러고 나서 방울토마토 모종이 심어진 화분을 대충 옆에 있는 선반 위에 올려놓고 나한테 손을 뻗었다. 겉옷을 벗겨주는 손길에 나도 모르게 몸을 맡겼다.

"가서 옷 갈아입고 와요."

뒤이어 라키어스가 벗긴 겉옷을 내 손에 들려주며 가볍게 인사하듯이 내 이마에 입을 맞추었다. 이어서 나는 부드럽게 등을 미는 손길에 이끌려 엉겁결에 방으로 들어갔다. 잠시 후 옷을 갈아입고 나와서 라키어스와 한 식탁에 마주 보고 앉았다.

"라키어스 씨, 매번 듣는 말이라 지겨울지도 모르지만 오늘 만든 것도 정말 맛있어요."

오늘도 나는 라키어스가 해준 밥을 먹으며 감탄했다.

"혹시 요리를 따로 배웠어요?"

미심쩍은 마음이 들어 물었다. 상식적으로 생각하면 암흑세계의 왕이 요리 같은 걸 배웠을 리 없지만……. 그래도 이건 아무리 생각해봐도 전문가의 솜씨인데? 뭔가 단련된 자의 내공이 담긴 깊은 손맛 같은 게 느껴지는데?

라키어스는 식탁에 느슨히 턱을 괴고 앉아 내가 먹는 걸 보았다. 그러다 내 말을 듣고 눈을 가늘게 접어 나른하게 미소 지었다.

"글쎄……. 원래 몸으로 하는 일은 다 잘해서요."

나는 본능적으로 지금 라키어스가 미인계를 쓰고 있다는 사실을 깨달았다. 당연히 지금 내 손에는 식기가 들려 있었고, 그와는 접촉하고 있지 않았기 때문에 효과는 미미했다. 흠……. 아닌가? 약간 효과가 있긴 한가?

"묻었어요."

그때, 라키어스의 손이 내게 다가왔다. 그의 손가락이 입가에 닿는 순간 다채로운 감정이 내 안으로 훅 스며들었다. 라키어스의 손이 내 입가를 간지럽게 훑었다. 그와 눈을 마주한 동안 나는 깨달음을 얻었다.

"라키어스 씨."

그래서 내 얼굴에 닿은 라키어스의 손을 붙잡으며 물었다.

"혹시 양손잡이예요?"

여태껏 그와 함께 살면서 은연중에 느꼈던 사실을 확인했다. 물론 지금 내가 얻은 깨달음은 '라키어스가 사실 양손잡이였다!'는 사실 따위가 아니었다. 라키어스가 내 질문에 슬쩍 눈썹을 들어 올렸다. 갑자기 내가 그런 걸 왜 묻는지 이해가 안 되는 눈치였다.

"양손잡이예요."

하지만 그는 곧 고개를 끄덕여 대답해 주었다. 역시 그럴 줄 알았다. 나는 맞잡은 라키어스의 손을 식탁 위로 내리며 말했다.

"그럼 나랑 손잡고 밥 먹어요. 왠지 지금 라키어스 씨랑 닿으니까 밥맛이 더 좋아지는 것 같았어요."

"그래요……?"

"네."

나랑 똑같은 오른손잡이면 밥을 먹는 동안 손을 잡을 수 없을 텐데 잘되었다는 생각이 들었다. 라키어스는 내 말을 듣고 미묘한 눈빛으로 나를 쳐다보았다.

하지만 어쨌거나 내 청을 거절하지는 않았다. 그래서 나는 저녁을 먹는 내내 라키어스의 손을 잡았다. 기분 탓인지 몰라도 밥이 더 맛있게 느껴지는 것 같아 만족스러웠다. 밥을 다 먹고 나서, 시간이 좀 더 흘러 잠자리에 들 때가 되었다.

"유리 씨, 이리 와요."

라키어스가 씻고 나온 나를 불러 앞에 앉힌 뒤에 직접 머리를 말려 주었다. 그 흐름이 굉장히 자연스러워서 나는 전혀 위화감을 느끼지 못했다. 조금 전까지는 요리사 같더니, 이제 라키어스는 마사지 전문가 같은 노련함을 자랑했다.

수건으로 머리카락을 말리는 손길이 어찌나 능숙한지, 그에게 머리를 맡기는 동안 몸이 노곤해져서 서서히 눈꺼풀이 내려앉기 시작했다. 그러던 어느 순간, 나는 문득 머릿속을 스쳐 지나가는 의문을 느꼈다.

'그러고 보니 이상하네……?'

분명 내가 라키어스를 거둬서 먹여주고 재워준다고 생각했는데, 왜 반대가 된 것 같지?

그런 의문은 머리를 다 말려준 라키어스가 내 손을 붙잡아 날 침대에 눕혀주고 이불까지 꼼꼼하게 덮어주었을 때 정점에 달했다.

"잠들 때까지 옆에 있을게요."

고요한 밤에 잘 어울리는 나지막한 목소리가 귀를 간질였다. 나는 옆에 누운 라키어스의 얼굴을 마주했다. 손안에 고인 타인의 체온이 따뜻했다. 오늘 밤에 외출할 거라고 하더니, 내가 잠들고 난 후에 나갈 생각인 모양이다.

이렇게 라키어스와 눈을 맞대고 있자니 괜히 좀 간지러운 기분이 들었다. 그래서 그냥 눈을 감자 라키어스가 내 손을 끌어다가 거기에 입술을 묻는 것이 느껴졌다. 나는 그것을 모른 척했다. 왜인지 기묘할 정도로 평화롭던 밤이었다.

"늦었군."

집무실에 있던 도미닉 크록포드가 막 안으로 들어선 사람을 향해 서늘히 읊조렸다.

"죄, 죄송합니다. 잠깐 다른 볼일 때문에 소식을 전달받는 게 늦었습니다."

그의 앞에서 굽실거리며 변명하는 사람은 크록포드 가문의 개들을 전담해 돌보고 있는 사육사였다. 도미닉은 그를 향해 짤막하게 명령했다.

"아까 별관에 들어왔던 개들, 데려와."

그러자 굽혀져 있던 사육사의 등이 흠칫 굳었다. 그는 반사적으로 고개를 들어 도미닉의 얼굴을 확인했다. 도미닉은 이제 마지막 서류를 확인하고 있는 중이었다. 책상 위 종이에 못 박힌 얼굴이 온기 한 점 없이 서늘했다. 사육사는 불길한 예감을 느끼고 마른침을 삼켰다.

"주인님……. 큰 도련님이 아끼시는 개들입니다."

"그래? 그게 지금 내 명령과 무슨 관계가 있지?"

도미닉이 무얼 하려고 개들을 데려오라 명령한 것이든 간에, 조금이라도 참작해 줬으면 해서 말했다. 하지만 도미닉은 낯빛이나 억양의 변화 하나 없이 여전히 차가운 목소리로 되물을 뿐이었다. 이윽고 마지막 서류에 서명해 오늘 할 일을 모두 끝마친 도미닉이 자리에서 일어났다.

"별관 앞의 공터로 데려오도록."

재차 명령한 뒤, 그는 먼저 집무실을 빠져나갔다. 결국 사육사는 도미닉의 명령을 따를 수밖에 없었다. 그리고 잠시 후.

타앙! 탕!

한밤중에 돌연 큰 소음이 울렸다. 크록포드의 저택에 있던 사람들 모두 그 소리를 들었다. 칼리안도 마찬가지였다. 그는 막 귀가해 침실에 들어서다가 창밖에서 울리는 소리를 듣고 눈을 날카롭게 빛냈다.

"깜짝이야!"

"갑자기 무슨 소리지?"

방을 나오자 고용인들이 놀라 의문을 표하고 있는 모습이 눈에 비쳤다. 칼리안은 저택을 빠져나와 소리가 들린 방향으로 달렸다. 그리고 마침내 그가 도착한 곳에는 사육사가 있었다.

"카, 칼리안 도련님……."

칼리안의 발소리를 듣고 고개를 든 그가 떨리는 목소리로 말했다.

"주인님께서……."

사육사는 어둠 속에서 무언가를 끌어안았다. 코끝에 선명한 피비린내가 스쳐 지나갔다. 눈앞의 광경을 굳은 채 얼마간 응시한 끝에, 칼리안은 지금 사육사가 끌어안고 있는 것이 그가 키우던 개들이라는 사실을 깨달았다. 이윽고 칼리안의 다리가 움직였다.

그의 손이 사육사에게 안겨 있던 개들의 몸에 닿았다. 조금 전 고요한 밤공기 속에 울려 퍼진 소리의 원인은, 요즘 연금술사의 탑과 실험 중이라던 신형 무기인 것이 분명했다.

칼리안은 손끝을 적셔오는 질척한 피를 느끼고 이를 악물었다. 바로 다음 순간, 개들을 이렇게 만든 도미닉을 찾아가기 위해 칼리안이 막 자리를 박찼을 때였다.

훅……. 밑에서 작은 숨소리가 들려왔다.

"도, 도련님! 한 마리가 살아 있습니다!"

사육사도 같은 것을 듣고 급히 입을 열었다. 칼리안은 목표를 바꾸어 당장 수의사를 부르기 위해 달려갔다.

라키어스는 꿈을 꾸었다. 오래된 과거, 지금보다 훨씬 어릴 때의 기억을 기반으로 한 꿈이었다. 슬쩍 고개를 내리자 상처투성이의 여린 손이 시야에 들어왔다. 확연히 작고 미성숙한 손이었다. 지금보다 어리고 작을 때니 당연하다면 당연했다. 라키어스는 지금 이것이 꿈이라는 사실을 자연스럽게 깨달았다. 이런 것을 자각몽이라고 하던가?

"들어가라."

그때, 온기 없는 목소리가 어린 라키어스의 등을 떠밀었다.

"안으로 가면 널 기다리고 있는 사람들이 있을 거다."

그 말에 리기이스는 앞에 있는 폐허를 둘러보았다. 어딘가 기묘한 공기가 떠도는 것 같은 무너진 건물. 남자가 그에게 들어가라고 한 곳은 빛 한 점 들지 않아 깜깜한 입구였다. 라키어스에게는 신물이 날 정도로 익숙한 공간이었다. 하지만 이것이 꿈이란 사실을 자각했다고 해서 행동까지 마음대로 제어할 수 있는 건 아닌지, 입이 저절로 움직여 당시의 기억을 멋대로 재현했다.

"여기가 어딘데요?"
"무덤."

라키어스가 묻자, 어쩐지 뒷덜미를 서늘하게 만드는 음성이 고막을 찔러들었다. 이어서 남자가 덧붙여 말했다.

"들어간 놈들은 죄다 죽어서 나왔거든."

나중에 알았지만, 그곳은 실험을 위해 개조된 미궁이었다. 라키어스는 그날 아버지의 손에 끌려와 그 안에 발을 들였다. 그리고 먼저 안에서 기다리고 있던 연구원들에 의해 유적의 파편을 목에 꽂은 뒤 심층부로 안내받았다.

"그나마 넌 실험체로 적격이라 하더구나. 그런 쓸모라도 있어 다행 아니냐?"

무심히 덧붙이는 말을 듣고 라키어스가 남자를 닮은 싸늘한 목소리를 입술 밖으로 흘려보냈다.

"제가 여길 왜 들어가야 돼요?"
"그게 네놈이 그나마 하루라도 오래 살 수 있는 길이니까. 만약 거부하면 지금 바로 널 죽일 생각이거든."

원래도 부자간의 정 따위는 없긴 했지만, 그렇다 해도 모진 말이었다. 남자는 지금 라키어스에게 선택권을 주는 것이 아니었다. 이것은 명령이었고, 불복종은 죽음을 의미했다. 라키어스는 상처와 흉터로 가득한 손을 꽉 쥐었다. 당시에 그가 느꼈던 감정이 생생히 떠올랐다.

죽음이란 앞으로 투쟁할 기회를 영영 잃는다는 것을 의미했다. 본디 그는 서부를 지배하는 왕의 유일한 자식으로 태어나, 후일 지배자로서 군림할 운명이었다. 그러나 태생적으로 약한 라키어스의 육체는 그의 강인한 의지를 채 반의반도 떠받치지 못했다.

라키어스는 이를 한번 꽉 깨문 뒤 눈앞의 검은 입구를 향해 스스로 걸어갔다. 그리고 마지막 인사를 하는 대신, 뒤에 있는 사람에게 약속했다.

"살아 나오면 꼭 당신을 죽이러 갈게요."

그러자 남자가 기가 찬다는 듯이 웃었다. 꼭 라키어스를 비웃는 것처럼.

"기대하지."

첫 번째 꿈은 그렇게 끝났다. 그리고 장면이 바뀌었다. 이번에는 미궁 안에 있을 때의 기억이었다. 라키어스는 거기에서 진정한 약육강식의 세계가 무엇인지 배웠다. 때마다 유적의 파편을 흡수한 아이들이 그 안에 들어왔다. 미궁은 한번 들어오면 절대 자력으로는 빠져나갈 수 없는 구조였다.

처음에는 일정 시기마다 들어오는 식량을 쟁탈하기 위해 싸워야 했다. 연구원들이 가끔 던져주고 가는 것에는 식량뿐만이 아니라 유적의 파편도 포함되어 있었다. 강해지고 싶다면 그것을 몸에 꽂으면 되었다. 이곳에 있는 아이들이 실험체로 적격이라는 말이 사실인지, 그들은 유적의 파편을 몇 개씩 몸에 꽂아도 죽지 않았다.

시간이 지날수록 미궁에 들어오는 식량이 줄어들었다. 그러나 실험체들의 유입은 계속되었다. 살기 위한 발버둥은 더 치열해졌고, 실험체들끼리 서로를 죽이는 일도 당연해졌다.

─너 누구야?

그러던 어느 날 누군가가 라키어스에게 말을 걸었다. 하필 막 잠들려던 찰나라, 라키어스는 깜짝 놀라 눈을 번쩍 떴다.

"뭐? 너 뭐야? 뭔데 내 머릿속에서 말을 걸어?"
─나는…… 모르겠어. 난 그냥 나인데? 넌 누구야?

처음 대화했을 때는 뭐 이런 멍청한 놈이 다 있나 했다. 몇 번 이야기를 나누다가 곧 영양가 없는 시간 낭비라는 사실을 깨달은 라키어스는 목소리를 무시하는 쪽으로 결정을 내렸다.

머릿속에서 끊임없이 들리는 말이 거슬려서 대답해 주면 신이 나서 짖어대고, 또 귀찮아서 무시하면 자신의 말이 안 들리는 거냐고 짖어대는 통에 그는 벌레 같은 놈이 영 거슬렸다.

하지만 나중에 생각해 보면, 그 정체를 알 수 없는 미지의 존재는 오랜 미궁 생활 속에서 라키어스의 정신이 붕괴되지 않도록 도와주는 역할을 했다고 해도 과언이 아니었다. 그러다 나름대로 놈이 쓸모 있다는 사실도 알게 되었다.

―아악, 나 네 몸에서 나갈래! 왜 자꾸 이상한 걸 몸에 처넣는 거야? 내가 피똥 싸게 소화시켰으니까 망정이지, 아니었으면 너 사흘 밤낮은 꼬박 기절해 있었을걸? 기절한 동안 다른 놈한테 칼빵 맞아서 뒈져봐야 네가 정신을 차리지!

유적의 파편을 몸에 융합시키는 것을 원활하게 돕는다는 사실만으로도 놈은 라키어스의 몸에 허락도 없이 기생한 값을 다 했다고 볼 수 있었다.

그렇게 좀 더 강해진 라키어스는 다른 실험체들이 흡수한 파편의 부작용으로 죽거나, 굶어 죽거나, 그도 아니면 저들끼리 싸우다 죽어 모두 사라진 이후에도 혼자 꿋꿋이 살아남았다.

그 무렵에는 식량 반입도 끊기고 멀리서나마 가끔 실험체들의 상태를 살피러 오던 연구원들도 얼씬거리지 않아서, 라키어스는 거의 반년 정도 시체만 가득한 미궁 속에서 혼자 생활해야 했다. 얼마간의 시간이 더 흘러 마침내 강해진 라키어스는 미궁을 혼자 빠져나가는 데 성공했다. 그리고 그는 약속을 이행하기 위해 카르노말의 왕을 찾아갔다.

그다음은 연구소 차례였다. 유적의 파편도 모두 찾아 발견한 즉시 없애 버렸다. 왕좌에 앉고 나서는 한동안 바쁘게 생활했다. 그러고 나서 시간이 좀 더 흘렀을 때, 라키어스는 마침내 낯선 평화를 맞이할 수 있었다. 그러다 밀리임을 만났다.

"안녕하세요, 라키어스 님. 모시게 되어서 영광입니다."

그는 라키어스가 '무덤'에 들어가기 전부터 알던 사이였다. 놈의 어머니는 죽은 라키어스 아버지의 정부였다. 그렇다고 해서 둘이 배다른 형제는 아니었지만.

어쨌거나 그런 이유로 어릴 때 지나가듯이 몇 번인가 얼굴을 본 적 있었다. 온갖 흉악한 놈이 판치는 카르노말에 어울리지 않는 순하고 희멀건 외양을 하고 있어 '저놈도 참 여기서 먹고살기 어렵겠구나' 하고 얼핏 생각했다.

그런데 라키어스가 미궁에 들어가 있는 동안 죽지 않고 멀쩡한 모습으로 꿋꿋이 살아남아 있는 것이 의외라 처음에는 신기해서 관심이 갔다. 그래, 말하자면 예전 나약하던 시절의 자신이 생각나 어울리지 않게 잘해줬다.

그러다 보니 생각한 것보다 오래 곁에 두게 되었다. 설마 그놈이 이렇게 장렬하게 자신의 뒤통수를 칠 줄은 몰랐지만. 그때의 장면이 물안개처럼 눈앞에 번졌다. 뒤돌아봤을 때, 그곳에는 또 한 명의 라키어스가 있었다. 꼭 거울을 보는 것처럼 동일한 얼굴, 동일한 모습. 밀리엄은 라키어스의 능력까지 이용해 그를 죽이려 했다.

"……어스 씨."

꿈에서도 라키어스는 강렬한 살의를 느꼈다. 지금 당장 놈을 죽여야 했다. 하지만 모순되게도 어울리지 않는 망설임을 가슴 한편에 품고 있는 자신이 있었다. 라키어스가 다른 유적의 파편까지 찾아 흡수하면서 힘을 키우고 있는 이유는, 자신의 능력까지 복제해 간 놈을 완벽하게 짓밟아주기 위해서였다.

본보기를 위해서라도 놈을 살려두는 것은 있을 수 없다. 꼭 본보기로 삼을 이유가 아니더라도 자신을 배신한 놈을 그냥 놔둘 마음은 터럭 한 올만큼도 없었다. 그러나 정말 조금, 정말 아주 조금 그 시일을 미루고 싶은 마음이 든 것은 꿈속에 나타났던 나약한 라키어스 아발론의 흔적인지도 몰랐다.

"라키어스 씨."

그때, 라키어스의 귓가에 고요한 음성이 스몄다. 그와 동시에 어깨에 누군가의 손길이 닿았다. 라키어스는 얕게 숨을 마시며 눈을 떴다. 그러자 무심한 빛을 띠고 있는 붉은 눈동자와 곧바로 시선이 마주쳤다.

"왜 그래요? 어디 아파요?"

차분한 음성이 약간 빠르게 뛰고 있던 심장을 다시 조용하게 만들었다. 라키어스는 여느 때처럼 소파에 누워 있었다. 커튼 사이로 새어드는 햇빛이 밝았다.

어느새 아침이 되어 방 밖으로 나온 유리가 상태가 좀 이상해 보이는 그를 보고 다가온 모양이다. 어젯밤의 외출에서는 유적의 파편을 흡수하지 않았지만 아무래도 요즘 벌레를 혹사한 탓에 악몽을 꾼 듯했다.

라키어스는 천천히 숨을 내쉬면서 눈앞에 있는 얼굴을 바라보았다. 어린 시절에 보았던 아버지의 눈과 비슷한 무심한 눈이었지만 유리의 것은 차갑지 않았다.

"누워요."

생각해 보면 그때도 그랬다.

"다시 누워서, 더 자요."

처음 이 집에 와서 언뜻 정신을 차렸을 때. 그때도 지금처럼 악몽을 꾸고 눈을 뜨자 앞에 유리가 있었다.

"적어도 지금 당신을 위협할 사람은 없으니까."

지금처럼 고요한 목소리로 라키어스에게 속삭이던 목소리가 귀에 선했다. 라키어스는 마주한 얼굴을 보며 천천히 입을 열었다.

"……좋은 아침이네요."

간밤의 꿈과 지금 그가 느끼는 감정에 대해 구구절절하게 설명하는 대신 작게 인사했다. 그러자 유리가 라키어스를 보면서 고개를 갸웃 기울였다. 하지만 그녀도 곧 담담하게 마주 인사해 주었다.

"네, 좋은 아침이에요."

라키어스는 어쩐지 창밖에서 비치는 햇살이 눈부셔서 손을 들어 시야를 가렸다. 문득 그는 이 아침을 언제까지고 독점하고 싶다는, 그 어느 때보다 강렬한 욕망을 느꼈다. 그의 손이 안에 들어찬 빛을 가두듯이 꽉 움켜쥐어졌다.

아침 햇빛이 오늘도 찬란하게 밝았다.

제14장

어디서 흑막 냄새 안 나나요?

"아프겠다. 뭐 하다가 다친 거야?"

헤스티아가 오랜만에 집에 놀러 온 친구를 보며 인상을 찌그렸다. 갓 자란 새싹 같은 맑은 연녹색 눈동자에 걱정이 담겼다. 그녀의 시선은 앞에 있는 작은 털 뭉치 친구에게 향해 있었다. 동물 귀와 꼬리를 가진 헤스티아의 친구. 그는 레오였다.

지난번 집 근처 골목에서 만난 이후로 레오는 종종 헤스티아의 집에 놀러 왔다. 문으로 들어오는 것은 너무 눈에 띄기도 했고 레오는 상상 이상으로 민첩해서, 헤스티아가 건물 뒤쪽의 창문을 열어놓으면 그곳을 이용해 안으로 훌쩍 뛰어들어 오곤 했다.

헤스티아와 레오는 간식을 나눠 먹으면서 놀았다. 물론 안네마리가 집에 있는 날은 안으로 데려올 수 없었기 때문에 헤스티아가 간식을 들고 나가 골목에서 만났다.

오늘은 안네마리가 일을 하러 가서 집에 없는 날이라 레오를 안에 들일 수 있었다. 그런데 며칠 만에 만난 레오의 몸엔 날카로운 것에 긁힌 듯한 상처가 여러 개 나 있었다. 얼마 전에 오딘이 은신처에 왔을 때 그의 공격을 받아 난 상처였다. 원래는 이보다 훨씬 깊었지만 레오 역시 치유력이 보통 사람보다 좋기 때문에 많이 나은 편이었다.

하지만 헤스티아는 거의 흔적만 남은 레오의 상처를 보고 아프겠다며 얼굴을 찌푸렸다. 레오는 헤스티아가 준 과자를 우적우적 씹어 먹다가 꼬리로 바닥을 탁탁 두드렸다. 그러면서 작게 으르렁거렸다.

헤스티아의 말을 듣자 얼마 전에 오딘에게 당했던 기억이 떠올라 기분이 절로 불쾌해졌다. 지난번에는 그저 방심해서 다친 것뿐이었다. 그러니 다음에는 절대로 그렇게 맥없이 당하지 않으리라!

"크릉……. 까마귀 나쁘다. 다음엔 내가 이긴다!"

레오는 그렇게 결의를 다지며 호기롭게 외쳤다. 헤스티아는 그 말을 듣고 레오가 친구와 싸웠나 보다고 생각했다. 레오의 몸에 난 상처가 꼭 손톱에 긁힌 자국처럼 보이기도 했고, 지금 그가 말한 '까마귀'가 진짜 새를 의미하는 것으로 들리지는 않았기 때문이다.

그럼 별명이거나…… 아니면 혹시 레오처럼 까마귀의 특성을 가진 사람인 걸까?

헤스티아는 궁금했지만 일단 레오의 말에 고개를 끄덕였다.

"그러게, 왜 싸웠는지는 모르겠지만 친구를 이렇게 다치게 만들다니 그 애가 잘못했네."

"친구 아냐!"

헤스티아의 말을 들은 레오가 발끈해서 캬악 소리 내며 외쳤다. 처음으로 자신에게 날카로운 송곳니를 드러내며 분개하는 레오를 보고 헤스티아가 눈동자를 동그랗게 떴다.

"그래? 친구 아니었구나. 미안. 화났어?"

헤스티아는 선뜻 사과했다. 그러자 레오도 주춤했다.

"까마귀, 친구…… 아니야."

"그래. 내가 잘 몰라서 친구인 줄 알았어. 취소할게."

헤스티아가 바로 발언을 정정하자 레오의 분노도 금방 수그러들었다. 그는 약간 멋쩍게 다시 꼬리를 말고 앉았다. 탁탁, 바닥을 두드리는 꼬리의 움직임이 조금 전보다 확연히 둔했다.

"아, 잠깐만 기다려 봐. 내가 약 발라줄게."

헤스티아가 갑자기 생각났다는 듯이 자리에서 몸을 일으켰다.

"나도 언니한테 배워서 어느 정도는 할 줄 알거든."

그녀는 레오를 두고 방으로 들어가 구급함을 꺼내 왔다.

"좀 따가워도 가만히 있어봐."

그러고 나서 정말 꽤 능숙하게 레오의 상처에 응급 처방을 해주었다. 레오가 약을 바른 곳을 핥으려 해서 헤스티아에게 한 소리를 듣긴 했지만 그것 말고는 제법 치료 과정이 순탄했다. 마침내 레오에게 꽤 그럴듯하게 반창고까지 붙여준 뒤에 헤스티아가 의기양양한 표정을 지어 보였다.

"어때? 나 잘하지?"

"킁."

레오는 상처를 핥을 수 없어 약간 불편했다. 그는 이빨로 팔에 붙은 반창고를 뜯어내리다가 헤스티아의 뿌듯한 얼굴을 보고 움직임을 멈추었다. 그리고 그냥 꼬리를 탁탁 두드리며 반창고를 그대로 놔두었다. 조금 전에 괜히 오딘의 일로 성질을 부린 것 같아 불편함을 참기로 한 것이었다. 레오는 다시 앞에 있는 접시에 코를 박고 과자를 먹기 시작했다.

냠냠냠! 찹찹찹!

"이것도 먹어!"

헤스티아가 그런 레오에게 다른 과자를 더 꺼내 와 밀어주었다. 레오는 좋다고 과자를 흡입했다.

"내가 꼬리 빗겨줄까?"

헤스티아가 은근한 목소리로 말했다. 아까 구급함을 가져오면서 같이 꺼내 왔던 빗을 어느새 슬쩍 손에 쥐고 물었으나 레오는 과자에 정신이 팔려 듣지 못한 눈치였다. 헤스티아의 손이 살그머니 레오의 꼬리로 향했다. 폭신한 털이 손에 잡힌 순간, 헤스티아의 뺨이 발그레해졌다. 그녀는 조심히 레오의 꼬리를 빗겨주기 시작했다.

짹짹!

그사이 창가에 참새가 한 마리 날아왔다가 사라졌으나, 각기 다른 일에 정신이 팔린 레오와 헤스티아는 알지 못했다.

연금술사의 탑. 그중에서도 최상위 연금술사에게만 지급되는 개인 공방. 그 안에서 데이몬 살바토르는 오래간만에 집중해 무언가를 만드는 중이었다.

파앗! 팟!

그의 앞에서 쉴 새 없이 환한 빛이 반짝였다. 재료를 조합하고 축복의 돌을 이용해 형질을 바꾸어 그 안에 새로운 힘을 부여했다. 그리고 잠시 후, 마침내 데이몬은 흡족하게 눈앞의 완성품을 내려다보았다.

"좋아. 성공이군."

이렇게 금방 원하는 것을 만들어내다니. 역시 자신은 천재가 틀림 없었다. 물론 데이몬의 옆에는 그동안의 실패작이 수북하게 쌓여 있었지만 그런 것은 지금 그의 눈에 들어오지 않았다.

데이몬은 적당한 시기를 가늠했다. 앞으로 한동안 바쁠 예정이었으니 사흘이나 나흘 정도 후를 실행 날짜로 삼는 게 좋을 것 같았다. 지금 데이몬이 만든 것은 현자의 돌을 이용해 그를 감히 우롱했던 나비의 주인을 찾는 발명품이었다. 그는 며칠 전에 욕실에서 읽었던 쪽지의 내용을 다시금 떠올리면서 바득 이를 갈았다.

'잡히기만 해봐. 절대 가만두지 않겠어.'

데이몬은 다시 한번 의지를 다지며 지금 막 만들어낸 물건에 하자는 없는지 마지막으로 꼼꼼하게 살피기 시작했다.

시간은 금방 흘러 유리는 다시 크록포드의 저택에 방문했다.

"왔구나, 유리야!"

지난번처럼 바스티안이 그녀를 환대해 주었다. 그의 옆에는 안네마리도 있었다.

"어서 와요, 유리 씨."

"안녕하세요."

유리는 두 사람의 인사에 답했다. 오늘 그녀가 집사에게 안내받은 장소는 온실이었다. 지난번에 저택을 안내받을 때 종종 온실에 갈 일이 있을지도 모른다고 하더니, 생각보다 시일이 빨랐다.

"지난번에도 언뜻 보긴 했지만 온실이 예쁘네요."

유리는 테이블 앞에 앉은 바스티안과 안네마리에게 다가가, 빈자리에 앉았다. 예의상의 칭찬을 남기자 바스티안의 눈이 번쩍 뜨였다. 그는 들썩이는 입꼬리를 감추려 주먹을 입가에 가져다 대며 괜스레 큼큼 헛기침을 했다.

"크흠. 실은 이 온실은 내가 직접 가꾼 거란다."

"와, 정말요?"

안네마리가 적절하게 추임새를 넣어주었다. 물론 그녀는 바스티안의 말에 정말 감탄한 기색이었다.

"그래. 이런 늙은이가 집에 붙어 할 일이 뭐가 있겠니. 그냥 심심할 때 소일거리로 하는 일이다."

바스티안은 별것 아니라는 듯이 말했다. 하지만 그의 얼굴에는 자부심이 가득했다. 이윽고 바스티안이 힐끗 유리를 쳐다보았다. 그의 눈빛이 말했다.

'자, 날 좀 더 칭찬해!'

리액션에 약한 유리는 그 강렬한 눈빛에 약간 부담감을 느꼈다.

"멋지네요. 꼭 전문가 솜씨 같아요."

유리가 입을 열자 바스티안의 귀가 쫑긋거렸다.

"맞아요, 할아버지! 정말 굉장해요. 전 따로 고용인을 두신 줄 알았어요."

"저도 나중에 좀 더 나이가 들면 이렇게 지내고 싶네요. 집에서 온실도 가꾸고, 강아지도 키우고."

다행히 안네마리도 중간에 도움을 주었다. 두 사람의 칭찬이 이어질수록 바스티안의 어깨 또한 더욱 으쓱거리는 것 같았다. 유리는 바스티안이 자랑하는 온실 내부의 광경을 둘러보았다.

사실 마지막으로 유리가 꺼낸 말은 꽤나 순도 높은 진심이었다. 물론 노후를 생각하기에는 아직 이른 나이긴 했지만 말이다. 그러다 문득 생각난 것이 있어 유리는 입을 열었다.

"그러고 보니 오늘은 밖에서 강아지 소리가 안 들리네요."

안네마리도 호기심 어린 눈으로 바스티안을 보았다.

"그러게요. 저도 한동안 못 본 것 같아요."

"음, 그게……."

어째서인지 그 순간 바스티안이 얼굴을 굳혔다. 그는 유리의 말에 대답을 저어하는 듯했다. 그때 유리가 막 온실 입구에 들어선 누군가의 기척을 느꼈다.

"실은 사육사가 개인 사정으로 갑자기 휴가를 내서 대리인이 개들을 돌보게 되었어. 그래서 산책 시간도 바뀌었단다."

"아, 그래요?"

바스티안은 아직 온실에 손님이 왔다는 것을 알아차리지 못한 듯 대답했다. 안네마리는 의심하지 않고 알겠다는 듯이 고개를 끄덕였다. 하지만 유리는 어쩐지 그가 무언가를 은폐하고 있는 것 같다는 느낌을 받았다.

그러나 바스티안이 입을 다물고 차를 마시기 시작해서 그 이상 이야기를 더 하지는 않았다. 저벅. 그리고 마침내 온실 안의 휴식 공간에 누군가가 들어섰다.

"아버님."

나직한 목소리가 유리의 귓가에 울렸다. 눈앞에 나타난 것은 지난

번에 유리와 별관에서 마주쳤던 현 크록포드의 가주, 도미닉 크록포
드였다.

"뭐야, 네가 이 시간에 여긴 웬일이냐?"

바스티안이 그를 보며 눈살을 찌푸렸다. 도미닉을 향한 바스티안의
눈빛에는 마뜩잖음이 담겨 있었다.

"회의가 일찍 끝나서 지금 귀가했습니다."

도미닉은 아랑곳하지 않고 담담하게 대꾸했다.

"손님들을 맞고 계셨군요."

도미닉의 눈동자가 바스티안의 옆에 있는 안네마리와 유리를 훑고
지나갔다. 그는 먼저 안네마리를 쳐다보며 입술을 뗐다.

"그쪽이 새로 왔다는 간병인인가 보군."

"안녕하세요, 처음 뵙겠습니다. 안네마리예요."

안네마리가 서둘러 인사했다. 뒤이어 무슨 생각을 하는지 알 수 없
는 깊은 푸른 눈동자가 이번에는 유리에게 미끄러졌다.

"이쪽은 지난번에 본 적이 있지. 아버님의 말 상대로 고용되었다고
했던가."

"네."

유리는 느리게 눈을 깜빡인 뒤 짤막하게 대답했다. 도미닉의 시선
이 안네마리보다 유리에게 아주 조금 더 오래 머물렀다.

"내가 고용한 아이들이니 넌 관심 갖지 마라."

그때, 바스티안이 언짢은 기색을 숨기지 않으며 말했다. 그러자 도
미닉이 유리에게서 시선을 떼고 입을 열었다.

"그러고 보니 새로운 고용인들을 위한 환영회를 깜빡했습니다."

"뭐? 환영회라고?"

바스티안이 귀를 의심하며 되물었다. 환영회라니, 갑작스러운 말이었다. 특히 말을 꺼낸 이가 도미닉이다 보니 상당한 위화감이 느껴졌다. 바스티안은 강한 의구심을 느끼며 눈살을 찌푸렸다.

"이게 웬 개풀 뜯어먹는 소리냐? 고용인들 환영회라니, 네가 언제부터 그런 걸 신경 썼다고."

하지만 정작 말을 꺼낸 도미닉은 태연했다. 오히려 그가 덧붙인 말은 바스티안의 더 큰 동요만 이끌어냈다.

"아버님 밑에서 열흘 이상 해고되지 않고 버틴 고용인은 처음인데 어떻게 관심을 두지 않겠습니까."

"이, 이놈이 지금 무슨 소리를 하는 거야?"

바스티안은 순간적으로 당황했다. 지금까지 간병인을 들이는 족족 까칠하게 굴며 내쫓았던 과거가 갑자기 수면 위로 올라오는 건 예상치 못했다.

"큼, 말본새 하고는. 이 아이들이 들으면 내가 그동안 고용인들을 괴롭힌 줄 알겠구나."

바스티안이 헛기침을 하며 짐짓 점잖은 체 말했다. 도미닉은 딴죽을 걸지 않고 말을 이었다.

"어쨌거나, 이 두 사람은 지금까지와 달리 곁에 오래 둘 마음으로 받아들이신 게 아닙니까. 그러니 환영회를 열어도 되지 않을까 싶어 말씀드렸습니다."

"뭐, 틀린 말은 아니긴 한데⋯⋯."

도미닉의 말은 꽤 논리적이었다. 그러나 바스티안은 여전히 마뜩잖은 얼굴로 그를 보았다. 유리는 그런 두 사람을 보고 아무래도 부자의 사이가 그리 좋은 것 같지는 않다고 생각했다. 눈치를 보니 안네마리도 비슷한 생각을 하는 듯했다. 바스티안은 여전히 떨떠름함과 꺼림칙함이 공존하는 눈으로 도미닉을 보았다. 도미닉이 그런 바스티안을 보다가 다시 입을 열었다.

"그리고 이 아가씨는 셀레나와 닮기도 해서 더 관심이 가는군요."

바로 그 순간 바스티안의 표정이 약간 누그러졌다.

'셀레나 크록포드'는 바스티안의 마음을 약해지게 만드는 버튼이나 마찬가지였다. 게다가 처음에는 저의가 의심스러웠지만 도미닉의 말을 들으니 이 부자연스러운 행동이 이해가 되었다. 바스티안 역시 유리가 셀레나와 닮아 관심을 가지게 된 것이었으니까.

"그래, 환영회라. 그런 것도 좋겠지."

결국 바스티안의 마음도 도미닉의 말대로 기울었다. 당사자들이 바로 앞에 있었지만 둘 다 딱히 안네마리나 유리의 의견을 묻지는 않았다. 하기야 원래 환영회라는 것이 대개 당사자들의 동의를 구하지 않고 이루어지는 일이기는 했다.

"너무 거창하게 환영회를 여는 것은 두 사람이 부담스러울 수 있으니 그냥 우리끼리 가볍게 저녁 식사나 같이하는 게 좋을 것 같구나. 너희는 어떻게 생각하니?"

바스티안이 지나가듯이 의견을 물었을 때, 유리는 기다렸다는 듯이 대답했다.

"마음은 감사하지만 안네마리라면 몰라도 고작 일주일에 한 번 저택에 방문할 뿐인 저까지 챙겨주실 필요는……."

"그게 무슨 소리냐!"

하지만 그녀가 말을 채 끝마치기도 전에 바스티안이 펄쩍 뛰었다.

"이왕 할 거면 당연히 둘 다 같이해야지!"

"저어, 그런데 할아버지. 사실은 저도 환영회까지 열어주시는 건 과분하다는 생각이 들어서……."

"과분하긴, 그냥 밥 한 끼 같이 먹는 것뿐이라는데도!"

안네마리까지 거절할 것 같은 낌새를 풍기자 바스티안이 다급하게 두 사람을 설득하기 시작했다. 그는 생각 이상으로 필사적이었다. 그 모습을 보고 문득 유리는 자신이 괜한 말을 꺼냈나 싶어졌다.

어쨌거나 이 두 사람은 동부의 대귀족인 크록포드의 사람들이었다. 그들이 호의로 꺼낸 제안을 거절했다가 자칫 밉보여 화를 입을 수도 있는 일이 아닌가? 물론 길지 않은 시간이기는 해도 그동안 겪어본 바로 바스티안이 이런 일로 속 좁게 보복을 하지는 않을 것 같았다.

하지만 옆에 서 있는 크록포드의 현 가주는 어떨지 몰랐으니까. 당연히 유리야 그들이 두렵지 않았지만 안네마리는 자칫 잘못하다가 상황이 곤란해질 수도 있었다. 게다가 안네마리는 거절 의사를 내비치긴 했으나 바스티안의 설득을 계속 무시할 정도로 단호한 성격이 아니었다.

"그럼 그렇게 할게요. 환영회까지 열어주시고, 신경 써주셔서 감사합니다."

그래서 결국 다음 주 이 시간에 환영회를 겸한 저녁 식사를 같이 하는 것으로 결정되었다.

"그럼 전 이만 나가보겠습니다. 가는 길에 집사에게 그렇게 전해두도록 하죠."

옆에서 그 광경을 관망하고 있던 도미닉이 처음 왔을 때처럼 조용히 온실을 떠났다. 유리는 그런 그의 뒷모습을 약간 가느스름하게 뜬 눈으로 쳐다보았다. 이제 고작 두 번 보았을 뿐이지만 왠지 기묘한 느낌이 드는 사람이었다.

"혹시 두 사람 다 가리는 음식은 없을까?"

하지만 바스티안이 조금 전보다 한결 흥이 돋은 목소리로 다시 대화를 시작해서, 유리는 멀어지는 뒷모습에서 시선을 뗐다.

그날 밤, 이번에는 유리가 외출을 통보했다.

"라키어스 씨, 오늘은 먼저 자요."

라키어스는 유리의 방문 앞에 팔짱을 끼고 기대 서 있었다. 유리는 외출 준비를 하는 중이었고, 라키어스는 그런 그녀를 약간 찡그린 눈으로 지켜보는 중이었다. 마침내 굳게 다물려 있던 라키어스의 입술이 떼어졌다.

"아무리 생각해도 너무 늦은 시간에 나가는 것 같은데."

"무슨 소리예요. 지금 초저녁 아니었어요?"

유리는 라키어스의 불만을 간략하게 일축했다. 물론 지금 시각은 밤 열한 시였지만 밤에 활동하는 것이 익숙한 그들에게는 절대 늦은 시간이 아니었다. 그 증거로 라키어스가 밤 외출을 하는 시간은 이보다 더 깊은 어둠이 깔렸을 때였다.

자신은 번번이 밤늦은 시간에 외출하면서 유리만 그러지 못하게 막다니. 모순이 아닐 수 없었다. 라키어스는 여전히 미간을 찡그리고 있다가, 외출 준비를 마치고 문가로 걸어오는 유리에게 물었다.

"뭐 하러 나가는 건데요?"

"비밀이에요."

"어디에 가려고."

"그것도 비밀."

이번에도 유리는 라키어스가 흡족해할 만한 대답을 해주지 않았다.

그는 무심하게 자신을 지나쳐 가는 유리의 손목을 붙잡았다. 소매 밑으로 접촉한 탓에, 유리는 조금 전보다 덜 건조한 눈으로 라키어스를 마주했다. 머리카락에 살짝 가려진 그의 눈매가 오늘따라 짙었다.

유리는 어쩐지 평소와 분위기가 다른 라키어스를 보며 고개를 갸웃했다. 단순히 그녀가 밤에 외출하는 것이 마음에 들지 않아 이러는 건 아닌 듯한 느낌이었다.

"라키어스 씨, 왜 그래요?"

그래서 물었으나 돌아오는 대답은 없었다. 대신에 손목을 옥쥔 힘이 조금 더 강해졌다. 사실 라키어스는 지금까지 몇 번이나 기다렸다. 유리가 지금의 자신처럼 한 번이라도 질문하기를. 밤늦게 외출해 도대체 어디를 가는 거냐고. 혹은 이렇게 외출하는 이유가 도대체 무엇이냐고.

그러나 유리는 라키어스가 그녀 몰래 집을 빠져나간 사실을 알고 나서도 그에게 아무것도 묻지 않았다. 심지어 그녀는 라키어스의 정체에 대한 당연한 의문조차 가져본 적이 없는 것 같았다. 라키어스는 그 사실에 기분이 다소 가라앉았다.

유리의 이런 태도가 그에 대한 무관심으로 느껴질 때가 있었기 때문이다. 이럴 때면 음습한 마음이 꿈틀거리며 가슴속에서 자맥질을 쳤다. 스스로 위험을 감지한 라키어스가 유리의 손목을 잡고 있던 손에서 힘을 풀었다. 왠지 지금 머릿속에 든 생각이 눈빛으로 드러날지도 모른다는 의심이 들어서, 라키어스는 눈꺼풀을 슬쩍 내려 유리에게서 시선을 비꼈다. 그러고 나서 그녀에게서 완전히 손을 뗐다.

하지만 그 순간, 이번에는 유리가 막 떨어져 나가는 라키어스의 손을 먼저 붙잡았다. 손가락 끝에 간지러운 온기가 배는 것과 동시에 잔잔한 속삭임이 귓가에 스몄다.

"되도록 금방 올게요."

바로 그 순간, 라키어스의 안에서 위험하게 소용돌이치던 감정의 폭풍이 마법처럼 잠잠하게 가라앉았다. 그렇게 유리는 라키어스의 마음을 들었다 놨다 한 뒤에 홀연히 집을 나섰다. 잠시 후, 라키어스도 집을 빠져나갔다. 그는 조용히 유리의 흔적을 쫓았다.

─오, 뭐야, 집주인 따라가려고? 오랜만에 재미있겠다!

머릿속에서 벌레가 들뜬 듯이 방정맞게 떠들었다. 당연히 라키어스의 힐난이 뒤따랐다.

'시끄러. 놀러 가는 거 아니야.'

유리는 라키어스가 밖에서 뭘 하는지 궁금하지 않은 모양이었지만 라키어스는 아니었다. 그러니 유리를 따라가 볼 생각이었다. 물론 들켰다가는 그녀에게 미움받을지도 모르니 몰래.

라키어스는 기척을 완전히 죽이고 어둠 속에 녹아들었다.

'드디어 때가 되었군.'

밤늦은 시간, 데이몬 살바토르는 저택 밖으로 빠져나왔다. 그는 입매를 비틀며 주머니를 뒤적였다. 잠시 후 그의 손에 구겨진 종이가 잡혀 나왔다. 부스럭. 반으로 접은 종이를 펼치자 그 안에 적힌 발칙한 글귀가 다시금 데이몬의 눈을 찔러들었다.

늦었어, 멍청아.

"후우."

데이몬은 한숨을 내쉬듯이 웃었다.

'기다려라. 오늘 네가 누구인지 알아내 줄 테니까.'

그는 주머니에서 미리 챙겨 온 작은 잉크병과 얼마 전에 완성한 연금술 물품을 주섬주섬 꺼냈다. 그리고 하얀 종이 위에 먼저 잉크를 한 방울 떨어뜨렸다.

파앗!

검은 잉크가 하얀 종이 위에 번지는 순간, 그것은 한 마리의 나비로 변했다. 데이몬은 그것을 연금술 물품과 함께 손안에 움켜쥐었다.

따악!

연금술로 제련한 푸른 보석이 악력을 이기지 못해 깨져 나간 순간, 데이몬의 손안에서 푸르스름한 빛을 내는 실이 자아내졌다. 그것은 데이몬의 손가락과 하얀 나비에 칭칭 동여매어 길게 이어졌다.

살랑.

연금술로 만들어진 실에 묶인 나비의 움직임이 약간 느려졌다. 데이몬은 잉크병을 아무렇게나 내던지고 눈앞의 푸른 실을 따라가기 시작했다.

"와아, 나 잠깐 속 좀 비우고 와도 되나?"

제노스는 눈앞에 펼쳐진 광경을 보고 별수 없이 눈가를 찡그렸다. 밀폐된 공간에서는 환기도 잘되지 않아서, 그동안의 시간을 축적한 역한 냄새가 한가득 고여 있었다. 칼리안이 속한 수색대가 이곳을 발견한 지 며칠이 지나 최소한의 정리는 된 상태였는데도, 곳곳에 구역질을 유발하는 흔적들이 남아 있는 게 눈에 들어왔다.

제노스는 내키지 않는 걸음을 떼 안쪽으로 이동했다. 몇 발짝 옮기지도 않았는데 지독할 정도로 강렬한 썩은 피비린내가 코끝을 파고들었다.

"야, 이 정도였으면 미리 설명해 줬어야지."

제노스는 울렁거리는 속을 가라앉히려 애쓰며 투덜거렸다.

"이럴 줄 알았으면 저녁은 굶고 왔을 텐데."

"못 본 새 비위가 많이 약해졌나 보군."

바로 뒤따라온 칼리안이 얄미울 정도로 덤덤하게 말했다.

"오기 전에 상황은 대충 말해줬지 않나."

"아니, 그건 말 그대로 대충이었잖아. 그것도 엄청 대충."

칼리안의 말을 들은 제노스가 어이없다는 표정을 지었다. 칼리안은 정말 지극히 간단한 설명만 해주고 제노스를 이곳에 데려왔다. 실종된 아이 중 일부를 찾았다. 하지만 이미 죽어 있었다. 범인의 존재는 드러나지 않았으니 네가 도움을 주었으면 한다.

그 말만 듣고 제노스는 칼리안의 뒤를 따랐다. 실종된 아이들이 죽은 채 발견되었다는 것 자체만으로도 심각한 사안이었지만, 그래도 설마하니 그 현장이 이렇게 비상식적일 만큼 처참할 줄은 미처 상상하지 못했다. 게다가 칼리안이 처음 이곳을 발견했을 때의 광경은 훨씬 끔찍했고, 지금은 그나마 어느 정도 정리를 한 상태라고?

그런데도 이 지경이라니. 제노스는 처음에 이 안이 어떤 모습이었을지 별로 상상하고 싶지 않다고 생각하며 핏자국이 덕지덕지 묻은 바닥과 벽면을 훑어보았다.

"아이들이 실종되었다고 들었을 때부터 감이 안 좋았지만 이건 생각보다 질 나쁜 사건일 수도 있겠어."

오래 머물고 싶지 않은 장소였으나 이왕 여기까지 온 것, 대충 일할 수는 없었다. 제노스는 천천히, 그리고 자세히 주위를 둘러보기 시작했다. 혹시 시선이 닿았을 때 예지의 능력이 발동되지 않을까, 주의를 집중하면서. 칼리안은 그런 제노스를 방해하지 않고 조용히 뒤를 지켰다. 그러던 중, 칼리안의 부하인 러셀 하프만이 소리 없이 방 안으로 들어왔다. 그는 앞쪽에 있는 제노스를 힐끗 쳐다보면서 칼리안에게 다가갔다.

"크록포드 경."

"왜 그러지?"

"셀던 경도 이번 사건에 투입되신 겁니까?"

불미스럽게 파문당했던 제노스 셀던의 갑작스러운 등장에 칼리안의 부하들은 놀랐다. 러셀 하프만도 칼리안에게 미리 언질받은 내용이 없어 내심 당황한 상태였다. 그래서 대표로 제노스 셀던에 대해 물으러 온 것이었다. 칼리안은 그런 그에게 짤막하게 대꾸했다.

"아직 비공식이다. 다른 곳에는 말을 아끼도록."

그러자 러셀이 알겠다는 듯이 고개를 끄덕인 뒤 방을 빠져나갔다. 칼리안은 다시 고개를 돌려 제노스의 뒷모습에 시선을 두었다. 제노스 셀던은 지난 상점가 폭발 사건 이후 중앙의회의 복귀 요청을 받아들였다.

그 후 그는 '스노우'로서의 생활을 청산하고 몇 년간 비어 있던 셀던가로 다시 돌아갔다. 제노스의 파문 이후 셀던가의 사람들은 번화한 도시를 떠나 한적한 시골로 내려갔다. 그래서 셀던가에는 관리인 말고 아무도 남아 있지 않았다.

물론 제노스의 복귀 소식을 듣고 나면 출세에 몸 달아 있던 그의 부친부터 당장 짐을 싸 들고 올라올 것이 분명했지만 말이다. 제노스가 자신의 복귀를 요란하게 떠벌리지 말 것을 중앙의회에 요구한 데에는 아마 그 이유가 가장 크게 작용했을 것이라고 칼리안은 생각했다. 중앙의회에서는 거절할 이유가 없었으므로 당연히 그의 요구를 수락했다.

예전이야 제노스 셸던의 이름 자체에 상징적인 의미가 있었다지만 그건 그의 명성에 치명적인 흠집이 가기 전의 일이었다. 그러니 중앙의회에서는 오히려 제노스의 요청이야말로 더할 나위 없이 만족스러운 것이었으리라. 그들의 입장에서야 제노스가 다시 예지의 능력을 빌려주는 조건으로 과거의 불명예를 씻고 싶어 한다 해도 거절하기 어려웠을 테니까.

그래서 칼리안은 제노스가 다소 미련하다고 생각했다. 애초에 명예밖에 없던 자리였는데 그 유일한 대가조차 사라졌으니, 이건 봉사나 다름없었다. 그의 부친인 도미닉 크록포드가 일전에 말했던 것처럼. 그럼 명예 대신 다른 걸 요구해도 될 텐데.

하지만 칼리안이 알기로 제노스는 의회에 복귀하는 조건으로 아무것도 바라지 않았다고 했다. 칼리안조차 제노스의 이런 이타심은 때때로 이해하기 어려웠다. 어찌 되었든 간에, 그런 이유로 제노스가 다시 돌아와 처음 맡게 된 일이 바로 지금 일어난 사건이었다.

"으음."

그때, 제노스의 입에서 신음인지 한숨인지 모를 자그마한 소리가 새어 나왔다.

"뭔가 보이는 게 있나?"

칼리안이 제노스에게 다가가며 물었다.

"너무 흐릿하게 스쳐 지나가서 뭐라 말하기가 좀."

제노스는 고개를 갸웃했다.

"그런데…… 아니, 아니다. 좀 더 보고 뭔가 말할 만한 게 있으면 알려줄게."

그는 무언가를 말하려 하다가 그냥 다시 입을 다물었다.

'……크록포드 문장이 보인 것 같았는데.'

바닥의 핏자국을 응시하는 제노스의 눈동자에 찝찝함이 떠올랐다. 제노스가 보는 것은 어디까지나 과거가 아닌 미래였다. 그러니 지금 본 것이 꼭 이번 사건의 원인과 연관된다는 법은 없었다. 무엇보다도 한순간 희미하게 스쳐 지나간 잔상일 뿐이라, 그것이 정말 크록포드의 문장이 맞는지도 확신할 수 없었다. 제노스는 마지막으로 한 번 더 방 안을 둘러본 뒤 칼리안이 있는 쪽으로 돌아섰다.

"다른 방도 좀 봤으면 좋겠는데."

"안내하지."

"그리고 처음에 왔을 때 상황이 어땠는지도 자세히 설명해 봐."

"지금보다 훨씬 비위 상하는 이야기가 될 텐데."

"이제 소화돼서 저녁밥 게워낼 일 없으니까 그냥 말해."

칼리안은 제노스가 바라는 대로 설명해 주었고, 제노스는 칼리안의 말을 한 번도 막지 않고 잠자코 귀를 기울였다. 그렇게 두 사람은 문을 나와, 마찬가지로 짙은 비린내가 밴 옆쪽의 방으로 향했다.

유리가 집을 나와 가장 먼저 향한 곳은 축제 때 비밀 경매가 열렸던 장소였다. 오늘 그녀가 외출한 이유는 '현자의 돌'을 찾아달라는 의뢰인 때문이었다. 물론 아직 그 의뢰를 수락한 건 아니었다. 다만 결정하기 전에 한번 따로 알아볼 필요성은 있을 것 같았다. 그래서 결정한 외출이었다.

하지만 당연한 일이라고 해야 할지, 경매장은 사라져 있었다. 일 년에 한 번 열리는 비밀 경매이니만큼 언제든 임시로 운영할 수 있는 빈 건물을 경매 장소로 사용한다는 것 정도는 유리도 이미 알았다. 그래서인지 경매가 열렸던 건물은 을씨년스러운 느낌이 들 정도로 완전히 깨끗하게 비어 있는 상태였다.

그래도 혹시 쓸 만한 정보가 남아 있을까 해서 유리는 건물 안을 살펴보았다. 하지만 겉으로 보이는 그대로, 남아 있는 것은 뽀얀 먼지뿐이었다.

유리는 실망하지 않고 발길을 돌렸다. 비밀 경매장을 뒤에서 운영하는 사람이 누구인지는 이미 대강 알아보고 왔다. 애초에 귀족들을 대상으로 한 경매이니 그것을 운영하는 일에 귀족이 얽혀 있는 것은 당연했다. 그쪽으로 가서 조사해 볼 생각이었다.

그런데 바로 그때, 유리는 막 건물 안으로 들어서는 인기척을 느꼈다. 일순간 그녀의 움직임이 멈칫했다.

'혹시 경매장과 관련된 사람인가?'

누구인지 모를 사람은 빈 건물에 불쑥 들어와, 서슴없는 걸음걸이로 안쪽을 향해 이동했다. 그 움직임에는 분명한 목적이 전해졌다. 그래서 유리는 경매장과 관련된 사람일 가능성도 있다고 생각했다.

'일단 붙잡고 뭐라도 털어볼까?'

어둠 속에 박힌 유리의 눈에 스산한 빛이 스쳐 지나갔다. 그녀는 옷에 달려 있던 모자를 깊이 눌러쓰고 조용한 복도를 걷기 시작했다. 지금 막 건물 안으로 들어온 사람이 움직이고 있는 곳을 향해서였다.

'뭐야, 경매장 건물이잖아?'

데이몬 살바토르는 나비가 이끄는 대로 따라 걷다가 문득 멈추어 섰다. 앞쪽에 고정된 그의 눈동자가 슬쩍 찌푸려졌다. 어쩐지 익숙한 길인 것 같더라니, 마침내 눈앞에 나타난 건물은 분명 지난 축제날에 '현자의 돌'을 구하러 온 적이 있던 비밀 경매장이었다.

'우연인가, 아니면……'

데이몬은 얼굴을 찌푸리며 깜깜한 입구를 응시했다. 그러나 곧 나비와 연결된 실이 팽팽하게 조여져서 그는 건물 안으로 걸음을 옮길 수밖에 없었다.

경매장은 아주 어둡고 조용했다.

저벅저벅.

바늘 굴러가는 소리도 들릴 것처럼 짙은 정적이 가득 찬 실내에는 그의 발소리만이 울려 퍼졌다. 기적을 죽이는 연금술 물품을 소지 중이었기 때문에 딱히 발소리를 감출 필요는 없었다. 데이몬은 왠지 으스스한 분위기라고 생각하면서 눈앞의 하얀 나비를 이정표 삼아 걸었다.

찍찍찍!

"흐억!"

그러다 무언가가 발밑을 홱 스쳐 지나가는 느낌에 그는 깜짝 놀라 소스라쳤다.

'미친, 쥐새끼 아니야? 이런 불결한……'

데이몬의 얼굴에 질색하는 빛이 떠올랐다. 귀족들을 대상으로 하는 경매장에 쥐가 돌아다니다니. 운영자와 관리인이 누구인지는 몰랐지만 기본이 되어 있지 않았다. 이런 더러운 곳인 줄도 모르고 경매에 참석했었다는 생각에 데이몬은 기분이 심히 불쾌해졌다.

그는 조금 전보다 경계심 어린 눈빛을 하고 어두운 복도를 걸었다.

'X발, 유령이라도 나올 것 같네.'

오늘은 만일을 대비해 방어와 공격의 기능이 담긴 연금술 물품도 여러 개 챙겨 왔다. 그러니 겁낼 이유가 없다. 하지만 기분 탓인지, 아까부터 괜히 뒤통수가 간지러운 느낌이 들어 영 마음이 찜찜했다. 꼭 누군가가 뒤에서 조용히 자신을 쳐다보는 것 같았다.

휘익!

바로 그때, 이번에는 데이몬의 등 뒤에서 무언가가 작게 움직였다. 데이몬은 깜짝 놀라 휙 뒤돌아보았다. 하지만 눈에 들어오는 것은 텅 빈 복도뿐이었다. 숨을 죽이고 집중했지만 역시 느껴지는 인기척은 없었다.

'역시 그냥 기분 탓인가?'

결국 데이몬은 약간 멋쩍게 뒤통수를 긁적였다. 그러곤 다시 정면을 향해 몸을 돌렸다. 그렇게 그는 다시 나비를 따라 걷기 시작했다.

'뭐야, 저 멍청한 놈은.'

라키어스는 약간 어이없는 눈으로 앞에 있는 남자를 쳐다보았다. 심해 같은 짙푸른 머리카락을 가진 남자. 그는 바로 데이몬 살바토르였다. 라키어스가 그를 처음 발견한 것은 지금으로부터 약 오 분 전쯤이었다. 조금 전 유리가 경매장 건물에 들어선 것을 확인한 이후, 라키어스는 그녀를 곧바로 따라 들어가지 않고 건물 밖에서 걸음을 멈추었다.

조용히 불어온 밤바람이 라키어스의 머리카락을 가볍게 훑고 지나 갔다. 흔들리는 금색 실타래 밑으로 드러난 날카로운 푸른 눈동자가 달빛을 반사해 시린 광채를 냈다. 살짝 찌푸려진 라키어스의 눈이 눈 앞에 솟은 낯익은 건물을 응시했다.

축제 이후 유적의 파편이 어디에서 왔는지 출처를 확인하기 위해 한 번 왔었던 장소라 라키어스에게도 낯설지 않은 곳이었다.

밤이 깊은 늦은 시각. 지난 축제 때의 떠들썩한 풍경과 달리, 모든 건물에 불이 꺼져 사람 한 명 돌아다니지 않는 한적한 거리의 모습은 다소 을씨년스러웠다. 유리가 왜 이제 와서 경매장을 찾은 건지 이유 를 알 수 없어 라키어스는 의아한 마음이 들었다.

'혹시 유적의 파편과 관련된 일인가? 아니면 그냥 다른 일?'

만약 전자라면, 이미 라키어스가 이곳을 헤집어놓고 간 뒤라 지금 여기에서 무언가를 알아내기는 어려울 터였다. 무엇보다도, 경매장에 있던 유적의 파편에는 특이한 행적이 없었다.

라키어스도 여러 방면으로 알아봤지만, 맨 처음 유적의 파편을 발 견한 사람은 분명 북서 경계 쪽에 위치한 동부의 숲에서 신비한 힘을 가진 돌을 우연히 발견했다고 했다. 약한 세뇌를 걸어 직접 확인한 일 이었으니 거짓말이 아니었다.

물론 그 자리에 유적의 파편이 떨어져 있었던 게 정말 '우연'이 맞느 냐고 한다면…… 그건 또 모를 일이지만.

어쨌든, 라키어스는 지금 눈앞에 있는 건물 안에 들어가서 유리가
뭘 하고 있나 자세히 알아보고 싶은 마음이 들었다. 하지만 왠지 건
물 안에 들어가면 그의 존재를 유리에게 들킬 것 같았다.

라키어스의 기척을 죽이는 능력은 남달랐지만 유리 역시 유적의 파
편을 흡수해 오감이 비정상적으로 발달해 있었다. 더군다나 지금 이
건물에는 유리 말고 다른 사람이 한 명도 없었다. 그런 상황이니 혹
시라도 라키어스가 안으로 들어가면 무언가를 감지할지도 모르는 일
이었다. 게다가 또 한 가지 마음에 걸리는 것은……

"너무 질척거리는 사람은 매력 없어요."

라키어스는 귓가에 어른거리는 목소리에 눈매를 구겼다. 그는 일전
에 유리가 했던 말을 마음에 담아두었다. 그것이 라키어스를 갈등하
게 했다. 그렇게 그가 건물 밖에서 잠깐 고민에 잠겨 있을 때, 누군가
가 다가왔다.

남자의 모습은 어둠 속에서도 라키어스의 눈에 선명하게 들어왔다.
새파란 머리카락. 검은 눈. 그리고 꽤나 곱상한 얼굴. 라키어스는 파
란 머리 남자가 얼마 전에 커피하우스 앞에서 본 사람이라는 것을 어
렵지 않게 알아차렸다. 그런데 저 남자가 왜 유리가 있는 곳으로 오는
거지? 단순히 우연인가?

라키어스가 딱히 몸을 감추지도 않고 기척만 죽였을 뿐인데도, 남
자는 눈앞에 버젓이 있는 그의 존재를 알아차리지 못했다. 라키어스
는 가까이 다가오는 남자를 조용히 지켜보았다.

그런데 아까부터 남자의 앞쪽에서 날아가고 있는 하얀 나비가 눈에

걸렸다. 왠지 평범한 나비가 아닌 것 같은데⋯⋯. 나비에 묶여 있는 파란 실에서도 희미하게 이질적인 느낌이 전해졌다.

한데 남자의 꼴이 퍽 웃겼다. 개한테 목줄을 매서 산책을 시키는 것도 아니고, 웬 나비에 실을 연결해서 그 뒤를 쫓고 있단 말인가. 하지만 더 웃긴 것은 따로 있었다.

─쟤, 되게 둔한 것 같지 않냐? 뒤에 사람 붙어 있는 것도 모르나 봐.

남자는 뒤에 사람을 셋이나 달았다. 분위기를 보아하니 경호원은 아닌 듯하고, 미행이 확실해 보이는데⋯⋯. 그런 것도 모르고 남자는 나비에만 정신이 팔려 오직 앞만 보고 직진했다.

─어, 혹시 했는데 정말 이 건물로 들어가네. 그럼 혹시 여기서 집주인 여자랑 만나기로 약속한 건가?

라키어스는 바로 앞을 스쳐 지나가는 남자를 싸늘한 눈으로 응시했다. 그리고 다음 순간, 라키어스의 눈가가 움찔 구겨졌다. 이렇게 가까이에서 보니 확실히 알 것 같았다. 저 나비. 유리가 능력을 쓸 때마다 희미하게 풍기던 기운과 동일했다.

그 순간, 라키어스의 속에서 은근한 열이 치솟았다. 어쩌면 까마귀 오딘의 깃털처럼 저것 역시 단순한 표식 같은 것에 불과할지도 모른다. 하지만 그냥 유리의 기운을 풍기는 나비가 다른 사람의 손에 있다는 사실만으로도 기분이 매우 더러워졌다.

─애 또 질투하네. 쟤 죽일 거야? 그것도 재미있을 것 같긴 한데.

라키어스는 자기도 모르게 흘러나오려는 살기를 갈무리했다. 아래로 늘어뜨려진 그의 손가락이 두어 번 느릿하게 쥐어졌다가 펴졌다. 벌레의 말대로 지금 당장 저 남자를 죽일 마음은 없었다. 다만 한 가지는 확실했다.

'멍청하게 꼬리를 달고 오다니, 유리에게 민폐잖아.'

라키어스는 미행을 붙여 오고도 모르는 한심한 놈의 뒷모습을 차가운 눈으로 쳐다보았다. 심지어 그는 미행한 사람 중 한 명이 약간 거리를 두고 건물 안까지 따라 들어가는데도 전혀 눈치채지 못한 것 같았다.

물론 미행인도 문가에 서 있는 라키어스의 존재를 전혀 알아차리지 못하긴 했지만 말이다.

아무튼, 저 거슬리는 파란 머리 남자가 유리와 약속을 하고 왔든 아니든 간에, 일단 뒤에 붙은 인간들은 그냥 둘 수 없었다. 라키어스는 지는 달처럼 소리 없이 몸을 움직였다. 일단 저 세 사람부터 조용히 처리하고 남자의 뒤를 따라가 봐야 할 듯했다.

유리도 데이몬의 뒤를 쫓는 다른 사람의 존재를 일찌감치 알아차렸다. 처음 건물에 들어온 사람은 분명 하나였지만, 잠시 후 그 뒤를 따라 들어온 사람 때문에 기척이 둘이 되었음을 알아차릴 수밖에 없었다.

그런데 유리가 초대받지 않은 손님을 향해 걸어가는 사이, 건물에 들어선 두 사람 중 뒤쪽에 있던 한 명의 움직임이 갑자기 사라졌다.

'뭐지?'

갑작스러운 존재감 증발에 유리는 의문을 느꼈다. 감각을 집중해 봤지만 움직이는 사람은 여전히 한 명뿐이었다. 처음에는 혹시 뒤에 있던 사람이 도중에 방향을 바꾸어 다른 곳으로 이동했나 싶었지만 그런 것도 아니었다. 유리의 고개가 갸웃 기울어졌다. 하지만 매사에 큰 흥미가 없고 무던한 성격답게 그녀는 금방 호기심을 잃어버렸다.

유리는 계단을 내려가기 시작했다.

잠시 후, 막 아래쪽의 계단에서 올라오던 사람이 그녀의 시야에 들어왔다. 당연한 말이지만, 데이몬이 유리를 발견한 것보다 유리가 데이몬을 발견한 것이 더 빨랐다. 눈앞에 나타난 사람의 뜬금없는 정체에 유리는 얼굴을 찌푸렸다. 데이몬 살바토르를 빈 경매장 건물에서 만난 그녀의 심정을 표현하자면…….

'아니, 갑자기 네가 여기서 왜 나와?'였다. 유리는 이 상황이 좀 어이없다고 생각했다. 데이몬 살바토르의 앞에서 팔랑거리며 날갯짓하는 나비를 본 순간 그녀의 어이없음은 더 강렬해졌다. 보아하니, 데이몬은 이 경매장에 목적이 있는 게 아니라 서신을 주고받던 종이를 이용해 그녀를 추적해 온 듯했다.

'저 실은 뭐지?'

평범한 실로 나비를 묶어 쫓아올 수는 없을 테니, 그럼 혹시 연금술을 이용한 건가 싶었다. 유리는 연락망인 나비를 길잡이 삼아 여기까지 온 데이몬을 새삼스러운 눈빛으로 쳐다보았다.

이렇게 집착할 정도로 현자의 돌을 갖고 싶었던 건가? 아니면 혹시 지난번에 마지막으로 보냈던 쪽지의 내용 때문에 열 받았나? 어, 그럼 혹시 이건 현실 PK?

유리가 그런 생각을 하고 있는 동안 데이몬은 점점 거리를 좁혀, 마침내 유리가 서 있는 곳과 스무 계단 정도 떨어진 지점까지 올라왔다.

"X발……. 계단 한번 오지게 많네."

그는 아직 앞에 서 있는 유리의 존재를 눈치채지 못한 것 같았다. 작게 속삭이듯이 투덜거린 데이몬이 다음 계단에 발을 디디며 무심코 고개를 들었다. 그리고 마침내 위쪽에 있는 유리를 발견해 냈다.

"흐허억!"

데이몬이 기겁해 펄쩍 뛰었다. 그는 정말 크게 놀란 것 같았다. 하기야, 이런 깜깜하고 조용한 건물에서 갑자기 눈앞에 다른 사람이 소리 없이 나타나면 누구라도 그럴 테다.

"헉, 허억. 미, 미친. 크헉……."

데이몬은 심장까지 부여잡고 거친 숨을 헐떡였다. 누가 봤다면 평소에 심장 질환이 있던 건 아닌지 절로 우려하는 마음이 들 정도였다. 유리도 무심결에 괜찮냐고 물을 뻔했지만 곧 입을 다물었다.

데이몬 살바토르와는 몇 번 가까이에서 이야기를 나눠본 적이 있었다. 게다가 그는 눈치도 좀 빠른 편인 것 같았고, 그러니 지금 입을 열면 목소리를 변조한다 해도 정체를 알아차릴지도 몰랐다. 그나마 지금은 주변이 깜깜하고, 또 유리도 얼굴을 가리고 있어 다행이었다. 데이몬 살바토르는 단지 놀랐을 뿐, 그밖에 다른 이상이 더 있는 건 아닌 듯했다.

그럼 나비만 해결하고 가자.

사악!

유리는 손에서 실을 뽑아내 데이몬의 손과 연결된 파란 실을 잘라 냈다. 그러자 그에게 붙들려 있던 나비가 자유를 되찾아 유리에게 날아왔다.

"하, 씨……. 야, 네가 나비 주인이냐?"

그때, 데이몬이 계단 난간에 매달려 있던 몸을 일으키며 성난 눈으로 유리를 노려보았다. 그의 얼굴은 빨갛게 상기되어 있었다. 조금 전까지 숨을 급히 몰아쉬느라 그런 건지, 아니면 뒤늦게 자신의 행동에 창피한 마음이 들어 그런 건지 알 수가 없었다. 유리는 대답하지 않고 그녀의 옆으로 날아온 나비를 분해해 없애 버렸다.

"X발, 맞나 보네. 그럼 이거나 먹어라!"

바로 그 순간, 데이몬이 그녀에게 무언가를 던졌다.

휘익!

유리의 뒤쪽 창에서 새어 들어온 달빛에 작고 동그란 무언가가 비쳐 반짝 빛났다. 유리는 데이몬의 모습을 보며 긴장감 없이 생각했다.

'꼭 포켓볼 던지는 것 같은 폼이네.'

다음 순간 그녀의 검은 망토 자락이 펄럭였다.

파바박!

유리의 손에서 뻗어 나간 실타래가 데이몬이 던진 물건을 그물망처럼 덮쳐 막아냈다.

콰직! 촤라락!

데이몬의 손에서 내던져진 작은 구체는 유리의 실에 부딪히자마자 산산조각 났다. 그런데 충격을 받으면 작동하도록 설계되어 있었던 듯, 곧바로 깨진 파편 사이로 무언가가 뻗어져 나왔다. 그물처럼 펼쳐진 실에 얽혀든 것은 가시덩굴처럼 보이는 사슬이었다.

"마, 막았어?"

데이몬은 설마 유리가 자신의 공격을 막아낼지 몰랐는지, 심히 당황했다.

"그럼 이것도 먹어라!"

그가 이번에는 연달아 몇 개의 구체를 유리에게 던졌다.

파바밧! 쨍강!

유리는 하품을 하며 그것을 전부 다 막아냈다. 이번에는 깨진 구슬에서 시야를 차단하기 위한 뿌연 연기와 마비 향이 흘러나왔다. 하지만 그것은 유리가 수백 갈래의 실을 뽑아내 한꺼번에 휘두른 순간, 불어나간 돌풍에 떠밀려 순식간에 사그라졌다.

"너, 이, 이 자식! 으악……!"

유리는 꼭 귀찮은 날벌레를 잡는 태도로 그물망을 더 크게 펼쳐 데이몬을 칭칭 동여맸다. 그러던 중 그의 손에서 구슬 몇 개가 바닥으로 굴러떨어졌다. 유감스럽게도 그중 한 개는 공격용이었던 모양이다.

콰앙!

구슬이 바닥에 떨어져 깨지는 순간, 폭발음이 귓전을 때렸다. 부서진 벽과 바닥이 후두둑 떨어져 내렸다. 유리가 놀라운 순발력으로 데이몬을 동여맨 실을 잡아당겼기에 망정이지, 까딱 잘못했다가는 그 역시 아래로 떨어질 뻔했다.

"헉!"

누에고치처럼 실에 돌돌 묶여 유리의 옆으로 날아온 데이몬이 조금 전까지 자신이 서 있던 자리를 보며 아연실색했다. 유리는 그 모습을 보면서 생각했다.

"이건 똥멍청이인가……."

"뭐라고?!"

아, 저도 모르게 속마음을 소리 내서 말했나 보다. 하지만 다행스럽게도 데이몬은 경황이 없는 상태라 유리의 목소리를 알아듣지 못한 것 같았다. 하기야, 알아들어 봤자 심증만으로 그녀를 어쩌겠느냐만.

그리고 또 한 가지 다행이라고 해야 할까. 데이몬의 난동은 뜻밖에도 쓸모가 있었다. 조금 전의 폭발로 벽이 무너지면서 비밀 통로가 모습을 드러낸 것이다. 유리는 옆쪽의 벽면에 갑자기 나타난 또 다른 공간에 흥미를 느꼈다.

'어쩐지 건물 구조가 좀 묘하다 싶더니, 이런 곳이 있었나.'

저벅. 그녀의 발이 부서진 벽 근처로 향했다. 그 안은 빛 한 점 없이 아주 어두컴컴했다.

"야……. 이거 풀어."

유리가 안쪽을 막 들여다보려고 했을 때, 등 뒤에서 긴장감 어린 목소리가 들려왔다. 망토 모자에 가려진 유리의 붉은 눈이 뒤쪽으로 슬쩍 미끄러졌다. 어둠 속에서 그 시선을 느꼈는지, 데이몬이 몸을 움찔했다. 그의 몸을 칭칭 동여맨 실을 타고 잔떨림이 전해져 왔다.

"나, 나를 어떻게 할 셈이야? 말해두는데, 내 털끝 하나라도 건드렸다가는 후회할 거야, 너."

조금 전까지 자신감 넘치는 모습으로 맹렬히 유리를 공격하던 사람은 어디로 갔는지, 데이몬은 바짝 말라 굳은 입술을 달싹이며 물었다.

"그리고 오해하지 마라. 난 그냥 현자의 돌을 가지고 있다는 사람의 정체가 궁금했을 뿐이고, 딱히 널 해치려는 생각은 없었으니까."

그의 입에서 변명 같은 말이 흘러나오기 시작했다. 아직 태도는 고압적이고 도도했지만 유리를 향한 은근한 경계심과 두려움이 희미하게 내비쳐 보였다.

"너 내가 누구인지 알지? 나 데이몬 살바토르야."

유리는 그런 데이몬을 보고 '이런 게 바로 연금술을 맹신한 자의 비참한 최후인가' 하고 심심하게 생각했다.

"애초에 날 가지고 논 것도 네가 먼저잖아? 그놈의 돌을 가지고 있다고 낚시질만 안 했어도……!"

바로 그 순간, 데이몬이 갑작스러운 깨달음을 얻기라도 한 것처럼 숨을 훅 들이켜며 눈을 부릅떴다.

"서, 설마! 내가 널 잡으러 올 줄 알고 일부러 날 여기로 유인한 거냐?"

"……?"

"처음부터 날 어떻게 해볼 생각으로? 이런 XX 같은 놈이……!"

급기야 데이몬의 상상은 점점 비관적인 방향으로 흘렀다. 그 터무니없는 소리에 유리는 황당함을 느꼈다. 그녀는 그냥 데이몬을 무시하고 비밀 공간 안으로 들어갔다. 뒤쪽에서 데이몬이 무어라 외치는 소리가 들렸지만 그것도 무시했다. 비밀 공간 안은 아주 깜깜했지만 유리의 눈으로는 내부의 모습을 어렵지 않게 확인할 수 있었다.

누군가가 사용하던 방인 것 같았다. 그리 크지 않은 방의 바닥에는 카펫이 깔려 있고, 작은 책상과 의자, 그리고 책장이 벽면에 붙어 있었다. 다른 쪽에는 휴식 공간으로 보이는 소파와 간이 테이블이 있었다. 물론 책상과 책장은 텅 비어 있었다.

추측하건대, 아마도 이 경매장을 비울 때 이 안에 있던 물건들도 싹 정리를 한 듯했다. 하지만 유리는 테이블 위에 놓인 재떨이에서 타다 만 종이를 발견해 냈다.

슈욱!

그녀의 손가락 끝에서 날아간 실이 그 종이를 꿰어 눈앞에 끌어왔다. 누군가와 주고받았던 쪽지 같았다. 하지만 대부분이 타 있어 내용을 잘 확인할 수가 없었다.

······경계. ······미끼······ 숲······ 토르.

기껏해야 알아볼 수 있는 글씨는 이게 전부였고, 그마저도 오른쪽 밑부분의 귀퉁이만 남아 있어 내용을 해독할 수가 없었다. 이런 비밀 장소에 남아 있던 종이이니만큼 중요한 내용일 것 같았지만 오히려 그런 생각이야말로 편견일 것 같기도 했다.

그래도 혹시 모르는 일이니 유리는 불에 탄 종이를 주머니에 구겨 넣고 다시 비밀 공간 밖으로 나왔다. 데이몬은 어떻게든 몸을 속박한 실을 풀기 위해 발버둥 치다가 유리가 다시 눈앞에 등장하자 흠칫해 굳었다.

유리는 이 똥멍청이를 어떻게 해야 할지 잠깐 고민했다. 혁신적인 발명품의 주인인 만큼 연금술에 대한 네이몬의 자부심이 대단하다는 건 알겠다. 하지만 그래도 편지를 보낸 게 어떤 사람인 줄 알고 고작 저런 구슬 몇 개만 챙겨서 여기까지 왔는지 모를 노릇이다. 그 와중에도 처음부터 공격 무기를 사용하지 않은 걸 보면 성품이 참 바르다고 해야 할지 어리석다고 해야 할지.

어쨌든 지금 그가 한 짓이 상당히 위험한 짓이라는 건 두말할 필요가 없었다. 유리는 일단 데이몬을 데리고 빠져나가기 위해 몸을 움직였다. 바닥에 눕혀져 있던 데이몬도 질질 끌려왔다.

"어, 어디로 가는 거야! 야!"

꼭 도살장에 끌려가기라도 하는 것처럼 뒤에서 외쳐대는 소리가 시끄러웠다. 그래서 유리는 데이몬의 입을 실로 막았다.

"읍읍! 읍!"

그러고 나서야 환경이 조금 쾌적해졌다. 결국 유리는 그날 데이몬을 살바토르의 저택 담벼락 안에 던져놓고 집으로 돌아갔다. 마지막에는 그에게 친절하게 충고를 남겨주는 것도 잊지 않았다.

"어억!"

데이몬은 유리가 내던진 대로 담벼락 너머의 잔디밭을 뒹굴었다. 그는 잠깐 경황없이 어안이 벙벙해 있다가 이내 정신을 차리고 번쩍 고개를 들었다.

'뭐, 뭐야. 여긴 살바토르잖아?'

조금 전까지만 해도 꽁꽁 묶여 있던 게 꿈인 것처럼 그의 몸에는 하얀 실오라기 하나 붙어 있지 않았다. 하지만 아직도 삭신이 쑤셨다. 데이몬은 아득 이를 깨물며 자리에서 벌떡 일어났다. 그리고 쥐가 난 다리를 절뚝거리며 가까이에 있는 경비병에게 달려갔다.

"당장 사람 풀어서 저택 바깥에 수상한 사람이 없는지 확인해!"

그들은 데이몬이 언제 들어왔는지 몰라 깜짝 놀랐다. 하지만 어쨌거나 살바토르 가문 후계자의 명이었기에 토 달지 않고 급히 문밖으로 사람들을 보내 주변을 수색하도록 했다. 그러나 저택 주변에는 수상한 사람은커녕 쥐새끼 한 마리 눈에 띄지 않았다. 결국 데이몬은 허탕을 치고 돌아설 수밖에 없었다.

"헉, 도련님. 등에……."

그가 이를 갈면서 저택 안에 들어섰을 때. 고용인 중 한 명이 데이몬의 뒤에서 숨을 들이켰다.

"뭔데 그래?"

데이몬은 흠칫해서 홀렁 겉옷을 벗었다. 그리고 이내 옷에 새겨진 글씨를 발견했다.

조심. 너 약해서 잘 죽음. 나대지 말자.

"이, 이 자식이……!"

데이몬은 열불이 치솟는 것을 느끼며 손에 쥔 겉옷을 바닥에 내동댕이쳤다. 물론 유리는 진심 어린 충고를 한 것이었지만 데이몬은 마지막까지 농락당한 기분에 치를 떨 수밖에 없었다.

　─어, 야! 저기 난리 났다. 아까 들어간 애, 집주인 여자랑 만나기로 약속한 거 아닌가 본데?

　그날, 데이몬은 본인도 모르는 사이에 사망 플래그를 하나 꽂았다. 위에서 들리는 폭발음에 라키어스의 미간이 꿈틀거렸다. 혹시 유리의 기척이 사라졌거나 조금이라도 부상을 입은 듯한 움직임이 느껴진다면 곧바로 뛰어갔을 것이나, 다행히 그녀는 멀쩡한 것 같았다. 오히려 움직임이 없는 것은 남자 쪽이었다.

　'그래도 아직 살아 있군.'

　어쩌 동부 쪽에 죽고 싶은 놈이 점점 늘어났다. 잠시 후 유리가 남자를 데리고 건물을 나섰다.

　─혹시 담그러 가는 건가? 워호, 집주인 여자 화끈하네!

　머릿속에서 벌레가 꼭 파티라도 열린 것처럼 신명 나게 외쳤다. 라키어스는 유리를 뒤쫓으면서 가지고 있던 검은 깃털을 움켜쥐어 오딘을 불러냈다.

　"부르셨습니까, 라키어스 님!"

　오딘은 10초도 안 되어 나타났다.

　"까마귀, 조금 전에 내가 나왔던 건물 뒷정리해."

　"넵! 라키어스 님의 오른팔인 이 오딘이 깨끗하게 정리해 놓겠습니다!"

　"건물 안에 세 놈 있는데 그것도 같이 처리하고."

　"오딘만 믿어주십쇼!"

"근데 너."

오딘이 막 자리를 떠나려 했을 때, 라키어스가 문득 지나가듯이 떠오른 것을 물었다.

"지난번에 나한테 직접 가져왔던 유적의 파편, 어디서 났던 거냐?"

"아, 그거 아라크네 거 훔쳐왔는데요?"

"……뭐, 이 자식아?"

바로 그 순간 라키어스에게서 흘러나오기 시작한 음산한 기운에 오딘이 딸꾹질을 했다.

"다시 한번 말해봐."

라키어스의 걸음이 잠깐 늦춰졌다. 눈치 빠르게 분위기를 읽어낸 오딘이 지금은 무조건 납작 엎드려야 할 때란 사실을 깨닫고 라키어스에게 석고대죄했다. 날개를 파닥이던 까마귀가 라키어스의 다리에 덥석 매달리자 검은 깃털이 팔랑거리며 밤하늘에 흩날렸다.

"죄송합니다, 라키어스 님! 오딘은 쓸모없는 오딘이에요! 유적의 파편 하나 직접 못 구해서 잔챙이들이나 하는 절도를……!"

"X발, 그게 아니라……. 넌 뒷정리하고 나면 창고 가서 대가리 박고 있어."

오딘이 핼쑥해진 얼굴로 라키어스의 명령을 따르기 위해 비틀거리며 날갯짓했다. 라키어스는 여전히 얼굴을 구긴 상태로 다시 유리의 기척을 쫓아 움직였다.

─에이, 뭐야. 담그러 간 거 아니었네?

잠시 후, 벌레가 실망했다는 듯이 중얼거렸다. 유리는 경매장에 침입한 남자를 어떤 저택의 담벼락 너머로 던져놓고 발길을 돌렸다. 그곳은 동부의 대귀족 중 하나인 살바토르 가문이었다. 나무에 올라가 눈을 내리뜬 라키어스의 눈이 가늘게 좁혀졌다.

'그러고 보니 커피하우스 앞에서 저 파란 머리 놈과 마주쳤던 빨간 머리 놈은 동부의 수호자라던 제노스 셸던이었지.'

지난번에 뒤를 밟아 조사해 본 결과 알게 된 사실이었다. 크록포드도 그렇고, 셸던에 이어 이번에는 살바토르. 파스슥……. 나무 기둥을 짚고 있던 라키어스의 손에 지그시 힘이 들어가자 접촉한 부위에서부터 자잘하게 금이 가기 시작했다. 유리의 주변에 왜 저런 꼴 보기 싫은 놈들이 자꾸만 얽혀드는 건지 도무지 알 수가 없었다.

─라키어스, 너 밖에 나온 거 집주인 여자한테 비밀 아니야? 그럼 빨리 가야 할 것 같은데.

일단은 벌레의 말대로였기 때문에 라키어스는 후일을 기약하고 뒤돌아섰다.

"샅샅이 수색해라!"

덜컹!

뒤쪽에서 저택의 정문이 열리는 소리와 함께 사람들이 움직이는 소리가 작게 들려왔다.

'은혜를 모르는 놈이군.'

유리가 기껏 살려 보내줬는데도 저 배은망덕한 놈이 그녀를 잡기 위해 사람을 푼 모양이다. 이래서 사람 새끼에게는 은혜를 베푸는 게 아닌데. 라키어스는 쯧 혀를 찼다. 그는 집이 있는 방향으로 먼저 움직인 유리를 앞지르기 위해 달려 나갔다.

나는 내 뒤를 따라오는 희미한 기척에 주의를 집중했다.

'이 정도면 진짜 기척이 아예 없다고 해도 되겠는데.'

그러다가 결국 혀를 내두르고 말았다. 감탄의 대상은 라키어스였다. 사실은 라키어스가 아까부터 내 뒤를 쫓고 있다는 사실을 알았다.

처음부터 알았던 건 아니었다. 맨 처음 의심한 건 역시 데이몬 살바토르가 막 건물 안에 들어왔을 때, 그의 뒤를 따르던 인기척이 갑자기 사라진 순간이었다. 아니, 실은 집을 나서기 전에 내 앞을 막아서는 라키어스를 보았을 때부터 혹시 이러다가 그가 몰래 나를 따라오지는 않을지 아주 조금 미심쩍은 마음이 들기는 했다.

되도록 빨리 돌아오겠다는 내 말에 라키어스는 얼핏 수긍하는 기색을 내비쳤지만 나는 그에게서 거의 본능적인 수상함을 감지해 냈다.

뭐, 원래 뒷세계 인간이 타인의 말을 곧이곧대로 믿는 것부터가 웃기는 일 아니겠는가. 그래서 나는 집을 나와 목적지로 이동하면서도 은연중에 틈틈이 티 나지 않게 뒤쪽을 살펴보았다.

하지만 라키어스의 은신술은 몹시 뛰어났다. 오죽하면 처음 그의 존재를 느낀 것이 경매장 안에 들어가 내부를 훑어본 이후일 정도로. 그래도 한번 의식하고 나자, 그 후로는 내 뒤를 따라오는 사람의 존재가 아주 희미하게나마 감지되었다.

휘익!

나는 잠깐 뒤쪽의 동태를 살피다가 속도를 높여 집이 아닌 다른 곳으로 움직였다. 그러자 나와 거리를 두고 따라오던 등 뒤의 움직임이 일순간 늦추어졌다. 잠시 후 그는 집이 아니라 내가 이동한 방향으로 따라붙었다. 나는 집에서 멀지 않은 강변에 이르러 걸음을 멈추었다.

졸졸졸 흐르는 물살이 달빛에 비쳐 반짝거렸다. 망토의 모자를 벗자 아까부터 불어오던 선선한 바람이 머리카락을 날리게 했다.

"밤에 보는 강 풍경도 꽤 예쁘네요. 같이 걸을 사람이 있으면 더 좋을 텐데."

그리 크지도 작지도 않은 내 목소리가 밤의 강가에 울려 퍼졌다. 누가 보면 웬 여자가 혼잣말을 한다고 생각했을 것이다. 하지만 잠시 후, 내 뒤쪽으로 누군가가 소리 없이 나타났다.

"……알고 있었네요. 내가 있는 거."

나직한 속삭임이 밤공기 속에 번졌다. 고개를 돌리자 나와 네다섯 걸음 정도 떨어진 곳에 조용히 서 있는 남자가 시야에 들어왔다. 내 머리카락을 헝클인 바람이 라키어스를 스쳐 지나갔다.

"언제부터 알았어요?"

달빛을 머금고 가볍게 흩날리는 라키어스의 머리카락이 꼭 금가루를 뿌린 것처럼 반짝였다. 워낙 밤이 잘 어울리는 남자라 그런가. 그냥 이렇게 가만히 서 있기만 해도 꼭 화보를 찍는 것 같은 느낌이 들었다.

"처음부터요."

나는 입술에 침도 안 바르고 거짓말을 했다. 사실은 중간부터 알았지만 그걸 곧이곧대로 말할 필요는 없지 않나. 그냥 처음부터 알았다고 하면 다음부터는 라키어스도 섣불리 내 뒤를 밟지 않을 것이라는 생각에 그랬다.

"가까이 와봐요, 라키어스 씨."

꼭 내 기분을 가늠하려는 듯이 한동안 내 얼굴을 물끄러미 들여다보던 라키어스가 이내 거리를 좁혀왔다.

"이왕 나온 김에 좀 걷다가 가죠. 밤인 데다 다른 사람들도 없으니까 시선 신경 쓸 필요 없지 않아요?"

내가 먼저 선뜻 손을 붙잡자 라키어스의 눈매가 움찔 가늘어졌다.

"화 안 내네요."

"그렇다고 또 이런 식으로 몰래 뒤를 밟지는 말고요."

원래 나는 다른 사람들에 비해 끓는점이 현저히 높다. 그래서 이번에도 라키어스가 내 뒤를 쫓은 일로 화가 나거나 기분이 불쾌해지지는 않았다. 라키어스가 나를 걱정해서 그랬다는 사실을 알기도 했고…….

무엇보다도, 사실은 나 역시 그동안 라키어스의 뒤를 몰래 따라가 볼까 생각한 적이 있었기 때문이다. 물론 귀찮아서 직접 실행에 옮기지는 않았지만.

"반대로, 내가 라키어스 씨를 몰래 미행하면 좋겠어요?"

그래도 역지사지로 생각해 보라는 의미를 담아 말했다. 그러자 라키어스가 얼굴을 굳혔다.

"당신이 내 뒤를 미행하다니 그런 건 너무……."

그는 나한테 잡히지 않은 다른 손을 들어 마른세수를 하듯이 얼굴을 쓸어내렸다. 뭔가 내가 예상했던 반응이 아니었다.

'잠깐만, 너 왜 쑥스러워하는데?'

지금 손 사이로 언뜻 보인 라키어스의 표정은 기분 나쁜 걸 상상하는 듯한 표정이 전혀 아니었다. 그보다는 오히려 뭔가 깨물어주고 싶을 정도로 아주아주 귀여운 걸 봐서 어쩔 줄을 모르는 듯한…….

"하지만 위험하니까 안 돼요."

내 눈빛이 막 차게 식었을 때, 라키어스가 갑자기 정색하면서 내 쪽으로 고개를 돌렸다. 그럼 내가 위험해지는 것만 아니면 미행하는 일자체는 괜찮다는 얘기인가. 아니, 지금의 반응으로 보았을 때는 그냥 괜찮은 정도가 아니라 대환영 수준인 듯했다. 역시 알고는 있었지만 라키어스의 상식은 일반인들과 엄청나게 달랐다.

'역지사지 같은 건 애초에 기대하면 안 되는 거였네.'

"어쨌든 라키어스 씨……. 이런 짓 또 하면 다음에는 화낼 거예요."

나는 그냥 직설적으로 말했다.

"그리고 아까 나랑 있던 사람 있죠. 죽이지 마요."

라키어스가 분명 데이몬 살바토르를 봤을 것으로 짐작이 돼 말하자 예상대로 그가 움찔했다.

"불구로 만들지도 말고."

아무래도 수상한 마음이 가시지 않아서 나는 그에게 단호하게 덧붙였다.

"난 라키어스 씨한테 보호받아야 할 정도로 약하지 않아요. 대상이 누구든 나중에 처리해야 할 일이 생기면 내 손으로 직접 해요. 무슨 의미인지 알아들었어요?"

사실은 오늘 일이 아니었어도 한 번쯤 해야 했고, 또 하고 싶었던 말이었다. 라키어스는 한동안 말없이 나를 내려다보았다. 그러다 이내 느릿하게 입술을 뗐다.

"무슨 말인지 이해했어요."

순순한 대답이었다. 나는 일단 그걸로 만족했다. 라키어스와 나는 바로 집으로 들어가지 않고 손을 잡고 강변을 걸었다. 날씨는 딱 기분 좋게 선선했고, 군데군데 불이 켜진 집들이 눈에 들어와 강가의 야경은 썩 봐줄 만했다.

라키어스가 얼마 전에 커피하우스에서 집으로 돌아오는 길에 했던 말이 맞았다. 나는 만약 누군가와 연애를 한다면 딱 남들만큼 평범한 연애를 하고 싶다고 생각했다.

"이런 밤중에 라키어스 씨랑 같이 걷는 건 처음이네요."

"꼭 다른 사람이랑은 같이 걸어본 적이 있는 것처럼 말하네요."

어. 지나가듯이 흘린 말에 라키어스가 받아친 소리를 듣고 나도 모르게 멈칫했다. 갑자기 정곡을 찔린 기분으로 무심코 옆에 있는 사람을 올려다보았다. 그러자 눈이 마주쳤다. 라키어스가 눈을 갸름하게 접어 웃었다.

"아, 정말인가?"

그는 예쁘게 웃고 있었지만 그걸 보는 동안 왠지 뒷덜미가 약간 서늘해졌다. 어쩐지 라키어스에게서 어두운 기운이 모락모락 새어 나오는 것 같은 느낌이 들었다.

"아닌데. 그냥 라키어스 씨 기분 탓일걸요."

나는 왠지 현 남자 친구 앞에서 구 남자 친구 이야기를 무의식중에 꺼내 실수한 사람처럼 반사적으로 발뺌했다. 하지만 내가 왜 이런 변명을 했는지 스스로도 이해할 수가 없어서 곧 눈살을 찌푸리고 말았다. 그냥 솔직히 말하면 되는 거 아닌가?

지금도 아니고 전생 일인데. 게다가 사귀었던 사람도 아니고, 그냥 좀 썸을 타면서 저녁도 먹고 영화도 보다가 우리 날씨도 좋은데 걸을까 해서 그랬던 것뿐이고. 아니, 설령 사귀었던 사람이라고 해도 문제 있나. 그런데 내가 왜 라키어스의 기분을 살피듯이 변명했지?

라키어스가 찌푸려진 내 얼굴을 내려다보며 고개를 옆으로 슬쩍 기울였다.

"흐음, 그래요? 그냥 기분 탓이었구나."

라키어스는 그 일로 나를 더 추궁하지는 않았다. 어쩌면 조금 전에 나를 몰래 미행한 일도 있었고, 이런 일로 나한테 무언가를 더 따져

물을 처지는 아니라고 생각했는지도 몰랐다. 아니면 그냥 조금 전과 달리 내 기분이 조금 나빠 보이니까 넘어간 것일 수도 있고, 혹은 내 반응을 보고 그냥 믿은 것일 수도 있다.

어느 쪽이든, 라키어스가 더 이상 이 일을 파헤치지 않아서 나는 기분이 좀 나아졌다. 어째서인지 라키어스도 처음 내 앞에 모습을 드러냈을 때보다 기분이 좋아진 눈치였다.

"유리 씨는⋯⋯."

그러다 잠시 후 라키어스가 나한테 은근한 어투로 물었다.

"왜 하필 동부에 터를 잡았어요?"

가볍게 느껴지는 질문 같기도 했고, 나로서는 쉬이 가늠하기 어려운 어떤 의미를 담은 질문 같기도 했다.

"동부 말고 다른 곳도 살기 좋은 데가 많을 텐데."

왠지 조금 묘하게 느껴지는 어투여서 나는 고개를 들어 라키어스를 쳐다보았다. 하지만 그가 내 반대쪽으로 고개를 비스듬히 틀고 있어 얼굴을 확인하지는 못했다. 딱히 대답하지 못할 이유가 있는 질문은 아니라 나는 그냥 심드렁하게 말해주었다.

"그냥 물가가 제일 싸서요."

단순하고 시시한 이유였다. 사실 폭파된 연구소를 막 빠져나왔을 때 북부나 남부도 새로운 거처 후보에 넣고 고려해 보긴 했다. 서부의 카르노말만 그 대상에 껴 있지 않았다. 비록 연구소가 사라지긴 했어도 탈출한 실험체 신분으로 그곳에 계속 있는 건 찜찜했기 때문이다.

그때는 혹시 라키어스가 실험체들을 마저 죽이러 쫓아오는 게 아닌지 의심하는 마음이 일부 남아 있기도 했고 말이다. 어쨌든, 그래서 이후의 생활 터전을 고를 때는 카르노말을 제외한 곳들을 후보에 두고 생각했다.

그리하여 최종적으로 결정된 곳이 바로 동부였다. 사실은 소설에서 봤었던 배경이라 다른 곳보다 익숙해서 살기 편할 것이라 생각한 이유도 조금은 있었다. 그리고 무엇보다도 동부를 선택하게 된 가장 큰 이유는 바로 데이몬 살바토르의 획기적인 연금술 생활용품이었다.

전생의 기억이 없었다면 몰라도, 한번 떠올려 버린 이상 그나마 현대의 문물과 비슷한 연금술 생활용품은 포기하기 어려웠다. 동서남북 각 지역에는 묘한 폐쇄성이 있어, 동부의 연금술은 물론이고 연금술로 만들어진 물품들도 아직 다른 지역에 상용화되지 않았다.

비록 현실에서 본 데이몬 살바토르는 연금술의 천재라기에는 약간 바보 같은 구석이 있었지만……. 그래도 이 업적만큼은 인정해 줘야 했다. 물론 발랄한 로맨스 코미디 같은 장르도 아니고, 피폐 로맨스릴러 소설 따위의 주인공들과 만에 하나라도 엮이고 싶지 않은 마음이 아주 살짝 발목을 잡기도 했지만 그건 정말 개미 눈곱만큼이었다.

나름대로 넓은 땅덩어리인 이 동부에서 그들과 내가 마주칠 확률이 얼마나 되겠느냐고 심드렁하게 생각하는 마음이 압도적이었다.

하지만 좁더라, 동부……. 결국 여주인공인 안네마리가 내 옆집에 이사 오는 것을 선두로 모든 주요 인물을 전부 다 만나 버렸으니.

"그럼 그런 이유만 아니면 굳이 여기 살 필요가 없는 거네요?"

내 말을 들은 라키어스가 고개를 돌렸다.

"딱히 동부를 좋아해서 이곳을 선택한 건 아니니까."

달빛 어린 그의 푸른 눈동자와 시선이 마주쳤다. 그 순간 뭐라고 형언하기 어려운 묘한 느낌이 들어서 나는 1, 2초 정도의 공백 이후에 약간 느릿하게 입술을 뗐다.

"뭐……. 사람 사는 데야 다 비슷하니까요."

"그렇죠. 사람 사는 건 다 비슷하죠."

라키어스의 입가에 하얀 미소가 피어올랐다. 그는 손을 들어 헝클어진 내 머리카락을 다정한 손길로 정리해 주었다. 아무래도 라키어스는 내 대답에 만족한 것 같았다.

그걸 보면서 나는 기분이 다소 미묘해졌다.

히지만 이후 라키어스가 다른 말을 더 덧붙이지는 않아서 나도 딱히 입 밖으로 지금 느낀 의구심을 꺼내지는 않았다. 그날 밤의 강변 산책은 그렇게 끝이 났다.

다음 날 커피하우스에서 일하고 있을 때, 길버트 씨가 주춤거리며 나한테 다가왔다. 무슨 할 말이 있는 것 같았는데 쉽게 꺼낼 만한 건 아닌지, 그는 얼마간 내 주변을 맴돌면서 눈치를 보았다. 옆에 있는 테이블을 정리하다가 힐끗 쳐다보고, 손님에게 주문을 받고 지나가다가 힐끗 쳐다보고, 화초에 물을 주다가 또 힐끗…….

"저, 유리 씨."

결국 내가 먼저 길버트 씨에게 말을 걸려고 했을 때, 그가 결심한 듯이 나를 불렀다.

"요즘 그 귀족 가문에 일하러 다니는 건 어때?"

아, 바스티안 크록포드 쪽의 일이 궁금했나 보구나. 길버트도 내가 커피하우스에 왔던 노인에게 고용되어 그쪽으로 일하러 다니는 걸 대충 알았다. 물론 바스티안이 크록포드 가문 사람이라는 것까지는 모르고 있었지만 말이다.

"아직 몇 번 안 가봐서 가타부타 말하기는 어렵지만 괜찮은 것 같아요. 일도 편하고."

시급도 엄청나고. 물론 뒷말은 굳이 길버트에게 하지 않았다.

"그, 그렇구나."

하지만 그것만으로도 길버트 씨는 눈을 흔들면서 은근한 긴장감을 드리웠다. 이내 그는 어딘가 필사적인 태도로 말했다.

"유리 씨, 혹시 커피하우스에서 일하면서 불편한 점 있으면 어려워 말고 나한테 얼마든지 말해! 힘들면 근무 요일을 줄이는 것도 충분히 가능하니까!"

"네, 필요해지면 그럴게요."

나는 알겠다고 고개를 끄덕였다. 아무래도 길버트 씨는 혹시 내가 이번에 구한 새로운 일자리가 마음에 들어서 커피하우스를 그만두기라도 할까 봐 걱정되는 모양이다. 어쨌든 편의를 봐주겠다는데 딱히 거절할 이유는 없었다. 물론 지금 당장 커피하우스를 그만둘 마음은 없었지만 그 마음이 언제까지 갈지 나 스스로도 모르는 일이었다.

"그, 그리고 만약 보수에 부족함이 있으면 다음 달부터…… 봉급 인상을……"

"그건 괜찮고요."

하지만 길버트 씨가 마침내 결심한 듯이 꺼낸 말은 끝까지 듣지 않고 잘라냈다. 물론 월급을 올려준다면 나로서는 좋은 일이지만 길버트 씨는 이미 충분히 나를 잘 대우해 주었다.

게다가 만약 돈이 필요하면 일반 소시민인 길버트 씨의 고혈을 빼먹는 것보다 동부 굴지의 대가문인 크록포드에 빨대를 꽂는 편이 백

배 낫지 않나. 하지만 길버트 씨는 내가 아무것도 요구하지 않자 오히려 더 불안해진 것 같았다.

"유, 유리 씨. 혹시 커피하우스를 그만두려는 건 아니지?"

그는 무심코 절박하게 물어놓고 곧 제풀에 놀란 것처럼 흠칫해 고개를 도리도리 저었다.

"아, 아니, 아니야. 지금까지 일해준 것만도 충분히 고마워. 유리 씨 사정에 따라서 일이야 당연히 언제든 그만둘 수도 있는 거니까……."

길버트 씨가 애써 괜찮다는 듯이 말했다. 하지만 나를 보는 그의 눈은 촉촉했고, 애써 미소를 짓고 있는 입가는 애처롭게 파르르 떨렸다. 그 정도로 내가 커피하우스의 일을 그만두기를 바라지 않는 모양이다. 나 안 그만둔다니까 그러네.

"저 아직 그만둘 생각 없는데요."

"저, 정말?"

"네. 물론 나중 일은 모르는 거지만 한동안은요."

나는 꽤 단호하게 딱 잘라 말했다. 그러자 길버트 씨의 얼굴이 활짝 갰다.

"그래, 유리 씨! 나랑 오래오래 같이 일하자고!"

아니, 그렇다고 오래는 아니고. 그래도 오늘 오전부터 먹구름이 낀 듯이 내내 축 처져 있던 길버트 씨의 기분이 훨씬 나아진 것 같아서 나는 굳이 뒷말을 덧붙이지 않았다.

"안녕하세요, 유리 씨!"

그날 오후에는 실로 오랜만에 스노우가 커피하우스에 방문했다. 사실 스노우의 정체가 제노스 셸던이라는 걸 눈치채 버린 뒤로 그의 호칭을 어떻게 해야 할지 좀 애매해졌는데……. 그냥 지금은 스노우 행색을 하고 있으니 스노우라고 부르기로 하자.

"레몬에이드 한 잔 주세요."

그는 커피하우스의 원두가 바뀐 뒤부터 늘 그랬던 것처럼 오늘도 레몬에이드를 주문했다. 내가 주문을 받아 부엌에 들어간 사이, 길버트 씨가 스노우에게 다가가 반가움을 표했다.

"스노우 씨, 오랜만에 오셨네요."

사실 그리 오랜만은 아니었다. 제노스 셸던의 모습으로 두어 번 커피하우스에 왔던 적이 있었으니까. 하지만 길버트 씨는 그 사실을 몰랐기 때문에 스노우가 무척 오랜만에 방문한 것으로 알았다. 스노우도 그 사실을 깨달았는지 약간 멋쩍게 웃으며 말했다.

"하하, 얼마 전부터 시작한 일이 좀 바빠서요."

"헉, 요즘 일 시작하셨나요?"

"네, 어쩌다 보니 친구가 하는 일을 좀 돕게 되어서."

"그러셨군요! 잘됐네요, 스노우 씨!"

"아, 예…… 뭐……."

길버트 씨의 격렬한 반응에 스노우가 약간 어정쩡하게 대꾸했다. 길버트가 왜 이렇게까지 기뻐하는지 모르는 눈치였다. 물론 나는 그 이유를 알았다. 길버트 씨는 스노우가 백수라고 알고 있었기 때문에 그가 드디어 취업에 성공한 줄 알고 격하게 축하해 준 것이었다.

스노우가 커피하우스의 단골이다 보니 당연히 주인인 길버트 씨와도 어느 정도 말을 트고 지냈다. 그래서 지금처럼 종종 짧은 대화를 나눌 때가 있었다. 길버트 씨는 그 몇 번의 짧은 대화들만으로 스노우가 지금 하는 일이 아무것도 없는 백수라는 사실을 놀라우리만큼 눈치 빠르게 알아차렸다.

"유리 씨! 여기 고기파이도 하나 가져다줘!"

길버트 씨는 급기야 스노우에게 취업 축하 선물까지 챙겨 주었다.

"단골에게만 드리는 서비스입니다. 이번에 새로 개발해 본 메뉴인데 시식해 보세요."

물론 스노우가 부담을 느낄 수도 있으니 솔직하게 말하지 않고 단골에게 주는 시식 서비스라는 설명으로 대체했다. 이 각박한 세상을 아름답게 만들어주는 따뜻한 정이 아닐 수 없었으나…… 스노우가 제노스 셸던이라는 사실을 아는 나로서는 이 상황이 조금 웃기게 느껴질 수밖에 없었다. 어쨌든, 나는 레몬에이드와 고기파이를 쟁반에 얹어 스노우에게 갔다.

"주문하신 음료와 파이 나왔습니다."

"읍."

그런데 고기파이를 본 스노우가 순간적으로 손을 들어 코와 입을 막았다.

'응? 방금 헛구역질한 것 같은데.'

길버트 씨는 옆 테이블에 앉은 다른 손님에게 주문을 받느라 눈치채지 못한 것 같았다. 하지만 스노우도 저도 모르게 보인 반응인 듯, 금방 아무렇지 않게 행동했다.

"이야, 감사합니다. 새로 개발하신 메뉴라더니 정말 맛있는 냄새가 나네요."

그러나 평소처럼 웃고 있는 그의 입매는 다른 때보다 약간 딱딱하게 굳어 있었다.

'아무래도 속이 안 좋은 것 같은데.'

왠지 길버트 씨가 호의로 준 거라 거절하지 못하고 무리하고 있는 듯했다. 나는 스노우를 힐끗 보다가 입을 열었다.

"지금 식사하고 오셔서 배가 부르신가 봐요. 포장해 가셔도 괜찮은데 그렇게 해드릴까요?"

"아니요, 괜찮······."

스노우가 나를 보면서 막 입을 연 바로 그 순간이었다.

덜컹!

불현듯 급히 숨을 들이마신 스노우가 벼락이라도 맞은 사람처럼 자리에서 벌떡 일어났다. 조금 전까지 그가 앉아 있던 의자도 시끄러운 소리를 내며 뒤로 넘어졌다. 머리카락에 가려져 있었지만, 스노우의 부릅떠진 눈이 나를 향하고 있는 것이 느껴졌다. 꼭 귀신이라도 본 것 같은 반응이었다.

"왜······."

작게 달싹인 스노우의 입에서 떨리는 목소리가 흘러나왔다.

'왜라니, 그건 내가 묻고 싶은 말인데.'

이유는 몰라도, 그가 무언가에 엄청나게 놀라고 충격을 받았다는 사실만큼은 알 수 있었다. 꼭 가게에 처음 왔던 데이몬 살바토르 같은 반응이었다. 하지만 스노우에게서 전해지는 경악이 훨씬 강력했다.

"왜 그러세요, 스노우 씨?"

이해할 수 없는 반응에 일단 물었다.

"무슨 일이야? 헉, 스노우 씨 괜찮으세요? 안색이 창백해요!"

길버트 씨도 소리를 듣고 급히 부엌에서 나와 스노우가 내가 있는 곳으로 다가왔다. 스노우는 생각보다 빨리 감정을 추스르고 평정을 되찾았다.

"아니…… 아무것도 아니에요. 놀라게 해드려서 죄송합니다. 요즘 과로했더니 좀 피곤해서 잠깐 헛것을 봤나 봐요."

마른세수를 하듯이 얼굴을 한 번 쓸어내린 스노우가 넘어진 의자를 일으켜 세웠다.

"죄송한데 파이는 말씀해 주신 것처럼 포장해 주시겠어요?"

"네, 그럴게요."

길버트 씨가 걱정스럽게, 그렇게 몸이 안 좋으면 이 앞에 있는 치료소에 한번 들렀다 가라고 말했다. 스노우는 웃으면서 괜찮다고 대답했다. 그러고 나서 그는 다시 의자에 앉아 어딘가 은근한 초조함이 배어 나오는 손짓으로 테이블을 툭툭 두드렸다.

길버트는 스노우에 대한 염려를 끝까지 거두지 못하다가, 손님이 들어와서 어쩔 수 없이 걸음을 옮겼다. 나는 고기파이를 다시 부엌으로 가져가면서 미심쩍은 마음으로 스노우를 힐끗 돌아보았다. 스노우는 속이 타는 듯이 테이블 위에 있는 레몬에이드를 벌컥벌컥 마셨다.

'왜 저래, 찝찝하게.'

나는 스노우가 제노스 셀던이라는 것도 알고 있었고, 제노스 셀던에게 예지 능력이 있다는 것도 알았다. 그래서 지금 그가 내 얼굴을 보고 드러낸 반응에 약간 찝찝한 기분이 들었다.

'혹시 지난번에 새를 조심하라고 나한테 경고해 줬을 때처럼 이번에도 뭔가를 본 건가?'

그런데 저런 심각한 반응이라니. 만약 그가 미래를 본 게 맞다면 상당히 안 좋은 걸 본 게 확실하지 않은가. 물론 스노우의 말처럼, 정말 단순히 안 하던 일을 하느라 심신이 피곤해서 일시적으로 보인 증상일 수도 있었지만 말이다.

그런데…… 요즘 하는 일이 친구의 일을 도와서 시작한 것이라니. 혹시 칼리안 크록포드가 맡고 있던 실종 사건 해결반에 투입된 건가. 이런저런 생각을 하면서 나는 파이를 포장했다.

잠시 후, 스노우는 내가 파이를 포장해 오자마자 기다렸다는 듯이 짧막한 인사를 남긴 뒤 바로 자리를 떴다. 내 의구심은 더욱 깊어질 수밖에 없었다.

"거기 좀 더 깨끗이 닦아."

"넵!"

"잠깐! 그 밑에 먼지 있잖아. 눈이 작아서 안 보여? 내가 크게 찢어 줘야 제대로 하겠어?"

"아, 아닙니다! 먼지 한 올까지 잘 보입니다!"

라키어스는 소파에 기대 누워 한가로운 시간을 보냈다. 그러다가 그가 날카롭게 눈을 번뜩이자 청소하던 사람의 움직임이 한결 부지런해졌다. 라키어스의 명령에 따라 땀을 뻘뻘 흘리며 집 청소를 하고 있는 사람은 바로 오딘이었다.

다른 까마귀들도 오딘을 도와 날개를 파닥거리면서 선반의 먼지를 털고, 발에 수건을 쥐고 열심히 걸레질을 했다. 그러는 동안 라키어스는 조금 전에 오딘이 타 온 커피를 마시면서 무언가를 살펴보았다. 그의 손에 들린 것은 타다 만 종이였다.

······경계. ······미끼······ 숲······ 토르.

유리가 어젯밤 불법 경매장에서 가져와 망토에 대충 구겨 넣었던 바로 그 쪽지였다. 물론 라키어스가 일부러 유리의 옷을 뒤진 것은 아니었다. 그는 그저 유리가 어제 망토를 벗다가 우연히 바닥에 떨어뜨린 종이를 주운 것뿐이었다.

쪽지는 군데군데 새까맣게 타서 어제 유리가 볼 때와 마찬가지로 자세한 내용을 파악하기 어려운 몇 단어만이 라키어스의 눈에 들어왔다. 하지만 그래도 일전에 경매장 사람들을 족치면서 알아냈던 사실이 몇 있어서 그런지, 라키어스는 이 쪽지의 내용이 무엇을 의미하는지 어렴풋이 알아차렸다.

'역시 경매장에 올라왔던 그 유적의 파편, 숲에 우연히 떨어져 있던 게 아닌가 본데.'

라키어스의 눈동자가 가늘어졌다. 상념에 잠겨 소파 밑으로 늘어뜨린 손을 움직이자 손가락 사이에 끼워져 있던 종이가 바닥에 부딪혀 작게 바스락거리는 소리를 냈다.

얼마 전 동부에서 라키어스가 발견한 실험의 흔적도 그렇고, 카르노말에 있는 가짜 놈이 변종 만들기에 집중하고 있다고 했으니 이 일에 관여한 게 확실했다.

'그런데 굳이 동부라니. 게다가 동부 연금술이라 하는 것도 수상해.'

이런저런 생각을 하는 동안 라키어스의 날카로운 시선이 앞에서 움직이는 오딘의 뒷모습을 의미 없이 좇았다. 그렇지 않아도 유리가 가지고 있던 유적의 파편을 훔쳐다 라키어스에게 바친 일로 한바탕 정신 교육을 받았던 오딘은 뒤에서 느껴지는 시선에 등줄기가 서늘해지는 것을 느꼈다.

"저, 저 꾀 안 부리고 열심히 하고 있습니닷! 청소가 이렇게 보람차고 재미있는 일인지 몰랐어요! 앗, 여기에도 먼지가!"

그는 바짝 긴장해서 그야말로 열과 성을 다 바쳐 혼신의 힘을 다해 청소했다.

"까마귀."

"헉, 넵!"

"시킬 일 있으니까 정신 사납게 파닥거리는 건 그만하고 튀어 와."

라키어스가 눈앞의 산만함을 더 이상 참지 못해 얼굴을 구기면서 오딘을 불렀다. 오딘이 대번에 날아오자 라키어스는 그에게 무언가를 지시하기 시작했다.

길버트는 유일한 직원인 유리의 복지에 좀 더 신경 쓰기로 한 모양이다. 그는 일단 유리의 근무 시간을 줄여주었다. 그래서 당장 오늘부터 퇴근 시간이 빨라졌다. 내일부터는 출근도 지금까지보다 늦게 해도 된다고 했다.

유리가 괜찮다고 했지만 길버트는 강경했다. 혹시라도 그녀가 커피하우스의 일을 관두기로 마음을 바꾸기 전에 편의를 봐주려는 것이 느껴졌다. 그래야 길버트의 마음이 편해진다면 할 수 없다는 생각에 유리도 일단은 그냥 수락했다.

그래서 오늘 그녀는 평소보다 한 시간 일찍 커피하우스를 나온 참이었다. 여름에 가까워지면서 해가 길어진 탓에 저녁 무렵임에도 바깥은 아직도 한낮처럼 밝았다.

'처음에는 별생각 없었는데 여유 시간이 생기니까 좋긴 하네.'

유리는 예정에 없던 빈 시간이 생긴 참에 옆 동네에 있는 상점가에 가보기로 했다. 원래 이용하던 상점가는 지난번 폭발 사건 이후로 아직 정리가 되지 않아 문을 닫은 상태였다. 그래서 어쩔 수 없이 볼일이 있으면 두 번째로 규모가 큰 옆 동네의 상점가에 가야 했다. 그리고 그곳에서 유리는 예상치 못했던 사람을 만났다.

"여기서 낯익은 얼굴을 볼 줄은 몰랐군."

칼리안과 닮은 외양. 하지만 그와 달리 어딘가 서늘한 느낌을 풍기는 나지막한 목소리와 눈빛. 바로 지난주에 바스티안 크록포드의 말상대를 하러 갔다가 온실에서 만난 사람. 칼리안의 아버지이자 크록포드 가문의 가주인 도미닉이었다.

"이거 너 먹어."

"이게 뭔데?"

방에 들어오자마자 제노스가 대뜸 내민 상자를 보고 칼리안이 슬그머니 눈썹을 추켜올렸다. 그가 그러거나 말거나, 제노스는 곧장 소파로 가서 몸을 파묻었다. 그런 제노스의 얼굴은 다소 하얗게 질려있었다. 칼리안은 의문을 느끼다가, 제노스가 준 상자를 열어보고 그의 상태가 안 좋은 이유가 무엇인지 대번에 알아차렸다.

상자에 든 것은 먹음직스러운 빨간 소스가 뿌려진 고기파이였다.

제노스는 얼마 전에 보았던 사건 현장 때문에 비위가 단단히 상해 그 이후로 고기 같은 것은 입에 대지도 못했다.

"너도 참 길게 가는군. 예전엔 이 정도는 아니었던 것 같은데."

칼리안은 작게 혀를 차면서 다시 상자 뚜껑을 닫았다. 그러다 상자를 열었을 때 퍼져 나온 냄새 때문에 또 제노스의 속이 안 좋아졌을 것 같아서 내친김에 창문도 열어주었다. 상자에 적힌 가게명을 보니 제노스가 다녀온 곳은 유리가 일하는 커피하우스인 모양이다.

"그런데 무슨 일 있었나?"

문득 시선 끝에 닿은 제노스의 안색이 생각보다 안 좋아 보여서, 칼리안은 다시 의문을 느꼈다. 상태를 보아하니 단순히 고기파이 때문에 속이 안 좋아져서 이러는 건 아닌 것 같았다. 칼리안의 물음에 제노스는 조금 전 커피하우스에서 보았던 것을 상기했다.

직원인 유리의 얼굴을 보았을 때 일순간 눈앞에 떠올랐던 광경. 그것은 분명 예지였다. 이미 살면서 몇 번이나 겪어봤던 일이고, 더군다나 이번에 본 것은 손에 꼽을 정도로 선명한 이미지였기 때문에 의심의 여지가 없었다.

하지만 그렇기에 오히려 더 부정하고 싶은 기분이었다. 붉은 피 웅덩이 속에서 마찬가지로 피투성이가 되어 쓰러진 채 눈을 감고 있는 검은 머리카락의 여인. 갑자기 제노스의 속이 더 울렁거리기 시작했다. 과거에 보았던 장면과 너무도 닮아서 아까 본 것이 예지 따위가 아니라 헛것이라고 믿어도 될 것 같았다. 제노스는 손을 들어 마른세수를 하며 말했다.

"그냥 보기 싫은 걸 좀 봤더니."

"데이몬 살바토르와 마주치기라도 했나?"

이어진 칼리안의 무덤덤한 목소리에 제노스는 그만 헛웃음을 흘리고 말았다. 조금의 주저함도 없이 칼리안의 입에서 튀어나온 이름은 상당히 뜬금없었다. 원래부터 사이가 좋지 않던 제노스와 데이몬이었으니 칼리안이 그렇게 생각하는 것도 아예 맥락 없는 일은 아니었다. 하지만 이런 상황에서 나오리라 예상한 이름은 아니었기 때문에 제노스는 긴장이 탁 풀리는 것을 느꼈다.

"그래, 뭐…… 데이몬 살바토르 비슷한 거였지."

"예지를 봤나 보군."

"아니, 데이몬 살바토르가 예지와 동급이냐고."

"너한테는 비슷하지 않나. 꼴 보기 싫다는 점에서."

"틀린 말은 아닌데 네 입에서 나오니까 뭔가 좀."

제노스는 약간 어이가 없다는 듯이 웃었다. 그런 그를 향해 칼리안이 지나가듯이 물었다.

"그래서 무슨 예지를 봤지?"

제노스는 말이 없었다. 칼리안도 굳이 대답을 들으려고 물은 것은 아니었기 때문에 그를 채근하지 않았다. 말할 수 있는 내용이라면 어련히 알아서 말해줄 것이라고 생각했고, 그냥 이대로 침묵해도 칼리안은 상관없었다.

"유리 씨가 피투성이가 돼서 쓰러져 있는 걸 봤어."

하지만 잠시 후 제노스의 입에서 나온 말에, 파이 상자를 옆으로 치우던 칼리안의 손이 순간적으로 멈칫했다. 그의 시선을 받은 제노스가 다시 입을 열었다.

"크게 다치거나, 아니면……."

제노스가 본 장면은 단편적이라 정확히 해석하기 어려운 측면이 있었다. 하지만 칼리안은 제노스의 표정을 보고 그가 예지를 통해 실제로 본 광경보다 상황을 축소해 말하고 있다는 사실을 눈치챘다.

"예지가 확실한가? 그러니까 내 말은……."

칼리안이 미간을 찌푸리며 물었다. 하지만 그것이 제노스의 능력에 대한 의심으로 보일 수도 있다는 사실을 깨달았는지, 그는 말을 끝맺지 않고 입을 다물었다. 물론 제노스는 뒷말을 마저 듣지 않아도 칼리안이 무엇을 말하고자 하는지 알아차렸다.

"나도 내가 헛걸 본 거라면 좋겠다고 생각하지만 말이야."

그러나 그건 예지가 맞았다. 뒷덜미에 얼음장처럼 차가운 손길이 스쳐 지나가는 듯한 그 섬뜩한 느낌을 제노스가 착각할 리가 없었다.

제노스의 말을 들은 칼리안의 얼굴에 약간 어둑한 그림자가 졌다. 제노스의 예지가 항상 들어맞는 것은 아니지만 지금까지의 확률로 보았을 때 그것이 현실이 될 가능성은 9할 이상이었다. 그리고 그것을 사전에 막아낼 확률은 6할 정도.

칼리안은 커피하우스의 직원인 유리를 떠올렸다. 그의 고모인 셀레나와 놀랍도록 닮은 여자. 조부인 바스티안은 그런 유리에게 벌써 정을 붙인 것 같았다. 슬쩍 제노스의 얼굴을 확인하자, 그의 표정도 별로 좋지 못했다.

칼리안 역시 제노스의 말을 들은 이후 가슴이 조금 묵직해지는 것 같은 느낌을 받았다. 어째서인지, 그 순간 잔디밭 위에 미동 없이 쓰러져 있던 피투성이의 개들이 뇌리를 스쳐 지나갔다. 칼리안의 눈동자가 약간 서늘하게 가라앉았다. 칼리안은 책상에 놓인 파이 상자에 시선을 둔 채 천천히 입을 열었다.

"조부님을 뭐라고 설득해야 할지 모르겠군."

"그게 무슨 말이야?"

제노스도 바스티안의 눈에 띈 유리가 요즘 크룩포드에 드나들고 있다는 사실은 이미 칼리안에게 들어 알았다. 그리고 다음 순간 칼리안에게서 이어진 말에 제노스의 얼굴이 구겨졌다.

"네 말처럼 곧 죽을 예정이라면 그 전에 해고하는 편이 나을 것 아닌가."

"뭐라고? 야, 너는 지금 그게 할 소리야?"

제노스가 다소 성난 목소리로 말했으나 칼리안은 여전히 냉담한 태도를 보일 뿐이었다.

"조부님은 많이 쇠약해지셨어. 딸이 죽고, 이후에 기껏 찾은 딸과 닮은 사람까지 또 잘못된다면 이번에는 견뎌내기 어려울 거다."

"아무리 그래도 그렇지, 지금 네 말은……."

"그냥 일개 고용인이고, 일개 커피하우스의 직원일 뿐이야."

칼리안의 서늘한 음성이 이번에는 제노스를 향했다.

"너무 심각하게 받아들이지 마라, 제노스 셸턴. 어차피 네가 관여하기 어려운 일이야. 그 사람은 네가 내내 옆에 붙어 지켜줄 수 있는 대상도 아닌데."

칼리안이 무엇을 꼬집어 말하는지 제노스도 어렵지 않게 알 수 있었다. 제노스의 얼굴이 딱딱하게 굳어졌다.

"조부님도 그렇지만 설마 너도 그 사람에게서 죽은 사람을 투영해보고 있는 건 아니겠지?"

"아니야."

칼리안의 말에 제노스는 저도 모르게 날카롭게 반박했다. 그러자 칼리안이 온도 낮은 눈동자로 그를 보며 말을 이었다.

"그럼 그런 데 신경 쓸 시간에 지금 맡고 있는 일에나 더 집중해. 어차피 사람은 누구나 죽어. 네가 타인의 끝을 어쩌다 한번 읽어냈다고 해서 그게 네 책임이 되는 건 아니야."

오늘의 칼리안은 조금 이상할 정도로 냉담했다. 그는 굳어 있는 제노스를 향해 마지막으로 덧붙이며 먼저 자리에서 일어났다.

"앞으로 일어날 일을 막을 수 없다면 부딪치지 말고 피해 가는 방법도 있어. 그건 회피도 도망도 아니야. 내 말이 무슨 의미인지 너도 알 테지."

그러고 나서 칼리안은 문을 닫고 방을 나섰다. 귀에 울리는 문소리를 들으며 제노스는 핏줄이 불거질 정도로 주먹을 꽉 움켜쥐었다.

"안녕하세요. 여기서 만나 뵐 줄 몰랐네요."

유리는 마주한 사람을 향해 인사했다. 도미닉 크록포드. 그와 만난 것은 쇼핑을 끝내고 막 집으로 돌아가려던 때였다. 갑자기 그녀의 눈앞에 화려한 마차가 한 대 멈춰 섰다.

유리가 타려던 것은 이 세계의 택시나 마찬가지인 공용 마차였기 때문에 그녀는 눈앞에 나타난 으리으리한 마차를 보고 의문을 느꼈다. 그리고 이내 마차의 창문이 열리고 그 안에서 낯익은 얼굴이 보인 순간 유리의 마음속에는 조금 전과 약간 다른 의문이 싹텄다.

'지나가던 길이었던 것 같은데……. 왜 굳이 도중에 마차를 세우면서까지 나한테 아는 척을 하지?'

원래 귀족들의 속내는 알기 어렵다고 하지만, 지금 유리의 앞에 있는 도미닉은 무슨 생각을 하고 있는지 조금도 짐작할 수 없는 무저갱 같은 눈을 했다.

"상점가에 볼일이 있던 모양이군."

도미닉의 시선이 유리의 손에 들린 짐에 닿았다. 유리는 뭘 이렇게 당연한 걸 묻나 싶었다. 당연히 볼일이 있으니 상점가에 와서 무언가를 사 가는 거겠지.

"용무는 다 마쳤나?"

"네. 이제 집에 가려던 참이었어요."

"그럼 타지."

달칵. 유리가 무어라 대꾸하기도 전에 마차의 문이 매끄럽게 열렸다. 유리는 그것을 보며 고개를 슬쩍 옆으로 기울였다.

"공용 마차를 타고 가면 되는데요."

"그레이페럿가라면 어차피 지나가던 길이니 사양할 필요 없네."

아무래도 저명한 크록포드의 가주님께서는 유리에 대한 조사까지 이미 다 마친 모양이다. 고용인의 호구조사를 하는 건 당연하다면 당연한 일이었기에 딱히 놀랍지는 않았다.

하지만 한 가문의 가주씩이나 되는 사람이 왜 저택의 집사나 하녀장 같은 중요한 고용인도 아니고, 일개 임시 고용인일 뿐인 유리의 주소를 이렇게 꿰고 있는지는…… 알 수 없는 일이었다.

"제가 실어드리겠습니다."

유리가 대답하기도 전에 마부가 발 빠르게 움직여 유리의 손에 들린 짐을 가져갔다.

"그럼 실례하겠습니다."

결국 유리는 도미닉의 호의인지 뭔지 모를 권유를 거절하지 않고 마차에 올라탔다. 굳이 잘 달리던 마차를 일부러 세우는 수고를 하면서 집까지 태워주겠다고 제안하는데 거절할 이유는 없었다. 물론 좀 수상하긴 하지만.

탁.

문이 닫히자마자 마차가 미끄러지듯이 출발했다. 마차가 비싼 값을 하는 건지, 아니면 마차를 모는 마부의 실력이 뛰어난 건지는 몰라도, 흔들림 하나 없이 부드러운 움직임이었다. 유리는 놀랍도록 편안한 승차감에 속으로 조금 감탄했다.

"아버님께서 그쪽을 상당히 마음에 들어 하는 것 같더군."

도미닉은 마차 안에서도 서류를 보던 중인 듯했다. 유리가 마차에 오른 뒤에도 그는 무릎 위에 올려진 종이를 들여다보았다. 그러면서 꼭 남 얘기를 하듯이 입을 열어 유리에게 말했다. 그에 유리는 여느 때처럼 감흥 없게 느껴지기까지 하는 무미건조한 목소리를 입술 밖으로 흘려보냈다.

"네, 제가 죽은 따님과 많이 닮았다고 하던데."

그러자 서류에 꽂혀 있던 도미닉의 시선이 위로 들렸다. 그는 무언가를 탐색하는 듯한 눈빛으로 유리의 얼굴을 얼마간 들여다보았다. 유리는 그 시선을 피하지 않았다.

감정이 드러나지 않은 두 쌍의 눈이 허공에서 얽혔다. 유리로서는 딱히 도미닉을 도발하려는 의도는 아니었다. 그렇다기보다는 애초에 그냥 별생각이 없었던 것에 가까웠다. 그러다 문득 유리는 지금 자신의 행동이 도미닉에게 건방지게 느껴질 수도 있다는 사실을 깨달았다.

'아, 혹시 이거 시비 거는 걸로 받아들이는 건 아니겠지?'

작위도 뭣도 없는 소시민 주제에 대귀족인 자신의 눈을 똑바로 쳐다본다고 노발대발할지도 모른다는 생각이 뒤늦게 들었다.

"재미있군."

하지만 도미닉은 딱히 유리의 행동에 불쾌감을 느끼지는 않은 것 같았다. 그의 눈동자에 한순간 뜻 모를 이채가 스쳐 지나갔다. 마침내 도미닉이 손에 든 서류를 탁, 소리가 나게 덮은 뒤 몸을 뒤로 기울여 깊숙이 기댔다.

"나는 빙빙 돌려 말하는 걸 별로 좋아하지 않아."

곧 나직한 목소리가 마차 안에 울렸다.

"그러니 알아듣기 쉽게 말하지. 아버님께서 조만간 자네 입장에서 거절하기 어려운 제안을 하실 거야. 하지만 거절하게."

그리고 덧붙여진 말에 마차 안의 온도가 내려갔다.

"제명까지 오래 살고 싶다면."

의심의 여지도 없는 노골적인 협박이었다. 순간, 이번에는 유리의 눈동자에 이채가 스쳐 지나갔다.

'이런 협박은 또 오랜만이네.'

유리는 잠깐이지만 흥미가 동하는 것을 느꼈다. 물론 그것은 정말 잠깐뿐이었지만 말이다.

도미닉은 다리를 꼬고 앉아 좌석에 등을 기댄 채 깍지 낀 양손을 무릎 위에 느슨히 올렸다. 유리에게 향한 시선에서는 여전히 어떤 감정도 엿볼 수 없었다.

다만 그의 눈동자는 서늘한 한기를 머금었다. 혹시 바스티안의 제안을 받아들이면 네 명줄을 짧게 만들어주겠다는 협박의 의미가 아니라, 바스티안의 제안 자체가 그녀에게 위험한 것이라 충고를 해주러 온 건 아닐까 하는 생각도 잠깐 했다. 하지만 도미닉의 분위기로 봤을 때, 왠지 그건 아닌 것 같았다.

'그럼 혹시 상점가를 지나가다가 우연히 날 발견한 게 아니라 처음부터 여기 있는 걸 알고 일부러 찾아온 거였나? 이 말을 하려고?'

유리는 도미닉과의 공교로운 만남에 대해서도 의심을 품기 시작했다. 이내 유리의 입술이 열렸다.

"무슨 제안을 말씀하시는 건지 몰라서 지금 답변드리기는 어려울 것 같은데요."

그녀의 말에 도미닉이 입꼬리를 느릿하게 끌어 올렸다.

"지금 내가 한 말을 이해하지 못했나?"

유리는 여전히 차분한 얼굴을 하고 도미닉을 마주했다.

"이해는 했지만 납득은 되지 않아서요."

"담이 큰 아가씨로군."

도미닉은 분명 명줄이 걸려 있는 일이라고 했는데도 겁먹은 기색조차 보이지 않고 침착한 태도를 유지하는 유리를 조금 달리 보았다. 그래 봤자 유리를 대하는 도미닉의 태도 역시 변함이 없었지만 말이다.

"아버님이 무슨 제안을 할지는 곧 알게 될 거야. 아가씨는 지금 내 말만 기억하면 돼."

이내 도미닉이 딱 잘라 말했다. 정답은 이미 정해져 있으니 너는 내가 원하는 대로 답하기만 하면 된다는 듯 고압적인 태도였다.

"알아봤더니 가진 것 하나 없는 고아더군. 동부에 처음 거주 기록이 남은 건 이 년 전부터니 원래 동부 사람은 아니고……. 남부와 북부 쪽에 따로 알아봤지만 거기에도 이렇다 할 기록이 없는 것으로 봐서는 빈민가나 음지 출신인 듯한데……."

도미닉은 유리의 뒷조사를 했다는 사실을 숨기지도 않았다. 다행이라고 해야 할지, 유리가 카르노말 출신이라는 건 모르는 것 같았다.

따지고 보면 빈민가 출신인 것도 음지 출신인 것도 맞았지만……. 도미닉의 눈에 희미하게 번진 멸시하는 빛이 마음에 걸렸다.

"커피하우스에서 일하면서 평균 임금보다 보수를 많이 받는 편인 것 같긴 하지만, 그래 봤자 당연히 크록포드와는 비교도 할 수 없는 수준이니. 아가씨 입장에서는 갑자기 큰 행운을 거머쥔 것처럼 느껴질 수 있겠지."

유리는 도미닉을 보면서 익숙한 자취를 느꼈다. 이건 꼭 데이몬 살바토르가 처음 커피하우스에 찾아왔을 때와 비슷한 느낌 아닌가?

"하지만 모름지기 사람은 자기 주제껏 살아야 하는 법이 아니겠나."

하지만 지금의 도미닉에 비하면 데이몬은 귀여운 수준이 아니었나 싶다.

"아가씨가 내 말대로 아버님의 제안을 거절하고 조용히 사라져 준다면 대가는 섭섭하지 않을 만큼 따로 챙겨 주도록 하지."

그는 애초에 유리에게 선택권을 준 게 아니었다. 바스티안 크록포드가 도대체 조만간 그녀에게 뭘 제안할 건지는 몰라도, 도미닉은 그게 굉장히 마음에 들지 않는 모양이다.

'그러고 보니 이런 상황은 막장 드라마랑 좀 비슷한가…….'

지금의 도미닉에게서는 드라마 속 시어머니하고도 비슷한 느낌이 났다. 꼭 '우리 아들과 더 이상 만나지 마!'라고 말하면서 여주인공에게 돈 봉투를 던져주는 모양새가 아닌가?

물론 이 경우에는 '우리 아버지하고 더 이상 만나지 마!'가 되는 것 같았지만. 유리는 뭔가 지금 그녀가 처한 상황이 좀 웃기다고 생각했다. 그녀는 도미닉을 가만히 쳐다보다가 입을 열었다. 그녀의 입술에서 조용한 음성이 흘러나왔다.

"섭섭지 않게 챙겨 주신다니, 얼마나 주실 수 있는지 궁금하네요."

설마 살면서 이런 대사를 직접 입 밖으로 꺼내볼 날이 올 줄이야.

"잘 생각했군. 현명한 판단이네."

도미닉은 유리가 긍정적이라 할 만한 반응을 보이자 그럴 줄 알았다는 듯이 고개를 작게 끄덕였다. 애초에 말만 제안이고 협박이나 마찬가지였으니, 유리의 거절은 생각지도 않고 있었을 것이다.

"평생 손에 물 한 방울 묻히지 않고도 사치하며 살 수 있게 해주지. 단, 아버님 눈에 띄지 않게 동부는 떠나야 할 거야."

그래도 단순한 협박으로 그치지 않고 돈으로 꼬드겨 일을 해결하려 한다는 점에서 유리는 도미닉 크록포드가 나름대로 양심적인 귀족이라고 생각했다.

"자세한 이야기는 차후에 다시 나누도록 하지."

마차는 조금 전부터 한자리에 멈춰 서 있었다. 창밖으로 그레이페럿가의 익숙한 정경이 비쳐 보였다. 도미닉은 일단 오늘은 이 정도로 만족했는지, 유리를 마차에서 내보내 주었다.

잠시 후 유리는 상점가에서 가져온 짐을 손에 들고 멀어지는 마차를 응시했다. 아무래도 도미닉은 한 가지 착각을 하는 것 같았다. 유리는 아직 그의 제안을 수락하지 않았다. 아까 도미닉에게 얼마나 줄 수 있냐고 질문한 건 일단 동부의 대귀족인 크록포드의 배포가 어느 정도인지 궁금해서 그런 것이었다.

뭐, 솔직히 유리의 입장에서는 굳이 나서서 돈을 주겠다는데 거절할 이유가 없긴 했다. 바스티안이 도대체 뭘 제안한다는 건지는 몰라도, 사실 귀찮은 것을 싫어하는 유리로서는 도미닉의 회유 따위가 없어도 그것을 거절할 확률이 매우 높았다.

그런데 거기에 돈까지 얹어주겠다면 이득이 아닌가. 물론 최종적인 결정은 도미닉이 예고한 바스티안의 제안이 도대체 뭔지 일단 들어보고 나서 양쪽의 조건을 저울추에 올린 다음에 고민해 볼 생각이었다. 유리는 멀어지는 마차에서 시선을 떼고 집으로 들어갔다.

유리가 거의 집 앞까지 갔을 때, 막 옆집의 문이 열렸다. 그 안에서 찰랑이는 은발과 연녹색 눈동자를 가진 여자아이가 나왔다.

"안녕, 헤스티아."

유리가 먼저 인사하자 헤스티아가 어깨를 흠칫 떨면서 그녀를 휙 돌아보았다. 문을 열고 밖으로 나오자마자 유리와 마주칠 줄 몰라 깜짝 놀란 모양이다.

"안녕하세요, 유리 언니."

이내 헤스티아가 다시 침착함을 되찾은 얼굴로 인사했다. 동그랗게 뜨였던 눈도 당혹감을 지우고 원래대로 돌아가 있었다.

"혼자 어디 가?"

"네, 그냥…… 이 앞에 잠깐."

유리의 물음에 헤스티아가 평소답지 않게 말을 얼버무렸다. 유리는 헤스티아의 손에 바리바리 들린 꾸러미를 힐끗 내려다보았다. 잘 보니 그 안에는 과자나 사탕 등의 간식이 들어 있었다. 지난번에 꽃을 사러 갔을 때처럼 혼자 멀리까지 가려는 건 아닌 듯했고, 그냥 근처에 놀러 가려는 것처럼 보였다. 지금까지는 이런 일이 없었는데……. 아무래도 헤스티아가 친구를 사귄 모양이다.

"잠깐만. 이거 줄게."

유리는 상점가에서 사 온 짐을 뒤져 무언가를 꺼냈다. 잠시 후 그녀
가 헤스티아에게 건넨 것은 알록달록한 사탕이 들어 있는 유리병이었
다. 상점가에 간 김에 헤스티아가 좋아하는 사탕을 산 것이었다. 유리
가 내민 것을 본 순간, 헤스티아의 얼굴이 변했다.

"이거, 예전에 아빠가 자주 사 주시던 거랑 비슷한데……."

"그래?"

헤스티아는 그리운 듯한 눈빛으로 유리가 준 사탕 유리병을 받아
들었다.

"고맙습니다, 언니. 저도 이거 드릴게요."

기분이 한결 좋아진 듯 웃으며 인사한 헤스티아가 바구니에서 과자
를 포장한 꾸러미를 하나 집어 들어 유리에게 주었다.

"고마워."

그렇게 작은 선물을 교환한 뒤, 유리는 집으로 들어가고 헤스티아
는 골목으로 향했다. 좁은 골목을 달려가는 헤스티아의 발걸음은 가
벼웠다. 그녀의 얼굴은 약간 들뜬 듯이 발갛게 달아올라 있었다.

"레오, 나 왔어!"

"킁."

마침내 도착한 약속 장소, 헤스티아의 작은 털 뭉치 친구가 그녀를
반겨주었다.

"가주님은 언제 오시지?"

데이몬은 다소 뻐딱한 어투로 집사에게 물었다. 처음 이곳에 도착해 자리 잡았을 때와 달리 의자에 앉은 그의 자세도 목소리만큼이나 뻐딱했다.

"예정보다 업무가 많아 마무리가 다소 늦어지신다고 했습니다. 조금만 기다리시면 금방 오실 겁니다."

집사의 정중한 말을 들은 데이몬의 입가가 비틀렸다.

"아까도 그렇게 말했던 것 같은데."

가시 돋친 데이몬의 말에 집사는 더 할 말이 없다는 듯이 고개를 숙여 보였다.

"크록포드의 가주님이 이렇게 다른 사람과의 약속을 우습게 여기는 분인지 미처 몰랐군."

결국 데이몬은 싸늘히 눈을 빛내며 자리에서 일어났다.

"난 이만 가보겠어. 나도 그렇게 한가하지 않아서 이 이상 시간 낭비하기는 아까우니까."

"가주님께 그렇게 전해 드리겠습니다. 살펴 가십시오."

집사는 태연히 데이몬을 배웅해 그를 더 열받게 만들었다. 데이몬은 심기가 불편한 상태로 응접실을 나와 한기를 뚝뚝 떨어뜨리며 복도를 걸었다. 오늘 그는 크록포드의 가주인 도미닉과 만나기로 약속하고 이곳을 찾았다.

그런데 한 시간이 넘도록 도미닉은 나타나지 않았다. 데이몬이 예고 없이 들이닥친 것도 아니고, 분명 미리 약속 시간을 정하고 온 것이었기 때문에 더 화가 났다. 차라리 갑자기 급한 용무가 생긴 것이라면 약속을 취소하고 다음에 만나자고 전하면 될 걸, 무작정 기다리라는 말만 세 번째였다.

'기선 제압이라도 하겠다는 거야, 뭐야. 웃기지도 않게.'

데이몬은 짜증스럽게 눈매를 찌푸리며 계단을 내려갔다. 그러다가 그는 우연히 복도에서 나와 현관 쪽으로 걸어가는 어떤 여자를 발견했다.

눈에 띄게 고운 얼굴에 반짝이는 은발, 그리고 여린 잎사귀 같은 녹색 눈동자. 순간, 데이몬의 눈동자에 날카로운 빛이 스쳐 지나갔다. 하지만 데이몬은 짐짓 모르는 척 집사에게 물었다.

"저건 누구지? 나 말고 다른 손님이 있었나?"

"바스티안 님의 간병인입니다."

집사가 데이몬의 시선을 따라 앞서가는 사람을 힐끗 쳐다본 뒤 말했다. 그동안 바스티안은 간병인을 들이는 족족 어지간히 괴팍하게 내쳐서 갈아치워, 이미 귀족가에도 소문이 파다하게 나 있었다. 그래서 크룩포드 측에서도 딱히 바스티안에게 붙은 간병인의 존재를 비밀로 하지 않는 듯했다.

바스티안이 가주였다면 당연히 그의 병환은 외부에 유출되면 안 될 비밀이었을 테지만 그는 일선에서 물러난 지 이미 오래였다. 데이몬도 별다른 관심이 있어 물었던 것은 아닌 양, 그저 그러냐는 듯이 고개를 한번 까딱여 보였다.

하지만 그는 앞에서 걷고 있는 사람의 뒷모습을 티 나지 않게 주시했다. 윤기 흐르는 은발이 여자의 가느다란 허리춤에서 살랑살랑 흔들리는 것이 데이몬의 시야에 들어왔다. 내딛는 걸음을 따라 치맛자락 사이로 언뜻 드러나는 발목과 소매 밑으로 보이는 손목이 부러질 듯이 가늘었다.

벽에 박힌 창문에서 내리쬔 하얀빛에 먹힌 여자의 신형이 당장에

라도 눈앞에서 사라져 버릴 것처럼 흐릿했다.

여자의 이름은 안네마리 블랑셰. 나이는 스무 살. 부모는 없고 밑에 어린 여동생이 하나 있음. 블루페럿가의 치료소에서 약 반년 전부터 일했으나 최근에 그만둠. 그리고 바스티안 크록포드의 간병인으로 일주일에 네 번 저택을 방문하는 중.

사람을 시켜 알아봤던 내용이 데이몬의 머릿속에 떠올랐다. 일단 급한 대로 간단한 인적 사항부티 먼저 조사해 여사에 대한 다른 자세한 정보까지는 알지 못했지만 지금은 이 정도만으로도 충분했다.

"그럼 전 이만 가볼게요, 집사님."

"예, 살펴 가십시오."

안네마리가 먼저 다른 집사의 배웅을 받으며 문을 나섰다. 보폭의 차이 때문에 데이몬은 앞서 걷고 있던 안네마리를 금방 따라잡았다. 이후 고용인이 문을 닫기 전에 데이몬도 뒤따라 밖으로 빠져나갔다. 문 앞에는 낮은 계단이 몇 개 있었다.

안네마리는 그녀의 뒤를 따라 걷는 데이몬의 존재를 아직 눈치채지 못한 것 같았다. 건물 밖에는 선선한 바람이 불었다. 안네마리의 머리카락이 햇빛에 눈부시게 반짝이며 바람에 흘날렸다. 데이몬은 은빛 실타래에 묶여 함께 흔들리는 리본을 시야에 담았다.

데이몬은 막 마지막 계단을 딛고 내려선 안네마리에게 손을 뻗었다. 그리고 눈앞에서 나부끼는 리본의 끄트머리를 잡아 슬쩍 앞으로 당겼다.

"어?"

그런데 예상과 달리 끈은 쉽게 풀어지지 않았고, 안네마리가 깜짝 놀란 소리를 내뱉으며 곧바로 고개를 돌렸다. 바람에 풀려 날아가려는 리본을 잡아준 척하고 자연스럽게 말을 걸려고 했던 데이몬의 계획이 수포로 돌아갔다.

안네마리가 완전히 뒤돌아보았을 때, 데이몬은 아직 그녀의 머리카락에 매달려 있는 리본을 손에서 놓고 어정쩡하게 서 있었다. 눈이 마주친 순간, 데이몬은 당황해서 더듬거렸다.

"이건, 그러니까……."

안네마리의 눈동자에 경계심과 의구심이 동시에 떠올랐다.

"혹시 지금 제 머리 잡아당기신 거예요?"

의혹 어린 목소리가 그녀의 입에서 흘러나왔다.

"오해야!"

방귀 뀐 놈이 성낸다고, 데이몬이 펄쩍 뛰었다.

"머리를 잡아당기다니, 애도 아니고 내가 왜 그런 짓을 한다는 거지? 난 그냥…… 리본이 풀려 흘러내리려고 하는 게 보여서, 바닥에 떨어지기 전에 잡아주려고 한 것뿐이라고."

그는 변명조의 말을 속사포같이 쏟아냈다.

"그래요……?"

안네마리가 약간 미심쩍은 눈으로 데이몬을 쳐다보았다. 하지만 그래도 그의 말을 반쯤은 믿었는지, 그녀의 눈동자에 어려 있던 경계심이 일부 누그러졌다.

"큼, 크흠. 그래, 그러니까 억울한 오해는 하지 말지."

데이몬은 다시 한번 단호하게 쐐기를 박았다.

"그러셨군요. 제가 오해할 뻔했네요."

사람을 의심할 줄 모르는 안네마리는 그의 말을 듣고 순순히 고개를 끄덕였다.

그녀는 반쯤 풀린 리본을 제 손으로 직접 끌어 내렸다. 그러고 나서 약간 엉킨 머리카락을 빗질하듯이 손가락으로 쓸었다. 눈부신 은발이 아까보다 한결 더 강하게 반짝이며 바람에 흩날렸다.

데이몬은 그 모습을 왜인지 모르게 약간 불편한 마음으로 바라보다가 또 괜스레 몇 번 헛기침을 했다.

"그럼 전 이만……."

그러다가 그는 안네마리가 먼저 자리를 떠나려고 하는 것을 알아차리고 급히 입을 열었다.

"그러고 보니 구면이던가. 여기서 또 보다니 정말 우연이군."

그러자 안네마리가 눈을 깜빡이며 데이몬을 쳐다보았다.

"구면이요? 전에 어디서 뵌 적이 있던가요?"

순간 데이몬의 눈가가 움찔거렸다. 그는 혹시 안네마리가 일부러 모른 척하는 건가 싶어서 그녀의 얼굴을 찌푸린 눈으로 들여다보았다. 하지만 안네마리는 정말 모르는 듯했다.

'뭐야, 내가 그렇게 존재감이 없어?'

데이몬은 은근히 발끈해서 입을 열었다.

"전에 상점가에서 본 적 있었잖아?"

"상점가…… 아!"

그러자 안네마리가 알았다는 듯이 표정을 변화시켰다.

"그때 창문에서 떨어졌던……."

"그래. 이제 떠올리다니, 기억력이 별로인가 보군."

"그때는 폭발 때문에 먼지투성이라 얼굴을 제대로 못 봐서…… 그래서 몰라봤네요."

데이몬의 시비를 거는 듯한 말투에도 안네마리는 기분 상한 기색

하나 없이 미안하다는 듯이 말했다. 그에 데이몬도 조금 전에 빈정거린 것이 괜히 머쓱해져 말을 돌렸다.

"뭐, 그때는 서로 경황이 없긴 했지."

그러고 보니 지금 안네마리를 부른 이유는 애꿎은 시비를 걸기 위해서가 아니었다. 그의 계획을 위해서는 오히려 안네마리의 호감을 사야 했는데 어쩌다 이야기가 이렇게 흘러갔는지 모를 노릇이었다. 데이몬은 좀 더 부드럽고 상냥한 어투를 흉내 내 말했다.

"이참에 정식으로 소개하지. 난 데이몬 살바토르."

"안네마리 블랑셰예요."

굳이 통성명할 필요가 있을까 싶었지만 안네마리는 그래도 일단 착실하게 데이몬의 인사에 답해주었다.

"그날 다친 곳 없이 건강하셔서 다행이네요."

"당신도. 크록포드 전 가주님의 간병인이라고 들었는데."

"네, 맞아요."

고개를 주억거리는 안네마리를 보며 데이몬이 짐짓 다정한 미소를 입가에 그렸다.

"혹시 지금 바쁜가? 괜찮으면 당신에게 하고 싶은 얘기가 있는데……."

"그게 뭐지? 데이몬 살바토르."

하지만 도중에 나타난 누군가가 그의 말을 끊어냈다. 데이몬은 불청객의 등장에 얼굴을 찡그리며 목소리가 들려온 방향으로 고개를 돌렸다. 안네마리도 마찬가지였다.

"내 조부님의 간병인에게 따로 무슨 할 말이 있다는 건지 모르겠군."

공교로운 시점에 등장한 사람은 바로 칼리안이었다.

"아, 안녕하세요."

안네마리가 오늘 처음으로 보는 칼리안에게 먼저 조금 어색하게 인사했다. 어쩐지 요즘의 칼리안은 묘하게 날카로운 분위기라 전보다 대하기가 좀 어려웠던 탓이다.

"네, 안녕하십니까, 안네마리 양."

칼리안은 여느 때처럼 담담한 태도로 안네마리에게 마주 인사해 주었다. 데이몬이 슬쩍 눈매를 좁히며 그런 칼리안을 보았다. 칼리안이 온 이상 여기서 안네마리를 붙잡고 더 얘기하는 것은 무리였다.

"그냥 함께 위기를 극복했던 사람을 오랜만에 만나 반가운 마음에 인사나 좀 나누려고 했을 뿐이야."

결국 데이몬은 오늘은 여기에서 물러나기로 하고 말을 돌렸다.

"하지만 너도 꽤 오랜만에 보는군. 요즘 진행 중인 일에는 진척이 있나?"

칼리안이 안네마리에게서 고개를 돌리고 데이몬을 쳐다보았다.

"너야말로 연금술사를 색출하는 일은 잘되어가고 있는지 아버님이 궁금해하시던데. 오늘은 그래서 온 건가?"

그 말을 듣고 데이몬이 입가에 날카로운 미소를 베어 물었다.

"그래, 그런데 기껏 날 불러다 놓으시고 바쁘다며 만나주지 않으시더군. 결국 시간 낭비만 하고 돌아가는 길이었지."

"그런가."

데이몬의 말에 칼리안도 슬쩍 미간을 찌푸렸다. 데이몬은 힐끗 시선을 움직여 옆에 있는 안네마리를 시야에 담았다. 모처럼 자연스럽게 말을 꺼낼 기회였던 만큼 역시 조금 아까운 마음이 들었지만 어쩔 수 없었다. 그는 이쯤에서 자리를 비키기로 결정하고 먼저 인사를 꺼냈다.

"어차피 다른 볼일도 없으니 난 이만 가보도록 하지. 블랑셰 양, 그럼 오늘 못다 한 인사는 다음에."

그렇게 데이몬이 떠나고 난 뒤, 자리에는 칼리안과 안네마리만이
남았다.

"음, 그럼 저도 그만 가볼게요."

둘만 남자 다시 아까의 어색함이 되살아나는지, 안네마리가 어설
픈 미소를 입가에 띠며 칼리안에게 인사했다.

"네, 조심해서 가십시오."

칼리안은 다소 건조한 목소리로 안네마리를 배웅했다. 안네마리는
뒤돌아서서 몇 발자국 걷다가 다시 칼리안을 뒤돌아보았다.

"저, 강아지 상태는 좀 괜찮나요?"

그녀가 머뭇거리다가 꺼낸 질문에 칼리안이 멈칫했다.

"할아버지께 들었어요. 강아지가 아프다고."

짧은 공백 이후 칼리안이 말했다.

"……걱정하지 않으셔도 됩니다. 아직 완쾌하지는 못했지만 차차
나아지고 있으니까요."

그의 목소리는 그래도 조금 전보다 한결 온화했다. 칼리안의 얼굴
도 약간 부드럽게 풀려 있었다. 안네마리가 그를 향해 다시 조심스럽
게 입을 열었다.

"혹시 괜찮으시면 제가 강아지를 한번 볼 수 있을까요? 어쩌면 제
가 도움이 될 수 있을지도 몰라요."

이어진 말에 아래로 늘어뜨린 칼리안의 손이 순간 움찔했다.

"이런 말은 이상하게 들리겠지만……. 사실은 제가 손을 댔을 때
종종 환자들의 병이나 상처가 유독 빠르게 치료되는 것 같은 느낌이
들 때가 있거든요. 어떤 때는 정말 선명하게……."

하지만 안네마리는 그렇게 말하다가 다시 칼리안의 눈을 마주하자 민망한 듯이 뺨을 붉혔다.

"아, 물론 그냥 제가 착각하는 걸 수도 있지만요. 아니, 그냥 착각인 게 분명하겠죠? 죄송해요, 제가 이상한 소리를⋯⋯."

"그런 얘기를 다른 사람에게도 하신 적이 있습니까?"

칼리안이 아까보다 딱딱하게 굳어진 얼굴로 물었다.

"음, 아니요⋯⋯. 없어요."

"그럼 앞으로도 하지 않는 편이 좋겠습니다."

"네에⋯⋯."

칼리안의 단호한 말에 안네마리가 시무룩하게 입을 다물었다. 역시 그녀의 말이 헛소리로 들렸구나 싶어 겸연쩍고 창피한 마음이 들었다. 하지만 칼리안의 반응은 안네마리의 생각과는 다른 이유 때문이었다. 칼리안은 그에게 인사를 건넨 뒤 멀어지는 안네마리의 모습을 굳은 눈으로 바라보았다.

"그러니까 내가 시킨 대로 늦지 않게⋯⋯."

달그락.

오딘에게 명령을 내리던 라키어스의 목소리가 우뚝 멈췄다. 그는 누군가 현관문에 손을 대는 순간 곧바로 알아차렸다. 이 기척은 분명 유리였다. 그녀가 출근할 때 말한 것보다 훨씬 이른 귀가였다.

"어, 아라크네다."

라키어스의 서슬 퍼런 눈빛이 앞에 어벙하게 앉아 있는 오딘에게 날아가 박혔다.

"야, 뭐 해? 빨리 안 나가?"

"앗, 넵!"

푸드덕!

오딘이 뒤늦게 실책을 깨닫고 얼른 까마귀로 변해 현관 반대쪽 창문으로 날아갔다.

―야야, 바닥에 깃털!

라키어스는 머릿속에 울린 말을 듣고 고개를 숙였다가 오딘이 남기고 간 흔적들을 보고 이를 갈았다.

달칵.

그사이에 유리가 문을 열고 집 안으로 들어섰다. 라키어스는 놀라운 순발력을 발휘해 바닥에 떨어진 깃털들을 눈에 띄지 않는 구석에 처박았다.

―저기 하나 더 있어!

하지만 미처 발견하지 못했던 깃털 한 개가 더 남아 있었다. 하필 오늘따라 오딘이 집 안에 윤이 날 정도로 청소를 잘해놓은 탓에 새까만 깃털이 더 선명히 눈에 들어왔다.

라키어스는 유리가 집 안으로 완전히 들어서기 전에 서둘러 몸을 움직였다.

"라키어스 씨, 뭐 해요?"

그래서 유리가 발견했을 때, 라키어스는 지난번에 그녀가 사 온 방울토마토 화분 앞에 쭈그려 앉아 있었다.

"아, 왔어요? 지나가다가 보니까 여기에 열매가 하나 맺힌 것 같아서."

그는 손에 움켜쥔 깃털을 대충 바지 주머니에 구겨 넣으면서 유리를 돌아보았다.

"그래요?"

유리는 고개를 갸웃하면서 라키어스에게 다가왔다. 그러고 나서 라키어스의 옆에 똑같이 쭈그리고 앉아 화분을 내려다보았다. 그녀가 고개를 기울이자 긴 머리카락이 앞으로 흘러내렸다. 그 순간, 라키어스의 눈매가 움찔 떨렸다.

"잘 안 보이는데, 열매가 어디 있어요?"

유리는 화분 위의 모종을 살피다가 라키어스에게 물으며 고개를 돌렸다. 바로 그 순간 라키어스의 손이 유리의 팔을 움켜쥐었다. 앞으로 숙여지는 고개를 따라 그의 결 좋은 금발이 사르륵 흐트러졌다.

유리는 아까보다 한결 가까워진 수려한 얼굴에 저도 모르게 움직임을 멈추었다. 아래로 내리깔린 라키어스의 금색 속눈썹이 그의 눈가에 얕은 그림자를 만들었다.

잠시 후 라키어스가 다시금 눈꺼풀을 들어 올렸다. 맑은 벽안이 유리를 정면으로 직시했다. 그녀를 향해 몸을 기울이고 있던 라키어스의 입술이 천천히 벌어졌다.

"……남자 향수 냄새가 나는데."

그 말을 듣고 유리도 고개를 슬쩍 숙여 몸에서 나는 냄새를 맡아보았다. 어깨춤에 묻은 코가 작게 찡긋거렸다. 라키어스의 말대로 향수 냄새가 나긴 했다. 톡 쏘는 듯한 시원한 향은 조금 전에 만났던 도미닉 크록포드에게서 나던 것과 동일했다. 아무래도 같이 마차를 타고 오는 동안 유리의 몸에도 그 향수 냄새가 밴 모양이다.

그렇다 해도 집까지 걸어오는 동안 대부분 날아간 것 같은데 그걸 알아채다니. 하긴, 어쩌면 유리의 코가 도미닉의 향수 냄새에 익숙해져서 생각보다 짙게 남은 냄새를 알아차리지 못한 것뿐인지도 몰랐다.

"마차 안에 냄새가 배 있어서 옷에도 묻었나 봐요."

유리는 자세한 내막은 전부 생략하고 간단히 말했다.

"마차?"

그러자 라키어스가 눈매를 잘게 찌푸렸다. 커피하우스에서 퇴근했을 유리가 왜 마차를 탔다는 건지 이해가 되지 않았다.

"네, 옆 동네 상점가에 잠깐 들렀다 와서."

그제야 라키어스는 유리가 옆에 내려놓은 상자들을 시야에 담았다. 조금 전까지는 다른 데 정신이 팔려 주의를 기울이지 않았는데, 그녀는 빈손으로 돌아온 게 아니었다.

"필요한 게 있어서 좀 사 왔어요."

라키어스가 여전히 눈매를 좁힌 채 쯧, 작게 혀를 찼다.

"위험하게 왜 그런 데를 혼자 가고 그래요."

뒤이어 그가 못마땅하게 읊조린 말을 듣고 유리는 웃어야 할지 말아야 할지 알 수 없는 기분을 안고 작게 눈매를 좁혔다. 상점가가 위험하면 얼마나 위험하다고 그러는 걸까. 물론 이미 지난번에 상점가 폭발했던 전적이 한 번 있긴 하지만……. 그건 지극히 드문 일이었다.

"그렇게 생각하면 아무 데도 못 가요. 이불 밖은 다 위험하지."

"맞네요. 이불 밖은 다 위험해."

"……그냥 한 말이거든요?"

유리가 대수롭지 않게 꺼낸 말에 라키어스가 진지하게 긍정했다. 그 모습을 보고 유리는 좀 어이가 없어졌다. 라키어스는 아랑곳하지 않고 마뜩잖은 듯이 유리를 보다가 이내 손을 움직였다.

사락. 곧게 뻗은 라키어스의 손가락이 어깨 밑으로 늘어뜨려진 유리의 머리카락에 닿았다. 곧 라키어스가 검은 머리칼을 한 줌 손으로 휘감아 그의 얼굴 앞으로 가까이 끌어당겼다. 유리는 다시금 밑으로 살짝 내리깔린 라키어스의 속눈썹을 응시했다.

"향수를 얼마나 심하게 뿌리고 다니는 사람이기에 이렇게 냄새가 짙게 뱄지."

혼잣말 같은 나직한 음성이 라키어스의 입술에서 흘러나왔다. 라키어스는 유리에게 밴 낯선 냄새가 마음에 들지 않았다. 더군다나 남자 향수라니. 좋아하는 여자에게서 풍기는 다른 수컷 냄새에 불쾌감을 느끼는 것은 너무나 당연한 일이었다.

지금 유리의 앞이라 말을 순화하긴 했지만 원래 그가 하고 싶었던 말은 '도대체 어떤 놈팡이가 이런 역겨운 향수를 이 정도로 처뿌리고 다녔냐'는 것이었다.

–참나. 넌 이제 하다 하다 향수 냄새에도 질투를 하냐?

머릿속에서 벌레가 웃기다는 듯이 말했다.

–집주인 여자가 다른 남자를 직접 만나고 온 것도 아니고, 그냥 먼저 마차 탔던 놈이 남기고 간 냄새라잖아.

라키어스가 유리를 상대할 때와는 백팔십도 다른 야멸찬 태도로 싸늘히 일갈했다.

'닥쳐. 내가 유리 씨하고 같이 있을 땐 시끄럽게 말 걸지 말라고 했을 텐데?'

–이건…… 이건 그냥 혼잣말이거든? 이 멍청아!

'같잖은 소리 하고 있네. 어쨌든 귀 따갑게 굴지 말고 다물어.'

그렇게 잠깐 라키어스가 머릿속의 목소리와 실랑이를 벌이고 있을 때였다. 라키어스를 쳐다보던 유리가 입을 열어 불쑥 말했다.

"라키어스 씨. 잠깐만 눈 좀 감아볼래요?"

그 소리에 라키어스는 퍼뜩 정신을 차리고 시선을 들어 올렸다. 그러자 여전히 가까이에 있는 유리의 얼굴이 시야에 들어왔다. 그녀는 정면에서 라키어스의 눈을 들여다보았다. 꼭 루비 보석같이 붉은 눈동자에 라키어스는 여지없이 시선을 사로잡혔다.

뒤이어 그 눈동자만큼이나 붉은 입술이 라키어스의 눈앞에서 달싹였다.

"눈 감고 잠깐만 가만히 있어봐요."

작은 속삭임에 실려온 숨결이 그의 얼굴을 간지럽혔다.

"……눈을 감으라고?"

라키어스가 되묻자 유리가 제대로 들었다는 듯이 눈을 깜빡였다. 기다리듯이 그를 물끄러미 응시하는 유리의 얼굴이 오늘도 변함없이 라키어스의 가슴을 두근거리게 했다.

'이 분위기는 혹시……?'

머리카락에 가려진 그의 귀가 약간 붉게 달아오르기 시작했다. 뭔가 간질간질하고 말랑말랑하고, 하여간에 왠지 몸을 가만히 두기 어려울 정도로 초조한 기분이 들었다.

─어우, 이 여자는 가끔 꼭 이렇게 훅 치고 들어오더라. 사실은 선수 아냐?

머릿속에서 짖지 말라고 했는데도 여전히 요란하게 떠들어대는 벌레의 소리도 지금은 들리지 않았다.

'눈을 감고 가만히 있으라니……. 눈을 감으면 뭘 하려고?'

라키어스는 눈앞에서 그를 물끄러미 쳐다보고 있는 사람을 보다가 더는 주체가 안 돼 손을 들어 입가를 가렸다.

'아, 젠장……. 왜 이렇게 귀엽지, 진짜.'

그냥 가만히 숨만 쉬고 있어도 예쁘고 사랑스러운데 이렇게 귀여운 짓까지 하니 심장이 배겨나지를 않았다. 어쨌든, 유리가 원한다는데 이런 사소한 일쯤 못 해줄 이유가 없었다. 곧이어 라키어스는 유리의 요구대로 눈꺼풀을 내렸다.

"자, 감았어요."

그러자 유리가 잘했다는 듯이 고개를 끄덕이며 말했다.

"움직이지 말아요."

눈을 감자 다른 감각이 한결 더 예민해졌다. 귓가에 울리는 유리의 목소리에 라키어스는 은근한 긴장감을 느꼈다. 앞에 있는 유리가 서서히 다가오는 게 느껴져서 심장박동이 점점 불규칙해지며 심박수가 올라갔다. 어쩐지 입안이 갈증으로 바짝 타들어가는 느낌이었다.

바로 다음 순간, 따스한 온기가 예상과 다른 곳을 스쳐 지나갔다. 라키어스의 눈매가 반사적으로 움찔 떨렸다. 순간, 그의 머릿속에 '?'가 떠올랐다.

"전부터 생각했는데 라키어스 씨 속눈썹 되게 예쁘네요. 꼭 금가루를 뿌린 것 같아요."

이어서 작은 감탄이 어린 유리의 목소리까지 듣자 라키어스의 의문은 더욱 강해졌다. 섬세한 손길이 그의 눈가를 조심스럽게 훑듯이 매만졌다. 유리의 손가락 끝에 닿은 라키어스의 속눈썹이 파르르 떨렸다. 결국 라키어스는 눈을 떴다.

"잠깐. 지금 뭘 하는……."

"어, 안 돼요. 실수로 눈 찌를 뻔했잖아요."

그를 약하게 타박하는 목소리에 라키어스는 비로소 상황을 완전히 파악했다. 유리가 칭찬한 예쁜 속눈썹 밑으로 드러난 그의 푸른 눈은 조금 전에 비해 차갑게 식어 있었다.

"……지금 뭐 한 거예요?"

지금의 상황을 도저히 믿을 수가 없어 묻자, 유리가 그의 마음도 모르고 태연히 말했다.

"사실은 전부터 라키어스 씨 속눈썹을 한번 만져보고 싶었거든요."

'그렇지만 아무래도 평소에 쉽게 만질 수 있는 부위는 아니잖아요. 그러니까 기회가 생긴 김에 살짝'이라고 덧붙이는 여상한 목소리가 참으로 야속하기도 했다.

―큽, 끄윽…….

그때 머릿속에서 희미하게 끅끅거리는 소리가 울렸다. 웃음을 참는 소리였다. 벌레가 자신을 비웃고 있음을 깨달은 라키어스가 순간 울컥했다.

하지만 지금 성질을 내면 왠지 지는 것 같아서 그는 애써 울컥한 마음을 삭이며 손을 들어 마른세수를 했다. 머리카락 사이로 살짝 드러난 라키어스의 귀는 아까와 다른 의미로 발갛게 열이 올라 있었다. 혼자 마음대로 오해해서 기대했던 스스로가 왠지 바보같이 느껴졌다.

얼마나 억울하던지, 유리를 향한 원망스러운 마음마저 살짝 생겨날 정도였다. 하지만 설마하니 유리가 그의 속눈썹에 관심을 두고 있을지 어떻게 알았겠는가?

"그러고 보니까……."

바로 그때, 잠깐 고개를 갸웃하던 유리가 조금 전의 라키어스가 그랬던 것처럼 앞으로 고개를 기울였다. 이번에는 그녀의 검은 속눈썹이 라키어스의 시야에서 느릿하게 내리깔렸다. 긴 머리카락이 라키어스의 어깨와 가슴팍에 흘러내렸다.

　라키어스는 가까워진 유리의 얼굴에 저도 모르게 숨을 죽였다. 조금 전에도 착각해 실망한 눈물겨운 경험이 있었지만 유리를 앞에 둘 때마다 본능적으로 튀어나오는 반응을 어찌할 수는 없었다. 유리는 라키어스의 목덜미 쪽에 얼굴을 살짝 묻고 있다가 흘러내린 머리카락을 귀 뒤로 넘기면서 다시 고개를 들었다.

　"라키어스 씨한테서 이제 완전히 우리 집 냄새가 나네요."

　그 뜻밖의 말에 라키어스는 그만 멈칫하고 말았다. 잠시 후, 그의 입술이 천천히 떼어졌다.

　"유리 씨 집 냄새요?"

　"네."

　나지막하게 흘러나온 물음에 유리가 고개를 끄덕였다.

　"라키어스 씨한테서 나랑 같은 냄새가 나는 것 같아요. 아, 물론 체향이 달라서 그런지 완전히 똑같진 않지만……. 역시 사용하는 목욕용품이나 세탁용품이 같아서 그런가."

　유리는 아무렇지 않은 목소리로 꺼낸 말이었지만 라키어스는 그 말을 듣고 아무렇지 않을 수가 없었다.

　"당신은 가끔 진짜 악마 같네요."

　"뭐라고요?"

　다음 순간 라키어스의 입에서 나온 말에 유리는 눈살을 찌푸렸다. 느닷없이 욕을 얻어먹은 기분이라 황당했으나 뜻밖에도 라키어스는 웃었다. 그의 손이 유리의 팔을 잡아 끌어당겼다.

　미소를 띤 눈동자가 좀 더 가까워졌을 때, 유리는 그 맑은 푸른 빛이 평소보다 탁하게 가라앉아 있다는 사실을 깨달았다. 라키어스가 유리의 목덜미에 얼굴을 완전히 파묻었다. 그러고 나서 그는 숨을 크게 들이마셨다. 코 안으로 깊게 들어차는 냄새에는 여전히 희미한 향수 냄새가 섞여 있었다. 그게 마음에 들지 않아 라키어스는 유리의 머리카락을 걷어내고 그 밑으로 완전히 드러난 살갗에 코를 문질렀다.

"라키어스 씨, 잠깐. 간지러워요. 음……."

유리가 작게 신음하면서 몸을 뒤로 물리려 했으나 머리카락을 걷어 냈던 라키어스의 손이 어느새 그녀의 뒷덜미를 단단히 고정해 붙잡았다. 라키어스는 다른 팔로 유리의 허리를 감싸 그녀를 더 가까이 끌어당기고 달콤한 향기를 마음껏 들이마셨다. 그러고 나서야 조금 만족스러운 기분이 들었다.

"나한테도 당신하고 비슷한 냄새가 난다고?"

하지만 반쯤 내리깔린 라키어스의 눈동자에는 한결 더 짙은 갈증이 배어 있었다. 물론 라키어스는 조금 전의 일처럼 이번에도 유리가 별다른 의미 없이 한 말이란 걸 알았다. 거기에 또 혼자만 이렇게 무게를 둬 반응을 보이는 게 바보 같은 일이라는 생각도 들었다.

하지만 원래 사람 감정이라는 것이 마음대로 되지 않는 게 아니던가. 라키어스에게서 자신과 같은 냄새가 난다는 유리의 말은 그에게 기묘한 고양감을 불러일으켰다.

유리는 자신의 목덜미에 코를 비비는 라키어스가 꼭 주인에게 애교 부리는 강아지 같다고 생각했다. 아무래도 라키어스는 조금 전에 그녀가 한 말이 마음에 든 모양이다.

어쩐지 아까부터 다른 남자의 향수 냄새가 그녀의 몸에 밴 것이 못마땅한 눈치더라니, 자기하고 같은 냄새가 난다고 하니까 마음이 금세 풀렸나 보다. 뭔가 참…… 의외로 단순하다고 해야 할지, 알아차리기 쉬운 성격이라고 해야 할지.

전부터 가끔 느낀 거지만 꽤 귀여운 구석이 있는 남자였다. 라키어스가 얼굴을 묻고 있는 목이 좀 간지럽기는 했지만 유리는 더 이상 그에게서 벗어나려 하지 않고 서서히 몸에서 힘을 풀었다.

어느새 익숙해진 라키어스의 너른 품은 안락한 맛이 있었다. 아예 그의 어깨에 턱을 괴자 자세가 한결 더 편해졌다. 라키어스의 등 뒤에 있는 방울토마토 화분이 눈에 들어왔다. 그런데 아무리 봐도 열매가 어디에 맺혔다는 건지 알 수가 없었다.

유리는 라키어스의 어깨 너머로 팔을 뻗어 모종의 이파리를 뒤적이기 시작했다. 하지만 곧이어 라키어스의 손이 목덜미를 쓸어내리는 느낌에 유리는 움직임을 멈추고 말았다.

뭉근히 고인 열기가 느리게 흐르는 물처럼 뒷덜미를 타고 등허리로 내려갔다. 척추뼈를 야살스럽게 훑어 내리는 손길에 순간 유리의 몸이 작게 움찔했다.

라키어스가 코를 비비고 있던 목덜미에 입술을 파묻기까지 하자 유리의 등이 더 곧게 펴졌다. 주위를 감돌던 공기가 조금 변한 것 같은 느낌이었다.

유리도 은근한 긴장감이 고요한 공기 속에 도사리는 것을 느꼈다. 라키어스가 유리의 목에서 어깨까지 이어진 선을 따라 간지러운 입맞춤을 흩뿌렸다.

'어? 단추는 언제 풀었지?'

유리는 퍼뜩 목까지 채워져 있던 상의의 단추가 어느새 두어 개 풀려 있다는 사실을 깨달았다. 이미 걸리적거리던 머리카락까지 전부 걷어낸 뒤라, 옷깃이 젖혀져 드러난 목을 가리고 있는 것은 아무것도 없었다.

라키어스의 손은 허리춤까지 미끄러져 내려와 있었다. 치마 속에 넣었던 셔츠의 밑 부분이 어느새 빠져나와서 허리 부근의 맨살이 일부 드러난 상태였는데, 다음 순간 라키어스의 긴 손가락이 느릿하게 기듯이 움직여 그 부분을 파고들었다. 라키어스의 어깨를 짚은 유리의 손에 힘이 꽉 들어갔다.

맞닿은 몸에서 퍼지는 열기가 누구의 것인지 알 수가 없었다. 유리는 라키어스를 멈추게 해야 할지 말아야 할지 잠깐 고민했다. 차라리 싫었으면 가차 없이 밀쳐냈을 텐데……. 미세하게 흔들리는 검은 속눈썹이 아래로 살짝 내려앉았다가 다시 위로 들어 올려졌다.

"라키어스 씨 말대로……."

이내 유리의 입에서 조금 전보다 약간 낮게 가라앉은 목소리가 흘러나왔다.

"정말 여기 열매가 하나 맺혔네요."

조금 잠긴 듯하긴 했지만 그녀의 음성은 여느 때처럼 차분하고 침착했다.

"좀 더 자세히 봐야겠어요. 라키어스 씨, 잠깐만 놔줄래요?"

유리의 말을 들은 라키어스가 그녀의 귓가에 머리를 기댔다. 셔츠 안으로 완전히 들어가 등과 허리를 덮고 있던 손이 맨살을 천천히 훑어 내렸다. 유리의 몸이 작게 들썩이자 라키어스가 그녀의 목덜미를 약간 아플 정도로 한 번 깨물었다.

"그래요."

그러고 나서 유리만큼이나 차분한 음성으로 그가 짧게 대꾸했다. 라키어스는 언제 욕망을 담은 야릇한 손길로 유리를 만졌냐는 듯이, 얌전히 손을 움직여 그녀의 옷차림을 다시 단정하게 정돈해 주었다. 미련이라고는 조금도 느껴지지 않는 담백한 손길이라, 저도 모르게 약간 서운한 마음이 들 정도였다.

그러다 순간 유리는 움찔 눈매를 찌푸렸다. 서운하다니……. 꼭 이 이상 진도를 못 나가서 아쉽다는 의미로 들리지 않는가. 하지만 멈추기를 바란 건 그녀였다.

"자, 봐요."

라키어스는 유리의 머리카락까지 손으로 슥슥 빗어 정리해 주었다. 그러고 나서 그녀의 몸을 반대로 돌려 화분을 마주 보게 했다. 하지만 그렇다고 유리를 놓아준 건 아니었고, 그저 그녀를 품에 안은 채 위치만 바꾸었을 뿐이었다. 라키어스가 유리를 뒤에서 끌어안아 그녀의 정수리에 얼굴을 올렸다.

"방울토마토 열매가 어디 달렸는데요?"

"이쪽에……."

"아무것도 없는데?"

"여기 있잖아요."

"아, 거기."

애초에 방울토마토 열매가 열렸다며 유리를 부른 건 라키어스였는데, 어째서인지 지금 그 열매의 유무를 입증하고 있는 건 유리였다. 유리는 잠깐 불편하게 몸을 꼼지락거리다가 이내 적응한 듯이 라키어스의 몸에 편하게 등을 기댔다.

그러다 문득 그녀는 옆에 있는 다른 화분의 밑에서 거무스름한 무언가를 발견했다.

손을 뻗어 눈에 걸리는 것을 앞으로 끌어온 유리가 흠칫했다. 그녀의 손에 들린 것은 눈에 익은 검은 깃털이었다. 유리의 뒤에 있던 라키어스도 덩달아 움찔했다.

"왜 여기 이런 게 떨어져 있는지 모르겠네요. 열린 창문으로 들어왔나?"

하지만 유리는 이 깃털이 라키어스와 연관이 있다고는 생각하지 못했다. 그저 오딘이 언젠가 그녀를 만나러 왔다가 떨어뜨렸거나, 아니면 일전에 오딘에게 받아두었던 깃털 중 하나를 그녀가 흘렸다고 생각했다.

"흠. 그보다 방울토마토 모종이 생각보다 잘 자라네요."

라키어스는 서둘러 말을 돌렸다.

"그러게요. 다음에 한번 다른 것도 키워볼까 봐요."

유리가 그렇게 대꾸한 뒤 들고 있던 깃털을 내려놓았다. 그러고 나서 혹시 이파리 사이에 다른 열매가 더 나지 않았는지 화분을 살펴보기 시작했다.

진지하게 열매를 찾는 유리의 모습이 라키어스의 눈에는 심각하게 귀여워 보였다.

라키어스는 유리의 머리에 턱을 괴며 생각했다. 역시 빨리 데려가야겠다. 누구도 감히 그의 허락 없이 발을 들이지 못할 그만의 왕국으로. 아래로 내리뜬 라키어스의 눈동자가 선득하게 빛났다.

"가주님. 조사해 보았는데, 살바토르가 남부의 대귀족인 로렌체 가문과 비밀리에 교섭하고 있다고 합니다."

깊은 밤. 도미닉 크록포드는 늦은 시간까지 잠자리에 들지 않고 집무실에서 업무를 처리했다. 그는 눈앞에 있는 서류에 사인하며 부하에게 보고를 들었다.

"그래서?"

도미닉의 반문에 조심스러운 음성이 잇따랐다.

"만약 교섭에 성공하게 되면 살바토르 가문이 남부와의 독점 거래권을 갖게 됩니다."

그에 도미닉의 입가에 서늘한 미소가 피어올랐다.

"한동안 봐주었더니, 주제를 모르고 점점 거슬리게 구는군."

팔락. 그는 막 사인을 마친 서류를 들어 옆에 있는 다른 서류의 산 위에 대충 내려놓았다. 나직이 읊조려지는 도미닉의 목소리는 방 안에 고인 밤공기만큼이나 고요했다.

"동부가 한동안 지나치게 평화롭긴 했지. 그러니까 자꾸 기어오르는 것들이 생기는 게 아닌가."

하지만 도미닉의 부관은 거기에 담긴 살얼음 같은 한기를 느끼고 숨소리를 더욱 작게 죽였다. 이내 도미닉이 잠깐 무언가를 생각하는 듯하다가 부관에게 확인했다.

"이번에 폭발에 휘말리고도 무너지지 않은 상점이 살바토르의 소유라 했지."

"그렇습니다. 직접적인 폭발에도 견딘 것은 살바토르의 상점이 유일합니다."

도미닉의 손에 들린 펜이 느릿하게 까딱여 종이를 툭툭 두드렸다.

"잔해물을 정리해 보니 거기에 기이한 것이 있었고."

"네, 천장을 떠받치고 있는 이상한 구조물이…… 거미줄처럼 생긴 모양이었습니다만 재질의 단단함은 꼭 광물 같았습니다."

부관이 모르겠다는 듯이 말끝을 흐렸다. 상점가에 영문 모를 폭발 사건이 생긴 뒤, 사건 조사를 하면서 발견한 그것은 도미닉의 말처럼 굉장히 기이했다. 얽히고설킨 실들이 무너지는 천장을 지탱했으나, 그 강도는 절대 평범하지 않았다.

중앙의회의 명으로 그것을 떼어다 연구 중인 사람들도 있었지만 아직 누구도 그 물체의 정체를 알아내지 못했다. 바로 그때, 도미닉이 서류를 앞으로 끌어오며 입을 열었다.

"이단자의 짓이라고 한다면 가능하지 않겠나."

"이단자라면…… 십 년 전쯤부터 생겨난 그 돌연변이들 말씀이십니까?"

도미닉은 대답하지 않았고, 부관은 생각에 잠겨 혼자 말을 이어갔다.

"과연 특이한 모습과 힘을 가지고 있던 이단자라면 설명이 되는 것 같습니다만……."

동부에서 이단자들은 탄압의 대상이었다. 지금은 조용했으나 몇 년 전에는 대대적으로 그들을 솎아내는 움직임이 있었다.

"이번 폭발 사건에 이단자가 얽혀 있다는 말을 흘리게."

"네? 하지만 그렇게 하면……."

폭발을 일으킨 주범이 이단자라는 소문이 돌게 될 것이다. 하지만 만약 도미닉의 말대로 건물 안에 있던 그 기이한 거미줄 같은 물체가 이단자로 인한 것이 맞다면, 그것은 건물을 파괴하기 위해서가 아니라 오히려 무너지지 않도록…….

"그리고 살바토르의 상점에서 증거물이 포착되었다는 말도 빼놓지 말고."

도미닉이 서류를 훑어보며 건조하게 덧붙인 말에 부관이 입술을 달싹였다. 도미닉이 어떤 의도로 지금 이런 말을 하는지 깨달음이 밀려

들자 등 뒤로 식은땀이 흘렀다. 그는 조용한 음성으로 물었다.

"살바토르와 함께 이단자 사냥을 하실 생각이십니까?"

마침내 도미닉의 시선이 위로 들어 올려졌다. 뒤이어 첨예한 빛이 어린 가느다란 미소가 어둠 속에서 피어올랐다.

"동부가 너무 오래 평화로웠잖은가."

제15장

수상한 초대 (1)

"그럼 다녀올게, 헤스티아."

"다녀와, 언니."

주중에 있는 휴일, 안네마리는 식자재점에 가기 위해 문을 나섰다. 오늘은 바스티안의 간병을 위해 크록포드에 가지 않아도 되는 날이었다. 시간은 오후 세 시경. 날씨가 매우 화창했다. 안네마리는 작게 콧노래를 흥얼거리며 거리를 걸었다.

"안녕하세요, 로넌 부인."

"오늘은 쉬는 날인가 보네, 안네마리 양."

"네, 그래서 식료품점에 가려고요."

"나도 좀 전에 다녀왔는데 오늘은 양배추가 싸더라고."

"아, 그래요? 저도 사야겠네요. 알려주셔서 감사합니다."

길거리에서 마주친 이웃들과 인사도 하고, 산책을 나온 고양이들이 담벼락을 타고 걷는 모습도 구경하면서 안네마리는 간만의 여유를 만끽했다. 확실히 치료소 일을 그만둔 뒤부터 여유 시간이 많아졌다. 물론 치료소에서 환자들을 돌보는 일은 보람이 컸지만, 휴식을 취할 시간이 없어 피로도가 너무 높았다.

그에 비해 바스티안의 간병인 일은 확실히 치료소에 다닐 때와는 비교조차 할 수 없이 손 가는 일이 적었다. 게다가 월급도 거의 두 배는 받고 있었으니.

'고마운 분이야.'

말투나 행동은 다소 까칠해도 바스티안이 안네마리의 사정을 딱하게 여겨 이것저것 신경 써주고 있다는 사실을 그녀는 알았다. 칼리안 크록포드에게도 고마웠다. 그가 안네마리에게 이렇게 좋은 조건의 일을 소개해 줘 편안한 생활을 할 수 있게 된 것이니까. 도대체 그녀의 뭘 보고 이런 일자리를 준 것인지는 몰라도, 안네마리는 칼리안의 신뢰에 보답하고 싶다고 생각했다.

이런저런 생각을 하다 보니 금방 식자재점에 도착했다. 안네마리는 가게에 들어가기 전에 바깥에 진열돼 눈길을 끄는 색색의 과일들을 구경했다.

"안네마리 씨, 오늘은 평소보다 이른 시간에 왔네요."

식자재점의 점원은 유리를 기억하는 것과 마찬가지로 안네마리의 얼굴 역시 익혀두었다. 애초에 둘은 한 번 보면 좀처럼 잊기 어려운 인상의 외모를 가지고 있기도 했다.

"네. 복숭아가 벌써 나왔네요?"

"올해는 일조량이 좋아서 좀 빨리 수확됐어요. 달고 맛있는데, 한 번 드셔보실래요?"

"일단 다른 것 좀 둘러보고 올게요."

"그러세요."

안네마리는 조금 전보다 한결 기분이 좋아져서 가게 안으로 들어갔다. 복숭아는 헤스티아가 좋아하는 과일이었기 때문에 몇 개 사 가서 먹어보고 맛있으면 또 사러 나올 생각이었다.

'유리 씨한테도 좀 드릴까? 복숭아 좋아하시려나.'

복숭아로 잼을 만들어도 좋을 것 같고, 타르트를 만들어도 맛있을 것 같았다. 작년에는 생활이 어려워 그런 여유를 즐기지 못했지만 올해는 어느 정도 사치를 부려도 될 것 같았으니…….

게다가 그런 여유를 함께 즐길 친구도 바로 이웃집에 있다. 유리를 생각하는 안네마리의 얼굴에 발그레한 미소가 떠올랐다.

'시간이 되면 언제 한번 같이 티타임을 가져도 좋을 것 같은데. 예전 집에서 살 때처럼 크게 여는 건 부담스러우니까 그냥 소소하게 과자나 차를 나눠 마시는 정도로…….'

잠깐 아버지와 함께 살던 때를 생각하니 마음이 무거워졌지만 안네마리는 더 즐거운 생각을 하려고 노력하며 장을 보았다. 그리고 나서 마지막으로 복숭아를 산 뒤 그녀는 뿌듯한 마음으로 가게를 나섰다. 집으로 돌아가는 길목에는 아까보다 짙은 햇볕이 내리쬐었다. 바닥에 이어진 그림자도 한결 길어져 있었다.

안네마리는 아까처럼 작은 콧노래를 흥얼거리면서 거리를 걸었다. 유리에게 줄 복숭아까지 사서 그런지 식재료가 든 종이봉투가 다른 때보다 무거웠지만, 마음이 가벼워 힘든 줄도 몰랐다.

"앗!"

하지만 종이봉투가 수용할 수 있는 양에는 한계가 있었던지라, 결국 맨 위에 아슬아슬하게 쌓아놨던 과일 하나가 밑으로 굴러떨어졌다. 다행히 바닥에 떨어진 것은 복숭아가 아니라 점원이 맛을 보라며 덤으로 준 오렌지였다. 그래서 아까운 과일이 바닥에 뭉개지는 참변은 피할 수 있었다.

안네마리는 앞으로 굴러가 멈춘 오렌지를 종종걸음으로 쫓아갔다.

저벅. 하지만 그녀가 몸을 낮추어 손을 뻗기 전에, 앞으로 다가온 누군가가 먼저 그것을 주워 들었다.

"아, 고맙습니다."

안네마리는 인사하며 시선을 들었다.

"별말씀을."

고요한 울림을 가진 나지막한 남자의 음성이 길게 그림자 진 거리에 녹아들었다. 다음 순간 시야에 들어온 얼굴에 안네마리의 두 눈이 동그랗게 떠졌다. 하얀 셔츠와 검은 바지를 입은 남자의 얼굴이 낯익었다. 그가 안네마리를 향해 다가오며 인사했다.

"또 뵙네요."

"앗, 네. 안녕하세요."

안네마리도 고개를 숙여 그에게 답했다. 라키어스가 안네마리에게 가까이 다가가 과일을 들고 있는 손을 내밀었다. 안네마리는 엉겁결에 손을 내밀어 라키어스가 내미는 과일을 받아 들었다. 그러면서 손끝이 살짝 맞닿았다.

그 순간 몸에서 미세하게 일어난 변화를 느낀 라키어스의 눈매가 작게 휘어졌다. 바람에 작게 흩날리고 있는 금색 머리칼이 햇빛을 받아 한결 짙은 색으로 반짝였다. 그 밑에 살짝 가려진 연청색 눈동자에 한순간 얕은 이채가 떠올랐다가 잠잠히 가라앉았다.

안네마리가 라키어스에게 받은 오렌지를 다시 종이봉투에 집어넣었다. 그러다 안네마리는 자신의 앞에 다시 내밀어진 라키어스의 손을 발견하고 의아한 눈으로 그의 얼굴을 올려다보았다. 라키어스가 안네마리에게 천연덕스럽게 말했다.

"제가 살던 곳에서는 악수하는 게 제대로 된 인사법이라서."

"아, 그래요?"

안네마리는 얼른 손을 내밀어 라키어스의 손을 잡아 마주 인사했다. 그 순간, 무언가가 몸에서 스륵 빠져나가는 것 같은 느낌이 들었다. 하지만 그것은 지극히 짧은 순간 스쳐 지나갔다.

그래서 안네마리는 그냥 잠깐 고개를 갸웃하다가 곧 기분 탓이라고 생각하며 의문을 지워 버렸다. 라키어스와 손을 붙잡고 있었던 시간은 고작 2, 3초 정도였고, 그에게서 다른 위화감은 전혀 느껴지지 않았기 때문에 더욱 의심하지 못했다.

"식료품점에 다녀오는 길이었나 보네요."

라키어스는 자연스럽게 안네마리의 손을 놓고 여상한 어투로 말했다.

"네. 장을 보다 보니까 저도 모르게 이것저것 많이 사게 되어서……."

"그러셨군요. 그럼 조심히 들어가세요."

"아, 저기……."

안네마리는 그와 조금 더 대화를 이어가고 싶었으나, 라키어스는 그녀에게 한 번 고개를 까딱해 보인 뒤 지체 없이 자리에서 발길을 뗐다. 안네마리는 그녀를 스쳐 지나가는 남자를 저도 모르게 뒤돌아보았다. 긴 그림자를 드리우며 걷는 남자의 뒷모습을 보자 뭔가 묘한 기분이 들었다.

분명 말투와 태도 모두 더없이 정중하고 친절한데, 이상하게도 서늘한 느낌이 드는 사람이었다. 굉장히 수려하게 잘생겨 저절로 호감이 가는 외모였음에도 안네마리는 어째서인지 라키어스에게서 조금 껄끄러운 느낌을 받았다.

'앗, 잘 알지도 못하는 사람을 보고 이런 생각 하면 안 되는데.'

하지만 다음 순간 안네마리는 오히려 깜짝 놀라 자신의 생각을 지워 버렸다. 그러고 보니 그녀는 아직 저 남자의 이름조차 알지 못했다. 사실 유리의 연애사에 대해 물어보고 싶은 마음이 있었으나, 유리가 그런 것을 달가워할지 알 수가 없어 망설여졌다.

'그러고 보니 유리 씨 퇴근 시간이 얼마 안 남은 것 같은데. 혹시 데리러 가는 건가?'

얼마 전부터 커피하우스의 퇴근 시간이 빨라졌다고 유리에게 들은 기억이 났다. 안네마리는 라키어스의 뒷모습에서 시선을 떼고 다시 헤스티아가 기다리고 있는 집을 향해 걷기 시작했다. 여느 때처럼 평온한 날이었다.

"……."

차가운 빛이 스민 시선이 밑으로 떨어져 내렸다. 라키어스는 조금 전에 마주친 여자와 잡았던 손을 응시했다. 역시 여자는 치유 능력의 보유자였다. 부상 이후 유적의 파편을 흡수한 일로 진탕 속이 뒤집혀 회복이 더뎠던 몸이 확실히 조금 가벼워진 느낌이었다.

—야, 저 여자 능력 좀 쓸 만한 것 같다. 그냥 두기 아까운데?

사실 벌레의 말마따나, 필요할 때마다 손 닿는 곳에 두고 이용하는 것이 가장 편리하고 좋은 방법이었다. 당장 몸을 회복하기 위해서도 여자의 힘이 필요했고 말이다. 원래 라키어스의 방식대로라면, 당연히 앞뒤 따질 것 없이 여자를 데려다가 어딘가에 가둬 놓고 필요할 때마다 써먹었을 테지만…….

'유리가 친구라고 했는데.'

라키어스의 미간에 깊은 주름이 생겼다. 유리가 이번에 옆 동네의 상점가에 가서 사 온 물건에는 저 여자에게 줄 선물도 포함되어 있었다. 라키어스가 곱게 포장된 상자를 보고 이게 뭐냐고 물으니 유리는 잠깐 대답을 고민하다가 친구의 취직 선물이라고 말했다.

그녀의 입에서 처음 듣는 낯선 단어에 라키어스는 조금 놀라서 그 친구가 누구냐고 물었다. 그러자 유리가 라키어스의 눈을 깊게 들여다보며 '옆집에 사는 안네마리'라고 대답했다.

'그냥 알고 지내는 이웃집 여자가 아니었다니.'

라키어스는 조금 짜증이 났다. 조금 전에 보았던 옆집 여자가 더욱 마음에 들지 않았다. 라키어스는 언짢은 기분으로 방금 안네마리와 잡았던 손을 닦아내듯이 옷에 문질렀다. 사실 그가 지금 당장 다른 사람들의 눈과 손이 닿지 않은 곳에 데려다 두고 싶은 건 안네마리가 아니라 유리였다. 라키어스는 어쩐지 이것도 저것도 전부 다 성에 차지 않는다고 생각하며 찌푸린 얼굴을 하고 목적지로 향했다.

'저기가 연금술사의 탑인가.'

가늘게 떠진 라키어스의 눈이 높이 솟은 건물을 응시했다. 동부에서 가장 유명한 곳답게 탑은 상당히 거대했다.

 ─흥, 역시 동부 놈들은 배포도 작구면. 동부 촌것들이 하도 연금술사의 탑, 연금술사의 탑 말하기에 그래도 개미 눈곱만큼은 기대했더니. 완전 동부 놈들 X만 하잖아?

 라키어스도 벌레의 말에 속으로 긍정했다. 탑이 있는 너른 땅 둘레에는 단단한 담벼락이 서 있었다. 주변을 지키고 있는 사람은 없었다. 라키어스는 잠깐 주위를 살피다가 우거진 나무들이 반쯤 담벼락을 가리고 있는 곳으로 자리를 옮겼다. 그러고 나서 훌쩍 지면을 박차고 뛰어올라 담벼락을 넘었다.

 그 안에도 잎이 무성한 나무들이 울창하게 자라 있었다. 도둑이 들기 딱 좋은 환경이라고 생각하며 라키어스는 탑으로 다가갔다. 이른 저녁이라 아직 주위는 밝았다.

 애초에 연금술사의 탑을 오가는 사람 자체가 별로 없어서 주변이 한적하기도 했고, 또 이런 대낮부터 침입자가 대놓고 활보할 것이라고 생각하는 사람도 없었기 때문에 라키어스의 앞을 가로막는 사람은 아무도 없었다.

 이윽고 라키어스는 연금술사의 탑 바로 앞에 당도했다. 탑 안으로 들어가는 문은 총 세 개였다. 라키어스의 푸른 눈동자가 앞에 있는 건물을 예리하게 응시했다.

 '이상한 기운이 느껴지는군.'

 라키어스는 문이 아니라 벽 쪽에 손을 댔다. 파직!

 아니나 다를까, 그 순간 화끈거리는 느낌이 날카롭게 살갗을 파고들었다.

 ─어, 이거?!

머릿속에서 벌레가 외치는 것과 동시에 라키어스의 눈에 선득한 광채가 스쳐 지나갔다. 예전에 '무덤'에 있을 때 실험체들이 밖으로 달아나지 못하게 주위에 쳐져 있던 무형의 결계와 느낌이 비슷했다. 그의 예상이 맞다면 탑 안으로 향하는 진짜 통로는 눈으로 보이는 문이 아니라 벽에 숨겨져 있는 게 분명했다.

끼이익.

잠시 후, 허가받지 않은 사람이 탑에 손을 댄 것을 알았는지 위쪽의 창문이 열리는 소리가 들렸다.

"뭐야, 아무도 없잖아?"

하지만 라키어스는 이미 모습을 감춘 뒤였기 때문에 침입한 사실을 들키는 일은 없었다. 시간이 조금 더 지나자 역시 라키어스가 손을 댔던 벽 부근이 갈라졌다.

"아씨, 귀찮게. 장치가 오래돼서 그런가, 가끔 이렇게 오작동을 일으키네."

그 안에서 나온 사람이 귀찮은 듯이 주위를 두리번거리다가 문을 닫고 안으로 들어갔다. 그는 그 잠깐 사이에 자신이 열어놓은 문으로 들어간 침입자가 있다는 사실은 꿈에도 모르고 투덜거렸다.

─어휴, 동부 촌것들 취향 하고는. 내부도 개후지네, 진짜. 역시 우리 성이 최고다, 야!

'뭔 소리야. 언제부터 내 성이 우리 성이었냐? 시답잖은 주인 의식 집어치워.'

라키어스는 참으로 당당하고 뻔뻔하게 연금술사의 탑 내부를 활보했다. 연금술사들은 대개 연구실에 처박혀 작업 중이었기 때문에 라키어스를 발견한 사람은 아무도 없었다.

"아, 진짜 짜증 나게. 요즘 왜 이렇게 되는 일이 없지?"

그러다 복도의 꺾어진 우측에서 누군가 문을 여는 소리가 들렸다. 일단 오늘은 조용하고 신속하게 연금술사의 탑 내부를 대충 둘러보기만 하고 나갈 생각이었기 때문에 라키어스는 걸리적거리는 방해물을 제거하는 대신 옆에 있는 빈방으로 들어갔다.

"늙은이들이 자기들은 편안하게 가만히 앉아서 사람을 손끝으로 부려먹기만 하고 말이야."

"오늘도 회의에 불려 가시나요?"

"왜, 네가 대신 가주려고?"

"어유, 전 거기 한 시간만 있어도 말라 죽을걸요."

잠시 후 라키어스가 사라진 복도에 나타난 사람은 데이몬 살바토르였다. 그는 또다시 중앙의회의 부름을 받고 회의에 참석하기 위해 연금술사의 탑을 나서는 길이었다.

"조금 전에 연금술 용품이 새로 들어왔다고 하던데 이번에도 직접 살펴보실 거죠?"

"지금은 시간 없으니까 이따가."

"네, 그럼 원래 두던 자리에 정리해 둘게요."

"그러든가. 귀찮게 더 쫓아오지 말고 가서 네 할 일이나 해."

잠시 후 방 앞을 지나가는 발소리가 두 개로 나누어졌다. 그 소리는 점점 멀어졌다. 이내 라키어스가 방에서 나와 둘 중 한 사람의 뒤를 따라갔다. 데이몬과 이야기하던 연금술사는 일정한 거리를 두고 자신을 뒤쫓아 오는 사람의 존재를 알아차리지 못했다.

그래서 라키어스는 손쉽게 연금술 용품을 보관 중이라는 방으로 들어갈 수 있었다. 잠시 후, 불이 꺼진 어둑한 방 안에서 맹금류의 것 같은 새파란 눈동자가 안광을 내며 빛났다.

'하, 이것 봐라.'

그곳에서 라키어스는 매우 낯익은 무언가를 발견했다.

지난번과 비슷한 역겨운 범죄의 현장이 또 한 군데 발견되었다. 제노스는 이번에도 그곳에 불려 가서 주변을 살펴보는 중이었다.

"예상은 했지만 이렇게 되면 사건 규모가 너무 커지겠는데."

그의 얼굴은 딱딱하게 굳어 있었다. 현장에 남은 흔적은 지난번과 비슷했다. 제노스는 앞으로도 한동안 고기는 먹지 못하겠다고 생각하며 얼굴을 구겼다. 그는 허리를 낮추어 바닥에 떨어진 것을 주웠다. 아이의 것으로 보이는 작은 꽃 장식이 피에 젖어 있었다. 제노스는 그것을 손안에 꽉 움켜쥐었다. 그의 뒤에서 칼리안이 말했다.

"러셀에게 말해뒀으니 천천히 살펴봐. 난 먼저 간다."

"뭐? 날 불러놓고 넌 어디 가?"

"약속이 있어."

제노스가 어떻게 그럴 수 있냐는 듯이 칼리안을 쳐다보았지만 그는 뒤도 돌아보지 않고 자리를 떠났다. 그나마 칼리안도 원해서 생긴 약속은 아닌 듯, 떠나기 전 마지막으로 본 얼굴이 굳어 있던 것만이 유일한 위안이 되었다.

제노스는 요 며칠간 계속 그랬던 것처럼 아예 바닥에 자리를 잡고 앉아 주위를 둘러보기 시작했다. 어차피 예지의 능력은 불특정한 상황에서 발동되기 때문에 이런다고 소용이 있을지는 알 수 없었다. 하지만 앞으로 얼마나 더 많은 희생자를 낼지 알 수 없으니, 할 수 있는 만큼 노력하는 수밖에 없었다.

그러다 지금까지 계속 그랬던 것처럼 제노스의 상념은 얼마 전에 예지를 통해 보았던 여인의 모습으로 옮겨갔다. 그의 입술이 아프게 깨물렸다. 칼리안은 무시하라고 했고, 제노스도 자신이 할 수 있는 일이 거의 없다는 사실에 동의했다.

하지만 자꾸 생각이 났다. 이미 무력감을 맛본 적이 수없이 많음에도 어쩌면 이번에는 자신이 도움이 될지도 모른다는 생각이 머릿속에서 떠나지를 않았다. 칼리안도 그런 제노스를 아는지, 매일같이 그를 불러 좀처럼 다른 일을 할 시간을 주지 않았다.

한 사람을 이렇게 신경 쓸 시간에 무수한 사람의 목숨이 걸린 일에 집중하는 것이 훨씬 낫다는 사실을 제노스도 알았다. 하지만 그래도 별수 없었다.

"셸던 경? 어디 가십니까?"

"속이 안 좋아서 잠깐."

결국 제노스는 충동에 못 이겨 다리를 움직였다.

"어서 오세요, 손님……."

그가 향한 곳은 커피하우스였다. 하지만 그곳에 제노스가 찾던 사람은 없었다. 커피하우스의 주인인 길버트만이 스노우를 대할 때와 달리 서먹한 얼굴로 제노스를 맞아주었다.

'아, 맞아……. 오늘 쉬는 날이었지.'

유리가 오늘 커피하우스에 출근하지 않는 날이라는 사실을 깜빡했다.

"안녕히 가세요, 손님!"

제노스가 한번 주위를 둘러보다가 가게를 나서자 길버트가 한결 밝아진 목소리로 그를 배웅했다. 일전에 데이몬과 함께 있던 그를 기억하고 있는 것이 분명했다. 제노스의 주먹이 꽉 쥐어졌다.

칼리안은 제노스 스스로를 위해서라도 마음을 비우라고 했지만 그게 가능할 리 없었다. 제노스는 내일 다시 한번 커피하우스에 와봐야겠다고 생각하며 뒤돌아섰다.

오늘은 일주일에 한 번, 유리가 크록포드에 가야 하는 날이었다. 무엇보다도 오늘은 유리와 안네마리의 환영회가 있는 날이기도 했다.

"이렇게 유리 씨랑 같이 가니까 너무 좋네요."

바스티안의 배려로 안네마리와 유리는 함께 마차를 타고 크록포드로 향했다. 소풍이라도 가는 느낌이 드는지, 안네마리가 유리를 보며 해맑게 웃었다. 하얀 원피스를 곱게 차려입고 유리가 이번에 선물한 코르사주 장식을 단 채 미소 짓는 안네마리는 오늘도 예뻤다. 유리도 안네마리가 전에 선물해 주었던 리본을 머리에 매었다.

"아. 그러고 보니까 저, 어제 장 보고 오는 길에 그분을 만났어요."

그러다 잠시 후, 안네마리가 문득 생각났다는 듯이 새로운 화제로 다시 말문을 열었다. 유리가 고개를 갸웃하며 반문했다.

"그분이요?"

"네. 상점가에서 봤던 그 잘생긴 금발 남자분이요."

유리는 안네마리가 라키어스를 말하는 것을 깨달았다. 라키어스에게 그런 얘기는 못 들었는데. 안네마리와 마주친 것이 별로 대수로운 일이 아니라고 생각해서 말을 안 할 걸까?

안네마리는 어쩐지 무언가를 말할까 말까 고민하는 것 같은 얼굴을 하고 입술을 옴짝거리다가 유리에게 고개를 기울여 조용히 귓속말했다.

"그분, 유리 씨하고 교제하는 분 맞죠?"

일전에 집 앞에서 라키어스와 안네마리가 마주쳐 대화를 나누는 소리를 유리도 어렴풋이 들었던 기억이 있었다. 그때 라키어스가 그녀의 집에 마음대로 드나드는 것을 봤으니 그런 생각을 하는 것도 이해할 수 있었다.

'혹시 얼마 전부터 얼굴을 볼 때마다 뭔가 할 말이 있는 것처럼 입술을 우물거리던 게, 그래서였나?'

하지만 막상 지금 안네마리의 물음에 대답하려니…… 솔직히 라키어스와 그녀의 관계를 정확히 무어라 정의 내려야 할지 아직 잘 모르겠다는 생각이 들었다. 물론 라키어스와 남녀 사이의 이런저런 위험한 짓을 하기도 했고, 또 고백 비슷한 말을 들은 적도 있지만 그래도 사귀자는 말 같은 건 서로 한 적이 없었던 것 같은데.

"잘 모르겠어요."

그래서 유리는 그냥 솔직하게 말했다. 그러자 안네마리가 잠깐 눈을 동그랗게 뜨고 유리를 보다가, 이내 깨달음을 얻은 듯이 알겠다는 표정을 지었다.

"그렇군요. 제가 전에 책에서 봤는데 원래 그렇게 밀고 당길 때가 제일 재미있는 거래요."

아무래도 안네마리는 유리와 라키어스가 아직 정식으로 교제하는 건 아니고, 썸을 타고 있는 것 정도로 이해한 듯했다. 하지만 유리는 딱히 반박하거나 긍정하지 않았다. 잠시 후 마차가 크록포드 저택 앞에 멈추어 섰다.

"어서 와라, 얘들아!"

유리와 안네마리가 도착하자마자 바스티안이 두 사람을 환대해 주었다. 바스티안도 오늘은 다른 때보다 격식을 갖춘 정장을 차려입었다.

"자, 식당으로 가자. 마침 준비도 다 끝났단다."

고용인을 시켜 안내해도 되었을 텐데 그는 굳이 직접 유리와 안네마리를 맞아주었다.

"이거, 유리 씨하고 같이 준비한 거예요. 환영회 열어주셔서 감사합니다, 할아버지."

"아니, 뭘 또 이런 걸! 고맙구나."

대귀족 크록포드 가문의 기준에 무슨 선물을 준들 격에 맞겠느냐만, 그래도 형식상으로나마 유리와 안네마리가 함께 준비한 선물을 건네자 바스티안이 기쁘게 웃었다. 아무래도 그는 오늘 기분이 굉장히 좋은 듯했다. 그들은 바로 식당으로 이동했다.

끼이익. 마침내 목적지에 다다르자 눈앞의 육중한 문이 열렸다. 눈부신 샹들리에의 불빛이 두 눈을 찔렀다. 문 안으로 들어가자 맛있는 냄새가 코끝에 풍겨왔다.

"기다렸던 손님이 왔군."

곧이어 식탁 앞에 앉아 있는 도미닉 크록포드와 칼리안 크록포드의 모습이 시야에 비쳤다. 여유로워 보이는 도미닉과 달리 칼리안의 얼굴은 약간 딱딱하게 굳어 있었다. 아무래도 오늘 환영회에는 크록포드의 삼대가 모두 참석할 예정인 모양이다.

식당 안으로 들어가자마자 유리와 눈이 마주쳤지만 도미닉의 얼굴에 이렇다 할 변화는 없었다. 유리도 딱히 그를 알은척하지는 않았다. 바스티안은 아들과 손자가 이 자리에 있는 것이 썩 달갑지 않은 듯,

그들을 보고 일순간 눈매를 좁혔다. 하지만 유리와 안네마리가 있는 자리라 그런지 금방 표정을 펴고 그들을 안내했다.

"앉아라, 애들아. 일단 식사부터 하자."

"아, 나만 이렇게 심심한가?"

세이렌은 푹신한 날개를 깔고 바닥에 드러누워 천장을 노려보았다. 그녀의 길고 푸른 머리카락이 바닷물처럼 바닥에 늘어뜨려졌다. 창문으로 보이는 하늘이 맑고 푸르렀다.

그녀는 하는 일 없이 혼자 이런 어두침침한 수도원에 처박혀 있었다. 이제 노예상에서 입었던 몸의 부상도 거의 회복되었으니 더 이상 여기에서 깃털만 다듬고 있을 필요는 없었지만…….

"씨, 나도 밖에 나가고 싶은데."

아무래도 세이렌의 외형은 커다란 날개 때문에 사람들의 눈에 띄기 쉬운 데다, 또 얼마 전 노예상에 잡혀가 고초를 당했던 일로 겁이 나서 수도원 밖으로 나가기가 영 꺼려졌다.

'차라리 아쉬운 대로 그 재수 없는 변견이라도 옆에 있다면 이 정도로 심심하지는 않을 텐데.'

하지만 레오는 오늘도 혼자 놀러 나가 오히려 세이렌이 집 지키는 개처럼 수도원에 남아 있는 참이었다.

'하여간에 까마귀 놈도 그렇고 변견도 요즘 정신이 빠져서는, 다들 밖에서 딴짓이나 하고 돌아다니고!'

세이렌은 문득 괘씸한 실험체 동료들을 생각하며 얄미움에 이를 갈았다. 사실 요즘 그녀는 몰래 오딘과 레오를 감시하는 중이었다. 하지만 사실상 감시하고 있다고 당당하게 말할 수 있는 것은 레오뿐이었다.

오딘은 눈치가 몹시 빠른 놈답게 세이렌이 새를 정찰 보낼 때마다 귀신같이 알아차렸다. 그동안 오딘의 까마귀들에게 습격당해 연결이 끊어진 새만 열 손가락을 넘어갔다. 세이렌은 오딘이 도대체 요즘 뭘 하는지는 모르지만 분명 위험한 짓을 하는 게 분명하다고 생각했다. 그래서 조만간 꼭 제대로 날을 잡아 그가 하는 일을 캐내볼 요량이었다.

반면 레오의 행적은 이미 대강 파악해 두었다. 그는 아라크네의 옆집에 사는 어린 여자애를 물주로 삼아 허구한 날 거기에 가서 먹이를 뜯어냈다. 조금 전에도 새를 보내봤더니, 여자애한테 골목으로 먹을 걸 가지고 나오게 해서 배를 채우고 있는 게 아닌가. 정말이지, 연구소 시절의 버릇을 아직도 못 버리다니. 알고는 있었지만 정말 양아치 같은 번견이 아닐 수 없었다.

쿠당탕!

바로 그때, 수도원의 입구 쪽에서 시끄러운 소리가 들려왔다.

'이건 번견의 기척인데?'

세이렌은 인상을 찌푸리며 자리에서 일어났다. 그런데 어째서인지 느껴지는 기척은 하나가 아니었다.

'이 멍청이가 혹시 미행하는 인간을 뒤에 달고 온 거 아냐?'

노예상에 잡혀갔던 일이 떠올라 세이렌은 순간 주춤했다. 하지만 이번에는 그때처럼 멋모르고 방심한 상태가 아니다. 인간 하나쯤이라면 어렵지 않게 처리할 수 있을 것이다.

푸드덕! 세이렌은 날개를 펼쳐 레오와 또 다른 인기척이 있는 곳으로 조용히 날아갔다.

"우와, 여기 천사상도 있어! 어릴 때 언니랑 신전에 갔다가 멀리서 본 게 다였는데."

"쿵!"

"너희 집 멋있다. 네 방은 어디야?"

"저, 저기."

소리가 들려오는 곳으로 가까워질수록 세이렌은 이상함을 느꼈다. 멍청한 번견이 미행을 당한 줄 알았더니, 웬 오붓한 대화 소리가 들려오는 게 아닌가?

기둥 뒤에 숨어 두 사람의 모습이 나타나기를 기다리고 있던 세이렌은 이내 시야에 비친 광경에 어처구니가 없어지는 것을 느꼈다.

"야, 번견! 너 미친 거 아니야?"

이내 그녀는 버럭 소리 지르며 레오가 있는 곳으로 날갯짓해 내려갔다.

"너 혼자 지내는 곳도 아닌데 여기에 네 마음대로 다른 인간을 데려오면 어떡해!"

세이렌이 무시무시한 기운을 흩뿌리며 다가오는 것을 보고 레오가 흠칫했다. 그는 세이렌에게서 동행인을 지키려는 것처럼 꼬리를 부풀려 옆에 있던 사람을 뒤로 감추었다.

"너, 내가 밖에서 딴짓하고 다니는 것까지는 봐줬지만 이건 그냥 못 넘어가!"

그 꼴을 보고 세이렌은 더 성질이 나는 것을 느꼈다. 왜 제 물주를 여기까지 데려온 건지는 모르지만, 보아하니 저 멍청한 번견이 앞뒤 따지지 않고 무작정 일을 저지른 것이 분명했다.

"비켜, 이 멍청아!"

"내, 내 친구야!"

"친구는 무슨, 어린 인간은 특히 입이 가벼운 거 몰라?"

세이렌은 앞에 버티고 선 레오를 보며 눈을 사납게 치떴다. 세이렌의 의지에 따라 길어진 손톱이 날카롭게 빛났다. 레오도 여차하면 본체화를 하려는지, 몸을 부풀리며 으르릉 거친 목울음을 냈다.

"레오! 너 같이 사는 어른한테 허락도 안 받고 날 초대했던 거야? 그러면 안 되지!"

바로 그때, 레오의 뒤에서 당혹감과 질책이 섞인 목소리가 흘러나왔다.

"죄송해요, 미리 말씀드리고 방문해야 했는데 제가 갑자기 찾아와서……."

이내 반짝이는 은발을 가진 여자애가 세이렌의 시야에 모습을 드러냈다. 세이렌은 기회를 놓치지 않고 은신처에 발을 들인 인간 아이를 처리하려다가, 다음 순간 귓가에 흘러든 소리에 멈칫했다.

"말도 안 돼. 처, 천사님?"

레오를 따라왔던 헤스티아가 날고 있는 세이렌을 보고 눈을 크게 뜨며 숨을 들이켰다. 그녀의 눈에는 하얀 깃털 날개를 달고 있는 세이렌이 천사처럼 보였다. 세이렌의 눈에 순간적으로 당혹감이 스쳐 지나갔다.

'처, 천사라고?'

지금까지 새, 변종, 이단자, 마녀 같은 소리만 들어서 그런지 처음 접하는 호칭이 새로웠다.

'아니, 물론 내가 천사처럼 예쁘고 착한 건 맞지만.'

물론 헤스티아가 세이렌의 사나운 얼굴을 봤다면 절대 그런 소리를 하지 못했을 테지만, 지금 그녀는 해를 등지고 있었기 때문에 그림자에 가려져 얼굴이 보이지 않았다.

"크릉! 천사 아니야!"

레오가 못 들을 소리를 들었다는 듯이 헤스티아의 말에 귀를 벅벅 긁으며 반박했다. 하지만 헤스티아는 여전히 홀린 듯한 눈으로 하늘에 떠 있는 세이렌을 올려다보았다. 세이렌은 저도 모르게 주춤해서 날카로운 손톱을 등 뒤로 숨겼다. 그리고 나서 조금 전에 무슨 일이 있었냐는 듯이 확연히 누그러진 음성으로 말했다.

"크, 크흠, 네가 번견의 친구라고?"

그제야 헤스티아도 정신을 차린 모양이다.

"앗."

그녀는 꿈에서 깨어난 것 같은 표정을 지으며 뺨을 붉혔다. 세이렌을 보자마자 천사가 떠올라 저도 모르게 외치긴 했지만 현실을 직시하고 나니 그럴 리가 없다는 생각이 든 것 같았다. 게다가 레오도 동물의 특징을 가지고 있으니, 가족으로 보이는 세이렌에게 날개가 있는 것도 같은 이유로 설명할 수 있을 터였다.

"아, 안녕하세요. 처음 뵙겠습니다. 전 헤스티아라고 해요."

헤스티아가 세이렌에게 예의 바르게 인사했다. 조금 전까지만 해도 당황해서 허둥지둥하던 것과는 달리 야무진 모습이었다. 그런 뒤 사과가 뒤따랐다.

"먼저 말씀드리고 왔어야 했는데 그러지 못해서 죄송해요. 혹시 불편하시면 지금 바로 나갈게요."

"아, 아니……."

"그리고 레오에 대한 얘기는 아무한테도 안 했으니까 걱정하지 마세요. 여기 온 것도 다른 사람한테는 절대 말 안 할 거니까요. 그러니까 레오, 너무 혼내지 말아주세요."

세이렌은 왠지 말문이 막혀서 그런 헤스티아를 내려다보았다.

"헤, 헤스티아 괴롭히지 마!"

레오가 씩씩거리며 세이렌에게 당장에라도 덤빌 듯이 눈을 치떴다. 하지만 옆에 있던 헤스티아가 단호하게 그를 말리는 순간, 레오는 얌전한 짐승이 되었다.

"그러지 마, 레오. 우리가 잘못한 거니까 가만히 있어."

"낑……."

세이렌은 더 어이가 없어졌다.

'저 자식이 물주를 잡은 줄 알았더니…….'

그때, 눈앞에 있는 두 작은 생명체가 동시에 세이렌을 올려다보았다. 물론 그중 한 놈의 나이와 성격은 외양과 달랐지만, 어쨌거나 둘 다 생긴 건 순진무구한 어린애들이었다. 세이렌은 그들을 보며 으으으, 잠깐 혼자 갈등했다.

"몰라! 난 낮잠 자러 갈 거니까 놀 거면 조용히 놀아!"

결국 그녀는 두 사람을 혼내지도 쫓아내지도 못하고 팽 뒤돌아섰다. 하지만 어쩔 수 없었다. 그녀는 천사처럼 예쁘고 착했으니까!

세이렌은 그렇게 속으로 투덜거리면서도, 등 뒤에 있는 어린 인간에게 최대한 우아하고 아름답게 보이도록 살랑살랑 날갯짓해 자리에서 멀어졌다.

"식사가 입에는 맞니?"

"네, 주방장님 요리 솜씨가 훌륭하네요."

바스티안이 묻는 말에 나는 고개를 끄덕이며 답했다. 안네마리도 앞에 놓인 음식을 한 입 맛본 뒤 맛있다고 감탄했다. 조금 전에 주방 장이 직접 나와서 오늘 저녁의 메인 요리는 특등급 송아지 고기에 이렇게 조리를 하고 저렇게 양념을 했다고 자부심 넘치는 얼굴로 자세히 설명했는데, 사실 뭐라고 하는지 잘 알아듣지 못했다.

'라키어스가 들었으면 이해했으려나.'

나 혼자 이런 비싸고 맛있는 걸 먹고 있으려니 문득 집에 혼자 남은 라키어스 생각이 났다. 의외로 라키어스는 요리에 관심이 있는 것 같았으니 어쩌면 주방장의 장황한 설명을 쉽게 알아들었을지도 모른다. 하긴, 그러고 보면 그의 직책은 카르노말의 왕이니까 당연히 나보다는 온갖 비싸고 맛있는 건 다 먹어봤을 게 아닌가?

그러니 굳이 내가 혼자 맛있는 걸 먹는다고 라키어스를 신경 쓸 필요는 없었다. 나는 한결 편안하게 입안의 고기를 음미하기 시작했다. 문득 집에서 라키어스의 손을 붙잡고 먹었던 밥이 더 맛있었다는 생각이 들어서 약간 아쉬운 마음이 들기도 했다.

물론 그건 연인 사이에 '난 자기만 내 옆에 있으면 돼!' 하는 말랑말랑 분홍분홍한 의미가 아니다. 라키어스의 손을 잡으면 감정이 되살아나 입맛이 돌아서 밥이 더 맛있기 때문이다. 지금 이렇게 무미건조한 상태인 채 먹어도 맛있는 음식인데, 거기에 라키어스의 손맛(?)까지 더해지면 얼마나 더 감동적일지 궁금하다고 해야 할지.

'그나저나 분위기 묘하네.'

남모를 아쉬움을 품은 채 고기를 씹다가 맞은편에 앉은 도미닉과 칼리안을 한번 힐끗 쳐다보았다. 도미닉 크록포드야 처음 봤을 때부터 그랬다 쳐도, 칼리안에게서 풍기는 느낌은 어쩐지 오늘따라 좀 묘했다. 일단 그는 평소보다 삭막한 얼굴이었다. 저렇게 얼굴을 굳히고 있으니 부친과 더 닮아 보였다.

'뭔가 안 좋은 일이라도 있었던 건가?'

그래도 저렇게 티를 내다니 뭔가 칼리안답지 않다는 생각이 들었다. 물론 내가 그를 그렇게 잘 아는 건 아니었지만 말이다. 그나마 바스티안이 우리가 먹는 것만 봐도 배부르다는 듯이 흐뭇하게 웃는 얼굴을 하고 있어서 분위기가 조금 중화되는 게 다행이었다. 아니었으면 나는 그렇다 쳐도, 안네마리는 이 답답한 공기에 체했을지도 모르는 일이니까.

일단 지금 이 자리에 앉은 사람들은 다들 말이 너무 없었다. 바스티안이 그래도 간간이 나나 안네마리에게 말을 걸긴 했지만 식당 안에 울리는 소리는 그게 다였다. 도미닉과 칼리안은 입을 꾹 다물고 식기 소리조차 내지 않은 채 조용히 식사만 이어갔고, 바스티안도 이런 분위기가 익숙한지 두 사람을 딱히 이상하게 생각하지는 않는 눈치였다.

거기에 더해 함께 온 나도 말수가 없는 편이었으니. 솔직히 안네마리만 지금 이 자리에서 고통받는 느낌이었다. 그녀는 목이 막히는지, 조용한 분위기에 걸맞은 조심스러운 태도로 옆에 있던 와인 잔을 들어 입안을 축였다.

"아, 이 와인……!"

그러다 안네마리가 무심코 탄성을 내질렀다. 물론 저도 모르게 소리를 낸 것인 듯, 다른 사람들의 시선을 받고 곧바로 당황해 얼굴을 붉혔다. 하지만 분명 조금 전에 송아지 스테이크를 먹고 감탄했을 때보다 더 큰 감정을 실은 음성이었다.

"그 와인이 마음에 드니?"

바스티안이 허허 웃으며 말했다. 안네마리가 민망한 듯이 웃었다.

"전에 한 번 먹어봤던 와인인 것 같아서 저도 모르게……."

도미닉이 지금까지 굳게 닫혀 있던 입을 연 것은 그때였다.

"아버님께서 환영회를 여신다는 말에 특별히 준비한 와인인데. 와인에 대해 잘 알고 있나?"

"잘 아는 건 아니고, 예전에 아버지가 좋아하셔서 조금 관심이 있는 정도예요."

"이건 보르티엔 121년산이라네."

"아, 역시."

안네마리가 반가운 표정을 지으며 고개를 끄덕였다. 나도 좋은 와인이라는 소리에 한 입 맛을 보았지만 솔직히 이렇다 할 느낌은 들지 않았다. 워낙 막입이라 그런가, 아니면 그냥 내가 술맛을 몰라서 그런가. 솔직히 지금까지 와인을 몇 번 먹어봤지만 내 입에는 다 그게 그거 같았다.

물론 이 와인은 굉장히 비싼 게 분명했고, 지금까지 그런 걸 먹어본 적은 없었지만……. 싼 거나 비싼 거나 맛에 큰 차이를 느낄 수 없다는 점에서 이미 할 말이 없다고 할 수 있었다.

'안네마리 대단하네. 한 입 먹고 바로 무슨 술인지까지 알아맞히다니.'

나로서는 와인보다 같이 준 무알코올 음료 쪽이 더 맛있었다. 비슷하게 흉내 내서 커피하우스에서 팔아도 될 것 같은데.

"그러고 보니 안네마리 블랑셰 양이 여기 온 건 제노스 셸던의 추천이라고 들었는데."

그때, 도미닉이 앞에 있는 와인 잔을 들어 올리며 다시 입을 열었다. 그의 입에서 나온 익숙한 이름을 듣고 나는 고개를 들었다. 안네마리도 자신을 추천한 사람이 따로 있다는 말에 눈을 동그랗게 뜨고 도미닉을 보는 것이 느껴졌다.

"역시 믿을 만한 인사 추천이라 그런지, 아버님의 건강이 근래 들어 부쩍 많이 좋아진 것 같아 안심이 됩니다."

"흥, 입에 발린 소리를 잘도 하는구나."

바스티안이 도미닉의 말에 다소 까칠하게 대꾸했다. 그래도 아들의 말이 영 듣기 싫은 건 아닌 눈치였다. 도미닉이 와인 잔을 기울이자 그 안에 든 붉은 액체가 얕게 찰랑거렸다. 내가 식당에 들어와 착석한 이후 처음으로 도미닉의 눈길이 나한테 미끄러졌다. 하지만 이어진 그의 질문은 나를 향한 것이 아니었다.

"혹시 이 유리라는 아가씨를 찾으신 것도 제노스 셸던이 언질을 준 덕분이었습니까?"

"아닙니다."

의외로 대답은 칼리안에게서 흘러나왔다. 한결 딱딱한 얼굴을 한 칼리안이 도미닉을 보며 말했다.

"조부님께서 그날 유리 씨를 발견한 건 우연이었습니다."

"맞다. 치료소에 안네마리를 보러 갔다가 마주친 것이었으니까."

바스티안이 덧붙였다.

"그렇습니까."

도미닉은 그러냐는 듯이 고개를 작게 끄덕인 뒤 더 이상 그에 대해 말하지 않았다.

"어쨌든 이렇게 보니 정말 셀레나가 멀쩡했을 때를 보는 것 같군요. 왜 아버님이 이 아가씨를 마음에 들어 하셨는지 알겠습니다."

바스티안의 한쪽 눈썹이 슬쩍 치켜 올라갔다.

"오늘따라 네가 말이 많구나."

나는 나대로 지금 그들이 나누는 대화에 조금 관심이 있었다.

"알아듣기 쉽게 말하지. 아버님께서 조만간 자네 입장에서 거절하기 어려운 제안을 하실 거야. 하지만 거절하게."

도미닉이 마차에서 나한테 말했던 그 '제안'에 대한 얘기가 혹시 오늘 이 자리에서 나오지 않을까 싶어서였다.

"크흠. 둘 다 장하고 기특한 아이들이 아니냐."

그때 바스티안이 괜스레 헛기침하며 분위기 전환을 시도했다.

"조실부모한 것만으로도 힘들었을 텐데 이 각박한 세상에 얼마나 고생을 했을지."

"아니에요, 할아버지."

분위기가 묘하게 흘러가는 듯하자, 안네마리가 당황해 입을 열었다.

"아니긴 뭐가 아니냐. 특히 여자애들은 일자리를 구하려 해도 대우가 좋지 않아 어려웠을 텐데."

하지만 바스티안은 꿋꿋이 안네마리와 나를 칭찬했다. 조금 전의 내 예상이 맞았는지, 그가 이어서 본론으로 들어가려는 듯이 슬그머니 운을 뗐다.

"그래서 말인데……."

쨍그랑!

하지만 바스티안은 말을 잇지 못했다. 돌연 유리가 깨지는 날카로운 소리가 식당 안에 울려 퍼졌기 때문이다.

"죄송합니다."

다음 순간 담담하게 사과해 온 것은 뜻밖에도 칼리안이었다. 식당 벽 쪽에 서서 대기하고 있던 고용인들이 얼른 다가와 칼리안의 발치에 떨어진 유리 조각들을 치웠다. 바스티안이 미간을 찌푸리며 칼리안을 보았다.

"놀랐잖느냐. 너는 왜 안 하던 실수를 하고 그러냐?"

칼리안은 여전히 표정 변화 없는 얼굴을 하고 대답했다.

"요즘 하는 일이 바빠 주의력이 떨어져서 그런가 봅니다."

"지난번에 그 폭발 사건 말이냐?"

"네. 그 일도 그렇고, 전에 맡았던 사건도 아직 진행 중이어서요."

"뭐 그렇게 하는 게 많아? 동부에 일할 사람이 너밖에 없는 것도 아닌데."

바스티안이 못마땅하다는 듯이 혀를 찼다. 어느새 화제는 자연스럽게 칼리안에게 넘어갔다. 나는 단정한 낯을 한 칼리안을 슬쩍 가늘게 뜬 눈으로 쳐다보았다.

'왠지 바스티안의 말을 막은 것 같은 느낌이었는데…….'

도미닉도 같은 걸 느꼈는지 묘한 눈빛으로 칼리안을 보았다.

"그러고 보니 조부님도 들으셨을지 모르겠습니다만, 이번 사건에 이단자들이 엮여 있는 것으로 오늘 오전 의회에서 공식적으로 발표가 났습니다."

그 순간 나는 멈칫했다.

"뭐! 이단자들이 아직도 동부에 있었단 말이냐?"

바스티안도 놀란 듯이 언성을 높였다. 칼리안의 말을 듣고 내 머리도 빠르게 굴러가기 시작했다.

'혹시 상점가의 폭발에 다른 실험체들이 관련된 증거가 따로 나온 건가?'

아니면…….

'천장 무너지지 말라고 내가 쳐놓은 거미줄 때문에?'

칼리안의 말을 듣고 나자 찜찜한 마음이 들었다.

"바로 오늘부터 대대적인 수색이 있을 예정입니다."

칼리안이 옆에 있는 도미닉을 힐끗 쳐다보며 말했다. 도미닉은 의자에 몸을 기대고 지금 이 사안과 조금도 상관이 없는 것처럼 여유롭게 술잔을 기울였다.

"저, 이단자가 뭔가요?"

그때, 조용히 이야기를 듣고 있던 안네마리가 조심스럽게 입을 열었다.

"상점가에서 있었던 일이 그 이단자라는 분들과 관련이 있는 건가요?"

일전에 칼리안에게 '이단자'라 불리며 칼부림을 당했던 사람이 바로 옆에 있는지도 모르고 안네마리가 궁금한 듯이 물었다. 아마 그녀가 살던 남부에서는 유적의 파편으로 변이된 사람들을 이단자라고 부르지 않았던 모양이다. 하기야 내가 원래 살던 카르노말에서도 나 같은 실험체들을 이단자가 아니라 '변종'이라고 불렀으니까…….

지역마다 명칭에 차이가 있다고 보는 편이 자연스러웠다. 나는 나대로 지금 이 자리에 있는 크록포드 사람들이 '이단자'를 뭐라고 정의해서 말할지 조금 궁금했다. 칼리안이 안네마리의 물음에 어쩐지 약간의 망설임이 담긴 얼굴로 입을 열었다.

"그건……."

"저주받은 자들을 말하지."

칼리안보다 먼저 말한 사람은 도미닉이었다. 그가 와인 잔을 식탁에 내려놓는 소리가 식당에 작게 울렸다. 건조함과 서늘함이 뒤섞인 목소리가 조용한 식당 안에 약간의 음산함을 불어넣었다.

"아버지."

칼리안이 낮은 목소리로 도미닉을 불렀다. 차갑게 굳은 얼굴을 보아하니, 도미닉의 말이 마음에 들지 않는 모양이다. 나는 두 사람의 모습을 가늘게 뜬 눈으로 응시했다.

"저주받은…… 자들이요?"

안네마리가 한결 목소리를 낮추고 반문했다. 그녀의 눈은 예상치 못한 말을 들은 것처럼 약간 당혹스럽게 깜빡였다. 도미닉의 입에서 나온 말이 다소 오컬트스러운 내용이었으니 그럴 만도 했다.

"대략 십여 년 전부터 나타난 돌연변이들을 의미합니다."

그러자 마뜩잖기는 하나 어쩔 수 없다는 듯이 칼리안이 입을 열어 설명을 덧붙였다.

"저주받았다는 것은…… 은유적인 표현이지요."

"뭐, 아예 틀린 말도 아니지 않나. 동부에서 다들 하는 말인데."

칼리안의 말에 도미닉이 픽 웃었다. 안네마리가 약간 어색한 목소리로 되물었다.

"돌연변이라니, 어떤……."

"대부분 인간과 구분되는 추한 생김새를 가지고 있을 뿐 아니라 사악하고 난폭해 격리가 필요한 자들입니다."

그렇게 말하는 칼리안의 태도는 어쩐지 평소보다 단호했다.

'그런 식으로 정리해 말하는군.'

나는 포크로 찍은 고기를 한 점 입에 넣고 우물우물 씹었다. 안네마리의 앞이라 그런지 그래도 칼리안이 조금 순화해 말한 감도 없잖아 있어 보였다. 물론 격리가 맞긴 하지. 칼리안이 하는 일은 이단자들을 세상으로부터 영구적으로 격리시키는 것이었으니 말이다. 문득 일전에 노예상에서 마주쳤을 때 칼리안이 했던 말이 떠올랐다.

"이단자는 지금 이 자리에서 배제하겠다."

그러면서 아무 짓도 하지 않았던 나나 세이렌한테 가차 없이 칼을 휘두르던 모습이 지금 내 앞에 앉아 있는 칼리안의 위로 겹쳐 보였다. 갑자기 입안에 고인 고기의 육즙이 조금 비릿하게 느껴졌다. 도미닉과 칼리안은 크록포드였고, 크록포드는 동부의 지배자였으니 지금 그들이 한 말은 어떤 의미로 동부를 대표하는 것이라 해도 무방할 터였다.

솔직히 그들이 가진 이단자들에 대한 사상이나 방침은 편협했다. 외모로 격리할 대상을 구분한다는 것도 웃겼고, 모든 변종을 사악하고 난폭하다고 규정짓는 것도 웃겼다. 나처럼 선량한(?) 변종들도 얼마나 많은데 저런 소리를 한단 말인가. 물론 외형이 다르니 거부감도 들 테고, 개중에는 인간의 한계를 뛰어넘은 기묘한 힘을 가진 변종도 있어 경계심이 드는 것도 당연하다고는 생각하지만…….

그래도 그들이 원해서 그렇게 된 것도 아닌데 평범한 사람들과 조금 다르다고 해서 무작정 차별하고 죽이려 하다니. 솔직히 유적의 파편으로 인한 변이 현상은 재해로 쳐야 맞는 게 아닌가 하는 생각도 들었다. 특히 인간의 비틀린 욕심으로 인해 강제적으로 변하게 된 실험체들의 경우는 오히려 피해자라 해야 옳았다.

그런데 지금 상황은 어떤 의미로 중세의 마녀사냥을 떠오르게 했다. 얼마 전의 그 폭발 사건에 정말 다른 변종들이 연관된 게 맞다면 이번에는 그들도 마냥 무고한 건 아닐 테지만 말이다.

"그래요……. 그 이단자라고 하는 사람들이 그렇게 위험한가요?"

안네마리는 동부의 상황을 잘 몰라서 그런지 말을 아꼈다. 하지만 그녀의 얼굴은 어딘가 약간 불편해 보였다. 그것을 본 칼리안이 멈칫했다. 그의 입술이 작게 벌어졌다가 이내 다시 굳게 다물렸다. 나는 슬쩍 아래로 내리깔리는 칼리안의 눈동자에 한순간 묘하게 어둑한 그림자가 드리워지는 것을 목격했다.

"위험하다마다. 그들은 살인귀나 마찬가지인데."

칼리안이 대답하지 않자 그의 옆에 앉아 있던 도미닉이 그런 아들의 얼굴을 힐끗 쳐다보았다.

"그렇지 않습니까, 아버님?"

도미닉이 대신 안네마리의 말에 대답하며 이번에는 바스티안에게 확인하듯이 물었다. 왠지 좀 묘한 어감이라 나도 고개를 돌려 바스티안을 쳐다보았다. 뜻밖에도 그는 칼리안처럼 딱딱하게 굳은 얼굴을 했다.

"식사 자리에서 길게 할 법한 이야기는 아니구나."

바스티안이 표정만큼이나 차게 경직된 목소리로 조금 전부터 이어지던 이야기를 잘라냈다.

"더군다나 지금은 손님도 있지 않으냐."

바스티안까지 정색하자 분위기가 지금까지보다 더 삭막해졌다.

'크록포드 사람들, 이단자들한테 뺨이라도 맞은 적 있나?'

나는 매우 합당한 의심을 하면서 옆에 있던 물 잔을 들어 목을 축였다.

"보아하니 어느 정도 식사는 다들 끝마친 듯한데."

그래도 바스티안은 금방 얼굴에 미소를 띠며 나름대로 분위기를 다시 띄우려 노력했다.

"너희에게 주려고 주방장에게 특제 케이크를 만들게 했단다. 지금 가져오게 할 테니 먹어보렴."

"기대되네요."

나도 그에게 맞춰 적당히 호응해 주었다.

"이렇게 다 같이 둘러앉아 식사하니 좋구나. 역시 식사는 여럿이 같이 해야 더 맛있는 법이야."

"맞아요, 할아버지. 저도 그렇게 생각해요."

안네마리도 웃으면서 바스티안의 말에 긍정했다.

"내가 뒷방 늙은이가 된 후로 이 답답한 저택에만 꼼짝없이 틀어박혀서 저 새까만 놈들만 보고 있으려니 영 사는 게 재미가 없었는데. 너희 덕분에 그래도 요즘은 좀 제대로 사는 느낌이 든다."

바스티안이 진심이 느껴지는 목소리로 말했다. 감상에 젖은 그의 얼굴에서 언뜻 세월의 흐름이 비쳐 보였다. 지금까지의 시간을 반추라도 하는 건지, 아련해진 바스티안의 눈에서 회한이라 할 만한 감정이 잠깐 스쳐 지나갔다.

"둘 다 앞으로도 되도록 오래오래 봤으면 좋겠구나."

"전 오래 보시면 안 되는데요? 빨리 건강해지셔야죠."

안네마리가 장난스럽게 건넨 말에 바스티안이 맞다며 웃었다. 도미닉은 다시 와인을 마시며 입을 닫았고, 칼리안은 무슨 생각을 하는지 모를 그림자 진 눈으로 나와 안네마리를 번갈아 쳐다보았다. 그래도 후반부의 식사 자리는 처음에 비해 분위기가 많이 풀려 그럭저럭 나쁘지 않은 시간을 보낼 수 있었다.

'생각보다 별거 없었네.'

나는 심드렁하게 생각하며 식당을 나섰다. 바스티안은 저녁 식사 내내 기분이 들떠 주위 사람들이 말리는데도 약주를 연거푸 들이켜다가 결국 취해 버렸다. 옆에서 안네마리가 계속 진지한 얼굴로 과한 약주는 좋지 않다고 간병인으로서 주의를 주었는데도 귀여운 손녀를 대하듯이 허허 웃으면서 괜찮다는 소리만 하더니…….

결국 그는 자리에 앉아 꾸벅꾸벅 졸다가 고용인들에게 부축받아 방으로 먼저 돌아갔다. 이후에 도미닉도 다른 볼일이 있다며 홀연히 식당을 빠져나갔다. 자리에서 일어나며 나를 한번 지그시 쳐다보기에 처음에는 무슨 말을 하려는 건가 싶었다.

하지만 그는 그냥 우리 모두에게 즐거운 시간 보내라고 말한 뒤 뒤돌아 방을 나섰다. 바스티안이 떠나자마자 바로 망설임 없이 자리에서 일어나는 걸 보니, 역시 나를 견제하려고 오늘 저녁 식사 자리에 왔던 모양이다. 왠지 조만간 다시 나를 찾아오거나 부를 것 같은 느낌인데.

그러나 아직 나는 바스티안이 내게 뭘 제안하려는 건지 몰랐다. 분명 아까 바스티안이 입을 열었을 때 그 얘기를 꺼내려던 것 같았는데, 칼리안이 의도했든 그렇지 않든 그것을 도중에 가로막았고 말이다.

어쨌든, 바스티안과 도미닉이 차례로 식당을 빠져나가고 나서 얼마간 칼리안과 안네마리, 그리고 나, 이렇게 세 명은 다소 어색하고 불편한 시간을 보냈다. 그러다가 이제 예의도 이 정도 차리면 되었다, 하는 생각이 들었을 때 우리는 약속이라도 한 것처럼 다 같이 자리에서 일어났다.

"혹시 할아버지 상태가 어떤지 한번 뵙고 가도 될까요?"

간병인으로서의 프로 의식이 샘솟았는지 안네마리가 식당을 나와 말했다. 그녀의 얼굴에는 걱정이 담겨 있었다.

"그러십시오."

칼리안은 흔쾌히 허락했다. 안네마리가 얼굴을 밝히며 식당 앞을 떠나기 전에 문득 나를 돌아보았다.

"유리 씨는……."

"전 문 쪽에서 기다리고 있을게요."

난 안네마리처럼 간병인도 아닌데 이런 저녁 늦은 시간에 바스티안의 방에 막 들어가기도 좀 그래서 현관에서 그녀를 기다리기로 했다.

"그럼 빨리 다녀올게요!"

안네마리는 내가 먼저 집에 돌아가지 않고 기다리겠다고 하자 기쁜 듯이 반색했다. 혹시 내가 그녀를 버리고 먼저 집에 갈 줄 알았나? 하지만 어차피 방향도 같은데 혼자만 쌩하니 가는 것도 정 없는 일이었다.

"유리 씨. 실례지만 잠깐 이야기를 할 수 있겠습니까?"

안네마리가 계단 쪽으로 종종걸음을 옮겨 사라지고 난 뒤, 칼리안과 나만 자리에 남았다. 그러자 칼리안이 조용한 목소리로 내게 물어 왔다. 나는 그가 나한테 무슨 할 말이 있다는 건지 조금 의아해져서 눈앞에 있는 얼굴을 쳐다보았다.

칼리안은 여전히 무슨 생각을 하는지 알 수 없는 눈빛으로 나를 내려다보았다. 벽에 걸린 촛불을 등지고 있어서 그런지 음영 진 그의 눈동자가 지금은 거의 검은색으로 보였다.

"네, 괜찮으니 말씀하세요."

어차피 안네마리를 기다리는 동안 할 것도 없겠다, 나한테 할 말이 있다는 칼리안을 굳이 무시할 이유도 없었기 때문에 수락했다. 칼리안이 나한테 하려는 말이 뭔지 궁금하기도 했고.

"긴 이야기는 아니니 현관까지 걸으면서 이야기하죠."

그렇게 칼리안과 나는 오가는 사람 한 명 없이 적막한 복도를 나란히 걷기 시작했다. 칼리안이 나를 에스코트하려는 듯이 옆에서 손을 내밀기에 그냥 괜찮다 하고 혼자 걸었다. 칼리안도 예의상 한 일인 듯, 두 번 권하지는 않았다.

그렇게 우리는 각자 알아서 손을 간수하고 복도를 걸었다. 할 말이 있으니 같이 걷자고 제안했던 것치고 칼리안은 바로 입을 열지 않았다. 만약 지금 이 자리에 있는 게 안네마리나 다른 사람이었다면 그가 말문을 열기 쉽게 먼저 이런저런 이야기를 꺼내 분위기를 환기시켰을지도 몰랐다.

하지만 나는 그런 수고를 하지 않았다. 일단 침묵이 별로 불편하게 느껴지지도 않았고. 그래서 그냥 벽에 걸린 액자나 장식품들을 구경하면서 걸었다. 역시 대귀족가라 그런지 비싸 보이는 물건을 놨구나 하는 생각이나, 이건 좀 예쁜데 얼마나 할까 같은 생각을 하면서. 그러다 잠시 후, 마침내 칼리안이 입술을 뗐다.

"이런 말, 어떻게 생각하실지 모르겠지만……."

그는 서론 없이 바로 본론을 꺼냈다.

"몸조심하셨으면 좋겠습니다."

이어서 고막을 파고든 말은 좀 뜬금없었다. 하지만 뭔가 익숙하기도 해서, 순간적으로 내 옆에 있는 사람이 도미닉의 아바타인 줄 알았다. 부전자전이라고 해야 할지, 칼리안은 꼭 제 아버지와 비슷한 소리를 했다. 마차에서 '명대로 살고 싶으면 몸조심하라'는 말을 이미 도미닉에게서 들었던 참이라 그런지, 칼리안도 혹시 같은 의미로 한 말인가 한순간 의심했다.

하지만 그에게서는 나를 위협하는 낌새가 조금도 엿보이지 않았다. 오히려 희미하게나마 목소리에 담긴 감정은…… 염려하는 것에 가까웠다. 아무래도 칼리안은 도미닉처럼 나를 협박하는 게 아니라 순수한 의미로 경고해 준 것 같았다.

"음, 죄송하지만 뭘 조심하라는 건지 모르겠는데요."

혹시 도미닉이 나한테 한 짓, 혹은 앞으로 하려는 짓에 대해 뭔가 아는 게 있어 이러는 건가 싶어서 확인차 물었다. 그러자 칼리안이 대답하기 곤란한 질문을 받은 것처럼 설핏 인상을 찌푸렸다.

"사정상 자세히 설명하기는 어렵습니다. 그러니 지금 제 말을 이상하게 여기실 것도 알고요."

그는 속으로 내용을 정리하듯이 잠깐 말을 멈추었다가 다시 입을 열었다.

"그래도 조만간 유리 씨의 신변에 문제가 생길 가능성이 있는 것만은 확실한 듯해서……. 조심하시라고 말씀드리고 싶었습니다."

그래서 결국 나한테 생길 가능성이 있다는 그 일이란 게 대체 뭔지, 또 그걸 칼리안이 어떻게 알고 있는지는 말해줄 수 없다는 의미였다. 방금 칼리안이 제 입으로 말했다시피, 지금 내가 들은 내용은 상당히 이상했다. 나는 툭 내뱉듯이 말했다.

"다른 설명 없이 그렇게만 말하면 제가 그냥 흘려 넘길 수도 있는데."

"물론 제 말을 가벼이 여기실 수도 있겠지만…… 그러지 않았으면 좋겠습니다."

내 얼굴을 똑바로 들여다보는 그의 눈빛은 퍽 진지했다. 애초에 칼리안의 성격 자체가 그랬지만, 가벼운 마음으로 나한테 이런 말을 한건 아닌 것 같았다. 나는 그의 얼굴을 잠깐 물끄러미 응시하다가 이내 작게 입술을 달싹였다.

"고마워요."

순간 칼리안의 눈매가 움찔 떨렸다. 내 입에서 나오리라 예상치 못한 뜻밖의 말을 듣기라도 한 것처럼 그의 눈이 조금 크게 뜨였다.

"잘은 모르겠지만 말하기 곤란한 상황인데 걱정해서 알려준 거잖아요. 그러니까 흘려듣지 않고 일단 유의하고 있을게요."

칼리안이 나쁜 의도로 나한테 이런 이야기를 한 게 아닌 이상, 답답하게 말을 하다 말았다고 해서 그를 탓할 마음은 없었다.

"……감사 인사를 들을 만한 일이 아닙니다."

그런데 어째서인지 칼리안의 얼굴이 방금 전보다 약간 더 어두워지는 게 아닌가?

감사 인사를 받았으면 그냥 그렇구나 하면 되지, 이 사람도 참 어떤 의미로는 피곤한 성격이었다.

"저한테 하고 싶다던 말은 그게 다인가요?"

"실은 한 가지 더 있었습니다만…… 이건 그냥 하지 않는 게 나을 것 같군요."

자세히 보니 그의 얼굴에서 죄책감 같은 것마저 배어 나와 나는 좀 의아해졌다. 하지만 곧 칼리안이 나한테서 시선을 떼고 다시 고개를 정면으로 돌려서 그의 얼굴을 오래 살피지는 못했다.

콰아앙!

고막을 찢을 듯한 커다란 굉음이 돌연 귓가에 울린 것은 바로 그때였다. 갑자기 들려온 소음에 칼리안과 내 고개가 동시에 창가로 움직였다. 소리가 들린 곳은 지금 우리가 있는 저택이 아니라 먼 곳이었다. 여기서 대략 10㎞ 정도 될까. 무언가가 폭발한 듯, 저 멀리서 언뜻 붉은빛이 비쳤다가 사라졌다. 하지만 곧이어 또 한 번 '쾅!' 하는 큰 소리와 함께 시야에 빛이 번쩍였다.

"아무래도 먼저 실례해야겠습니다. 밖에 마차가 준비되어 있을 테니 조심해서 돌아가십시오."

칼리안이 나한테 인사를 남긴 뒤 먼저 자리를 박차고 앞으로 달려갔다. 떠나기 전 마지막으로 본 그의 얼굴은 딱딱하게 굳어 있었다. 당연한 일이지만, 저택에 있던 사람 모두 밖에서 나는 소리를 들은 모양이다. 고요하던 저택 내부가 금세 소란스러워진 것이 느껴졌다.

나는 칼리안이 사라진 곳에서 시선을 떼고 창밖으로 다시 눈길을 움직였다. 왠지 상점가에서 있었던 폭발과 비슷한 느낌이 들었다. 잠시 후 놀란 안네마리가 급히 달려올 때까지 나는 창밖의 깜깜한 어둠을 조용히 주시했다.

"라키어스 씨?"

집에 왔을 때 라키어스는 없었다. 내가 없는 사이에 외출한 모양이다. 이제는 특이한 일도 아니었기 때문에 나는 전처럼 동요하지 않았다. 방에 들어가서 옷을 갈아입고 내친김에 욕실에 가서 씻고 나왔다. 그 후 밖으로 나오자 어느새 라키어스는 거실 소파에 앉아 있었다.

"왔네요, 라키어스 씨."

그런데 어째서인지, 그가 날 보자마자 자리에서 벌떡 일어났다. 라키어스는 아직 외출복을 입고 있었는데, 날 응시하는 그의 얼굴은 차갑게 굳어 있었다. 나는 그걸 보고 좀 의아해졌다.

"왜 그렇게 쳐다봐요?"

하지만 라키어스는 내 물음에 대답하지 않고 긴 다리를 움직여 성큼성큼 다가왔다. 거리는 금세 좁혀졌다. 바로 코앞까지 다가온 라키어스가 내 팔을 붙잡으며 머리 위로 그림자를 드리웠다.

"당신한테서 피 냄새가 나는데."

그 후 들려온 말에 나는 입을 다물었다. 라키어스가 내 얼굴을 샅샅이 훑듯이 들여다보았다.

"혹시 다쳤어요?"

"내가 왜 다쳐요?"

갑작스러운 상황에 난처함을 느끼며 반문하자 라키어스의 눈빛이 날카로워졌다.

"시치미 떼지 마요. 오늘 당신이 옆집 여자랑 같이 간다고 했던 시내에서 또 폭발이 일어났잖아."

그 말을 듣고 나서야 라키어스가 이러는 이유가 짐작이 되었다. 아, 하필 폭발이 일어난 장소가 시내였단 말인가?

외출할 때 라키어스한테 크록포드에 간다고 말하기가 좀 그래서 그냥 안네마리랑 같이 시내 쪽에 간다고 대충 둘러댔는데.

"라키어스 씨……. 혹시 지금 거기 다녀오는 길이에요?"

"밖이 시끄러워서 잠깐 이 앞에 한번 나가봤다가 사람들이 떠드는 소리를 들어보니 아무래도 유리 씨가 있는 곳 같기에."

라키어스가 여전히 싸늘히 식은 눈으로 내 몸을 위아래로 훑어보며 말했다. 꼭 내 몸에 상처 자국이 있나 매의 눈으로 확인하려는 것 같았다. 그러니까…… 라키어스는 혹시 내가 또 폭발에 휘말렸을지 걱정이 되어서 사건 현장에 직접 나를 찾으러 다녀오는 길이라는 말이었다. 물론 나는 그 시각 다른 장소에 있어 폭발과는 조금도 연루되지 않았다. 그러니까 라키어스가 나를 찾아도 발견하지 못한 게 당연하지.

"길이 엇갈려서 마주치지는 못한 모양이지만. 그래서 어디를 다쳤는지 빨리 말해요."

나를 채근하는 라키어스를 보는 동안 약간 양심이 아려오는 것을 느꼈다.

"아니, 다친 데 없어요. 폭발이 일어날 때 거기 없었거든요."

어디까지 솔직히 말해야 하나, 약간 고민하면서 입을 열자 라키어스의 얼굴이 구겨졌다.

"희미하기는 해도 분명 피비린내가 나는데 다친 데가 없다고?"

그는 내 말을 믿지 않는 눈치였다. 라키어스가 거짓말하지 말라는 듯이 날카로운 시선을 내게 보냈다. 아무래도 내 목소리에 담긴 얕은 망설임이 느껴져 더 의심하는 듯했다. 직접 옷이라도 벗겨보지 않고서는 끝내 믿지 않을 것 같은 느낌이라, 결국 나는 라키어스가 맡은 피비린내의 정체에 대해 솔직하게 말할 수밖에 없었다.

"그냥 생리 현상, 그러니까 한 달에 한 번 꼬박꼬박 하는 출혈일 뿐이거든요?"

순간, 라키어스가 조금 전과는 다른 의미로 얼어붙었다. 그의 입이 작게 벌어졌다. 당혹감을 담은 푸른 눈동자가 몇 번 깜빡이는 것이 보였다. 그래도 라키어스는 금방 침착함을 되찾았다. 그가 차분한 목소리로 내게 확인했다.

"진짜예요?"

"진짜예요."

이걸 다행이라고 해야 할지는 모르겠지만, 라키어스는 더 의심하지 않았다. 비록 슬그머니 내게서 시선을 비켜 내린 그의 눈동자는 여전히 자잘한 파문을 그리고 있었지만. 역시……. 저렇게 쉽게 납득하는 걸 보니 지금까지 말은 안 했지만 내 생리 주기를 대충 알고 있는 게 분명했다.

오감이 보통 사람 이상으로 뛰어난 만큼 어쩔 수 없이 후각도 민감할 수밖에 없다. 그러니 당연하다면 당연한 일이었다. 내 신경 줄이 두껍지 않았다면 방에 들어가서 이불이라도 걷어찼을지도 모르는 민망한 상황이었다.

"다치지 않았다니 다행이긴 한데, 앞으로도 위험한 일에 함부로 끼어들면 안 돼요."

금세 마음의 평정을 되찾은 듯한 라키어스가 또다시 나를 진지한 눈으로 내려다보았다. 꼭 사고뭉치 어린애한테 당부하는 듯한 말투라서 나는 슬쩍 미간을 좁혔다.

"위험한 일이 생길 장소에는 아예 가지 말고."

"위험한 일이 생길지 안 생길지 내가 어떻게 알아요?"

"그냥 되도록 밖에 나가지 말고 집에 있어요. 이불 밖은 다 위험하니까."

예전에 내가 했던 말을 차용해 말하는 라키어스의 얼굴은 세상 심각했다. 나는 장난으로 했던 말인데 이번에도 라키어스는 진지했다. 얼마간 말없이 내 얼굴을 응시하던 라키어스가 다시금 천천히 입술을 벌렸다.

"정말, 걱정돼서 어떻게 하지."

이내 그의 입에서 혼잣말처럼 나지막하게 읊조려진 말을 듣고 나는 이상한 느낌을 받았다. 나는 본능적으로 무언가를 직감하고 라키어스의 눈을 깊게 들여다보았다. 라키어스도 마찬가지로 내 눈을 조용히 응시했다.

"……위험해서 데려갈 수도 없고."

귓가에 다시금 낮은 목소리가 울렸다. 어쩐지 거기에는 다소 갈등이 어린 것처럼 느껴졌다. 그쯤 되면 내 생각이 맞다는 것을 확신할 수밖에 없었다. 슬슬 원래 자리를 되찾으러 카르노말에 갈 생각인가 보다. 하긴, 소설에서도 이맘때쯤 떠났던가.

"라키어스 씨, 꼭 어디 멀리 갈 사람처럼 말하네요."

그래도 짐짓 아무것도 모르는 것처럼 말했다. 문득 일전의 일이 떠올랐다. 라키어스가 말없이 사라져서 혹시 아예 떠난 게 아닐까 생각했던 날. 그래도 그때 약속했던 것처럼 말없이 사라지지 않고 이렇게 언질이라도 해줘서 고맙다고 해야 하나. 뒤이어 귓가에 내려앉은 라키어스의 목소리에, 어쩐지 조금 전부터 약간 무겁게 뛰던 가슴이 다시 차분해지는 것을 느꼈다.

"잠깐 다녀올 데가 있어요."

다녀온다고……. 라키어스가 이렇게 직접 '다시 이곳에 오겠다'고 입으로 얘기해 주니 마음이 조금, 정말 조금 가벼워졌다. 라키어스가 내 반응을 살피듯이 얼굴을 들여다보며 다시 느릿하게 입술을 뗐다.

"그냥 가지 말까요?"

어차피 내가 가지 말라고 해서 영영 안 갈 수도 없는 일이고, 또 그럴 마음도 없을 게 뻔한데 라키어스는 괜히 나를 떠보듯이 말했다. 하지만 듣기에는 꽤 진심 같아서 순간적으로 멈칫했다.

라키어스가 내 팔을 잡고 있던 손을 미끄러뜨려 손을 마주 잡았다. 살갗이 맞닿자 조용히 잠들어 있던 감정이 조금씩 꿈틀거리기 시작하는 게 느껴졌다.

"그냥 빨리 다녀와요."

나는 별 의미 없는 말을 그냥 가볍게 툭 내뱉듯이 말했다. 그러자 라키어스의 얼굴에 찌푸린 건지, 웃는 건지 모를 표정이 떠올랐다. 곧 그가 고개를 숙여 내 어깨에 이마를 툭 기댔다. 잠시 후 귓가에 자그마한 속삭임이 날아와 닿았다.

"다녀올게요."

잠깐 외출하는 것처럼 여상하고 가벼운 인사라 오히려 나도 마음이 편해졌다.

그날 밤 나는 문득 이상한 생각이 들어서 내 방에 있는 금고를 열어보았다. 사실 말만 금고지, 그렇게 거창한 기능을 가진 물건은 아니었다. 어차피 거액의 돈을 두는 곳은 따로 있어서 이 금고에는 생활비 정도만 두고 때마다 꺼내 쓸 뿐이었으니까.

어찌 보면 안전 불감증이라고도 할 수 있지만 나도 처음에나 라키어스를 좀 경계했지, 시간이 지나면서부터는 그가 보든 말든 신경도 안 쓰고 필요할 때마다 돈을 꺼내 쓰곤 했다. 그래서 금고의 존재를 비밀로 한 것도 아니었다. 그런데 오늘 갑자기 한번 확인해 봐야 할 것 같다는 생각이 들었다.

'돈을 써도 써도 줄어드는 느낌이 없단 말이야?'

원래는 매달 말이나 초쯤에, 생활비를 거의 다 쓴 것 같으면 다른 곳에서 돈을 옮겨다가 금고 안에 넣어두곤 했다. 그런데 기이하게도 라키어스가 온 뒤부터는 한 번도 생활비를 추가로 옮겨 놓은 적이 없었다. 그게 지금에서야 좀 이상하게 느껴졌다. 나는 금고의 자물쇠를 열어 안쪽에 깊숙이 넣어뒀던 보관함을 꺼냈다. 그리고 안을 들여다보았더니…… 역시 돈이 꽉 차 있는 것이 눈에 들어왔다.

'아니, 이건 오히려 처음보다 많아졌잖아? 원래 반 정도밖에 안 차 있었는데.'

심지어 얼마 전에 상점가에 가려고 손을 넣어 돈을 꺼냈을 때보다도 많았다. 그때는 분명히 이렇게 상자 입구에까지 돈이 꾸역꾸역 차 있지는 않았으니까.

게다가 뭔가 수상한 마음이 들어서 안쪽까지 확인해 보자, 꼭 눈속임처럼 동화나 은화를 위쪽에 한 겹 덮어놨을 뿐, 그 밑에 깔린 건 전부 다 반짝반짝 빛나는 금화였다. 내 금고가 화수분이 아닌 이상 이런 짓을 할 사람은 집에 한 명밖에 없다. 알고 보니 라키어스가 은혜 갚은 까치였나?

그런데 이 돈은 어디서 났지?

'음…….'

나는 그냥 자세한 건 묻지도 따지지도 않기로 했다. 이 돈이 검은 돈이든 하얀 돈이든 어쨌거나 돈은 돈일 뿐이었고, 내가 그 출처까지 굳이 알아야 하는 건 아니지 않은가?

그렇게 나는 슬그머니 입을 씻기로 하고 다시 금고의 문을 닫았다. 어쩌면 소설 속의 악당도 한 번쯤은 도와줘 볼 만할지도 모른다고, 나도 모르게 그런 생각을 잠깐 했다.

어제저녁 늦게 있었던 폭발 사건으로 동부는 시끄러워졌다. 지난번에 상점가에 있었던 일의 연속이냐, 아니냐로도 의견이 분분했다. 아직 동부의 중앙의회에서는 공식적인 발표가 나오지 않았다. 그러다 보니 오히려 사람들의 입에서 입으로, 진위 여부를 알 수 없는 불미스러운 소문이 점점 더 널리 퍼져 나가기 시작했다.

"내가 들었는데, 이단자들 짓일 가능성이 높다던데?"

"이단자? 그게 뭔데?"

유리의 귀에도 자연스럽게 그 소문이 흘러들어 왔다.

"아, 자네는 올해 동부에 처음 와서 모르나. 왜, 사 년인가 오 년인가 전에 지금처럼 흉흉한 사고란 사고는 다 치고 다니던 놈들이 있었거든."

사람들 사이에서는 요즘 동부에 일어난 사건들이 이단자들과 연관되어 있다는 이야기가 떠도는 모양이다.

"그놈들, 그때 다 잡아들인 거 아니었어?"

"어휴, 그때도 분위기 엄청 험악했는데……."

커피하우스 안에도 오늘따라 저런 수군거림이 많이 들려왔다. 손님들의 입에 가장 뜨거운 화제로 오른 것은 역시 어제 있었던 폭발 사건이었다.

유리는 가게 안에서 심각한 대화에 집중하고 있는 손님들을 둘러보았다. 물론 유리의 청력이 워낙 좋은 탓에, 다른 때도 사람들이 작게 속닥거리는 소리조차 어쩔 수 없이 전부 귀에 들어오긴 했다. 하지만 오늘은 청각이 나쁘다 해도 못 듣는 게 어려울 만큼 커피하우스 내부는 시장통처럼 소란스러웠다.

맞은편에 있는 치료소 건물은 이번 사고로 부상을 입은 사람들이 입원해 있어 더 시끄러운 것 같았다. 물론 어제 폭발 사건이 일어난 시내와 이곳 페럿가는 거리가 좀 떨어져 있었으나 인근의 치료소는 모두 포화 상태라 별수 없이 여기까지 환자가 이송되어 온 것이었다.

유리는 어제 크록포드에서 저녁 식사를 하며 칼리안에게 들었던 내용을 상기했다. 분명 상점가의 사건이 이단자들과 관련되어 있다고 동부의 중앙의회에서 결론이 났다고 했었는데…….

유리의 생각과 달리 그게 내부에서만 발표된 내용이 아니었던 모양이다. 그래서인지 커피하우스에 온 일반인들도 자연스럽게 이단자에 대해 떠들면서 혹시 이번 일도 그들의 짓이 아닐지 의심하는 눈치였다.

"게다가 유동 인구가 많은 장소만 골라서 사건을 일으키고 있잖아. 이번에도 다친 사람이 많다던데…….."

"그러게 말이야. 이제 무서워서 어디 밖에 편하게 다니겠어?"

"어휴, 징글맞은 이단자 놈들."

테러라는 게 다 그렇겠지만 두 차례에 걸친 폭발 사건은 꽤 대범한 범행이었던 탓에 이번에도 사상자가 속출했다고 들었다. 그래서인지 어디를 가도 사람들의 분위기는 다소 어둡게 침체되어 있었다.

"페릿가는 괜찮겠지? 그래, 괜찮을 거야. 여긴 작은 동네니까……."

길버트도 불안한 듯이 아침부터 식은땀을 흘리며 저런 소리를 자주 혼잣말로 중얼거렸다. 혹시 페릿가가 다음 범행 장소로 결정돼 피 같은 가게와 목숨이 통째로 날아갈까 봐 겁이 나는 모양이다. 유리는 그에게 말했다.

"괜찮지 않을까요? 여긴 다른 동네에 비하면 그렇게 번화가도 아니고……."

"그, 그렇지? 유리 씨도 그렇게 생각하지?"

일단 지금 걱정해 봤자 소용도 없는 일이었으므로 유리는 길버트를 안심시키기 위해 그에게 동의해 주었다. 그녀의 말을 듣고 길버트는 그제야 조금 마음을 놓은 눈치였다. 하지만 유리는 길버트가 잠깐 마음의 평화를 되찾은 것처럼 보여도 앞으로 삼십 분 정도만 지나면 그의 불안증이 또 도질 것이란 사실을 알았다.

원래 불안이란 건 쉽게 퍼지는 법이니 이해하지 못할 일은 아니었다. 무엇보다도 커피하우스라는 장소의 특성상 어쩔 수 없이 수많은 사람과 마주칠 수밖에 없고, 또 그들의 말에 귀 기울일 수밖에 없으니까. 그러니 길버트가 군중의 감정에 동화되는 것도 어쩔 수 없는 일이었다.

유리는 오늘 중에 레오와 세이렌이 있는 은신처에 들러야겠다고 생각했다. 그녀도 세이렌이 은신처 안에서 간간이 새를 풀어 바깥일을 살피고 있다는 건 알았다.

그래도 이단자 수색에 대한 소식은 아직 듣지 못했을지도 모르니, 오늘 은신처에 가서 그 일에 대해 말해줘야겠다고 생각했다.

어쩌면 아예 한동안 동부를 떠나 있는 편이 나을지도 몰랐다. 유리처럼 일반 사람과 외양적 차이가 없는 변종이라면 상황이 좀 나았지만……. 레오나 세이렌처럼 신체적 이질성을 숨길 수 없는 경우에는 자칫 난처한 일을 겪게 될지도 몰랐으니 말이다. 어쩌면 지난번에 노예상에서 마주쳤을 때처럼 다짜고짜 칼부림을 당할지도 모르는 일이 아닌가?

오늘 하루 동안 커피하우스에 있으면서 들은 바에 의하면 몇 년 전에 '이단자 사냥'이란 것을 할 때 동부의 분위기가 꽤 심각했던 모양이었으니.

"어, 스노우 씨! 오랜만이네요."

그때, 길버트가 누군가를 반갑게 맞았다.

"안녕하세요."

"전에 친구분 일을 돕는다더니, 요즘 많이 바쁘신가 봐요."

"하하, 네. 어쩌다 보니 맡은 일이 좀 많아져서요."

가게에 들어선 자는 스노우였다. 유리도 갈색 더벅머리 가발을 뒤집어쓴 제노스를 시야에 담았다.

"지난번에도 안색이 안 좋더니, 그새 살 빠진 것 좀 봐. 너무 무리해서 일하는 거 아니에요?"

길버트가 제노스를 위아래로 한번 훑어보더니 안타깝다는 듯이 혀를 쯧쯧 찼다. 그 모습은 꼭…… 오랜만에 놀러 온 손주를 본 할아버지 같았다. 제노스가 맞장구치며 엄살을 피우듯이 말했다.

"맞아요, 사실 친구 놈이 절 너무 부려먹지 뭐예요. 저 말고 다른 인재가 없으니까 일단 그러려니 하고 있긴 한데."

"저런! 아무리 인재가 없어도 그렇지, 사람 얼굴이 이렇게 반쪽이 될 때까지 부려먹나, 그래?"

오랜만에 만나서도 두 사람은 죽이 잘 맞았다. 길버트는 제노스에게 아무리 친구라 해도 이런 문제는 확실히 하라며 노파심을 발휘했다. 더불어 친한 사이일수록 돈 문제를 얼렁뚱땅 넘기기 쉽지만 절대 그러면 안 된다고 덧붙이며, 추가 수당도 꼭 받아 챙기라고 조언했다.

길버트의 생각으로는, 만년 백수였던 순진한(?) 스노우가 친구와 동업을 했다가 바보같이 혼자 손해를 뒤집어쓸까 봐 영 걱정되는 모양이다. 오늘도 훈훈한 이웃사촌 간의 정겨운 모습이었다.

"어휴, 어서 이쪽으로 앉아요. 사람이 원, 종이 인형 같아서 서 있기도 힘들어 보이네."

"종이 인형이요? 그 정도는 아닌데……. 그런데 오늘은 빈자리가 거의 없네요."

길버트가 가게 안쪽 구석에 남아 있는 자리로 제노스를 안내했다.

제노스는 잠깐 누구를 찾듯이 주위를 두리번거렸다. 하지만 유리는 이미 주방에 들어간 참이라 그는 원하는 사람의 얼굴을 볼 수 없었다. 제노스의 주문도 길버트가 받았다.

잠시 후, 유리가 레몬에이드와 샌드위치가 담긴 쟁반을 들고 제노스에게 다가갔다. 제노스는 유리가 주방에서 나왔을 때부터 그녀를 쳐다보고 있던 참이라, 걸어가는 동안 눈이 마주쳤다. 물론 제노스의 눈은 덥수룩한 앞머리에 가려져 보이지 않았지만 말이다. 하지만 유리도 느낌상 그와 눈이 마주쳤다는 사실을 알 수 있었다.

"안녕하세요, 유리 씨. 오랜만에 뵙네요."

"네, 그러네요."

테이블에 다다라 여상한 인사말이 짧게 오갔다.

"그래서 이단자가……."

유리가 쟁반 위에 놓인 것을 제노스의 앞에 내려놓는 동안 옆쪽에서 오늘의 뜨거운 화제인 이단자에 대한 소리가 들려왔다. 제노스의 귀에도 그것이 닿았는지, 그의 몸이 순간 움찔했다.

"어제 있었던 일 때문에 시끄러운가 보네요."

"그렇죠."

"이번에도 피해 규모가 꽤 큰 것 같던데……."

그렇게 말하는 제노스의 목소리는 평소 커피하우스에서 보아왔던 '스노우'답지 않게 약간 우중충했다. 유리는 어두운 기운을 한 겹 두르고 있는 제노스를 힐끗 내려다보았다. 제노스가 요즘 하는 일이 칼리안을 돕는 것이 맞다면 저 폭발 사건과도 연관되어 있을 가능성이 높았다. 일단 지금으로 봐서는 상점가의 사건과 어제의 사건이 관련성 있어 보였으니…….

어쩌면 또다시 일어난 폭발 사건을 막지 못했다고 자책하고 있을지도 몰랐다. 예전에 책에서 본 '제노스 셸던'이라는 인물은 그런 사람이었으니까. 게다가 이래 봬도 책 속의 제노스는 유리의 최애캐가 아니었던가?

그러니 그의 성격에 대해서는 꽤 빠삭하게 알고 있다 해도 무방했다. 게다가 이렇게 가까이에서 보니 확실히 턱선이 전보다 날렵해진 게…… 길버트의 말처럼 전보다 살도 좀 빠진 것 같고 혈색도 좋지 않은 것 같았다.

'내가 뭔가 아는 게 있으면 살짝 귀띔이라도 해줄 텐데…….'

하지만 불행하게도 유리 역시 이번 일에 대해서는 아는 바가 없었다. 소설에서는 이런 폭발 사건이 일어난 적이 없었기 때문이다.

"뭐, 누구도 예상치 못한 일이었으니까요."

그래도 제노스가 울적해할 이유가 뭐가 있나 싶어서 유리는 지나가듯이 말했다. 아무리 예지 능력을 가진 제노스여도 막기 어려운 일이었다는 의미로 한 소리였으나, 아무래도 그에게 제대로 닿은 것 같지는 않았다. 그렇다고 제노스에게 뭔가 다른 말을 더 하자니 부자연스러울 것 같고, 또 오지랖 같고…….

유리는 미간을 슬쩍 좁힌 채 빈 쟁반을 들고 잠깐 제자리에서 미적거렸다. 물론 현실에서의 제노스를 보고 좀 깨는 느낌을 받기도 했지만 그래도 유리의 최애캐라서 그런지 예전부터 내적 친근감이 형성되어 있었다. 그래서 이렇게 다른 때처럼 실없이 히죽거리지도 않고 무게를 잡고 있는 모습을 보니 조금 신경이 쓰였다. 다행이라고 해야 할지, 제노스는 그런 유리의 행동에 이상함을 느끼지는 못한 듯, 곧 낯빛을 바꾸고 입을 열었다.

"그래도 페럿가 쪽에는 직접적인 피해가 없어서 다행이에요."

"네, 그렇지 않아도 길버트 씨가 신경을 많이 쓰시는 것 같더라고요."

애써 미소 짓는 얼굴이 좀 딱해서 유리는 다른 때처럼 그의 말을 무시하지 않고 대꾸해 주었다.

"저, 유리 씨! 사실 오늘은 꼭 드리고 싶은 말이 있는데요."

유리는 그 말을 듣고 의아해졌다. 이제 보니 제노스는 조금 초조한 듯이 테이블 위에서 손을 깔짝거렸다.

"한동안은 꼭 몸조심하셨으면 좋겠어요."

이어진 그의 진지한 말을 듣고 유리는 데자뷔를 느꼈다.

'칼리안은 도미닉의 아바타 같더니, 이번에는 제노스가 칼리안의 아바타 같네.'

어제 칼리안이 유리에게 한 말과 비슷한 내용이었다. 하지만 제노스는 유리가 슬쩍 눈살을 찌푸리자 자신이 너무 대뜸 말을 꺼냈다는 사실을 깨달았는지, 급히 다시 입을 열었다.

"무슨 헛소리냐고 생각하시겠지만, 그게……."

"네, 이상하게 들릴 걸 알지만 그래도 사정상 자세한 설명은 하시기 어렵겠죠?"

"엇……."

"하지만 조만간 제 신변에 문제가 생길 가능성이 있는 것만은 확실해서 그냥 모른 척할 수는 없었고요."

"헉, 어떻게……."

칼리안이 어제 유리에게 했던 말을 그대로 읊어주자 제노스가 당황했다. 그는 혹시 유리에게도 예지력이 있는지 한순간 의심하는 눈치였다. 유리는 그런 제노스를 보면서 찜찜해졌다. 지난번에 커피하우스에 왔을 때 제노스가 보였던 반응도 그렇고, 칼리안의 말도 그렇고…….

'……혹시 나도 모르는 새 사망 플래그라도 꽂았나?'

이쯤 되면 왠지 그들의 말을 그냥 무시하기가 좀 어려워졌다. 유리가 깊은 의구심을 느끼는 동안 제노스가 약간 버벅거리면서 그녀에게 물었다.

"혹시…… 누가 유리 씨한테 비슷한 말을 또 하던가요?"

"네, 어떤 높으신 귀족분이 그러더라고요."

제노스는 유리가 말한 사람이 칼리안이라는 사실을 눈치 빠르게 알아차렸다.

'이 자식, 나한테는 냉정하게 말하더니.'

그래도 그는 전보다 마음이 편해지는 것을 느꼈다. 그에게 말은 쌀쌀맞게 했지만 역시 칼리안도 가까이에 있는 사람에게 일어날 사고를 그냥 좌시할 품성은 아니었다. 제노스는 묘한 표정을 짓고 있는 유리를 보며 단호한 음성으로 덧붙였다.

"유리 씨. 얼마 후에 열릴 기원제 때 외출하지 마세요."

유리는 퇴근 후에 레오와 세이렌이 있는 수도원으로 향했다. 그녀의 머릿속에는 아까 만났던 제노스의 말이 재생되었다.

'기원제 때 뭔지는 모르지만 아무튼 위험한 플래그가 꽂힐 예정이라는 건가?'

그래도 제노스의 경고는 칼리안보다는 자세했다. 물론 유리에게 일어날 일에 대한 구체적인 내용은 제노스도 모르는 듯했지만 그래도 대략적인 시기를 알아낸 것만으로도 나름대로의 수확이 있었다. 제노스의 말을 곰곰이 곱씹다 보니 은신처에 도착했다.

"이게 좀 더 우아한가? 아니면 이 각도가 좀 더……."

유리가 수도원의 입구에 들어가자마자 제일 먼저 눈에 들어온 것은 세이렌이었다. 어째서인지 그녀는 부서진 기둥 위에 올라가서 이리저리 몸을 움직였다.

유리는 자신이 온 줄도 모르고 집중하고 있는 세이렌의 모습을 보며 고개를 갸웃 기울였다.

"날개가 더 잘 보이는 편이 나을 것 같은데……."

펄럭!

세이렌은 혼자 심취해서 무언가를 중얼거리다가 날개를 더 뒤쪽으로 쭉 뺐다. 그러자 그녀의 탐스러운 날개가 조금 전보다 시야에 훤히 드러났다. 유리가 있는 곳에서는 세이렌의 옆모습이 보였는데, 그 자세가 꼭 전생에 사진으로 본 어떤 조각상을 닮아 있었다.

'로댕의 생각하는 사람인가.'

"세이렌, 뭐 해?"

"앗, 깜짝이야!"

유리가 말을 걸자 세이렌이 깜짝 놀라 경기하듯이 파드득 몸을 떨었다.

"아라크네!"

하지만 곧 세이렌은 유리를 보고 반색했다. 유리는 날개를 펼쳐 날아드는 세이렌을 쳐다보았다.

"혼자 놀고 있었어?"

"앗, 이, 이건…… 그냥 이제 상처도 다 나은 것 같아서 날개 운동한 거야!"

아무리 봐도 날개 스트레칭 같지는 않았지만 세이렌이 얼굴까지 빨개져서 핑계를 대는 것을 보고 유리는 그냥 그녀의 말을 믿는 척했다.

"레오는?"

"번견은 지금 없어. 그래도 아마 금방 돌아올걸?"

레오는 또 바깥나들이를 나간 모양이다. 유리는 머리 위에서 날리는 깃털을 보고 조금 전까지 세이렌이 기둥 위에서 누군가에게 날개를 자랑이라도 하듯이 활짝 펼치고 있던 것을 떠올렸다.

"발모제 하나 더 사다 줄까?"

"뭣? 그, 그게 무슨 의미야?"

그냥 깃털 관리에 관심이 많은 것 같아 꺼낸 유리의 말에 세이렌이 충격받은 얼굴을 했다.

"지금 내 날개가 볼품없다는 거야?!"

"아니, 그냥 혹시 지내면서 더 필요한 게 없나 싶어서 물어본 거야. 네 말처럼 날개 정말 다 나은 것 같네."

하지만 세이렌은 유리가 덧붙인 말에 금방 표정을 폈다.

"흥, 그럼 그렇지. 내 날개가 볼품없을 리가 없지!"

세이렌이 그새 으쓱해진 얼굴로 날개를 파닥였다. 번견이 데려왔던 그 인간 여자애도 그녀의 날개를 보며 천사 같다고 찬탄하지 않았던가. 그 이후로 날개 관리에 더욱 공을 들이고 있었으니, 아무렴 아라크네의 눈에 볼품없이 보일 리가 없었다.

"컹······! 유리!"

호랑이도 제 말 하면 온다더니, 세이렌이 그런 생각을 하고 있을 때 레오가 돌아왔다. 세이렌의 말대로 레오의 귀가가 늦지 않아서, 유리는 그를 오래 기다리지 않아도 되었다. 레오가 한달음에 달려와 반갑게 꼬리를 흔들며 유리의 다리에 몸을 비볐다.

"레오, 어서 와."

"응, 응!"

"저, 저 번견 자식 가증스럽게 꼬리 치는 거 봐. 아라크네한테서 떨어져!"

세이렌이 유리에게 반갑게 몸을 비비는 레오를 못마땅하게 보며 눈을 부라렸다. 다른 인간 여자애랑 좋다고 시시덕거릴 때는 언제고 유리가 오니 또 저렇게 치대는 레오의 꼴이 같잖았기 때문이다. 물론 그 어린 인간 여자애는 좀 귀여웠지만…… 어쨌든!

'오딘 그 새 새끼도 언제는 계속 아라크네 옆에 붙어 있을 것처럼 굴더니 요즘은 번견 못지않게 딴짓 중이고. 역시 아라크네에겐 나밖에 없잖아!'

세이렌은 스스로의 한결같음에 혼자서 자부심을 느끼며 흥, 콧김을 내뿜었다. 역시 자랑스럽게 아라크네의 친구라 말할 자격이 있는 건 그녀뿐이라는 생각이 들었다.

"오늘 할 말이 있어서 왔는데."

유리는 세이렌과 레오에게 이번에 동부에서 일어난 일과 그로 인한 이단자 수색에 대해 말했다.

"진짜야? 난 그래도 동부는 살기 좋은 줄 알았는데 지난번 노예상 놈들도 그렇고, 왜 자꾸 우리만 가지고 들들 볶는 거야?"

세이렌이 치를 떨면서 분개했다.

"그래서 한동안은 상황을 살피는 게 좋을 것 같아."

"여차하면 그냥 다른 지역으로 이주하는 게 나을지도 모르겠네."

유리의 말에 세이렌이 고개를 끄덕이며 동조했다. 그녀의 입장에서는 딱히 동부에 애정이 있는 것도 아니었고, 애초에 아라크네를 따라온 것뿐이었다. 그러니 상황이 안 좋아진다 싶으면 차라리 이곳을 뜨는 게 제일 낫겠다 싶었다. 하지만 북부나 남부의 상황은 어떤지 몰랐으니…….

'그럼 역시 서부가 제일 안전하려나.'

물론 연구소 시절 생각이 나서 서부 역시 찝찝하긴 마찬가지였지만 말이다.

"넌 어쩔 거야, 번견?"

"나, 나는 있을 거야. 유리 있는 데."

"아라크네가 다른 데로 가면 너도 따라갈 거라고?"

레오가 조금 망설이다가 고개를 끄덕였다. 세이렌은 좀 의외라고 생각했다. 새로 사귄 인간 친구와 헤어지기 싫다고 고집을 부릴 줄 알았더니.

"난 계속 여기 있을 것 같은데."

"아, 하긴. 아라크네는 그냥 있으면 변종인 게 티 나진 않으니까."

세이렌은 잠깐 곰곰이 생각하다가 입을 열었다.

"뭐……. 우리도 잘 숨어 지내면 괜찮지 않을까? 일단 동부 놈들이 수색을 어느 정도로 치밀하게 할지 아직 모르니까 새를 보내서 상황 좀 살피다가 결정해도 될 것 같아."

레오도 당장 은신처를 떠나지 않아도 된다는 생각에 기분이 좋아졌는지 아까보다 밝아진 얼굴로 꼬리를 살랑살랑 흔들었다. 어쨌거나 유리는 상황을 설명해 주러 온 것뿐이었고 세이렌과 레오가 최종적으로 내린 결정이 그러했으므로, 그저 수긍하며 고개를 끄덕였다.

그날 밤 유리는 조용히 집에서 빠져나왔다. 밤에 외출하는 것이 오랜만인 건 아니었지만 어쩐지 오늘따라 조금 낯선 기분이 들었다. 아무래도 집에 라키어스가 없어서 그런 것 같았다. 누구에게도 외출 소식을 알리지 않고 이렇게 훌쩍 혼자서 집을 나서는 건 꽤 오랜만이었다.

라키어스는 이불 밖은 위험하니 나가지 말고 집에 있으라는 소리 따위를 진지하게 했지만 당연히 그런 말에 따를 유리가 아니었다. 그녀는 오랜만에 자신을 말리거나 붙잡는 사람 없이 자유롭게 밤 외출을 했다. 문을 나서는 중에, 언제부터인가 저도 모르게 은근히 라키어스를 신경 쓰고 있었던가 하는 생각이 불쑥 들었다.

별로 그렇지는 않다고 생각했는데, 이 야심한 시각에 외출하는 그녀를 막는 사람이 아무도 없다는 사실에 내심 좀 섭섭한 마음이 들었으니 말이다. 불 꺼진 집을 슬쩍 돌아보니 허전한 기분도 들었다. 하지만 유리는 그런 생각을 털어버리고 다시 걸음을 재촉했다.

지금 유리가 집에서 빠져나와 향하는 곳은 칼리안 크록포드가 수사 중인 구역이었다. 어제 폭발이 일어났던 장소이기도 했다. 세이렌이 새를 보내 틈틈이 상황을 살피겠다고 했지만 유리도 일의 진행 상황을 따로 알아봐야 할 필요성을 느꼈다.

폭발 사건에 이단자들이 엮여 있다는 소식을 칼리안에게 듣고 나니, 제 눈으로 직접 그 사실을 확인하고 싶은 마음도 들었고 말이다. 그래서 유리는 어둠을 틈타 조용히 움직였다. 당연한 말일지도 모르지만, 이번에 폭발이 일어난 곳의 모습은 상점가와 비슷했다. 피해 규모도 비슷한 것 같았다. 유리가 도착했을 때, 마침 칼리안이 현장에 있었다.

"늦은 시간까지 고생하는군."

"아닙니다, 크록포드 경."

"뭔가 더 나온 게 있나?"

"열심히 수색 중이긴 하지만……. 아직 이렇다 할 증거물을 더 찾지는 못했습니다."

칼리안의 물음에 그의 부하들이 면구한 듯이 말했다. 칼리안은 그들에게 더 수고하라고 다독인 뒤 자리를 떠났다. 유리는 그를 보고 고개를 갸웃했다. 그녀는 칼리안이 이번 사건의 총책임자라고 알았다. 그래서 그가 사건 현장을 직접 살펴볼 줄 알았더니……. 예상외로 칼리안은 잠깐 현장에 들른 눈치였다.

유리는 어둠 속에서 잠깐 고민했다. 애초에 폭발 현장에 들어가 볼 생각으로 이곳에 온 것이었으니, 칼리안이 자리를 비운 틈에 목적을 달성하는 쪽이 분명 나았다. 하지만 유리는 건물 내부에 침투하는 대신 그녀의 감이 말하는 대로 칼리안의 뒤를 쫓았다.

예상대로라고 해야 할지, 칼리안이 마차를 타고 이동한 방향은 크록포드의 저택이 있는 곳과 반대 방향이었다. 그는 귀가하는 게 아니라 또 다른 일을 하러 가는 중인 듯했다.

유리는 건물 지붕을 타고 움직여 칼리안이 타고 있는 마차를 쫓았다. 그리고 잠시 후, 이동 중이던 마차가 멈추어 섰다. 그 안에서 내린 칼리안이 어딘가로 걸어갔다.

유리는 조용히 그를 뒤따랐다. 그런데 문득 칼리안이 갑작스럽게 자리에 멈추어 섰다. 날카로운 눈동자가 주변을 훑기 시작했다. 그의 손은 어느새 허리춤에 찬 검집에 닿아 있었다. 유리는 그의 시선이 자신이 있는 쪽으로 미끄러지는 것을 느끼고 어둠 속에 더 깊이 몸을 묻었다.

분명 기척을 최대한으로 죽였고, 칼리안의 시선이 닿지 않을 사각

지대로만 움직였다. 한데 과연 소설의 남주인공답게, 그는 무언가를 감지한 모양이다. 하지만 자신의 뒤를 쫓는 사람이 있다고 확신한 건 아니고, 그저 걷다가 느낌이 좀 이상해서 잠깐 주위를 살펴본 것뿐인 듯했다. 뒤이어 칼리안이 날카로운 기세를 지우고 고개를 돌렸다. 그리고 멈추었던 걸음을 다시 옮기기 시작했다.

'들키기 싫으면 더 조심히 움직여야겠네.'

유리는 쓸데없이 감이 좋아서 피곤한 남자라고 생각하며 속으로 쯧 혀를 찼다. 칼리안이 다가간 곳은 웬 허름한 건물이었다. 한동안 방치되었던 듯 외관에서부터 낡은 티가 났다. 유리는 기척을 죽이고 칼리안이 있는 장소와 어느 정도 거리가 있는 다른 건물의 지붕으로 가볍게 뛰어올랐다. 꽤 먼 거리였지만 유리의 눈과 귀에는 목표물에 대한 정보가 어려움 없이 흘러들어 왔다.

"오셨습니까, 크록포드 경."

"제노스는?"

"먼저 와 계십니다."

이번에도 문 앞에는 칼리안의 부하로 보이는 사람이 서 있었다. 끼이익. 두 사람은 열려 있던 문을 닫고 안으로 들어갔다. 녹슨 문에서 듣기 싫은 날카로운 쇳소리가 울렸다. 이번에는 상황이 어떤지 확인만 하지 않고 직접 들어가는 것을 보니, 칼리안은 이쪽 일에 더 비중을 둔 모양이다.

'제노스 셸던도 이 안에 있다고?'

그러나 조금 전에 들은 말은 좀 의외였다. 제노스라면 분명 폭발 사건이 일어난 장소에 투입되었을 것이라고 생각했는데. 유리는 곧바로 칼리안을 따라가지 않고, 눈앞의 건물을 응시했다. 그녀의 눈동자는 싸늘하게 식어 있었다.

'……여기, 도대체 뭐지?'

아까부터 느낀 것이지만, 뭔가 이상했다. 뭐가 이상하냐고 묻는다면 정확히 설명하기는 어려웠지만…… 어쩐지 이곳은 기분이 나빴다. 건물 안쪽에서부터 흘러나온 더럽고 끈적끈적한 기운이 발목을 질척하게 휘감고 꿈틀거리며 기어 올라오는 것 같았다. 그 느낌이 상당히 불쾌해서 유리는 칼리안이 들어간 건물을 보며 눈매를 굳혔다. 왜인지 지금 저 건물 안에 별로 발을 들이고 싶지 않다는 생각이 들었다.

유리가 이처럼 특정한 무언가를 기피하는 마음이 든 것은 무척 오랜만이었다. 그녀는 일단 칼리안 크록포드가 나올 때까지 기다렸다. 대략 삼십 분 정도의 시간이 지났을까. 곧 그가 밖으로 나왔다. 제노스는 아직 안에 있는 듯, 문 밖으로 모습을 드러낸 건 칼리안 혼자였다. 그는 아까처럼 또 한 번 주위를 둘러본 뒤 마차에 올랐다. 유리는 칼리안을 태운 마차가 점이 되어 사라지는 것을 보고 나서야 몸을 움직였다.

덜컹덜컹. 칼리안은 마차에 올라 창문 밖을 내다보았다. 바깥은 어두웠고, 간간이 건물에서 새어 나온 불빛만이 거리를 밝혔다. 요즘 들어 신경 써야 할 일이 많아 미미한 두통이 일었다. 눈을 감자 조금 전에 만나고 왔던 제노스 셸던이 칼리안의 머릿속에 떠올랐다.

"너, 인마. 다 들었어. 네가 유리 씨한테 조심하라고 경고해 줬다며?"

그 말을 듣고 칼리안은 설핏 눈가를 찡그릴 수밖에 없었다.

"그새 커피하우스에 갔었나."
"나한테는 모른 척하라더니 웃긴다, 너."

앞과 뒤가 다른 칼리안을 비난하듯이 말했지만, 제노스의 얼굴은 우거지상을 짓고 있던 지난번보다 확연히 나아져 있었다. 칼리안은 어쨌거나 아예 모르는 사람도 아니고, 안면이 있는 사람의 일을 완전히 모른 척하는 건 사람의 도리상 할 짓이 아닌 것 같아 그저 한마디 했을 뿐이라고 말하려 입을 벌렸다.

하지만 왜인지 구구절절 변명하는 것 같은 느낌이 들어서 그냥 관두기로 했다.

"네 말처럼 그 사람에게는 내가 경고했으니 넌 더 이상 신경 쓰지 마."
"얘 또 이러네. 너도 신경 쓰면서 왜 나한테만 그래?"
"네 예지가 실현됐을 때 타격을 가장 크게 받을 사람이 너니까 하는 소리다."
"그러는 넌 아무 타격도 안 받을 것처럼 말하네."
"내가 타격받을 일이 뭐가 있지? 깊게 알아온 사이도 아니고, 그저 오다가다 몇 번 얼굴만 본 게 전부인데."

사실 정말 그의 말처럼 커피하우스의 점원인 유리가 죽든 말든 아무런 상관도 없다면, 굳이 그녀에게 경고해 줄 이유도 없었다. 하지만 그는 그런 마음을 모른 척했다.

칼리안의 말을 들은 제노스의 얼굴에는 어느새 씁쓸한 미소가 떠올랐다.

"내가 실패할 거라고 미리 상정해 두고 말하네."

"……"

"그래, 만약 네 말대로라고 쳐도 이대로 아무것도 안 하고 두 손 놓고 있을 때 내가 받을 타격이 훨씬 클 거라고 생각하지 않아?"

"제노스."

칼리안은 탐탁지 않다는 듯 미간을 구겼지만 제노스는 단호했다.

"내가 못 미더워서 네가 걱정하는 건 알고 있어. 그건 고맙게 생각하는데, 이건 내 문제니까 내가 알아서 할게."

그렇게 말하며 제노스는 웃었다. 칼리안은 그에게 결국 다른 말을 하지 않고 뒤돌아섰다.

"……"

잠시 후, 마차에 몸을 싣고 앉아 조금 전의 일을 회상하던 칼리안의 눈꺼풀이 들어 올려졌다. 그는 마차의 벽을 두드렸다.

"네, 도련님!"

"마차를 돌리도록."

마부는 두말하지 않고 칼리안의 명령에 따랐다. 히히힝!

도로를 달리던 마차가 뒤돌아 조금 전에 지나온 길을 다시 달리기 시작했다. 칼리안은 흔들리는 마차 안에서 창밖으로 비치는 밤 풍경을 바라보았다.

유리가 칼리안이 들렀다 간 건물 안으로 몰래 잠입하는 건 별로 어렵지 않았다. 애초에 경비가 삼엄하다 해도 빈틈은 있게 마련이었고, 유리에게는 그 틈새를 노리는 게 그다지 까다로운 일이 아니었다. 하지만 지키고 있는 사람이 생각보다 많지 않아, 유리는 예상했던 만큼의 번거로움조차 감수하지 않아도 되었다.

'건물 안에 있는 사람은 총 여섯 명인가.'

그녀는 어렴풋하게 느껴지는 기척을 통해 건물 안쪽에서 돌아다니는 사람들의 위치를 알아냈다. 유리의 걸음이 소리 없이 움직였다. 그녀는 칼리안의 부하들과 마주치지 않도록 기척이 없는 길로 이동했다.

'역겨운 냄새.'

유리의 얼굴은 절로 찌푸려졌다. 건물 안에는 밖에서 느꼈을 때보다 선명한 피비린내가 배어 있었다. 그 밖에도 무언가가 부패하는 듯한 냄새도 코를 찔렀는데, 유리는 다년간의 경험으로 이것이 시체 냄새라는 사실을 어렵지 않게 알아차렸다.

칼리안이 이곳에 들어왔을 때부터 어느 정도 예상하기는 했지만, 이곳은 어떤 사건이 일어났던 현장인 모양이다. 그것도 꽤 죄질이 나쁜 사건. 꼭 연쇄 살인범의 은거지 같은 느낌이 드는 장소였다. 여전히 찜찜하고 껄끄러운 기분이 들었지만 유리는 멈추지 않았다.

이왕 들어온 김에 확인은 하고 나갈 생각이었다. 사건의 중심지인 것 같은 느낌이 드는 쪽으로 이동하다 보니, 자연스럽게 사람들이 모인 곳으로 다가가게 되었다. 저벅저벅. 잠시 후 복도를 걸어오는 두 사람의 모습이 처음으로 유리의 눈에 띄었다.

"셸던 경은 한 시간째 꼼짝도 안 하고 있군."

"아까 시내의 폭발 현장 쪽에도 다녀왔다고 하던데."

"오늘도 밤새울 것 같지, 아마?"

"우리야 지금처럼 동료들과 교대하면 된다지만 셸던 경은 그럴 수도 없으니……."

건물 안을 적당히 돌아다니는 다른 사람들과 달리 아까부터 한곳에서 꼼짝도 하지 않는 사람이 있다 했더니, 그게 제노스였던 모양이다. 스윽. 두 사람이 지나가고 난 뒤에 유리는 거미줄을 타고 소리 없이 천장에서 내려왔다. 제노스가 있다는 곳도 궁금하긴 했지만 거긴 자리가 빈 뒤에 들어가도 될 것이다.

일단 지금은 만만치 않게 짙은 피 냄새가 풍기는 다른 방에 먼저 들어가 보기로 했다. 사실 피비린내가 나는 방은 한둘이 아니어서, 유리는 문 앞을 지키고 있는 사람이 없는 곳에 먼저 몸을 들였다.

유리의 붉은 눈동자가 가늘게 떠졌다. 불이 켜지지 않은 방은 어두웠지만 그녀의 시야에는 안쪽의 광경이 여과 없이 비쳤다. 군데군데 놓인 수상한 도구들. 피가 말라붙어 검게 얼룩진 시트가 구겨져 깔린 간이침대. 방 안에 짙게 밴 역한 비린내. 연구소 시절 보았던 광경과 비슷했다. 이건 명백한 실험 현장이었다.

'딱 하나, 유적의 파편이 없다는 것만 다르군.'

건물 밖에서부터 느꼈던 찝찝함의 원인이 이것이었나 싶었다. 유리는 발소리를 죽인 상태로 방 안에 완전히 들어섰다. 그녀의 손이 막 실험 도구에 닿았을 때, 아래층에서 무시할 수 없는 소리가 들려왔다.

"크룩포드 경?"

유리는 거기에 귀를 기울였다.

"아까 가신 게 아니었습니까? 왜 다시 오셨는지……."

조금 전 건물 안으로 새로이 들어선 사람이 있다는 사실은 유리도 이미 감지했다. 하지만 칼리안의 부하들과 교대할 사람이 온 줄 알았는데……. 설마 칼리안 본인이 다시 왔을 줄이야.

"내가 없는 사이에 수상한 침입자는 없었나?"

"뭔가 의심스러운 움직임이라도 있었습니까?"

"그냥 감이다."

심지어 칼리안은 아까 얼핏 느꼈던 유리의 기척을 못내 떨쳐 버리지 못해, 현장을 다시 한번 확인하러 급습한 듯했다. 유리는 정말 쓸데없이 감이 좋아 귀찮은 사람이라고 생각하면서 일단 방에서 빠져나갔다. 그러는 동안 칼리안의 기척도 움직였다. 그리고 또 하나, 계속 같은 방에 머물고 있던 제노스도 움직이기 시작하는 것이 느껴졌다.

"제노스."

"어, 칼리안?"

유리는 복도의 끝에서 두 사람이 마주친 것을 확인했다.

"뭐야, 내가 일 잘하는지 감시하러 다시 온 거야?"

"틀린 말은 아니군."

"뭐?"

진담과 농담이 반씩 섞인 칼리안의 말에 제노스가 투덜거렸다.

"어쨌든 잘 왔다. 그렇지 않아도 지금 너한테 하고 싶은 말이 생겨서 네가 조금만 늦게 다녀갔으면 좋았을 텐데 하고 혼자 아쉬워하고 있었거든. 이 늦은 시간에 크룩포드로 찾아가기도 그렇고."

"무슨 일로?"

"방금 내 눈에 뭔가가 보였는데……."

제노스가 한결 소리 죽인 음성으로 속삭였다. 유리는 그들과 안전 거리를 확보해 멀리 떨어진 상태였다. 하지만 그녀의 귀에는 그들이 작게 속삭이는 소리가 여실히 들려왔다.

"이상한 돌 같은 물건이었어. 그런데 어쩐지 연금술사들이 제련용으로 쓰던 보석하고 느낌이 좀 비슷한 것 같기도……."

"혹시 연금술로 만든 폭발물을 본 건가?"

"아니. 그것과는 달라."

칼리안이 미심쩍은 목소리로 물었다.

"앞으로 또 하나, 여기와 비슷한 사건 현장이 발견될 거야. 거기에서 작게 조각난 그 돌 조각으로 아이들에게 실험하는 모습이 보였어."

제노스의 목소리는 진중하고 심각했다. 거미줄을 타고 천장에 매달린 유리의 얼굴도 덩달아 차갑게 식었다. 돌 조각과 아이들을 이용한 실험. 그게 무엇을 의미하는지, 지금 이 자리에 있는 사람 중 유리보다 잘 아는 사람은 아마 없을 터였다.

"그리고 한 가지 더 말하자면."

어쩐지 이번에는 약간 망설이는 듯하다가 제노스가 다시 입을 열었다.

"이번 사건, 너희 가문과 살바토르하고 어떻게든 연관이 있는 것 같다."

끼익. 그때, 유리의 근처에 열려 있던 유리창이 바람에 날카로운 소리를 내며 흔들렸다. 지극히 작은 소리였는데도 불구하고 아래층에서 이어지던 대화 소리가 멈추었다.

유리는 작게 혀를 찼다. 유리창을 건드린 건 그녀가 아니었지만 운이 나빴다. 빠른 속도로 다가오는 발소리를 느끼며 유리는 매달려 있던 실을 거두어 흔적을 없앴다. 그러고 나서 열려 있는 창문의 틀을 밟고 올라가 위쪽으로 실을 뽑아냈다. 유리의 몸이 지붕으로 쭈욱 끌어당겨졌다.

잠시 후, 칼리안이 도착했을 땐 그곳에 있던 유리는 이미 흔적도 없이 사라져 있었다.

"거봐. 내가 별거 아닐 거라고 했지?"

칼리안을 뒤따라 온 제노스가 그럴 줄 알았다는 듯이 혀를 차며 말했다.

"워낙 건물이 낡아서 창문도 이음새가 망가진 게 많더라고. 네가 없을 때도 혼자 열렸다 닫혔다, 그랬다니까?"

"그런가."

칼리안의 날카로운 시선이 창밖을 훑었다. 하지만 달리 느껴지는 기척 없이, 오직 어스름한 달빛만이 소리 없이 내리비치고 있을 뿐이었다. 그럼에도 칼리안은 부하들을 시켜 주변을 수색하고 난 뒤에야 미약하게 남아 있던 의심을 완전히 거두었다.

뭔가 일이 거지같이 돌아가는 것 같다. 데이몬은 동부에 돌고 있는 수상한 분위기를 감지하고 그렇게 생각했다. 물론 요즘 그는 대부분의 시간을 연금술사의 탑에서 보내고 있어 바깥의 소문에 무딜 수밖에 없었다. 그건 다른 연금술사들도 마찬가지라 탑에 있는 동안은 '그 소문'이 데이몬의 귀에 들어올 일이 없었다.

하지만 살바토르의 저택에 돌아가자마자 데이몬은 곧바로 일반인들 사이에 돌고 있는 이야기를 접할 수 있었다. 참으로 기가 막힌 소문이었다. 동부의 대귀족인 살바토르 가문이 폭발 사건의 주검인 이단자들과 연관되어 있을지도 모른다는 내용이었다.

당연히 데이몬의 아버지인 살바토르 가주는 노발대발했다. 그는 도대체 어떤 잡놈들이 이따위 말 같지도 않은 헛소문을 퍼뜨렸는지 당장 알아내라며 무섭게 분노했다. 그래도 아직 소문이 본격적으로 도는 것은 아니고 그저 입에서 입으로 조용히 퍼져 나가는 실정이었다. 살바토르는 당장 소문을 잠재우기 위해 움직였다.

다른 것도 아니고 이단자라니. 이단자를 배척하고 탄압해 왔던 동부에서 그들과 연관되어 있다는 누명은 대귀족 살바토르에게 굴욕적이었다. 하지만 굴욕적이기만 한 일이라면 차라리 나았을 것이다. 어떤 의미론 조금 위협적이기까지 했다.

이단자 사냥은 대략 오 년 전쯤에도 한차례 동부를 거세게 쓸고 지나갔다. 그때 현 크록포드 가주의 누이인 셀레나가 죽었다는 사실은 귀족들 사이에서 은연중에 떠돌았다. 그러니 이단자와 엮이는 일이 달가울 리 없었다. 그래도 살바토르는 크록포드의 다음가는 대귀족이라 고작 이깟 일로 입지가 흔들릴 리는 없었다. 물론 그것과 별개로 악의 섞인 소문에 기분이 더러운 건 어쩔 수 없었지만 말이다.

그로부터 며칠이 지난 오늘, 데이몬은 이상함을 느꼈다.

'왜 시간이 지나도 소문이 잠잠해지지 않는 거지?'

분명 살바토르에서 사람을 풀어 소문을 해결하도록 지시했는데 오늘까지 별다른 소득이 없었다. 오히려 시간이 지날수록 살바토르와 이단자에 대한 소문은 눈덩이가 불어나듯이 조금씩 더 커지는 것 같았다. 이쯤 되면 단순히 뭘 모르는 사람들이 떠들어대는 게 아니라 살바토르의 눈을 피해 물밑에서 불온한 세력이 움직이고 있다는 의심마저 들었다.

"데이몬 님, 연금술사의 탑에 가십니까?"

"아니. 밖에 나가서 상황을 좀 살펴봐야겠어. 마차 준비시켜."

데이몬은 오늘은 연금술사의 탑에 가는 대신 사람들이 모여 있는 번화가 쪽에 가보기로 결심했다. 물론 틈틈이 보고를 듣고 있긴 했지만 소문이 어느 정도로 퍼져 있는지 직접 확인해 봐야 할 것 같았다.

"젠장, 그렇지 않아도 신경 쓸 게 산더미인데……."

올해에는 그의 운수에 마가 낀 것 같다는 생각이 들었다. 왠지 되는 일이 하나도 없는 것 같지 않은가. 그래도 딱 하나 생각보다 나쁘지 않은 것은 예상외로 제노스 셀던과 마주칠 일이 없다는 사실뿐이었다. 그러다 문득 데이몬은 얼마 전부터 머릿속에 떠돌고 있던 사람을 또다시 상기했다.

'그러고 보니 그 여자…….'

나비를 쫓아갔을 때 만난, 현자의 돌을 가지고 있던 그 이상한 검은 옷의 여자가 생각났다.

'혹시 이단자였나?'

처음에는 혹시 연금술사인가 싶었는데, 중앙의회에서 발표한 내용을 듣고 나니 갑자기 이단자가 아닌가 하는 생각이 들었다. 그렇게 한번 의심이 생기고 나자, 혹시 또 쓸데없이 엮여서 귀찮은 일이 생기는 건 아닌지 찜찜한 마음이 들었다.

'밤중에 그런 차림으로 혼자 돌아다니던 것도 수상해. 혹시 폭발 사건 범인이라거나, 그런 건 아니겠지?'

계단을 내려가는 데이몬의 눈이 가늘게 좁혀졌다. 그는 이 일을 수사 담당인 칼리안 크록포드에게 말해보는 게 좋을지 맹렬히 고민하며 발길을 재촉했다.

"어서 오세요."

나는 커피하우스 안에 들어온 사람을 향해 반사적으로 인사하다가 멈칫했다.

"크흠, 왠지 오랜만이네."

가게에 들어선 사람은 데이몬이었다. 그는 나를 보고 괜히 헛기침을 하며 인사했다. 나도 별생각 없이 그에게 마주 인사를 건넸다.

"네, 정말 오랜만이네요. 그동안 많이 바쁘셨나 봐요?"

두 차례에 걸친 폭발 사건에 쓰인 물건이 연금술로 만들어진 것이란 소문을 얼핏 들어서 탑 소속인 데이몬 역시 조사받을지도 모른다는 생각을 하기도 했고, 또 칼리안이나 제노스도 요즘 바쁜 것 같기에 데이몬도 그렇지 않을까 싶어 꺼낸 소리였다.

그런데 어째서인지 데이몬은 내 말을 듣고 갑자기 화들짝 놀란 듯이 어깨를 떨었다.

"그게, 핑계가 아니라 요즘 정말 눈코 뜰 새 없이 바빠서……."

그는 갑자기 눈을 굴리면서 변명하듯이 더듬더듬 긴말을 늘어놓기 시작했다.

"얼마 전에는 가게 앞까지 왔었는데 사정이 생겨서 안으로 들어오지는 못하고 그냥 돌아갔는데, 이것도 거짓말이 아니라 진짜……."

나는 갑자기 이 사람이 왜 이러나 싶어 고개를 갸웃했다. 그러다가 계속 이어지는 말을 듣고 퍼뜩 깨달았다. 아무래도 데이몬은 내가 그를 비난하려는 줄 안 모양이다.

상점가에서의 일이 있었던 이후 데이몬을 만난 건 오늘이 처음이었다. 물론 어디까지나 공식적으로는 말이다. 그 사이에 경매장에서 한번 그와 마주친 적이 있었지만 그때는 내가 정체를 숨기고 있었으니…….

하지만 데이몬이 이제야 내 상태를 살피러 왔다고 해도 뭐라고 할 마음은 전혀 없었다.

"네, 그러셨군요. 가게에 찾아오셨었는지 몰랐네요."

아무래도 데이몬의 말이 더 장황하게 길어질 것 같아서 나는 도중에 잘라내고 그에게 주문을 권했다. 그러자 데이몬은 일단 자리에 엉거주춤 앉아 커피를 한 잔 달라고 말했다. 그런 뒤 막 자리를 떠나려 하는 내게 물었다.

"혹시 지난번에 내 옆에 있었던 그 빨간 머리 남자도 가게에 왔었나?"

"네, 종종 오시던데요."

그러자 데이몬의 얼굴이 구겨졌다. 나는 불만스러운 표정의 데이몬을 등지고 부엌으로 들어갔다.

"……맞는 것 같지 않아?"

"그러게. 지난번에 꽃다발 들고 와서 자기 이름이 데이몬 살바토르라고 분명히……."

그러다가 가게 안에 있던 사람들이 작게 수군거리는 소리가 들려와서 힐끔 부엌 바깥을 내다보았다. 꼭 심통 난 애처럼 약간 짜증스러운 얼굴을 한 채 테이블 위에 놓인 티슈를 하릴없이 접고 있는 데이몬이 보였다. 그리고 근처의 다른 테이블에서 그를 훔쳐보고 있는 몇몇 사람이 눈에 들어왔다.

요즘 떠돌고 있는 소문은 나도 들어서 알았다. 살바토르와 이단자를 묶은 다소 악질적인 소문이었지. 그런데 얼마 전까지 데이몬이 나한테 작업을 건답시고 커피하우스에 드나들던 때…… 당당하게 자신의 이름을 밝히던 데이몬의 얼굴을 기억하는 사람들이 지금 이 안에 있는 듯했다.

사람들 사이에서 이단자에 대한 인식은 별로 좋지 않았는데, 그래서 자연스럽게 살바토르에 대해서도 소문이 안 좋게 났다.

아직은 걱정할 만한 단계까지 가진 않은 것 같지만 계속 이대로라면 좀 위험한 거 아닌가, 하는 생각이 들었다. 데이몬도 가게 안에서 속닥거리는 소리를 들은 듯이 얼굴을 약간 굳혔다. 잠시 후 그는 내가 내준 커피를 한입에 털어 넣고 자리에서 일어났다.

"혹시 모르니까 한동안 사람이 많은 곳에 다닐 때는 조심해."

데이몬도 혹시 또 테러 사건이 일어날지도 모른다고 생각하는 듯, 내게 짤막한 당부의 말을 남긴 뒤 가게를 떠났다. 오늘도 바빠서인지, 아니면 사람들의 수군거림을 들어서인지, 그는 생각보다 커피하우스에 오래 머물지 않았다. 그리고 잠시 후, 이번에는 다른 손님이 나를 찾아왔다.

"유리야! 오늘은 내가 만나러 왔다!"

커피하우스에 들어온 것은 바스티안이었다. 며칠 전 크록포드 저택에서 함께 저녁 식사를 한 이후 그의 얼굴을 보는 것은 처음이었다.

"가게에 오신 건 오랜만이네요. 저쪽에 자리가 비었어요."

"그래, 오늘도 차 한 잔 아무거나 가져다주련?"

바스티안은 오늘따라 유독 쌩쌩해 보이는 얼굴로 허허 웃으며 내게 주문했다. 귀족들이 이렇게 연달아 두 명이나 가게에 들르다니. 길버트 씨가 잠깐 개인 사정으로 자리를 비운 게 차라리 다행이라는 생각이 들었다.

나는 일전에 왔을 때 바스티안이 특히 마음에 들어 하는 것 같던 생강차를 그에게 가져다주었다.

"지난번에는 네가 가는데 인사도 못 하고 미안하게 됐다. 내가 약주가 과했어."

"아니에요. 조금 걱정했는데 오늘 무척 건강해 보이셔서 마음이 놓이네요."

"허허, 그러냐? 어쩐지 나도 요즘 들어 부쩍 기운이 나는 것 같긴 한데."

역시 안네마리의 치료가 효과가 좋은 건지, 확실히 바스티안의 얼굴은 밝아 보였다.

"그래, 여전히 일은 할 만하고?"

"네, 요즘은 근무 시간도 좀 줄었어요."

"그런데 주인장은 어디에 있냐? 설마 일은 너한테 다 맡기고 혼자 놀러 간 건 아니겠지?"

"아니에요, 오늘만 잠깐 다른 일이 생겨서 두 시간 정도 자리를 비우신다고 했어요."

그렇게 그와 나는 잠깐 소소한 대화를 나누었다. 하지만 손님이 붐비는 시간대라 곧 가게 안에 사람들이 쏟아져 들어왔기 때문에 오래 시간을 보낼 수는 없었다.

바스티안은 어쩐지 나한테 하고 싶은 말이 있는 것처럼 입술을 벌렸다 닫았다 하면서 가게 안을 돌아다니는 나를 쳐다보았다. 그 모습을 보니 혹시 저녁 식사 자리에서 칼리안에게 막혔던 말을 지금 하러 찾아온 건가 싶기도 했다.

"그럼 난 이만 가보마. 금요일에 또 보자."

하지만 바스티안은 결국 적당한 타이밍을 찾지 못한 듯, 아쉬운 얼굴로 자리에서 일어났다.

"요즘 바깥에 흉흉한 일이 많으니 사람이 많은 장소는 가지 말고! 그나마 여긴 한적해서 괜찮을 것 같긴 하다만……."

가게에서 나서기 전에 그 역시 혀를 차며 아까의 데이몬처럼 염려 어린 말을 남겼다. 커피하우스는 한적해서 그나마 안심이라니. 딱 꼬집어 말하지는 않았지만, 요즘 동부의 분위기로 봤을 때 바스티안도 폭발 사건을 염두에 두고 한 소리인 게 분명했다. 누구인지 모를 범인은 사람이 많은 곳에만 폭발물을 설치했으니까.

그건 길버트 씨도 가끔 하던 말이었지만, 미덥지 못한 듯이 가게를 둘러보는 바스티안의 눈길을 목격했다면 아마 그도 가게 주인으로서 조금 마음의 상처를 받지 않았을까 싶었다.

"유리 씨!"

얼마간의 시간이 지난 후, 이번에는 안네마리가 내 앞에 모습을 드러냈다.

"안녕하세요, 유리 언니."

안네마리의 옆에 있던 다른 사람도 뒤이어 나한테 인사했다. 오늘은 헤스티아도 함께였다.

"안네마리 씨, 안녕하세요. 헤스티아도 안녕?"

나도 두 사람에게 인사를 건넸다. 가게 안에 있는 손님 중에 자매를 힐끔거리며 쳐다보는 사람이 많았다.

지금 두 사람은 내가 선물로 준 모자를 나란히 썼다. 나들이용으로 적합한 챙이 넓은 크림색 모자였는데, 하얀 물방울무늬의 연보라색 리본이 달려 있어 귀엽고 상큼한 느낌을 주었다.

"모자 잘 어울리네요."

내가 칭찬하자 안네마리가 기쁘게 웃었다.

"오늘 헤스티아하고 근교에 잠깐 바람을 쐬러 다녀왔어요."

"그래요? 좋았겠다, 헤스티아."

"네, 재미있었어요. 다음에는 유리 언니도 같이 가요."

우리는 잠깐 인사를 나누었다. 물론 바로 옆집에 사니 얼굴 보기 어려운 사이는 아니었지만, 그래도 이렇게 밖에서 만나는 건 기분이 색달랐다. 그러다 문득 안네마리가 커피하우스 안을 둘러보면서 조금 놀란 듯이 말했다.

"원래도 손님이 많을 시간이긴 한데, 오늘따라 더 북적이네요?"

"요즘은 계속 그래요. 안으로 들어올래요?"

하지만 헤스티아가 안네마리의 손을 잡아당기면서 고개를 저었다.

"난 바깥에 앉고 싶어."

"그래? 그럼 헤스티아가 하고 싶은 대로 하자."

안네마리와 헤스티아는 야외에 있는 자리에 가서 앉았다. 두 사람 다 레몬에이드를 주문했다. 나는 그들에게 서비스로 치즈케이크도 가져다주었다.

"조금 전에 바스티안 할아버지가 다녀가셨어요."

아, 할아버지란 호칭이 여전히 좀 어색하네. 하지만 달리 '이거다!' 싶은 호칭도 없었다.

"그래요? 조금 일찍 왔으면 마주쳤을지도 모르겠네요."

"오늘 보니 확실히 전보다 건강이 많이 좋아지신 것 같더라고요. 안네마리 씨가 간병인으로 들어가서 그런가 봐요."

"어머, 아니에요. 먼저 계셨던 분들이 훌륭하신 건데, 다음 차례인 제가 그 덕을 보는 거죠."

안네마리가 뺨을 붉히면서 손사래를 쳤다. 역시 겸손한 여주인 공이었다.

"그런데 혹시 할아버지가 다른 말씀은 안 하셨어요?"

뒤이어 그녀의 입에서 흘러나온 물음에 나는 의문을 느끼며 고개를 갸웃하고 말았다.

"무슨 말이요? 요즘 바깥에 위험한 일이 많으니 조심하라고는 하시던데."

그러자 안네마리가 그건 맞는 말이라며 고개를 주억거렸다. 하지만 그녀가 생각하고 있는 건 그런 내용이 아닌 듯했다.

"그럼 이번 주에 유리 씨가 저택에 방문하면 말씀하실 건가 보네요. 으음, 그럼 저도 조용히 있을래요."

그렇게 말하면서 안네마리는 꼭 어른들 몰래 장난을 치는 아이 같은 얼굴로 웃었다. 아무래도 안네마리는 바스티안이 나한테 하려는 말이 뭔지 이미 알고 있는 눈치였다. 왠지 그가 나한테 할 말이 뭔지, 나도 점점 감이 잡혔다.

"안녕하세요, 유리 씨!"

바로 그때, 등 뒤에서 해맑은 목소리가 들려왔다. 고개를 돌리자 덥수룩한 앞머리로 눈가를 가린 채 웃고 있는 후줄근한 남자의 모습이 눈에 들어왔다. 그는 오늘도 제노스가 아니라 스노우 행색을 했다.

"앗, 치료소의 은빛 천사님도 같이 계셨네요!"

그가 내 앞에 있는 안네마리를 발견하고 요란하게 인사했다. 그러고 나서 이번에는 안네마리의 옆에 있는 헤스티아를 꼭 처음 보는 것처럼 놀란 척하며 덧붙였다.

"그리고 그 옆에는…… 설마 치료소 은빛 천사의 여동생?!"

나는 조금 차게 식은 기분이 되었다. 수식어 쓸데없이 너무 길어…….

그리고 구려.

"안녕하세요. 오랜만에 뵙네요. 여전히 커피하우스의 단골이신가 봐요."

예전에 둘이 마주친 적이 있어서 그런지 안네마리도 제노스의 인사에 답했다.

"그런데 그 호칭은 저한테 안 어울려요. 일단 전 더 이상 치료소에 다니지도 않고……."

하지만 그의 입에서 나온 호칭 때문인지, 그녀의 미소는 약간 난처한 빛을 띠었다. 헤스티아는 스노우를 본 게 처음이라 그런지 약간 경계심 어린 눈으로 그를 응시했다. 전에 축제 날 개구리 가면을 쓴 제노스를 만난 적이 있긴 했지만 헤스티아는 그걸 모를 테니까.

"무슨 말씀이세요, 안네마리 씨처럼 그런 수식어에 잘 어울리는 분이 또 어디 있다고. 그리고 한번 천사는 영원한 천사죠! 그렇죠, 유리 씨?"

"안네마리 씨한테 어울리는 호칭이긴 하죠."

뭐, 제노스의 말대로 좀 오글거리긴 해도 안네마리가 천사 같은 건 사실이었기 때문에 나는 무덤덤하게 수긍하며 고개를 끄덕였다. 그러자 안네마리의 뺨이 발갛게 달아올랐다.

"제, 제 눈에는 유리 씨가 그렇게 보여요!"

그녀가 드물게 목소리를 높여 소리쳤다.

"그래요? 고맙네요."

안네마리가 날 좋아하는 걸 알고는 있었지만 정말 그렇게 생각한다면 콩깍지가 대단하다고밖에 할 수 없었다.

"둘이 사귀어?"

옆에서 레몬에이드 안에 든 빨대를 입에 물고 안네마리와 나를 번갈아 쳐다보던 헤스티아가 툭 내뱉듯이 말했다.

제노스는 가게 안쪽에 자리를 잡았다.

"저도 레몬에이드 한 잔 주세요."

"오늘 커피 원두 바꿨는데, 그래도 레몬에이드로 하시겠어요?"

그가 평소처럼 레몬에이드를 주문하기에 커피 원두가 바뀌었다는 사실을 지나가듯이 알려주었다. 원래 가게에서 사용하던 커피의 원두가 바뀐 이후부터 제노스가 커피 대신 레몬에이드로 메뉴를 바꾸었다는 사실을 꽤 인상적으로 기억하고 있었기 때문이다.

그러자 순간 제노스가 멈칫했다. 덥수룩한 갈색 머리카락 밑에 가려진 눈동자가 얼마간 나를 뚫어져라 주시했다. 잠시 후, 조금 전보다 낮아진 목소리가 귀에 울렸다.

"그럼…… 커피로 바꿀게요."

"네, 잠시만요."

부엌으로 향하는 동안에도 그의 눈길이 내 뒷모습에 끈질기게 따라붙는 것 같았다.

"실례지만 손 한 번만 잡아봐도 될까요?"

마침내 내가 커피를 가지고 나왔을 때, 제노스가 말했다.

"안 되는데요."

나는 평소에 그가 수작을 걸었을 때처럼 대수롭지 않게 거절했다. 그러자 순간 제노스에게서 당황한 듯한 느낌이 전해져 왔다.

"아, 오늘은 그런 게 아니라……. 지난번에 왔을 때 말씀드린 일 때문인데, 손을 잡으면 뭔가를 좀 더 확실히 알 수 있을 것 같아서요."

그는 좀 쩔쩔매면서 설명했다. 어쩐지 방금은 목소리가 진지하더라니, 다른 때처럼 시시껄렁하게 농담하는 게 아니라 다른 목적으로 한 소리였던 듯했다. 나는 쟁반을 고쳐 들며 지나가듯이 말했다.

"전에 왔을 때 말씀하셨던 손금을 본다거나 하는 그런 거요?"

"그, 그런 말을 한 적이 분명 있지만……. 이건 그런 것과는 다른……."

조금 장난을 친 것뿐인데 제노스가 더 당황했다. 그동안 나한테 시답잖은 농을 던졌던 것이 이제 와서 민망해진 모양이다. 하지만 소설을 봤던 기억으로, 제노스의 예지 능력이 신체를 접촉했을 때 더 강해진다는 사실을 나도 알았다. 꼭 사이코메트리 같지만 제노스는 과거가 아니라 미래를 본다는 점에서 차이가 있었다.

"혹시 아무 효과도 없을지 모르지만 그래도 혹시 모르니까……."

나는 제노스를 물끄러미 내려다보았다. 이렇게 그를 앞에 두고 있으니, 며칠 전 밤에 들었던 제노스와 칼리안의 대화가 다시금 떠올랐다.

"이번 사건, 너희 가문과 살바토르하고 어떻게든 연관이 있는 것 같다."

그 내용에 대해 좀 더 알고 싶었지만 그렇다고 해서 지금 내 눈앞에 있는 사람에게 직접 뭔가를 물을 수는 없었다. 물론 크록포드와 살바토르에 직접 침입해 조사할 수도 있지만 지금은 섣불리 행동할 때가 아닌 것 같아서 일단은 나도 좀 더 생각하면서 시기와 방법을 가늠했다.

"오래 걸리는 건 아니고 정말 잠깐이면 되는데요."

"그러세요, 그럼."

"어, 네?"

나는 제노스의 맞은편 자리에 있는 의자를 빼고 앉았다. 자기가 먼저 말해놓고 막상 내가 수락하자 제노스는 엄청나게 놀란 눈치였다.

그는 말문이 막힌 듯 버벅거리면서 나를 쳐다보았다.

"잠깐이면 된다고 했죠."

나는 탁자 위로 손을 내밀었다. 주위에 앉아 있던 사람들을 선두로 수군거림이 가게 안에 퍼져 나갔다. 그들은 누가 수작을 걸어도 늘 철벽 수비를 치던 내가 특정 손님의 테이블에 앉자 경악한 것 같았다.

어쩐지 머뭇거리던 제노스가 테이블 위에 놓인 내 손을 조심스럽게 붙잡자 소란은 더 커졌다. 어디에서는 '말도 안 돼!'라는 소리 따위가 들리기도 했고, 포크와 찻잔이 떨어지는 소리가 들리기도 했다. 온갖 소리가 들려왔기 때문에 나는 슬슬 미간을 찌푸릴 수밖에 없었다.

'아, 저거 다 내가 치워야 하잖아.'

내가 누구와 합석을 하든 손을 붙잡든, 뭔 상관이라고 저렇게들 동요하는지 모를 노릇이다. 어쨌든 다른 사람들이 그러거나 말거나, 제노스와 나는 표면적으로는 주변의 반응에 전혀 신경 쓰지 않고 하던 일을 계속했다.

제노스는 언제 나한테 손을 대는 걸 망설였냐는 듯이 내 손을 꽉 붙잡고 무언가에 집중했다. 나는 그냥 아무것도 하지 않고 조용히 기다렸다.

'그러고 보니 나 지금 최애캐랑 손잡고 있네.'

물론 상황은 전혀 즐겁지 않았지만 말이다. 왠지 나한테 사망 플래그나 그에 준하는 위기가 닥친 건 거의 확실한 것 같고, 제노스는 지금 내 앞날을 예지해 주기 위해 애썼다.

솔직히 그와 나는 특별한 사이가 아니었다. 고작해야 커피하우스의 종업원과 손님. 그마저도 가게에서 주문을 받고 계산을 할 때 대화를 나눈 게 전부였으니, 하루에 길어봤자 오 분이나 서로 얼굴을 보았을까?

그런데 그는 내 위기를 그냥 무시하지 않고 이렇게 진지하게 나한

테 도움을 주려고 노력했다. 고마운 마음이 드는 건 사실이었다. 하릴
없이 가만히 있다 보니 여러 상념이 머릿속에서 둥둥 떠다녔다.

'제노스도 손이 꽤 예쁘네. 물론 라키어스 손이 제일이긴 하지만.'

그러다 문득 맞잡은 손을 내려다보며 생각했다. 그러고 보니 라키
어스는 카르노말에 잘 도착했는지 모르겠다. 물론 내가 신경 쓰지 않
아도 알아서 잘하겠지만.

"그래서, 뭐 보이…… 아니, 알게 된 거 있어요?"

제노스가 슬슬 나한테 손을 뗄 낌새가 보이기에 물었다. 그러자 그
의 얼굴에 깊은 우울감이 어렸다.

"아니요……. 아무것도 모르겠네요."

시도 때도 없이 발동되는 능력이 아니다 보니 이번에는 허탕인 모
양이다.

"저, 혹시 다음에 또……."

"그래요, 다음에 오면 또 시도해 봐요."

제노스가 침울한 기운을 온몸으로 내뿜으며 망설임 어린 목소리를
흘려보냈다. 그 주저하는 모습을 보고 그가 원하는 게 뭔지 단번에
알아차렸다.

"그래도 괜찮겠어요?"

별로 대단한 일도 아닌데 저렇게까지 조심스럽게 말을 꺼낼 건 또 뭔가.

"안 될 건 또 뭐예요. 저 좋으라고 하는 일이잖아요."

나는 대수롭지 않게 수락한 뒤 자리에서 몸을 일으키려 했다. 팔을
뒤로 물리자, 테이블 위에 겹쳐 있던 손이 이제는 손끝만 남겨놓고 거
의 떨어졌다. 쫘악. 그런데 제노스가 스르륵 빠져나가던 내 손을 갑자
기 다시 꽉 붙잡으며 손아귀에 힘을 주었다.

어, 뭐지? 갑자기 뭐가 보여서 그러나?

혹시 하는 마음에 고개를 들어 마주한 사람을 쳐다보았다. 그러자 마찬가지로 나를 정면에서 똑바로 응시하고 있는 제노스의 얼굴이 시야에 들어왔다. 조금 갈라져 흐트러진 그의 앞머리 사이로 고요한 자색 눈이 보였다.

어째서인지 그 눈동자가 나로서는 의미를 파악하기 어려운 감정에 젖어 일렁이는 것처럼 보였다. 하지만 곧 제노스가 눈꺼풀을 내려서 나는 그의 눈을 오래 보지 못했다.

"죄송하지만 설탕도 가져다주시겠어요? 요즘 머리를 많이 굴렸더니 당분이 땡기네요."

그는 언제 이상한 분위기를 풍겼냐는 듯이 내 손을 놓으며 여상하게 웃어 보였다. 나는 알겠다고 답한 뒤 자리에서 일어나 테이블을 떠났다.

제노스는 설탕을 무더기로 쏟아 넣은 커피를 원샷하고 금방 커피하우스를 나섰다. 다른 말은 하지 않았지만 왠지 평소보다 묘하게 서두르는 움직임을 보아하니 오늘도 많이 바쁜 모양이다. 아니면 혹시 다른 일이 있나?

······나와 관련된 건 아니었으면 좋겠는데. 지난번에도 내 얼굴을 보고 헐레벌떡 커피하우스를 빠져나갔던 전적이 있어서 그런지, 사소하다고 할 수 있는 제노스의 행동에도 의심이 갔다.

"그럼 유리 씨, 저희 먼저 가볼게요."

제노스가 가고 난 뒤에 안네마리와 헤스티아도 자리에서 일어났다.

"그래요. 조심해서 가요."

손님도 어느 정도 빠져나가 가게가 그럭저럭 한적해진 터라, 나도 직접 밖에까지 나가 그들을 배웅했다.

"전 금발 오빠가 더 좋은 것 같아요."

바로 그때, 아까부터 안네마리의 옆에서 내 얼굴을 빤히 올려다보던 헤스티아가 불쑥 말했다.

"금발 오빠?"

나는 무심코 반문해 놓고 멈칫했다. 금발 오빠라니, 내 주위에 있던 금발 남자는 라키어스밖에 없잖아?

"헤스티아, 너 지금 무슨 소리 하는 거야?"

안네마리가 당황한 듯이 소리 낮추어 헤스티아의 귓가에 급히 속삭였다. 이어지는 헤스티아의 말을 들어보니 아무래도 내 생각이 맞는 것 같았다.

"전에 우연히 언니랑 같이 있는 금발 오빠를 본 적이 있거든요. 그런데 역시 전 유리 언니 남자 친구로 지금 그 아저씨보다는 금발 오빠가 나은 것 같……."

"아니, 얘가?"

안네마리가 깜짝 놀라서 헤스티아의 입을 막았다.

"너 유리 씨한테 지금 무슨 실례되는 소리야?"

아, 아까 내가 스노우랑 손을 잡고 있던 걸 두 사람도 본 모양이다. 확실히 상황을 모르는 사람이라면 좀 그렇게 보였을지도. 그래서 헤스티아도 오해한 듯했다. 헤스티아가 인상을 찌푸리며 그녀의 입을 가린 안네마리의 손을 억지로 떼어냈다.

"물론 유리 언니가 좋다고 하면 어쩔 수 없지만 그래도 아까 그 아저씨 상대로는 유리 언니가 너무 아까운 것 같아서 하는 소리야."

헤스티아가 말을 멈추지 않고 또박또박 덧붙이자 안네마리의 얼굴
에 어린 당혹감이 더 짙어졌다.

"너…… 네가 뭘 안다고 그런 식으로 말해?"

"당연히 난 아무것도 모르지. 하지만 일단 금발 오빠가 더 잘생겼고."

그 말을 듣고 안네마리가 기함했다.

"사람을 그렇게 외모로 비교하고 판단하는 거 아니야."

"외모도 그렇긴 한데, 저 아저씨는 성격도 좀 이상해 보여."

"이상하다니. 물론 조금 독특한 면이 있는 것 같긴 하지만 사람은
누구나……."

"언니는 꼭 그렇게 모든 사람을 다 좋게만 보려고 하더라? 솔직히
난 언니도 걱정이야. 그렇게 순진해서 이상한 사람 만날까 봐……."

"헤스티아."

결국 안네마리의 목소리가 엄해졌다. 헤스티아가 움찔하는 것이 보였
다. 그녀는 안네마리에게서 어떤 낌새를 눈치챈 듯이 입을 딱 다물었다.
안네마리가 그런 헤스티아를 향해 웃음기 없는 얼굴로 말했다.

"너, 오늘 집에 가서 언니랑 대화 좀 해야겠다."

오. 조금 의외의 발견이었다. 나는 안네마리가 항상 살랑살랑하고
말랑말랑한 언니인 줄 알았는데 이렇게 엄할 때도 있다니. 헤스티아
가 입을 뻐끔거렸지만 결국 다른 말을 더 하지 않고 침울하게 고개를
떨구었다. 안네마리는 그런 헤스티아의 손을 고쳐 잡은 뒤 나한테 사
과했다.

"죄송해요, 유리 씨. 동생이 아직 어려서 말을 가려 할 줄 몰라요."

"아니에요. 기분 상하지 않았으니 전 신경 쓰지 말아요."

결국 헤스티아는 풀이 잔뜩 죽어서 안네마리와 함께 집으로 돌아 갔다. 멀어지는 뒷모습을 보니 집에 도착하기를 기다리지 않고, 벌써 안네마리가 헤스티아를 꾸짖고 있는 듯했다. 헤스티아는 시무룩해져 서 안네마리의 말을 묵묵히 들었다.

그들의 모습이 저 멀리 있는 건물의 모퉁이 너머로 사라지기 직전, 안네마리가 헤스티아를 한번 끌어안아 주었다. 나는 그 모습을 보면 서 자매란 좋구나 하고 생각했다.

"혹시 오늘 붉은 머리 남자나 갈색 머리 남자가 가게에 찾아오지 않 았습니까?"

뭐야, 오늘 진짜 뭔 일 있나?

커피하우스의 문을 닫기 직전에 나타난 남자를 보고 나는 진지한 의문을 품을 수밖에 없었다. 검은 머리카락과 은회색 눈동자를 가진 잘생긴 남자. 그는 바로 칼리안 크록포드였다. 오늘 하루 동안 가게에 찾아온 사람이 대체 몇 명이야?

만약 그들이 전부 친한 사이였다면 혹시 다 같이 짜고 이러는 게 아닌지 의심할 뻔했다. 그나저나, 붉은 머리 남자나 갈색 머리 남자라 니. 누구를 말하는지, 딱 느낌이 왔다.

"방문한 사람 중에 붉은 머리 남자는 없었고 갈색 머리 남자는 한 둘이 아닌데요."

칼리안이 말하는 게 제노스라는 감이 왔지만 모르는 척 말했다. 뭐야, 제노스. 아까 묘하게 서두르는 듯하더니, 혹시 칼리안이 지금 여기서 그의 행적을 확인하는 것과 연관이 있는 건가? 설마 땡땡이라도 쳤나.

"그럼 갈색 머리 남자 중에, 혹시 이름이 스노우인 사람이 오늘 가게에 왔습니까?"

내 말을 들은 칼리안이 미간을 슬쩍 좁혔다. 그러고 나서 변장 중인 제노스의 이름을 정확히 짚어 내게 다시 물었다.

"두 분이 아는 사이이신가 봐요?"

나는 대답하는 대신 질문을 되돌렸다. 하지만 칼리안은 알아서 답을 유추해 낸 모양이다.

"혹시 그가 다음에 또 오면 상대하지 말고 가게에서 내보내 주실 수 없겠습니까?"

칼리안도 내 질문을 무시하고 다시 말했다.

'얘도 오늘따라 참 자기 할 말만 하네.'

딱히 기분이 상한 건 아니었지만 이건 또 뭔가 싶은 생각이 드는 것도 사실이라 나는 고개를 까딱 기울이며 말했다.

"그런 건 제가 결정할 일이 아닌데요. 칼리안 씨가 결정할 일도 아니고요."

사정은 잘 모르겠으나, 제노스의 행동을 정 제한하고 싶으면 나한테 와서 이러지 말고 본인한테 직접 말하든가. 칼리안은 내 말을 듣고 잠깐 침묵했다. 잠시 후 그가 다시금 천천히 입술을 열었다.

"그건 그렇군요. 제가 실언을 했습니다. 혹시 불쾌하셨다면 사과드리겠습니다."

칼리안은 생각보다 정중하게 사과했다.

"그리고 부디 지금 한 말은 잊어주시면 감사하겠습니다."

"그러죠."

그래도 그가 진짜 자신의 행동을 후회하는 것 같아서 나는 다른 말 없이 고개를 끄덕였다. 사실 이 정도씩이나 되는 귀족이 일반 시민한테 이렇게 먼저 진심으로 사과하는 것 자체만으로도 놀라운 일이긴 했다.

"가게 문을 닫을 시간인데 제가 찾아왔나 보군요."

"네. 지금 막 정리하던 참이었어요."

멀찍이서 눈치를 보던 길버트 씨가 그래도 칼리안을 그냥 무시할 수는 없었는지, 주춤거리며 다가와 물었다.

"저, 그래도…… 커피 한잔 드릴까요?"

"아닙니다. 다음에 다시 찾아오죠."

그러나 칼리안은 그러고 나서도 바로 뒤돌아 자리를 떠나지 않고 무언가 다른 할 말이 있는 것처럼 나를 빤히 쳐다보았다. 내가 왜 그러냐고 막 물으려던 찰나, 그가 입술을 떼 내게 말했다.

"죄송합니다."

좀 전에 했던 사과의 연장인가?

하지만 왠지 나를 보는 눈빛이나 목소리에 담긴 감정은 아까보다 더 묵직한 것 같았다. 나도 그를 잠깐 빤히 쳐다보다가 말했다.

"괜찮아요."

그러자 칼리안이 어렴풋이 웃었다. 왠지 자조와 자책감이 담긴 것처럼 보이는 미소였다. 그렇게 칼리안이 커피하우스를 떠나고, 드디어 길었던 하루가 끝났다.

"어서 와라, 유리야!"

며칠 뒤, 나는 크록포드 가문에 방문했다. 오늘도 여지없이 바스티안이 나를 두 팔 벌려 환대해 주었다. 그런데 내가 자리에 앉자마자 바스티안이 진지한 모습으로 입을 열었다.

"사실 오늘은 내가 너한테 꼭 할 말이 있다."

어쩐지 오늘따라 안네마리도 옆에 없다 싶더니, 바스티안이 나를 보자마자 운을 뗐다. 이 시점에서 바스티안이 나한테 꺼낼 이야기는 하나밖에 없었다. 아마도 도미닉과 칼리안이 막고 싶어 했던 바로 그 이야기겠지.

"어쩌면 갑작스럽다고 느낄지도 모르겠지만, 난 절대 충동적으로 이런 이야기를 꺼내는 게 아니고…… 전부터 쭉 생각해 오던 거란다."

바스티안이 진지하게 나를 보며 말을 시작했다. 어쩐지 그의 얼굴에는 옅은 긴장감마저 어려 있었다.

"이건 안네마리에게도 제안한 이야기이니, 유리 너도 너무 부담스럽게 받아들이지 않았으면 좋겠구나."

입이 마르는지 도중에 찻잔을 들어 목을 축인 바스티안이 큼큼, 목소리를 가다듬며 말을 이었다.

"사실 귀족들 사이에서는 그리 드문 일이 아니거든. 요즘 젊은 아이들에게는 낯설게 느껴지는 제도일 수도 있지만……."

그런데 생각보다 사족이 좀 길었다. 꼭 내가 그의 말을 듣자마자 거절할 것을 염려하기라도 한 듯, 바스티안은 본론에 들어가기 전에 주저리주저리 설명부터 늘어놓기 시작했다.

"크흠, 그래서 내가 하고 싶은 말이 뭐냐면……."

그러다 공연히 헛기침하며 드디어 가장 중요한 이야기를 입 밖으로 꺼냈다.

"내가 너희의 후견인이 되고 싶구나."

어느 정도 예상한 일이었기 때문에 나는 놀라지 않았다. 오히려 그동안 알 듯 말 듯 해 조금 답답했었는데, 드디어 바스티안의 목적을 두 귀로 똑똑히 들어서 시원한 기분마저 들었다.

"후견인이요?"

그래서 '역시나' 하는 생각을 하며 그가 한 말을 확인하듯이 반문했다.

"그, 후견인 제도라는 게 단어만 거창하지 별것 아니란다!"

그러자 바스티안이 황급히 다시 입을 열었다.

"혹시 수락하면 다 늙은 노인네가 죽을 때까지 옆에서 비위를 맞추며 수발을 들어야 하는 게 아닌지 걱정할 필요도 없어. 그런 걸 원하고 후견인이 되고 싶다는 게 아니다."

아무래도 바스티안은 내가 그의 제안을 떨떠름하게 여겨서 반문한 것으로 오해한 모양이다.

"그냥 그동안 지켜보니 너희 둘 다 참 좋은 아이들이고, 그래서 가능하면 내가 할 수 있는 범위 내에서 도와줄 수 있는 일이 있지 않을까 생각하다 보니……."

그는 결코 자신에게 다른 마음이 있어 이런 제안을 한 것이 아니며, 그저 순수한 마음으로 우리를 옆에서 도와주고 싶을 뿐이니 부담 갖지 않아도 된다는 말을 장황하게 늘어놨다. 나는 그런 그를 가만히 쳐다보았다.

"안네마리 씨는 수락했나요?"

그러다가 바스티안에게 대답하기 전에 먼저 물었다. 아까 분명 바스티안은 안네마리에게도 같은 것을 제안했었다고 말했다. 다음 순간 그가 고개를 끄덕였다.

"조금 고민하는 것 같더니 결국 수락했단다."

의외였다. 하지만 다르게 생각하면 그렇게 의외인 건 아닐지도 몰랐다. 혼자라면 또 몰라도, 안네마리에게는 동생인 헤스티아도 있으니까.

그러니 내가 알고 있는 안네마리라면, 바스티안의 호의를 감사한 마음으로 받아들이는 것도 납득할 수 있는 결과였다.

그 대신 앞으로 바스티안의 옆에서 그를 더 성심성의껏 돌봐야겠다고 결심하지 않았을까.

뭐, 내가 안네마리의 생각을 전부 알 방법은 없으니 어디까지나 그러지 않을까, 하는 추측일 뿐이었다. 그나저나 후견인이라. 내 생각보다 양호한 제의였다. 도미닉이 따로 날 찾아와서까지 극구 막아야 할 만한 일로는 생각되지 않는데.

게다가 식당에서 은근히 바스티안의 말을 가로채던 칼리안도 그렇고. 두 부자가 하도 예민하게 굴기에 난 또 죽은 셀레나 크록포드 대신 나한테 딸이라도 되어 달라고 말하려는 건 줄 알았…….

"사실은…… 늙은이가 좀 더 욕심을 부리자면, 유리 너는 내 피후견인이 아니라 수양딸이 되어주었으면 좋겠구나."

……는데 예상이 맞았네.

"수양딸이요?"

이번에도 느릿한 어조로 반문했다. 다만 내가 듣기에도, 내 목소리에는 미약하긴 하나 조금 전보다는 확연히 곤혹감이 담겨 있었다. 지금까지는 막연히 짐작만 했었는데 막상 바스티안의 입으로 이런 이야기를 들으니 마음이 좀 그랬다.

"이 제안은 유리 네게만 하는 것이란다."

그것을 바스티안도 느꼈는지, 그가 약간 풀이 죽은 모습으로 말을 이었다.

"네가 내 딸 셀레나를 닮았다는 건 너도 이미 알고 있으니 거짓말을 하지는 않으마. 사실은 그게 너를 내 수양딸로 삼고 싶은 가장 큰 이유이기는 하다."

나는 머릿속으로 이런저런 생각을 하며 바스티안의 말을 조용히 들었다.

"하지만 절대로, 네가 내 옆에서 셀레나의 대역을 해주었으면 한다거나…… 그런 건 아니야. 너는 그저 지금처럼 있는 그대로의 모습으로 편하게 지내도 좋다."

"……."

"그리 긴 시간은 아니지만, 그동안 옆에서 널 지켜보면서 내가 참 많은 위안을 받았단다. 처음에는 내 딸 셀레나가 살아 돌아온 느낌이 들기도 했고……. 그러다 보니 점점 더 욕심이 생기는구나."

바스티안이 다시 한번 내 눈을 똑바로 응시하며 말했다.

"부탁하마. 내 딸이 되어주지 않겠니?"

그가 진심인 것 같아서, 나는 다시 한번 곤란한 마음이 들었다. 사실 바스티안의 제안이 뭘까 혼자 고민하면서 나름대로 미리 대답을 정하긴 했는데.

"내가 바라는 건 별로 없단다. 난 이제 살날도 그리 오래 남지 않았어. 그저 내 숨이 붙어 있는 동안만, 옆에서 건강하게 지내는 모습을 보여주면 돼. 내 바람은 그것뿐이야."

정작 이렇게 간절한 눈으로 나를 보며 부탁하는 바스티안의 모습을 보니 입안에서 맴도는 말이 쉽게 나오지 않았다.

"그렇게 네가 내 수양딸이 되어 정식으로 입적되면, 너는 사는 동안 크록포드로서 모든 걸 누릴 수 있다. 내가 죽으면, 유산의 일부도 네 몫이 될 테고."

덧붙여진 그의 말에 나는 또 '역시나' 하고 생각했다. 이러니 도미닉이 나를 눈엣가시로 여길 만도 했다. 만약 내가 바스티안의 수양딸이 된다고 가정했을 때 누릴 수 있는 권한이 얼마나 되는지, 물론 나는 몰랐다.

하지만 어쨌거나 크록포드의 가주인 도미닉의 입장에서는 못마땅한 것이 당연했다. 갑자기 굴러들어 온 돌멩이나 마찬가지인 계집애한테 느닷없이 크록포드의 한 귀퉁이를 떼어주게 생긴 거니까. 게다가 꼭 유산이나 권위의 분배 때문이 아니더라도, 일단은 나처럼 출신도 불명확한 아들뻘의 새파랗게 어린 여자가 호적상 자기 동생이 된다는 데 달가워하는 편이 더 이상했다.

사감을 넘어, 단순히 가주의 입장에서 보았을 때도 그렇게 되면 크록포드의 위상 역시 떨어질 것이고. 물론 고작 나 하나 때문에 동부의 지배자인 크록포드의 명예가 위태로워진다거나 하지는 않을 테지만, 그래도 확실히 다른 귀족들의 비웃음을 살지도 모를 일이다.

칼리안은 크록포드의 유산이나 권위 문제 때문이라기보다는 다른 도의적인 이유 때문에 바스티안의 결정을 마뜩잖아 한 것 같기는 한데. 나는 초조한 얼굴로 내 대답을 기다리고 있는 바스티안을 말없이 쳐다보았다. 그러다가 입을 열었다.

"조금 생각해 보고 대답할게요."

바스티안은 그래도 내가 바로 거절하지 않았다는 사실만으로도 기쁜지 반색했다. 그리고 나서 내가 마음을 바꾸어 번복하기 전에 얼른 그러라고 말했다. 나는 이 노인의 간절한 마음을 이기적으로 이용해도 될지 고민에 빠졌다.

◈

"라키어스 님!"

구름에 달이 가려진 밤. 까마귀 한 마리가 검은 깃털을 흩날리며 라키어스에게 날아왔다. 그것은 라키어스의 앞에 도달해 인간으로 변했다. 그는 부복하듯이 바닥에 납작 무릎을 꿇었다.

"시킨 일은?"

"이 오딘, 거뜬히 완수했습니다!"

오딘이 칭찬을 바라듯이 반짝이는 눈으로 라키어스를 올려다보았다. 하지만 라키어스는 그런 오딘을 말없이 내려다볼 뿐이었다. 달빛이 스며 서늘한 느낌을 풍기는 그의 벽안이 조금 가늘게 좁혀졌다.

원래대로라면 필요 없어진 말은 죽여서 처리했을 것이다. 쓸모가 있는 말은 망가질 때까지 두고두고 이용해 먹었을 테고. 그러나 역시 이 까마귀는 어느 쪽을 택하더라도 마음에 걸렸다. 그 이유는 깊이 생각해 볼 것도 없이, 오딘이 유리와 연관된 사람이었기 때문이다.

물론 오딘은 실제로 꽤 유용했기 때문에 그를 이용한 것을 후회하지는 않았다. 그래도 역시 완전히 깔끔한 기분은 아니라, 라키어스는 속으로 작게 혀를 찼다.

"수고했다."

마침내 그의 입에서 처음으로 오딘을 칭찬하는 말이 내뱉어졌다. 그에 오딘이 깜짝 놀라 두 눈을 휘둥그렇게 떴다. 곧이어 그의 얼굴에 환희와 기쁨이 번져 나가기 시작했다. 오딘은 감동을 이기지 못해 두 눈에 눈물을 글썽이기까지 했다.

"크흡, 그, 그럼 라키어스 님. 오늘은 포상으로 구두를 핥게 해주시는…… 읍!"

하지만 오딘은 그의 일생의 소원을 담은 말을 끝맺지 못했다. 다음 순간 다소 짜증이 담긴 삭막한 손길이 앞에서부터 뻗어져 그의 얼굴을 뒤덮었기 때문이다.

-얘도 독특하다, 진짜. 야, 라키어스. 그렇게까지 소원이라는데, 마지막 선물로 그냥 구두 한번 대주지 그래?

라키어스의 머릿속에서 벌레가 선심 한번 쓰라는 듯이 말했다. 라키어스는 그 말을 듣고 입매를 비틀었다.

"다음에 만났을 때도 똑같은 말을 한다면 그때는 특별히 고려해 줄 수도 있지만."

그에 오딘의 귀가 쫑긋거렸다. 하지만 아마 그런 일은 벌어지지 않을 것이다. 짧은 시간 동안이나마 라키어스의 충실한 종이었던 오딘은 오늘로 사라질 테니까.

"까마귀 오딘. 나는 이제 네가 필요 없으니 오늘부터 유리에게 돌아가."

나직한 음성이 밤공기에 섞여 오딘의 귀를 파고들었다. 그의 얼굴을 덮은 손이 얼음장처럼 차갑게 느껴졌다. 시야를 가득 메우는 새하얀 섬광 속에서 마침내 오딘은 의식을 잃었다.

그날 밤, 유리는 지난번에 방울토마토 화분 앞에서 주웠던 오딘의 깃털을 꺼냈다. 그리고 그것을 가늘게 뜬 눈으로 가만히 내려다보다가 손에 쥐고 세게 힘을 주었다.

스스스.

검은 깃털이 새까만 연기가 되어 유리의 손 위로 피어올랐다.

"……."

하지만 시간이 지나도 주위는 조용했다. 유리가 전에 오딘에게 받아 가지고 있던 깃털 중 마지막 남은 것을 며칠 전에 사용했을 때도, 그는 부름에 응하지 않았다.

'깃털이 불량품이라 연결이 안 된 건가, 아니면 답신조차 못 줄 만큼 바쁜 일이 있는 건가.'

유리는 팔짱을 끼고 앉아 고민했다.

"아라크네, 난 이제 새로운 인생을 살기로 했어."

그러다 문득 지난번에 수도원 근처의 들판에서 마지막으로 보았던 오딘의 모습이 뇌리에 떠올랐다.

"내 인생의 태양 같은 존재를 드디어 만났거든."

"난 지금까지 내 삶이 무채색이었다는 걸 이제야 알았어. 지금까지의 난 이 메마른 황무지에서 시들어가는 풀 한 포기에 불과했어. 하지만 그분이 내 이름을 불러주셨을 때, 나는 그분에게 가서 한 떨기 꽃이 되었지."

"난 그분을 위해 헌신할 거야! 설령 내 몸이 부서져 이 황무지의 모래알이 된다 해도!"

가만히 팔짱을 끼고 있던 유리가 손가락을 움직여 툭툭 팔을 두드렸다.

'아니면, 그냥 이제 무시하기로 한 건가?'

오딘은 다른 무언가에 깊이 심취해 더 이상 유리를 포함한 다른 모든 것에 신경 쓸 겨를이 없는 것처럼 보였다. 어쩌면 그래서 유리가 그를 부르고 있다는 사실을 알면서도 모른 척 무시하고 있는 것일지도 모른다는 생각이 들었다.

푸드덕!

"……!"

작게 열어놓은 유리창 밖에서 날갯짓 소리가 들려온 건 바로 그때였다.

"아라크네!"

검은 까마귀가 집 안을 가로질러 유리에게 날아왔다. 유리는 좀 놀라서 눈을 크게 떴다.

"오딘?"

"아라크네, 오늘은 어쩐 일이야? 사적인 공간에 들어오는 거 싫어하면서 이렇게 집으로 날 부르고!"

유리의 앞에 다다른 오딘이 검은 망토를 펄럭이며 인간화했다. 그의 얼굴에는 아낌없는 반가움과 친애의 감정이 담겨 있었다.

"그만큼 뭔가 급한 일이라도 있는 거야? 널 위해서라면 뭐든 할 수 있으니 말만 해."

그 모습은 분명 유리에게 몹시도 익숙했지만, 그녀는 지난번에 보았을 때와 확연히 다른 오딘의 태도에 약간의 혼란을 느꼈다.

"오랜만에 보네, 오딘. 요즘 바쁜 것 같더니."

"어, 나? 아니, 별로 바쁠 건 없었는데."

유리의 질문에 오딘이 어리둥절한 듯이 고개를 갸웃했다. 유리는 그 모습에서 어느 때보다 또렷한 위화감을 느꼈다. 유리의 미간이 잘게 찌푸려졌다. 그녀는 소파에서 일어나 오딘에게 가까이 다가갔다.

"아, 아라크네?"

막 씻고 나와 잠자리에 들기 직전이라 유리는 잠옷 차림이었다. 그
런 그녀가 서슴없이 거리를 좁혀오자, 오딘이 주춤하며 말을 더듬었
다. 이윽고 약간 붉어진 그의 얼굴에 유리의 손이 닿았다. 유리는 오
딘의 얼굴을 두 손으로 붙잡고 요리조리 돌려 살펴보았다.

하지만 그에게서 이렇다 할 이상한 점은 발견되지 않았다. 그래도
유리의 눈에 스민 날카로움은 사그라지지 않았다. 마침내 그녀가 다
시 입을 열어 오딘에게 물었다.

"너, 그동안 어디서 뭐 했어?"

유리에게 붙들린 뺨을 상기시킨 채 돌처럼 굳어 있던 오딘이 그 순
간 흠칫했다.

"나는⋯⋯."

얼굴 구석구석을 탐색당하는 동안 당혹감을 감추지 못하고 흔들리
던 눈동자에 깊은 혼란이 어렸다.

"난⋯⋯."

이내 오딘의 눈이 살짝 혼탁해졌다.

"구두를⋯⋯."

"구두?"

유리가 눈살을 찌푸리며 반문했다. 꽈악!

그때, 불현듯 오딘이 앞으로 급히 손을 뻗어 유리의 어깨를 아플 정
도로 세게 붙잡았다.

"제, 제발 구두를 핥게 해주세요⋯⋯!"

쿵!

오딘은 그렇게 뜻 모를 이상한 말을 절절하게 외친 뒤 기절했다.

"오딘!"

깜짝 놀란 유리가 오딘의 상태를 살폈다. 다행히 오딘은 그저 의식을 잃었을 뿐, 다른 이상이 있는 건 아닌 것 같았다. 유리는 조금 전에 들었던 오딘의 말을 떠올리며 더욱 심각하게 눈매를 구겼다.

'사이비에라도 빠졌다가 왔나?'

오딘의 행동이나 태도가 영 이상해서 못내 찜찜한 기분이 들었다. 유리는 일단 오딘이 깨어날 때까지 기다릴 생각으로 손에서 실을 뽑아내 그를 소파로 옮겼다.

"헉."

오딘은 새벽녘에 눈을 떴다.

"아, 아라크네? 내, 내, 내가 설마 여기서 밤을 보낸 거야?"

그는 소파에서 벌떡 일어나 주위를 두리번거리다가, 맞은편 의자에 앉아 있는 유리를 보고 말을 더듬었다. 무슨 생각을 하는지 급히 고개를 숙여 제 옷차림을 확인하는 오딘을 보고 유리가 입을 열었다.

"어제 얘기하다가 갑자기 기절한 거 기억 안 나?"

"기절? 내가?"

오딘이 믿을 수 없다는 듯이 되물었다. 그는 분홍색 눈을 깜빡이며 어제의 일을 상기하는 것처럼 미간을 좁혔다.

"아, 맞아. 네가 그동안 뭘 하고 지냈냐고 물어봐서……."

이내 오딘의 눈이 어제처럼 또 약간 몽롱해졌다.

"잠깐, 오딘."

유리는 불길함을 감지했다. 그래서 이제 됐으니까 그만 생각하라고 말하기 위해 입을 벌렸다.

"하, 핥고 싶다, 구두……!"

하지만 오딘은 또다시 어제와 같은 말을 장렬히 외친 뒤 소파 위로 풀썩 쓰러졌다. 유리는 자리에서 일어나 오딘의 상태를 살폈다. 이번에도 그는 잠들 듯이 기절해 있었다.

역시 오딘의 상태는 정상이 아니었다. 연락이 되지 않았던 동안의 일을 떠올리기만 하면 꼭 세뇌라도 당한 사람처럼 저렇게 구두를 핥고 싶다는 소리만 하니.

유리는 작게 혀를 차면서 다시 오딘에게 이불을 덮어주었다. 지금 오딘을 강제로 깨울 수도 없는 노릇이었고, 또 깨운다고 해봤자 그에게 지금까지의 일을 묻는 건 불가능할 것 같았다. 게다가 유리는 이제 커피하우스로 출근해야 했다.

오딘의 상태가 좀 이상하긴 하지만 실험체인 그의 회복력은 월등했으니 일단 신체 기능이 떨어지는 건 걱정하지 않아도 될 것 같았다. 문제는 머리, 즉 정신 쪽인 것 같은데……. 정말 어디에서 세뇌라도 당했나? 이런 건 어디에서 치료하지? 혹시 안네마리의 능력이 이런 쪽으로도 효과가 있을까?

유리는 얼마 전까지만 해도 라키어스의 지정석이었던 소파에 누운 오딘을 내려다보다가 집을 나섰다.

점심나절이 지나서, 유리는 커피하우스 앞을 지나가는 안네마리와 헤스티아를 발견했다.

"안네마리 씨, 오늘도 헤스티아랑 나들이라도 가나 봐요."

요즘 안네마리는 이런 식으로 꽤 자주 여동생과 시간을 보냈다. 요즘은 계속 맑은 날이 이어져서 야외 활동을 하기 좋은 날씨기는 했다.

"네, 헤스티아랑 같이 전시회에 가려고요."

유리의 질문에 안네마리가 웃으며 대답해 주었다.

"전시회요?"

"박람회장에서 유명 예술가들의 그림이랑 조각 같은 걸 전시한대요. 헤스티아가 보고 싶다고 해서요."

"아, 곧 다가올 기원제를 맞아서 동부에서 야심 차게 기획했다고 홍보하던 그 전시회요?"

"네, 맞아요! 유리 씨도 홍보 전단 보셨군요."

덧붙여지는 안네마리의 말을 듣는데, 기이하게도 어떤 묘한 느낌이 유리를 스쳐 지나갔다. 왜, 가끔 그런 날이 있지 않은가. 아침에 눈을 떴는데 이상하게도 그 날은 재수가 나쁠 것 같은 느낌이 든다거나 하는. 지금도 한순간, 날카롭게 갈린 유리의 직감이 안 좋은 신호를 보냈다. 어쩌면 제노스에게 경고를 들었던 바로 그 기원제와 연관되어 있는 전시회라 이런 느낌이 드는 것일지도 몰랐다.

"박람회장이라면 스완가네요."

"가서 기념품 사 올게요!"

안네마리와 헤스티아는 유리에게 손을 흔들며 커피하우스의 앞을 지나갔다. 작게 찡그려진 유리의 눈이 멀어지는 두 사람의 뒷모습을 주시했다.

이내 유리도 뒤돌아서 가게 안으로 들어갔다. 그녀는 얼마간 평소처럼 일하다가 결국 오래 지나지 않아 손에 들고 있던 쟁반을 놓고 길버트에게 통보하듯이 말했다.

"길버트 씨, 저 반차 낼게요."

"어? 반차?"

길버트가 뒤돌아봤을 때, 유리는 이미 그곳에 없었다.

유리는 곧장 커피하우스를 나서 조금 전 안네마리와 헤스티아가 말했던 박람회장으로 향했다.

스완가는 동부에서도 큰 동네에 속했다. 게다가 이 전시회는 규모가 상당히 컸고, 그만큼 홍보에도 열을 올렸기 때문에 방문객이 꽤 많을 것으로 생각되었다.

그래서 더 안 좋은 느낌이 들었다. 요즘 있었던 폭발 사건을 떠올리자 더욱 찜찜했다. 테러범이 누구인지는 모르겠지만, 딱 봐도 사건을 일으키기 좋아 보이는 장소가 아닌가.

한창 분위기가 어수선한 이때, 이런 대규모의 행사를 그대로 개최하다니. 역시 안전 불감증은 세상 어디에나 있구나, 하는 생각이 들어 절로 혀를 차게 되었다.

며칠 전, 동부의 중앙의회에서 올해의 기원제는 예년보다 더 성대하게 열 것이라고 발표해 그것도 기가 찼었는데. 물론 동부의 귀족들 입장에서는 고작 테러범 따위에게 겁을 먹고 몸을 사리는 것 자체가 자존심 상한다고 생각해 더욱 보란 듯이 행사의 규모를 늘린 것이 분명했지만 말이다. 그런 생각을 하는 사이 박람회장에 도착했다. 역시 그곳에는 수많은 인파가 몰려 있었다.

'얼마 전까지만 해도 사람이 많은 곳은 또 테러 사건이 일어날까 봐 무서워서 못 다니겠다는 여론이 대세던 것 같은데……'

유리는 설핏 눈매를 좁히며 사람들 사이에 섞여들었다.

'안네마리와 헤스티아는 어디에 있지?'

예전에 혹시 몰라 두 사람에게 붙여두었던 실은 진작 떼어낸 뒤였다. 그래서 이 많은 사람 속에서 안네마리와 헤스티아를 찾아내는 건 쉽지 않을 것 같았다. 유리는 주위에 있는 사람들과 눈앞에 우뚝 선 건물을 살피며 걸음을 옮겼다.

혹시 폭발물같이 생긴 물건이나 수상한 사람이 없는지도 덤으로 확인했다. 하지만 이렇다 할 이상이 느껴지지 않았다.

"기념품 받아 가세요! 오늘 방문해 주신 분들에게만 무료입니다!"

박람회장의 입구 앞에 서 있던 사람들이 전시회의 방문객들에게 선물을 건넸다. 유리는 앞에서 내미는 포장된 작은 물건을 쳐다보지도 않고 받은 뒤 건물 안으로 들어섰다. 박람회장의 입구는 동문과 서문으로 나누어져 있었다. 동문은 귀족, 그리고 서문은 일반인 전용으로 용도도 달랐다.

당연히 유리는 서문을 이용했다.

"이 조각상으로 말할 것 같으면 동부의 거장으로 유명한 마고트 카망베르의 역작으로…… 물론 여기 있는 것은 진품이 아닌 가품이지만……."

박람회장의 입구에서부터 전시된 물건들을 소개하는 사람들이 군데군데 있었다. 그렇게 대대적으로 홍보에 열을 올렸던 전시회인 만큼 확실히 규모가 남다르긴 했다.

유리는 주위를 둘러보며 전시회장 안으로 들어갔다. 밖에서 그랬던 것과 마찬가지로, 혹시 박람회장 안에 수상한 물건이나 사람이 없는지 확인하는 중이었다.

주위에 있는 모든 사람이 전시된 물건을 구경하며 주변을 두리번거리고 있었기 때문에 유리의 행동은 특별히 눈에 띄지 않았다. 유리가 동부에 살면서 이 박람회장에 들어와 본 건 오늘이 처음이었다. 혹시 의뢰로 전시회의 물건을 훔쳐달라는 내용이 있었다면 또 모르지만, 평소에 이런 데 관심이 없었던 탓이었다.

그런데 이 건물은 문만 동서로 나뉜 게 아니라, 내부 구조도 분리된 것 같았다.

전시회장 안에는 아까 밖에서 보았던 귀족들의 모습이 눈에 띄지 않았다. 유리는 박람회장의 내부를 꼼꼼하게 눈으로 훑으며 깊숙한 내부로 들어갔다.

3권에서 계속…